JN249474

世界「奇景」探索百科

世界

Atlas Obscura

［ヨーロッパ・アジア・アフリカ 編］

ジョシュア・フォア＋ディラン・スラス＋エラ・モートン

吉富節子＋颯田あきら＋高野由美 訳

原書房

世界「奇景」探索百科
［ヨーロッパ・アジア・アフリカ編］
CONTENTS

読者の皆さんへ（必ずお読みください）

　本書の内容については、著者・出版社とも、可能なかぎり正確かつ最新の情報を記載するよう細心の注意を払っておりますが、旅行の計画を立てる際には必ずご自分で再度詳細を確認するようにしてください。所在地や交通情報は変わっている場合があります。GPS座標も概算値となっています。万が一、本書の内容に訂正すべき点があった場合は、book@atlasobscura.comまでご連絡ください。

　本書では冒険する心を大事にしておりますが、実際に旅行に出られる際は、危険性を充分に認識し、現地の法律には必ず従ってください。本書で紹介している場所には、非公開、あるいは立ち入りに許可が必要な場所も含まれています。著者・出版社とも、本書に記載されている内容により生じるいかなる損失・損害・損傷にも責任を負いません。

　なお、本書記載のデータは2016年時点のものです。

はじめに

2009年に《Atlas Obscura》のプロジェクトを立ち上げたとき、僕たちが目指していたのは、人々の好奇心を刺激する場所や人やモノを片っ端から集めてひとつのカタログをつくることだった。その頃、僕たち2人のうち一方は、2カ月かけてアメリカ全土を車でまわり、小さな博物館や一風変わったアウトサイダー・アートの作品を見てきたところだった。そしてもう一方は、東ヨーロッパに向けて1年間の旅に出るところだった。そんな僕たちは、既存のガイドブックには決して載らないような場所、ふつうとはちょっと違う、おもしろい場所をどうにかして簡単に見つける方法はないものか、と考えた。そこへ行けば、人間にはこんなこともできるんだと思わせてくれるような、でも、実際にそれを知っている人から聞く以外、自力では絶対に見つけられそうにもない場所を。それからの数年間で、何千という人が僕たちのプロジェクトに賛同し、《Atlas Obscura》のサイトに情報を送ってくれた。この本に載っているのは、そんな僕らの仲間が世界中で発掘した宝の山のほんの一部だ。

本書は一見ふつうのガイドブックに見えるかもしれないが、実際は少し違う。サイトも本も、言わば珍品を集めたヴンダーカンマー（驚異の部屋）みたいなものだ。そこには、旅ごころだけでなく、びっくりするものに出会いたいという人間の"モノごころ"も刺激する珍しい場所がいっぱい詰まっている。実のところ、この本に出てくる場所のほとんどは、およそ"観光地"には程遠い、むしろそう扱わないほうがいい場所ばかりだ。残りも、行きにくかったり、危なかったり、あるいは（少なくとも1カ所は）あまりにも地下深くにあって、ほとんどの読者はたどり着くことさえできないだろう。それでも、この本を使って、すばらしく不思議なこの地球という星を僕たちといっしょに楽しんでほしい。

この本の誕生には、不屈の精神の持ち主エラ・モートンの存在が不可欠だった。彼女はこの4年間をリサーチと執筆と本の製作作業に捧げてくれた。また、サイトのユーザーや探検家、寄稿家たちの力も同じく欠かすことのできないものだった。リストに新しい場所を加え、編集を手伝い、写真を投稿してくれた君たち全員がこの本の著者だ。みんな、ありがとう。本の内容については極力間違いのないようにチェックしたつもりだが、飛行機のチケットを予約するときには、どうかその前に自分でも必ずリサーチするようにしてほしい。でも、たまには飛行機のチケットだけ持って冒険の旅に出るのも悪くないかもしれない。

僕たちはときどき、世界中にある不思議で珍しい場所をすべて網羅したカタログを本当につくったら、どれほどの分厚さになるか考えることがある。予算とページ数の関係から、この本にはかぎられた数しか収められなかったが、そんな制限に縛られないウェブ上ではリストは増える一方だ。アトラス・オブスキュラはこれからもどんどん大きくなっていく。なぜならこの世界には驚きの場所がまだまだ存在するし、僕たちが好奇心の火を消さないかぎり、そういう場所はいくらでも見つけることができるからだ。

《Atlas Obscura》創設者　**ジョシュア・フォア、ディラン・スラス**

Europe

Great Britain and Ireland

**ENGLAND / IRELAND / NORTHERN IRELAND
SCOTLAND**

Western Europe

**AUSTRIA / BELGIUM / FRANCE / GERMANY / GREECE
CYPRUS / ITALY / NETHERLANDS / PORTUGAL
SPAIN / SWITZERLAND**

Eastern Europe

**BULGARIA / CROATIA / CZECH REPUBLIC
ESTONIA / HUNGARY / LATVIA / LITHUANIA / MACEDONIA
POLAND / ROMANIA / RUSSIA / SERBIA / SLOVAKIA / UKRAINE**

Scandinavia

**DENMARK / FINLAND / ICELAND
NORWAY / SWEDEN**

-10°　　マイル
0　　50　　　100
0　　50　100
キロメートル
N

スコットランド

北海

フィンガルの洞窟

大西洋

犬が自殺する橋　　　　メアリー・キングズ・クロース

ポイズン・ガーデン

ジャイアンツ・コースウェー　消える湖　　宇宙的思索の庭

55°　　　　　　　　　　　　　　　　　　　　　　　　　　55°

北アイル
ランド

銀の白鳥

アイリッシュ海

ニューグレンジ　　クライストチャーチ
大聖堂のクリプト　　ウィリアムソン・トンネル

ダブリン★

難破船ブラッシー号　　インド彫刻公園

パーソンズタウンの　　　　　　　　　　イングランド
リヴァイアサン

アイルランド

ヘレフォード大聖堂の鎖付図書

スケリッグ・マイケル　　　　ウェールズ　　　　　　ケルヴェドンハッチの
核バンカー

ロンドン★

マンセル要塞

ソールズベリー大聖堂の機械時計　　　　　　　サウンドミラー

嵐の予言者　　ノーマンズ・ランド・フォート

ケルト海　　　　　　　　　　　　　　　　　イギリス海峡

50°　　　　　5°　　　　　　　　　　　　　　50°

イングランド

銀の白鳥
ダラム市ニューゲート

たくさんの細いガラス棒ででき た池に1羽の白鳥が浮かんでいる。気味が悪いほど本物そっくりにつくられた実物大のオートマタ（からくり人形）だ。1770年代の製作で、内部にある3つのぜんまいで動く仕組みになっている。ぜんまいが巻かれると40秒間やさしいベルの音が流れ、白鳥は首を左右に動かして羽づくろいをしたあと、水面までくちばしを下ろして魚を捕まえる。

　もともとは、宝石商だったジェームズ・コックスの機械博物館に展示されていたが、1872年にコレクターのジョン・ボウズが購入。いまはイングランド北部に建つ、まるでお城のようなボウズ博物館で見ることができる。

白鳥の実演は毎日午後2時から1回のみ。ボウズ博物館まではロンドンから鉄道で約2時間半。最寄り駅のダーリントン駅からは30kmほど離れているが、駅から博物館までバスが走っている。
北緯54.542142度　西経1.915462度

ポイズン・ガーデン
ノーサンバーランド州アニック

　この庭に入るには、まずガイドをつかまえて、黒い鉄製の門を開けてもらう必要がある。門には鍵がかかり、ドクロマークと、「ここの植物には殺傷能力あり」の文字も。

　つくったのはノーサンバーランド家の公爵夫人ジェーン・パーシーだ。16世紀のメディチ家が政敵暗殺のためにイタリアのパドヴァにつくった毒草園を見た彼女は、自分も毒草や幻覚作用のある植物だけの庭をつくろうと2005年にここをオープンさせた。

マチンにはストリキニーネが含まれており、摂取すると吐き気や痙攣を起こし、死に至ることもある。

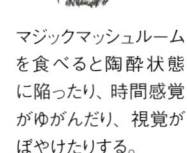

コニウム・マクラトゥム、別名ヘムロックは、ソクラテスを死刑にするのに使われた毒草だ。

マジックマッシュルームを食べると陶酔状態に陥ったり、時間感覚がゆがんだり、視覚がぼやけたりする。

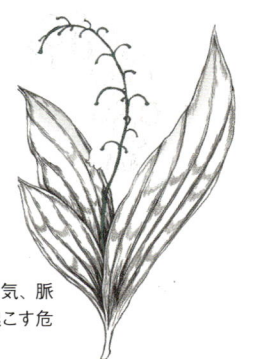

スズランには腹痛、吐き気、脈の低下、視力障害を起こす危険性がある。

　1995年、ジェーンの夫の兄が亡くなり、夫が思いもかけず12代ノーサンバーランド公爵の座を引き継ぐと、アニック城の管理もジェーン夫妻の手にまかされることになった。公爵夫人になったばかりのジェーンは、念入りに手入れされた庭園をめぐり、1カ所だけ放置されたままの場所を見つけると、そこを伝統的かつ危険な庭にすることに決めた。噴水や、桜の園、竹でできた迷路、巨大なツリーハウスが点在する5万7000㎡の広大な庭園のなかに毒草の庭があるのはそういうわけだ。

　ここにある100種類ほどの植物は、どれも人に刺激を与え、興奮させたり、吐き気をもよおさせたり、場合によっては死に至らしめることもある。ガイドたちは植物の毒性を説明しながら、「触るな、嗅ぐな」と警告するのに忙しい。ケシや大麻、幻覚性のあるきのこ、猛毒のストリキニーネを含む植物などが、当たり前のように植わっている。なかには触れただけでも病気になったり死んでしまうものもあるため、特に危険なものには囲いがされ、庭全体が24時間体制で監視されている。

アニック、デンウィック通り
公開期間は3月から10月まで。
北緯55.414098度　西経1.700515度

ウィリアムソン・トンネル
マージーサイド州リヴァプール

煙草会社の経営者だったジョゼフ・ウィリアムソンは、引退後の1810年から1840年まで、大勢の労働者を雇ってリヴァプールの地下に広大なトンネル網をつくらせた。動機はいまだに不明だが、一説によれば、

彼はアルマゲドンを信じていて、終末の日が来たらそこに家族といっしょに逃げこむつもりだったらしい。あるいは、ウィリアムソンは単なる慈善家で、ナポレオン戦争から戻ってきた労働者たちに仕事を提供していただけだという、多少面白みに欠ける説もある。トンネルが掘りあがるたびに内壁を煉瓦で覆わせたという話もあり、彼が何をしようとしていたのか、謎は深まるばかりだ。

　1840年にウィリアムソンが死ぬと、トンネルづくりもストップした。その後は雨水や瓦礫やゴミが溜まって、トンネルは荒廃していくばかりだったが、1990年代に入ると、トンネルの発掘と一般公開に向けて地元の有志が声を上げた。現在は一部が美しくライトアップされ、ガイドによるツアーが行われている。

ウィリアムソン・トンネル・ヘリテージ・センター：リヴァプール市スミスダウン通り、ザ・オールド・ステイブル・ヤード
北緯53.403801度　西経2.958444度

➡ 歩いて、食べて、動く機械

　機械であるにもかかわらずまるで本物の生き物のように動くオートマタは、何百年も前から存在していたが、最も人気を博したのは18世紀から19世紀にかけてのことだった。

　なかでも1770年につくられた「ターク」は人々をあっと驚かせた。頭にターバンを巻いたトルコ人の格好をした人形が人間相手にチェスをやってのけたからだ。タークは世界中をまわり、ナポレオンやベンジャミン・フランクリンとも対戦した。しかし、19世紀の初頭になると、あまりの頭のよさと腕前に、なんらかのトリックが使われているのではないかと疑う者が現れはじめた。

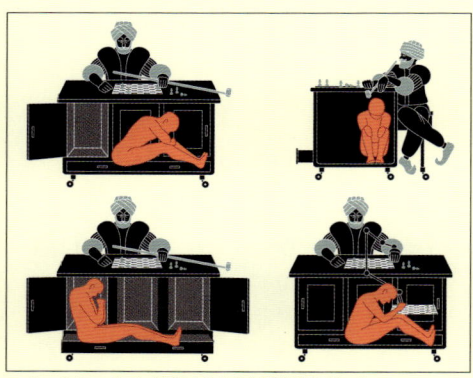

タークはマイコン制御ならぬ"人間制御"だった。

　1835年にアメリカでタークを目撃したエドガー・アラン・ポーもそのひとりだった。彼を始めとする鋭い観察眼の持ち主たちは、やがてその謎を解いてみせた。ボードの下にチェスの達人が隠れているのを発見したのだ。達人は、ろうそくの灯りを頼りに自分用のチェスボードで対戦内容を確認しながら、レバーを使って人形の腕を動かしていた。タークはまったくのいかさまだったのだ。

　だが、リアルな動きで見物人たちを喜ばせる本物のからくり人形も多く存在した。ジャック・ド・ヴォーカンソンが1739年につくった「消化するアヒル」は、羽根をばたつかせながら頭を下げて穀物をついばみ、しばらくするとフンをした。もちろん本当に消化したのではない。アヒルが"食事"を終えると背中に入れてあったフンが落ちる仕掛けになっていたのだ。ただ、ヴォーカンソン自身はいずれ本当に"消化"する機械をつくるつもりでいたらしい。

　ピエール・ジャケ・ドローとふたりの息子

ヘレフォード大聖堂の鎖付図書

ヘレフォードシャー州ヘレフォード

ヘレフォード大聖堂には中世からの宝がふたつある。ひとつは希少本を収めた鎖付図書館、もうひとつは世界最古の地図だ。

印刷技術が一般的になる前の中世ヨーロッパでは、法律や宗教の本はきわめて貴重で、ヘレフォード大聖堂ではそれらの本を机や説教壇や書見台に鎖でくくりつけていた。

鎖付図書館は1611年、写本や手綴じの本を聖母礼拝室に移すことになったときにつくられた。希少本のほとんどは1100年代に集められたものだが、「ヘレフォード福音書」と呼ばれる書物は800年頃のものと言われている。

ヘレフォード大聖堂が所有する中世の世界地図にはヨーロッパとアジアとアフリカの3大陸が描かれていて、当時はまだよく

は1768年から6年をかけて「音楽家」「絵描き」「作家」という3つのオートマタを完成させた。その3体はいまスイスのヌーシャテル美術・歴史博物館に展示されている。女性の音楽家はオルガンを弾きながら、まるで息をしているかのように胸を上下させ、陶酔した様子で体を揺らす。絵描きと作家は、どちらもレースのついたシャツを着て、金色のサテンの半ズボンをはき、真っ赤なベルベットの上着をはおっている。絵描きはルイ15世の肖像画や犬の絵など4作品を描き、作家は羽根ペンをインキに浸し、あらかじめ登録された40文字までの文章を書くことができる。

1800年代になると「蒸気人間」が大流行した。アメリカのニュージャージー州に住むザドック・デディリックが1868年につくった史上初の蒸気人間は、身長2m36cm、頭には山高帽をかぶり、荷車を引っぱっていた。ずんぐりした胴体にボイラーが収められており、それを動力源によろよろと前に進んだ。

1893年にカナダ人のジョージ・ムーアがつくった蒸気人間は身長2mで、荷車は引いておらず、中世の騎士のような格好をしていた。鼻から突き出た排気筒のせいで、歩くときはいつも白い息を吐いているように見えた。た

だ、この蒸気人間の動きは、構造上の欠陥により制限されていた。倒れないよう横から棒で支えていたために、同じ場所をぐるぐると回ることしかできなかったのだ。

「ティプのトラ」は、植民地時代にインドを支配したイギリス人とインド住民との対立を表現した実に美しい作品だ。クランク式のオートマタで、18世紀にインド人がつくった。現在はロンドンのヴィクトリア＆アルバート博物館に展示されている。1頭のトラがイギリス人将校に襲いかかろうとしている場面で、ハンドルを回すと将校の左手が弱々しく上がり、自分の顔を相手の攻撃から守ろうとする。手が上下するたびにふいごのなかを空気が通り抜け、獰猛なトラのうなり声と将校の断末魔の叫び声が響く。どちらが勝つかは誰の目にも明らかだ。

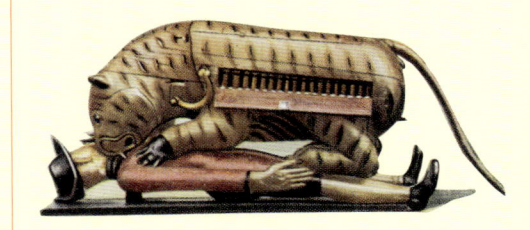

永遠に"食事中"のティプのトラ。

知られていなかった地域には、火を吹くドラゴンや、犬の顔をした人間や、リンゴの匂いだけで生きる種族や、まぶしい太陽をさえぎるのに自分の大きな一本足を使ったというモノコリという名の神話上の生き物などが描かれている。

　1300年頃につくられた1.5m×1.4mのその地図は、地理や歴史や宗教の教材として用いられた。アジアやアフリカに関して当時はまだ確かな情報がなかったが、地図の製作者はそんな悪条件にもひるむことなく、噂話や神話や想像力で足りない部分を埋めていった。地図のなかに4ツ目のエチオピア人が描かれているのはそういうわけだ。

ヘレフォード市カテドラルクローズ、カレッジ・クロイスターズ、5　ヘレフォードまではロンドンから鉄道で約3時間半。ヘレフォード駅から大聖堂までは徒歩で約15分。

北緯52.053613度　西経2.714945度

イングランド北部のその他の見どころ

スティートレイ・マグネサイト
ハートルプール：北海をのぞむ、いまは廃墟となった化学工場。写真の被写体として最高。

ベヴァリーのサンクチュアリ・ストーン
ベヴァリー：中世の教会では窃盗や追いはぎの罪に問われた者に一時的に避難する場所を与えていた。そんな犯罪者にとってのサンクチュアリ（聖域）と一般の土地の境目に置かれていた石。

ソールズベリー大聖堂の機械時計
ウィルトシャー州ソールズベリー

　ソールズベリー大聖堂の機械時計はとても古い。だが、実際どのくらい古いのか。これはひじょうに重要な問題である。というのも、もし多くの時計学者が信じるように1386年につくられたというのが事実なら、現役で動く世界最古の機械式時計ということになるからだ。

　文字盤のないこの時計がソールズベリーに登場すると、季節によってずれが生じるのが当たり前だった日時計時代の時間の概念が、標準時間という新しい概念に取って代わられた。1時間ごとに鳴る鐘の音が、町の住人たちに教会に行く時間を知らせ、日々の暮らしにリズムを与えた。

　1928年、この時計は大聖堂の尖塔のなかに放置された状態で見つかり、分解され、修復された。現在は北側中央通路の奥に設置されている。鐘が鳴ることはもうないが、いまでも600年前と同じように時を刻みつづけている。

ソールズベリー市ザ・クローズ、33　ソールズベリーまではロンドンのウォータールー駅

ソールズベリー大聖堂の600歳の大時計は、現役で働く世界最古の機械時計と言われている。

から電車で約90分。ソールズベリー駅から大
聖堂までは徒歩で約10分。
北緯51.064933度　西経1.797677度

嵐の予言者
デヴォン州オークハンプトン

　外科医のジョージ・メリーウェザーはヒ
ルにことのほか強い関心を寄せていた。彼
によると、ヒルは人間に似た感性をもって
いて、孤独を感じたり、天気を予想したり
できるという。そこで彼はこれまでの気象
学を一変させるような機械をつくることを
思いついた。

　1851年のロンドン大博覧会で、彼は自分
のつくった「嵐の予言者」を発表した。ヒ
ルが嵐の前になると騒ぎはじめるのを見
て、ヒルを使った天気予報の機械がつくれ
るはずだと考えたのだ。この機械は、外見
は小さな回転木馬に似ているが、馬の代わ
りに、1匹ずつヒルの入ったガラス瓶が備
えつけられている。嵐が近づくと興奮した
ヒルがガラス瓶をよじ登り、紐が引っぱら
れて中央の鐘が鳴るという仕組みだ。

　アイデアは奇抜だったが、注目する人は
いなかった。自分の発明品がイギリス政府
によって国中に配備されるという彼の夢は
幻想に終わった。しかし、彼がつくった機
械はレプリカの形でよみがえり、いまはデ
ヴォンにあるバロメーター・ワールド博
物館の最も目立つ場所に展示されている
（ノースヨークシャーにあるウィットビー
博物館でも見ることができる）。
オークハンプトン、マートン、クイックシル
ヴァー・バーン　バロメーター・ワールドの
見学は予約制。
北緯50.891854度　西経4.095316度

ジョージ・メリーウェザーのヒルを使って嵐を予言する回転
木馬は、正確性よりも美しさが魅力。

イングランド南西部のその他の見どころ

世界最大の温室
セント・オーステル：100万種以上の植物が植えら
れたエデン・プロジェクトの巨大ドームは、地球
の生物群系を再現している。

ヘリガンの失われた庭園
セント・オーステル：400年以上も前につくられた
庭園。長く放置されていた見事な彫刻群が、いま
は美しく復元されている。

魔女と魔法の博物館
ボスキャッスル：魔法やオカルトに関する資料を
世界で最も多く集めた博物館。展示物のなかには
ネコのミイラも。

移動した家
エクスター：1500年代に建てられた重さ21トンの
チューダー朝時代の家。1961年、新しい道路を建
設するため、道に敷かれたレールにそって70mほど
移動させられた。

チェダーマン博物館

チェダー：先史時代にブリテン島に住んでいた人たちの生と死と食人文化について展示されている。

ノーマンズ・ランド・フォート

ハンプシャー州ゴスポート

イギリス本島のすぐ南、ソレント海峡に浮かぶノーマンズ・ランド・フォートは、地図上では小さな点にすぎないが、その歴史は波乱に富んでいる。

直径61mのこの海の要塞は、1800年代、フランス軍の侵攻に備えて建設された。しかし、80人の兵士と49の大砲を収容できるだけの大きさを誇りながら、結局フランス軍が攻めてくることは1度もなかった。

何十年も使われないまま、1950年代、軍は閉鎖を決定。1963年には政府が売却しようとしたが、買い手は現れなかった。そして1990年代に入り、ようやく豪華ホテルに生まれ変わることになった。2つのヘリポートに、21の客室、屋上には庭園が設けられ、海面より下につくられた温水プールの窓からは魚の泳ぐ様子が眺められた。だが、それだけの快適さとプライバシーが保証されていながら、客はいっこうに集まらなかった。

2004年、事業家のハーメッシュ・プーニーは、イベント会場として貸し出すことを念頭にホテルを600万ポンド（約9億円）で買い取った。しかし、プールの汚れた水が原因でレジオネラ症が発生。経営破綻ど

いまではレーザータグでバースデー・パーティも楽しめる。

ころかホテルも手放す羽目になりそうになったプーニーは、誰も予想しなかった行動に出た。逆さにしたテーブルをヘリポートに敷き詰めると、すべての鍵を持ってホテルに閉じこもったのだ。しかし、長い膠着状態のあと、2009年には強制退去させられた。

その年の3月、ノーマンズ・ランドは91万ポンド（約1.5億円）という破格の値段で、ジブラルタルに本社を持つスワンモア・エステートに売却された。その後、結婚式場や企業の保養所につくり変えられ、サウナやキャバレーもオープン。要塞時代には火薬庫だった場所は、いまではレーザー銃を使って遊べるレーザータグセンターになっている。

ノーマンズ・ランド・フォートはソレント海峡沖のワイト島から北へ約2.5kmの距離にある。北緯50.739546度　西経1.094995度

ケルヴドンハッチの核バンカー
エセックス州ケルヴドンハッチ

「秘密の核バンカーはこちら」。そう書かれた標識が道に立っているということは、もう"秘密"ではないのだろう。だが、1953年、核攻撃に備えて数百人の軍関係者を収容できる核シェルターがケルヴドンハッチの地下につくられたときは、もちろん秘密だった。

入り口は森に囲まれたごくふつうの一軒家だ。しかし、地下に広がる空間には冷暖房や給水設備、発電機、それに無線装置と暗号化通信システムが備えられていた。

ソ連崩壊後は博物館となり、いまは通路にそって、古い電話機やガイガーカウンター、地図などがところ狭しと並べられている。いくつかの部屋では、安物のか

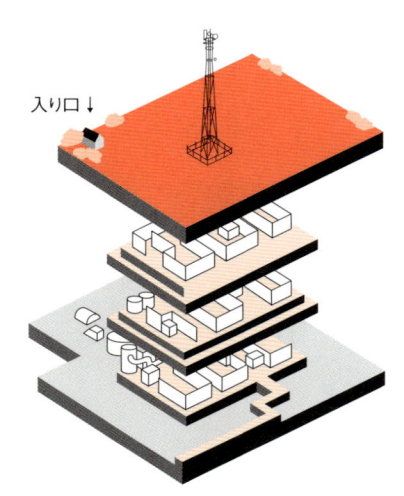

入り口↓

ありふれた一軒家の下に巨大な施設が隠れている。

つらをかぶった使い古しのマネキンが（なかには元首相のサッチャーやジョン・メージャーのそっくりさんもいる）いろいろなポーズをとって、シェルター稼働時のイメージを再現している。

ケルヴドンハッチ村ケルヴドン・ホール通り、クラウン・ビルディングス　ロンドンから最寄り駅のブレントウッド駅までは鉄道で約1時間半。駅からはタクシーで約20分。北緯51.671743度　東経0.256569度

グレートストーンの
サウンドミラー
ケント州グレートストーン

第一次世界大戦後、イギリス軍は国防戦略の一環として、南東部の海岸沿いにコンクリート製の巨大な音響ミラーを3台設置した。飛行機のエンジン音を遠くからキャッチするための施設だ。イギリス海峡を越えて飛んでくる音波をその大きな"耳"でとら

レーダーができる前は、コンクリートの巨大な"耳"が襲来する敵機の音をとらえていた。

えてマイクに流せば、攻撃の15分前には警報を出すことができた。そばの小屋には係官が常駐し、聴診器のような器具を使って、送られてくる信号に耳を傾けていた。

　グレートストーンには3種類の反響板があり、ひとつは幅61mのカーブした横長の壁、もうひとつは直径9mのパラボラアンテナ型、最後のひとつは直径6mの浅い皿のような形をしている。

ロムニーマーシュ、ダンジネス通り沿いのダンジネス国立自然保護区内
北緯50.956111度　東経0.953889

イングランド南東部のその他の見どころ

リトルチャペル
ガーンジー島：世界一小さな教会と言われ、内も外も小石やガラスや陶磁器の破片で美しく飾られている。

マーゲートのシェル・グロット
マーゲート：1835年に発見された神秘的な地下道で、全体が貝殻を使った不思議な模様で覆われている。つくられた年代は不明。

マンセル要塞
イギリス東部、テムズ川河口沖

　ロンドン東部、テムズ川河口沖に建つマンセル要塞は、まるで脚の長いロボット戦士のようだ。至るところ錆だらけのその姿は、第二次世界大戦の暗い時代をいまに伝えている。1942年、テムズ川河口を敵から守る防衛網の一部として、ドイツ軍の爆撃を迎え撃つために建てられた。もともと3つあった要塞は、どれも7つの塔が真ん中の司令塔を囲むようにつくられていたが、現存するのはレッド・サンズとシヴァリング・サンズのふたつだけだ。

　戦争が終わり、役目を終えると、1960年代には海賊放送局が残ったふたつの要塞を勝手に占拠してラジオ放送を始めた。1966年、海賊放送局であるラジオ・シティのレジナルド・カルバートが、ライバル局であるラジオ・キャロラインのオリヴァー・スメドレイとの乱闘の末に死亡するという事件が起こった。翌年、政府が海上での放送を禁止する法律をつくり、海賊放送局を追

上から見た図。かつてはすべての塔が橋でつながっていた。

H.G.ウェルズ氏へ。あなたの描いた"侵入者"が、ここで錆びていますよ。

トリニティ・ブイ・ワーフの灯台では、チベットの鈴のためにつくられた曲が2999年まで1000年にわたって演奏されることになっている。

い出すと、要塞はまた廃墟に戻った。

崩壊の恐れがあるため、なかに入るのは危険。船で近づくか、晴れていれば対岸にあるシューバーイネスのイーストビーチから肉眼で見ることもできる。
北緯51.361047度　　東経1.024256度

ロングプレイヤー
ロンドン

　もしロンドンで「ロングプレイヤー」を聞きのがしても心配は無用だ。チャンスはいくらでもある。トリニティ・ブイ・ワーフにある灯台で、あと1000年ほど演奏されつづけることになっているからだ。「ロングプレイヤー」はチベットの鈴で奏でた6つの短い曲をさまざまにアレンジすることで、同じパターンを1度も繰り返すことな

く1000年間演奏が続くようにつくられている。演奏は1999年12月31日に始まり、2999年の最後の1秒に終わる予定だ。

　そのあいだに起こる技術的、社会的変化に対応するため、プロジェクトの推進者たちは管理団体を設立し、演奏が中断しないようさまざまな方策を講じることにしている。**ロンドン市オーチャード・プレイス、64　公開は週末のみ。地下鉄の最寄り駅はカンニングタウン。longplayer.orgにアクセスすれば、ネット上でも聞くことができる。**
北緯51.508514度　　東経0.008079度

ロンドンのその他の見どころ

クラパムノース地下防空壕
ロンドン：第二次世界大戦時につくられた防空壕。8個つくられたなかで、唯一未使用で残っている。［訳者注・現在は野菜工場］

フリート川
ロンドン：ロンドンでいちばん長い地下河川。クラーケンウェル地区レイ通りの「コーチ・アンド・ホース」というパブまで行けば、店の前にある側溝から水の流れる音を聞くことができる。

グラント動物学博物館
ロンドン：大学付属の博物館で、その膨大なコレクションのなかには、切断された動物の頭や、絶滅種の標本、小さな部屋の壁一面に貼りつけられた顕微鏡スライドなどがある。

サー・ジョン・ソーンズ美術館
ロンドン：18世紀の建築家ジョン・ソーンズの邸宅に、ソーンズ本人が世界中から集めたおびただしい数の蒐集品が所狭しと並べられている。

ミトラ教寺院
ロンドン：ミステリアスな古代宗教、ミトラ教のローマ時代に建てられた寺院の跡。20世紀にロンドンで発掘された最も偉大なローマ遺跡と言われている。

英雄的自己犠牲の碑
ロンドン

　1887年、ヴィクトリア女王が即位50周年を迎えたこの年は、イギリス中がお祝い気分に沸いていた。各地でさまざまな祝典が開かれたが、画家のジョージ・フレデリック・ワッツが提案した祝典は、驚くほどつつましいものだった。

　ワッツは、自らの命を犠牲にして他人を救った普通の人たちを称えるために記念碑をつくろうと訴えたのだ。労働者階級の権利を守ることに熱心だったワッツは、そうでもしなければ彼らの英雄的な死が永久に忘れ去られてしまうと考えた。

　最初のうちは誰も関心を示す者はいなかったが、13年たってようやくポストマンズ公園の庭園に「英雄的自己犠牲の碑」が建てられた。壁に取りつけられた4枚のプレートには、勇敢な行為で亡くなった人々の名前とその死の理由が刻まれていた。たとえば、客船ステラ号の乗務員だったメアリー・ロジャーズは、1899年3月30日、乗っていた船が沈みはじめると、自分の救命胴衣を乗客のひとりに譲り、自らは悲しい運命に身を捧げた。

　それ以来、壁のプレートはどんどん増え、いまでは50枚を越えている。いちばん新しく加わったのは2009年のものだ。どの逸話も胸打たれるものばかりだが、いくつか例をあげれば、19歳で亡くなったウィリアム・ドナルドのプレートには「リー川で水草にからまった青年を助けようとして溺死した」、トーマス・シンプソンのプレートには「ハイゲート池の割れた氷から何人もの人を助けたあと疲労のあまりに息絶えた」、またジョージ・フレデリック・シモンズのプレートには「火事になった家から年老いた未亡人を救い出そうとして重傷を負い亡くなった」と刻まれている。

ポストマンズ公園：ロンドン市セント・マーティンズ・ル・グランド、最寄り駅は地下鉄セントラル線セントポール駅。
北緯51.517534度　西経0.097751度

階差機関2号機
ロンドン

　チャールズ・バベッジは1822年、クランクとギアを用いて数表を作成する「階差機関」という機械を考え出した。いわば、ヴィクトリア朝時代のコンピューターだ。

　それを使えばどんなに複雑な計算も、人間と違ってミスを犯すことなく簡単にできるはずだった。しかし、いかんせん巨大で、複雑で、莫大な製作費用がかかった。

政府はバベッジに機械技師を雇うことを許可したが、技師として雇われたジョセフ・クレメントとバベッジは金銭問題でもめてばかりで、10年経ってもできたのは試作品――それもごく一部だけだった。

それでもバベッジは諦めることなく、2号機の開発に取り組んだ。2号機は、重さ5トン、幅3.4m、使う部品も5000個と、1号機にくらべてずっとコンパクトなものになるはずだった。しかし、こちらも実際の製作にはいたらなかった。1871年、バベッジは大量のメモとスケッチを残して亡くなった。そこに描かれていたのは当時の技術ではとてもつくることのできないものだった。

それから100年以上たった1985年、ロンドンのサイエンス・ミュージアムがバベッジの設計図をもとに、19世紀に入手できた材料だけを使って階差機関2号機を製作する計画を発表した。バベッジの構想が実現可能なものかどうかを検証しようというのだ。計算機の部分は、ちょうどバベッジの生誕200周年を祝う1991年に完成した。機械はなんの問題もなく作動し、それによっ

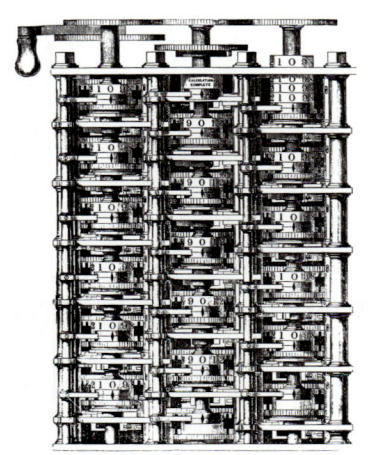

チャールズ・バベッジの設計したヴィクトリア朝時代のコンピューターは、現代になってようやく完成した。

てバベッジの名はコンピューターの歴史のなかで正当な位置を占めることになった。

再現された機械は、2002年に完成したプリンター部分とともにサイエンス・ミュージアムに展示されている。この博物館では、バベッジの脳の半分も見ることができる。（残りの半分はロンドンのハンテリアン博物館に展示されている）

サイエンス・ミュージアム：ロンドン市エキシビション・ロード
北緯51.498190度　西経0.173972度

ジェレミ・ベンサムの自己標本〔オート・アイコン〕
ロンドン

ジェレミ・ベンサムは1850年以来ユニヴァーシティ・カレッジ・ロンドンの通路に座りつづけている。

倫理哲学者として、時代に先駆けて動物保護や、刑務所の改革、普通選挙や、同性愛者の権利を提唱したベンサムは、自分の遺体の取り扱いについても詳細な遺言を残した。それは、防腐処理を施し、黒のスーツを着せ、まっすぐ椅子に座らせて、「オート・アイコン（自己標本）」という札をつけた木製の棚のなかに置けというものだった。さらに、自分のあとを継ぐ功利主義哲学者たちの定期会合にも、議長として出席するものとした。

どうやらベンサムはこの計画にかなり執着していたようで、死んだらすぐに使ってもらえるようにと、死ぬ10年前からいつもガラスでできた義眼をポケットに入れていたと言われている。だが、いざそのときが来ると、処理の過程で問題が起き、顔はしみだらけ、頬はこけ、青くて綺麗な義眼の下にぼろぼろになった皮膚が垂れさがると

いう悲惨な状態になってしまった。そこで、少しでも見栄えをよくするために、胴体の標本には蝋でつくったレプリカの頭を取りつけ、本物の頭は足元に置かれることになった。

　以来、ベンサムの頭は床でおとなしくしていたが、1975年、いたずら好きの学生たちがその頭を盗み出し、100ポンドの身代金を慈善事業に寄付するよう要求した。大学側が10ポンドしか払えないと答えると、学生たちは要求を取り下げ、頭をもとの場所に戻した。しかし、いたずらはその後も続き、頭をサッカーボール代わりに使う者まで現れると、大学は床に置いていた頭を展示からはずすことに決めた。現在は考古学研究所の金庫に厳重に保管され、特別な場合にだけ取り出すことになっている。

グラフトンウェイとユニヴァーシティ通りのあいだ、ガウアー通りに面した大学の守衛室から大学内に入り、ウィルキンスビルの南回廊にある入り口をのぼったら、そこからすぐの場所にジェレミ・ベンサムがいる。
北緯51.524686度　西経0.134025度

ダイオウイカのアーチー
ロンドン

　ダイオウイカは怪物のように描かれることが多い。ジュール・ヴェルヌの小説『海底二万里』では、巨大なイカが小型船を襲い、乗組員をひとり食い殺す。古くから北欧に伝わるクラーケンも、高いマストの先に触手を巻きつけ、船をまるごと破壊する巨大生物だ。おそらくこれは、実際のダイオウイカの目撃談にさまざまな尾ひれがついて生まれたイメージだろう。

　巨大イカは深海に生息するため捕まることがほとんどないのも、話がどんどん大袈裟になった一因と思われる。16世紀以降、目撃談はいくつかあったものの、生きて海を泳ぐダイオウイカが写真に収められたのは2002年が初めてだった。ゆえに、ロンドンの自然史博物館が所有する体長約8.5mのダイオウイカは、めったに見ることのできない貴重な標本と言える。2004年に

死んで久しい功利主義哲学者のジェレミ・ベンサム。ユニヴァーシティ・カレッジ・ロンドンの通路に座り、記念品として持ち去ろうと狙う若者たちから自分の頭を守っている。

2004年に捕獲され、いまは自然史博物館に保管されているダイオウイカのアーチーの体長は、スクールバスとほぼ同じだ。

フォークランド諸島沖で捕獲されたこの巨大イカは、学名のArchiteuthis duxから「アーチー（Archie）」と名づけられ、特注のアクリル水槽で保存されている。

自然史博物館：ロンドン市クロムウェルロード　ダーウィンセンターのガイドツアーに参加すればアーチーを見ることができる。

北緯51.495983度　西経0.176372度

ハイゲート墓地
ロンドン

　1839年にオープンしたハイゲート墓地はロンドンで最も有名な墓地だ。カール・マルクス（彼の墓碑には顔をしかめた髭面の胸像が乗っているからすぐわかる）や、SF作家のダグラス・アダムズ、それにシャーロック・ホームズの宿敵モリアーティ教授のモデルとされるアダム・ワースなど、多くの著名人が眠っている。ヴィクトリア朝時代のセレブなら誰もがここに埋めてほしいと思った、当時いちばん流行りの墓地だったのだ。

　だが、流行とは変化するもの。1940年代になると訪れる人もほとんどいなくなり、かつて人々の羨望の的だった場所もすっかりツタに覆われてしまった。そして1970年、オカルト好きのグループのメンバーが墓地で超常現象を見たと騒ぎはじめた。その後、幽霊の目撃談は次第に吸血鬼の話にとって代わられ、1800年代にこの墓地に埋められたトランシルヴァニアの貴族が夜な夜な徘徊しているということになった。

もしかしたら、この森に吸血鬼が隠れているかも？

そんな折、自称マジシャンでモンスターハンターのショーン・マンチェスターと、彼のライバル、デイヴィッド・ファラントが、吸血鬼を見つけ出して退治してみせると名乗りを上げた。ふたりは互いに相手をいかさま師だと非難し、メディアの前であからさまに争った。当時公開されたばかりの映画『エクソシスト』で火のついたオカルトブームに便乗し、ひと儲けしようと考えたのだ。ふたりが1970年3月13日に吸血鬼を退治すると宣言すると、その夜、警察の警備をくぐり抜けた群衆が、杭やニンニクや十字架を手に墓地になだれ込んだ。墓地内は大混乱となったが、吸血鬼を見た者はひとりもいなかった。

マンチェスターとファラントはそれからも数年は、幻の吸血鬼の胸に杭を打ちこもうと墓地を訪れつづけた。吸血鬼が見つかる気配はいっこうになかったが、その間に多くの墓が荒らされ、遺体に杭が打たれたり、頭が切り取られたりした。1974年、ファラントは墓碑を破壊し遺体を傷つけた罪で実刑判決を受けた。

ファラントとマンチェスターの争いはいまも続いている。ハイゲート墓地を訪れるオカルトや超常現象、吸血鬼のファンもいまだにあとを絶たない。

スワインズ通り　ハイゲート墓地へはハイゲートヒル通りからウォーターロー公園を抜けて徒歩で約20分。

北緯51.566927度　西経0.147071度

アイルランド

難破船プラッシー号

ゴールウェイ州イニシア島

いまはもう鉄の塊でしかない貨物船プラッシー号がイニシア島の岩だらけの海岸に打ち上げられたのは、もう半世紀以上も前のことだ。

1960年3月8日、糸やステンドグラスやウィスキーを積んで大西洋を航行中だったプラッシー号は、大嵐に見舞われ、イニシア島沖とへ流された。船底には穴があき、エンジンルームに水が流れ込んだ。

島の住人たちは救助ブイを飛ばして、11人の乗組員全員を冷たい海のなかから助け出した。乗組員たちが地元産のウィスキーで身体

錆と穴だらけのプラッシー号が航海に出るのはもう難しい。

をあたため、ひと息ついていた頃、再び嵐がやってきて、船は海岸に座礁した。住人たちは、毛糸や、建築に使えそうな木材、扉など、船の積み荷をひとつ残らず運び出した。そのなかには船底に隠されていたスコッチウィスキーの「ブラック＆ホワイト」も含まれていた。

　財産をすべて奪われたプラッシー号は、錆と穴だらけになっていまもそこに横たわっている。灰色の岩と、緑の草と、青い空を背景にそびえるその姿は、なぜか不思議と美しい。

難破船プラッシー号があるのはイニシア島の東海岸、キラグーラから少し南に下ったところ。イニシア島へはアイルランド本島のドゥーリンからフェリーが出ている。

北緯53.055816度　西経9.503730度

スケリッグ・マイケル
ケリー州スケリッグ

　7世紀、自らこの岩だらけの島にこもった修道士たちは、タフな精神の持ち主だった。

　スケリッグ・マイケルはケリー州沖13kmのところにある島だ。「スケリッグ」とは「険しい岩」という意味のアイルランド語sceillicから来ている。いつも強い風と雨にさらされていて、標高217.6mの頂上まで登るのはきわめて危険だ。

　そんな厳しい環境にもかかわらず、アイルランドから来た10人あまりの修道士たちはここにキリスト教の砦を築こうとした。その努力の跡は、1400年たったいまでもほとんどもとの形のまま残っている。修道士たちは山肌にそって何百もの石段をつくり、頂上には蜂の巣のような形の6つの小屋と小さな礼拝堂を建てた。魚と海鳥と、

中世の修道士たちがスケリッグ・マイケル島の頂上に建てた蜂の巣型の住居。

修道院の庭で育てた野菜でなんとか命をつないだ彼らは、9世紀には何度かやってきたヴァイキングの襲来にも持ちこたえた。だが12世紀の終わりに大きな嵐が度重なると、アイルランド本島に戻らざるを得なくなった。

670段の石段はでこぼこしていて勾配も険しく、最後まで登るのは体力的にも精神的にもきついが、頂上まで行けば、石の小屋に入って、7世紀にそこで暮らしていた修道士たちの過酷な生活に思いを馳せることができる。

ポートマギーから船で約90分。ただし、運航は4月から9月の天候のよい日のみ。
北緯51.77208度　西経10.538858度

ニューグレンジ
ミーズ州ボインヴァレー

エジプト人がギザに大ピラミッドを建てる600年以上も前に、新石器時代のボインヴァレーで農業をしていた人々は、ニューグレンジをつくるという偉業に着手していた。ニューグレンジとは、紀元前3200年頃に建てられた直径76mの石と土の塚で、宗教儀式を行うための寺院のような場所だったと考えられている。

この遺跡で最も特徴的なのは太陽との関係だ。毎年冬至の朝になると、太陽の光が壁の小さな窓を通って通路に差し込み、塚の中央にある部屋を照らし出す。

見学を希望する人はドノレにあるブルー・ナ・ボーニャ・ビジターセンター主催のツアーに参加しなければならない。冬至の日はひじょうに人気が高いため、抽選となる。
北緯53.694386度　西経6.475041度

ニューグレンジはアイルランドで最も壮大な古代遺跡で、太陽との関係が深い。

クライストチャーチ大聖堂の地下貯蔵所

ダブリン

クライストチャーチ大聖堂ができたのは1030年のことで、建てたのは当時ダブリンを支配していたヴァイキングの王だ。最初は木製だったが、1171年、アイルランドに侵攻したノルマン人が石造りの教会に変え、地下に巨大なクリプト（地下貯蔵所）をつくった。

その改築を指揮したのが、ダブリン大司教のローレンス・オトゥールだ。1225年にオトゥールがダブリンの守護聖人に列せられると、彼の心臓はハート形の箱に収められ、鉄の枠に守られて大聖堂で保管されることになった。

ところが2012年3月、二人組の男が鉄枠をこじ開け、大事な聖遺物を盗んだ。当初、警察はこれをサイの角を扱うギャングの仕業ではないかと疑ったが、結局犯人は捕まらず、心臓はいまだに行方不明のままだ。

この事件には大聖堂もかなりのショックを受けたが、地下のクリプトには他にもまだ教会の誇る貴重な品がいくつか残っている。たとえば、1670年につくられた公開処罰用のさらし台や、1833年に死んだアイルランドの政治家ナサニエル・スネイドを称える大理石の像などだ。像の横には「不満をつのらせた狂人の無差別な暴力に倒れる」と刻まれている。つまり、銃で撃ち殺されたのだ。

クリプトにある品のなかでもいちばん風変わりなのはネコとネズミのミイラだろう。形からして逃走劇の途中で死んだのは明らかだ。教会に伝わる話では、ネコがネズミを追いかけてオルガンのパイプに入っ

たところ、2匹とも抜けられなくなったらしい。1850年代のことだという。ジェームス・ジョイスは小説『フィネガンズ・ウェイク』のなかでこの話を比喩に使い、ある人物を「クライストチャーチのオルガンのパイプにはまったネコとネズミくらい動きがとれない人」と評した。

ダブリン市クライストチャーチ・プレイス
北緯53.343517度　西経6.271057度

ヴィクターのインド彫刻公園

ウィックロー州ラウンドウッド

広さ9万㎡もあるこの広大な公園にはさまざまな彫刻が置かれている。痩せこけたブッダの像や、突き立った1本の巨大な指。また、「機能不全に陥った人間の内面を表した」という「スプリット・マン」は、自らを真っ二つに切り裂こうとしている。ヴィクター・ラングヘルドは悟りを求めてインドの各地を旅したあと、1989年にこの彫刻園をオープンさせた。南インドのタミル・ナードゥ州でインド人の職人たちによってつくられたこれらの石像は、「目覚め」（崩れかけた拳から外に出ようとする子供）から、「渡し守の最後」（痩せた男がボートに乗ったまま池に沈んでいく）まで、人間の魂の遍歴を表している。ときおり現れる、インド神のガネーシュやシヴァの楽しげに踊ったり笛を吹いたりしている姿は、見る人の心をしばしなごませる。

ラウンドウッド　彫刻公園まではダブリンから車で約45分。公開は4月から9月まで。濡れてもよい服装で。
北緯53.085765度　西経6.219654度

ヴィクターのインド彫刻公園にいる痩せこけた渡し守は、見る者に自らの死について考えさせる。

パーソンズタウンの
リヴァイアサン

オファリー州バール

　第3代ロス伯爵のウィリアム・パーソンズは、1840年代に長さが17mもある巨大な望遠鏡をつくった。当時彼が"星雲"と考えていた天体現象を観察するためだ。その頃はまだ望遠鏡の性能が悪く、"星雲"が実際は星団なのか銀河なのか、あるいは単なるガスや塵の集まりなのかよくわかっていなかった。パーソンズがつくった口径1.8mの大望遠鏡は太陽系の姿をかつてないほど詳細に示してみせた。ただし、そのときぼんやりとしか見えていなかった天体のいくつかが銀河であるということは、1920年代にエドウィン・ハッブルが発見するまで明らかにならなかった。

　「リヴァイアサン（怪物）」と呼ばれたパーソンズの反射望遠鏡は、その後75年間、世界最大の望遠鏡でありつづけた。しかし、ロス卿とその息子（父親の不在時には望遠鏡の管理をした）がこの世を去ると、1878年には使われなくなり、1908年には取り壊された。しかし、1990年代後半に

パーソンズタウンのリヴァイアサンはまるで大砲のようだが、実は天体観測のための装置だ。

7代目と現ロス伯爵の尽力により再建され、いまは新しいレンズとモーターを取りつけた状態でバール城に設置されている。併設の科学センターでその仕組みを学ぶこともできる。

バール城：ダブリンから車で約2時間。シャノン空港、ゴールウェイ・シティからは約1時間。
北緯53.097123度　西経7.913780度

アイルランドのその他の見どころ

カレンダー日時計
ゴールウェイ：現代になってつくられた、時刻と日付を同時に知らせてくれる日時計。方法は昔ながらだが、精度はばつぐん。

セント・ミカン教会のミイラ
ダブリン：細くて薄暗い階段を下ると、そこには何十体ものミイラが並ぶ納骨堂。なかには800年前の十字軍兵士のものもあり、指でさわることもできる。

ランベイ島のワラビー
ランベイ島：本来の生息地であるオーストラリアからは1万6000km離れているが、25年前にダブリン動物園から移されて以来、この島で暮らしている。

北アイルランド

消える湖
アントリム州バリーキャッスル

　海辺の町バリーキャッスルの東側、海岸沿いを走る道のそばに湖がひとつある——はずだ。でも見つからなくても大丈夫。いつかまた必ず現れる。
　アイルランド語でLoughareema、別名「消える湖」の下には多孔質の石灰岩の層が広がっており、「プラグホール（排水溝）」と呼ばれる泥炭を吸い寄せる穴がある。そこに泥炭が溜まって穴がふさがれると、水は

バリーキャッスルの「消える湖」が消えていないときの状態。

行き場を失い、水位が上がる。泥炭がなくなると、湖は空になる。ときには数時間で水が消えてしまうこともある。

バリーキャッスル、ラッファリーマ通り（バリーパトリック・フォレストのそば）　ベルファストからバスで約2時間。石灰岩が露出した状態から大きな湖まで、見られる姿はその時々で変わる。
北緯55.157084度　西経6.108058度

ジャイアンツ・コーズウェイ
アントリム州ブッシュミルズ

　六角形の無数の柱が隙間なく並んで階段状につらなるさまは、自然の造形物にもかかわらず、まるで人間がつくったもののように見える。
　この不思議な地形は古第三紀の初期（2300万年〜6500万年前）に起こった火山活動によってできたものだ。融けた玄武岩がチョーク質の地層に貫入し、溶岩台地を形成したあと、溶岩が急激に冷えて台地が収縮し、ひびが入った。その結果、高さの異なる六角形の柱が4万個以上もつくられて、巨人の踏み石のような奇妙な景観が生み出されたというわけだ。最も高い柱は10m近くにもなるという。

ケルト伝説の舞台であるジャイアンツ・コーズウェイの、
玄武岩でできた六角形の柱。

　伝説によると、この浜辺の道はフィン・マックールというアイルランドの巨人がスコットランドのベナンドナーという巨人と戦うためにつくったものだ。だが、フィンは海を渡る途中でうたた寝をしてしまう。すると今度は、ベナンドナーが敵を探してコーズウェイを歩きはじめた。フィンの妻は夫を守るために、寝ているフィンを抱き上げ、赤ん坊のように布に包んだ。それを見たベナンドナーは、赤ん坊があのサイズではフィンの大きさはどれほどかと恐れおののき、スコットランドへ逃げ帰ってしまった。そうしてあとにはコーズウェイだけが残された。

ブッシュミルズ村コーズウェイ通り、44　ベルファストからジャイアンツ・コーズウェイまでは車で約1時間、バスなら約3時間（バスは景勝地をぬって走る）。
北緯55.208070度　西経6.251155度

北アイルランドのその他の見どころ

ベルフリーのスケート56
ニューカッスル：元教会につくられたインドア・スケートパーク

ピース・メイズ
キャッスルウェラン：北アイルランドの平和を願ってつくられた世界最大級の生垣迷路。

スコットランド

フィンガルの洞窟
アーガイル・アンド・ビュート、オーバン

　幅20m、奥行き80mのこの海の洞窟は、壁一面が六角形の石柱に覆われていて、まるで壮大なファンタジー小説の舞台のようだ。ケルトの伝説では、いがみ合うふたり

の巨人が海を渡るために架けた橋ということになっているが、実際は、融けた溶岩の塊がゆっくり冷えて、日光で乾いた泥にひびが入るように、六角形の柱状に割れたものだ。

　1772年に博物学者のジョゼフ・バンクス卿によって"再発見"されると、この洞窟はたちまち人々の想像力を掻き立て、多くの画家や作家、音楽家に影響を与えた。1830年には、作曲家のメンデルスゾーンが洞窟をテーマに序曲を書き上げ、同じ年、画家のターナーもその姿をキャンバスに描いた。こうして、フィンガルの洞窟はロマン主義時代の一大観光名所となった。その魅力はいまもまったく衰えていない。

グラスゴーからオーバンまで鉄道で行き、そ

フィンガルの洞窟が見せる造形美は、作家のジュール・ヴェルヌからミュージシャンのピンク・フロイドまで、多くのアーティストにインスピレーションを与えた。

こからフェリーに乗ってマル島へ。クレイグニュア港からバスでフィオンフォートまで行けば、洞窟のあるスタファ島へボートツアーが出ている。

北緯56.433889度　西経6.336111度

メアリー・キングズ・クロース
エディンバラ

言い伝えでは、1640年代にメアリー・キングズ・クロースに住んでいた何百人もの疫病患者は、地区ごと隔離され、見殺しにされたという。実際にはそこまで極端ではなかったものの、この地域が歴史に名を残すほど忌まわしい運命に見舞われたのは、多くの証拠が示すところだ。

17世紀、スコットランドでは国中を黒死病の猛威が襲い、人口の4分の1が亡くなった。特にエディンバラの狭くて薄汚れた共同住宅地では感染の速度が早く、半分地面に埋まったような路地がひしめくメアリー・キングズ・クロースでは、当時500人いた住民のほとんどが病に倒れた。そんな衰弱して動くことさえできない病人のもとを訪れたのが、医者のジョージ・レイだった。自らの感染を防ぐため、全身を革のマントで覆い、鳥のように長いくちばしのついたマスクをかぶったレイは、患者のただれた皮膚をナイフではぎ取り、そこに真っ赤に焼いた火かき棒を押しつけた。強烈な痛みを伴う治療法ではあったが、それによって多くの命が助かったのも事実だ。

メアリー・キングズ・クロースは伝染病が猛威をふるうなかに隔離され、1750年代には、その上に市議会議事堂が建てら

れ、完全に封鎖された。2003年、小さな入り口が設けられ、一般への公開が始まると、因縁話や幽霊好きの人たちの関心を集めるようになった。曲がりくねった通路をたくさんの幽霊が徘徊すると噂され、なかでも黒死病で死んだアニーという10歳の少女の霊は有名だ。彼女の部屋に入ると急にまわりの温度が下がるとか、何か気配を感じるという人も多い。おもちゃや人形、お菓子がたくさん置かれているのは、彼女に会いにここを訪れる人が多い証拠だ。

エディンバラ市ハイ・ストリート、ワーリストンズ・クロース、2

北緯55.950081度　西経3.188237度

犬が自殺する橋
ウェスト・ダンバートンシャー、ダンバートン

オーバートン・ブリッジには犬を死へと誘いこむ何か秘密があるらしい。1960年代以降、この橋から飛び降りて死んだ犬は約50匹。さらに、飛び降りたが死にはしなかった犬が約100匹。なかには、15mほど下にある尖った岩にしこたま身体をぶつけながら2度生還した犬も何匹かいる。

動物学者のデイヴィッド・サンズとデイヴィッド・セクストンは、調査の結果、ミンクの臭いが原因だろうと結論づけた。この臭いは犬を引きつけるとともに他の感覚を麻痺させるので、犬は橋の向こうが深い谷だと気づかずに落ちてしまうというのだ。

ダンバートン、ミルトン・ブレイ　オーバートン・ブリッジは19世紀に建てられたカントリーハウス「オーバートン・ハウス」の敷地内にある。グラスゴーから西へ車で約30分。

北緯55.942506度　西経4.521874度

スコットランドのその他の見どころ

セントピーター神学校

カードロス：1966年に建てられたモダンなデザインの神学校。1980年代に閉鎖され、今は廃墟となっている。

イェスター城

イースト・ロージアン、ギフォード：13世紀につくられた城で、地下には悪魔の手先がつくったとされる「ゴブリンの部屋」がある。

ダンモア・パイナップル

ダンモア・パーク：豊穣とホスピタリティの象徴として巨大なパイナップルの像を頭に乗せたこの館は18世紀後半につくられたもので、いまは宿泊施設として使われている。

エディンバラ城の犬の墓地

エディンバラ：衛兵たちのかわいがった代々のマスコット犬が埋葬されている墓地。

グレイフライアーズ墓地のモートセーフ

エディンバラ：死体泥棒が横行した19世紀には、遺体を盗難から守るために墓の上に鉄の囲い（モートセーフ）がつけられていた。

ホリールード寺院

エディンバラ：11世紀にスコットランド王デイヴィッド1世によって建てられたが、現在は廃墟となっている。

ブリタニア・パノプティコン・ミュージック・ホール

グラスゴー：現存する世界最古の音楽堂。

カルティブラッガン捕虜収容所

パース：第二次大戦中、ナチスのＡ級戦犯を収容するために建設された施設。

スコットランド・シークレット・バンカー

セント・アンドルーズ：核戦争の際にスコットランドの政治家や要人を守るためにつくられた核シェルター。

ジェンクスの庭には生命と宇宙の秘密を解く鍵がひそんでいる。

宇宙的思索の庭

ダンフリーズ・アンド・ギャロウェイ州ハリウッド

「宇宙的思索の庭」では、スイセンやヒナギクのあいだに、ブラックホールや、フィボナッチ数列や、フラクタルや、ＤＮＡの二重らせん構造が現れる。

　建築理論家のチャールズ・ジェンクスと妻のマギー・ケズウィックは、自宅の敷地に12万㎡もある美しい庭園をつくった。デザインのもとになったのは、現代物理学の基礎概念。近年明らかになりつつある宇宙の形やパターンを反映している。1988年から20年ほどかけて製作されたが、そのあいだにマギーは癌に侵されこの世を去った。

妻の死後もジェンクスは彼女のためにプロジェクトを続け、科学に新しい発見があるたびにデザインに変更を加えた。（たとえば、ＤＮＡガーデンにある二重らせんの生け垣は、ヒトゲノム計画に影響を受けてつくられたものだ）

ハリウッド　ダンフリーズから北へ約8km。庭の見学ができるのは1年に1度のみ（通常は5月の第1週）。このイベントはスコットランド・ガーデンズ・スキームが運営し、収益の一部はジェンクスの亡き妻を記念して設立された癌患者のための財団マギーズ・センターに寄付される。
北緯55.129780度　西経3.665830度

オーストリア

エスペラント博物館
ウィーン

1870年代にルドヴィーコ・ラザーロ・ザメンホフがエスペラントを創案したのは、世界中の人々が容易にコミュニケーションをとれるようにと願ってのことだった。エスペラントとはロマンス語とゲルマン語とスラブ語をミックスした人工言語で、この博物館ではエスペラントを始めとする500近くの人工言語についての資料の収集と研究を行っている。

展示室にはエスペラントのラベルが貼られたサイダーのビンや歯磨き粉のパッケージ、エスペラントで書かれた小説、エスペラントの学習書、19世紀に撮影された人工言語の先駆者たちの写真など、エスペラントにまつわるさまざまな品が並んでいる。ピーク時には200万近くの使用者がいたと言われ、現在でも、地球上に6000以上ある言語のなかで使用人口の多い言葉の上位200位以内に入っている。幼い頃からエスペラントで育ったエスペラント・ネイティブも1000人ほどいるとされ、アメリカ人の投資家ジョージ・ソロスもそのひとりだ。

この博物館を知ってエスペラントを学んでみようと思った人に耳寄りな情報がひとつ。エスペラントをマスターして「パスポルタ・セルボ」というサービスに加入すれば、そこに登録されている世界中のエスペランティストの自宅に無料で宿泊できるということだ。

ウィーン市ヘレンガッセ、9　ヘレンガッセまでは地下鉄が便利。
北緯48.209474度　東経16.365771度

世界大戦が間近に迫ってもなお、エスペランティストたちは共通言語で世界をつなぐという夢を抱きつづけていた。

地球儀博物館
ウィーン

世界で唯一の地球儀専門の博物館。約650個ある地球儀や天球儀には、どれも丁寧に手づくりされた芸術品のような趣がある。クランクを回すことによって自転や公転といった地球の動きを再現する地動儀も展示されている。館内をざっと見て回るだけでも、人間が地球と宇宙についてどのように知識を深めていったかを感じ取ることができるだろう。

ウィーン市ヘレンガッセ、9　モラード宮殿内　ヘレンガッセまでは地下鉄が便利。
北緯48.209413度　東経16.365596度

【次頁】19世紀までは地球儀と天球儀をペアでつくるのが一般的だった。

➡➡ トキポナで「クレイジー」はなんと言うか。

13世紀以来、人工言語は世界中で900以上も生み出されてきた。エスペラントやヴォラピュクのように世界の共通語をつくるという高いこころざしのもとで生まれたものもあるが、人間の世界観はその人が使う語彙と文法によって規定されるという「サピア・ウォーフの仮説」を試すために誕生したものもある。

Kala　　　**Kasi**

「トキポナ」は2001年にカナダの言語学者ソニャ・エレン・キサがミニマリストのためにつくった言語で、たった123個の単語から構成されており、禅の生命観をもとにしていると言われている。単純な単語の組み合わせで複雑な意味の言葉をつくり出すという考え方で、たとえば、「クレイジー」と「水」という語を合わせれば「アルコール」という意味の語ができるというわけだ。かぎられた語彙と語根の連結というコンセプトは、トキポナ以外にも、ジョージ・オーウェルのディストピア小説『1984』に登場する「ニュースピーク」という仮想言語に使われている。

「ラーダン」はアメリカのSF作家サゼット・H・エルジンが、いまある言語はどれも女性の経験を伝達するのには適していないというフェミニストの仮説を確かめるため、1982年につくった。たとえば、radiidinという単語は、「一般には休日と考えられているが、実際は準備と労働に追われ、忌まわしいとしか言いようのない日のこと。特に、客が嫌というほど大勢いるのに、そのなかの誰も手伝ってくれないとき」と定義されている。

　フランスの著作家で音楽家のジャン・フランソワ・シュドルは1820年代に「ソルレソル」という人工言語をつくった。ソルレソルは、音階のドレミファソラシに相当する7つの音節から構成されており、それぞれの単語はひとつ、あるいはそれ以上の音節からできている。たとえば、単語「シ」は「はい」を、「ドファラド」は「誠実」を意味し、全部で2668個の単語がある。

　もとになっているのが音階なので、ソルレソルは楽器でメッセージを伝えることも可能だ。また、7つの音節はそれぞれ虹の7色に対応しているため、ソルレソルの文法書を書いたボレスワフ・ガイェウフスキーは、1902年に出した本のなかで、メッセージを伝える方法として「夜に7色の花火を上げるのもいい。ただし、1度に1発ずつ、次の単語の前には少し間隔をあけること」と提案している。

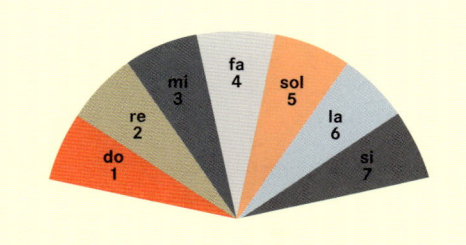

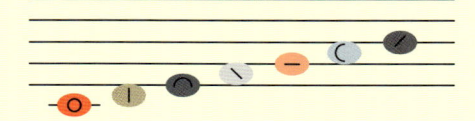

ソルレソルはヴァイオリンで演奏したり、数字や色に変えて表すこともできる。

葬儀博物館
ウィーン

ここには骨壷から、上半身を起こしたまま入れる棺〈左図〉、葬儀用の礼服、遺灰でつくったダイヤモンドまで、葬儀に関するありとあらゆるものが展示されている。ガイドが案内してくれるので、うまく頼めば棺の"試着"もできるかもしれない。

ウィーン市ゴールデガッセ、19　見学は要予約。
北緯48.189684度　東経16.376911度

オーストリアのその他の見どころ

エッゲンベルクの地下納骨堂
エッゲンベルク：14世紀につくられた地下納骨堂には、おびただしい数の人骨がまるでアート作品のように並べられている。

困った標識
フッキング：第二次大戦中、この道路標識を見つけたアメリカ兵はみな大笑いした。そこにFucking（英語読みでは「ファック」を意味する）と書かれていたからだ。それ以来、フッキングの町の住人は、標識をバックに写真を撮る観光客の多さに悩まされている。

芸術家の家
マリア・グギング：精神病の患者たちが共同生活するこの家では、壁一面に彼らの苛立ちや恐れや希望が描かれている。

フランツ・ゲルマンのワールドマシン
カム：おもちゃのゴンドラ、木琴、ミニチュアの風車、宇宙船、酸素ボンベ、そういった雑多な物が激しく音を立てながらぐるぐると回転するこの巨大マシンは、ある農民がひとりでつくり上げたものだ。

ミニムンドゥス
クラーゲンフルト：世界中の有名な建物を25分の1のスケールで再現した公園。

クレムスミュンスターの天文台
クレムスミュンスター：8世紀に修道院として建てられたが、1750年代に5階建ての「数学の塔」に昇格してからはずっと気象台としての役目を果たしている。

ドーム博物館の「美術品と珍品のキャビネット」
ザルツブルク：大司教ヴォルフ・ディートリッヒが所有していた珍品の数々は、一度はその多くが失われたものの、保管していた美しいキャビネットとともに復元された。

シュターケンベルグのビール・プール
シュターケンベルグ：ビール好きなら一度は夢見るビール・プールに、ここでは実際に入ることができる。4m四方のプールに入っているのはジョッキ4万2000杯分のあたためたビールだが、ドリンク用に冷たいビールも用意されている。

クーゲルムーゲル共和国
ウィーン

クーゲルムーゲルはいわゆるミクロネーションのひとつだ。"ネーション（国家）"といっても、その多くはアート・プロジェクトや社会実験、ときには単なる個人の趣味で設立されたもので、国際社会から認められているわけではない。

芸術家のエドヴィン・リップブルガーは1971年にカッツェルスドルフの農場に球形

観光客を歓迎しているようには見えない球体のミクロネーション、クーゲルムーゲル。

の家を建てた。だが、建設許可を取っていなかったため、すぐに政府から取り壊し命令が下された。それに対抗するため、リップブルガーはその家にクーゲルムーゲル（ドイツ語で「球体の丘」）という名をつけ、国家としての独立を宣言した。リップブルガーは逮捕され、10週間を刑務所で過ごしたが、大統領恩赦により釈放された。

　ところが戻ってみると、クーゲルムーゲルはウィーンの遊園地にある観覧車のすぐ横に移転させられていた。リップブルガーにとって、これは芸術に対する侮辱以外の何ものでもなかった。彼はすぐにクーゲルムーゲルの入り口に自分の国を潰そうとする敵の名前を貼りだし、その者たちの立ち入りを禁じた。一覧のなかには、クーゲルムーゲルを解体しようとした市長ヘルムート・ツィルクの名前もあった。

　現在、クーゲルムーゲルは有刺鉄線で囲まれ、オーストリアとの国境には赤と白のストライプ模様のドアが設けられている。ただし、建国の主は国外追放の憂き目にあ

い、いまそこには住んでいない。

ウィーン市アンティファシスムスプラッツ、2バスでフェネディガー・アウ公園まで。クーゲルムーゲルはウィーンの有名なプラター公園（キャロル・リード監督の映画『第三の男』にも登場する）の西の端、ジェットコースターの下にある。

北緯48.216234度　東経16.396221度

ヘルブルン宮殿の仕掛け噴水
ザルツブルク

　17世紀にザルツブルクを支配していた大司教マルクス・ジティクスは、よほどのいたずら好きだったらしい。夏の住居であるヘルブルン宮にはさまざまな仕掛けが施され、何も知らずに庭を散歩する客に向かって水を吹きかけるようになっていた。だが、どの噴水のそばにも必ずいつも乾いている場所があった。ジティクス公がずぶ濡れになった客を横目に立っていた場所だ。

いたずら好きな噴水から水が飛び出すたびに、大司教の高らかな笑い声が風に乗って聞こえてくるようだ。

➡ その他のミクロネーション

① ラドニア

ラドニアでいちばん目を引くのは、70トンもの流木でつくられた巨大な塔のオブジェ「ニミス」だ。ニミスはまた、ラドニア国が存在する唯一の理由でもある。面積わずか約1.7㎢のこの架空の国は、スウェーデンのカテガット海峡に突き出た半島にあり、芸術家ラルス・ヴィルクスとスウェーデン政府の長年にわたる法廷闘争のあと、1996年に建国された。

ヴィルクスがニミスをつくりはじめたのは1980年のことだ。人の住んでいる地域から遠く離れ、陸からは全体像が見えないため、最初の2年間は政府もその存在に気づかなかった。だが、発見するとすぐに撤去命令を出した（そこは自然保護区の一部で、建

ミクロネーションのラドニアは流木でできた塔で有名だ。

造物をつくることは禁止されている）。しかし、ヴィルクスは命令を無視して、ニミスを芸術家仲間のクリストに売却すると、今度はニミスと同程度の大きさの、石とコンクリートでできた彫刻「アルクス」を製作しはじめた。そして、その一帯をスウェーデンから分離独立させ、自らのコントロール下に置くことを宣言した。ラドニア国の誕生だ。

現在ラドニアには1万5000人以上の国民がいるが、「国民は放浪すべし」という国の政策に従い、全員が国外に住んでいる。ネットで申請すれば誰でも無料で国民になれるが、貴族の仲間入りをしたいという人は12ドルを支払い、どの身分になりたいかメールで連絡することになっている。

国旗は、緑色の背景に、細い白線で縁取りされた緑色のノルディック・クロスという図柄。このデザインが選ばれたのは、青に黄色の十字が入ったスウェーデン国旗をぐつぐつ煮たらそうなるというのが理由らしい。納税は任意だが、金銭での支払いはできず、代わりに想像力で国に貢献することが求められている。かつて、建国の趣旨がうまく伝わらず、本当に移住できると勘

違いした3000人のパキスタン人が移住申請をしたことがあったが、結局ラドニアに住むことはできないと告げられた。

住むことは禁止されているが、訪問はいつでもできる。

② シーランド公国

シーランド公国が誕生したのは1967年。ロイ・ベーツが、ラジオの海賊放送を始めようと、イギリス東部の沖合いに浮かぶ元イギリス軍の海上要塞を占拠したときのことだ。ベーツの14歳の息子マイケルが要塞に近づいてくる英国海兵隊に向けて威嚇射撃をすると、ベーツ父子は武器の不法所持で裁判にかけられたが、裁判所は要塞がイギリスの領海外にあることを理由に訴えを退けた。ふたりは要塞へ戻り、ロイはシーランド公国の君主として自らベーツ公と名乗った。

1978年、シーランドの首相だったアレクサンダー・アッヘンバッハは、ベーツ公が妻とイギリスに行っている隙を狙ってクーデターを起こし、要塞に海と空から奇襲をかけてマイケルを人質にとった。しかし、ベーツ公は武装した仲間とともに、元ジェームズ・ボンド（実際はボンドのスタントマンだった男）が操縦するヘリコプターで要塞に取って返し、アッヘンバッハとその一味を制圧した。ベーツ公はアッヘンバッハ

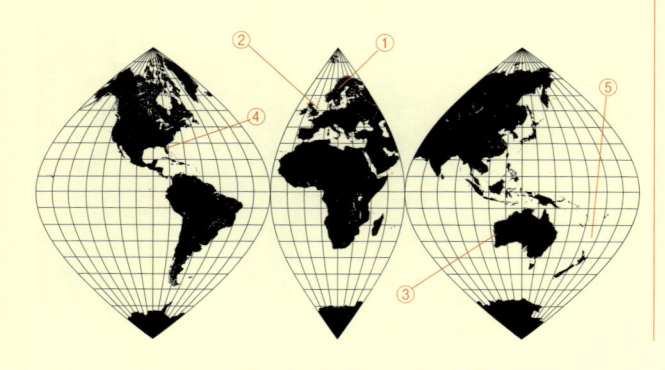

E MARE LIBERTAS

を反逆罪に処し、数週間監視下に置いたが、ドイツ政府がシーランドに外交官を派遣してアッヘンバッハの解放を要求したため、それを受け入れた。アッヘンバッハはその後ドイツに戻り、シーランド公国亡命政府（ミクロネーションよりさらにミクロな国）を打ち立てた。

③ハット・リヴァー公国

1969年、オーストラリア政府が新しい小麦の販売割当量を発表すると、レオナード・ケースリーは怒りを爆発させた。畑ではすでに大量の小麦が収穫直前の状態にまで実っていたのに、その多くが売れなくなったからだ。彼は政府に働きかけ、方針を変更させようとしたが、相手はまったく耳を貸そうとしない。そこでケースリーは最後の手段に出た。独立だ。

1970年4月、ケースリーはハット・リヴァー公国を建国し、自分も家族も今後一切オーストラリア政府の支配は受けないと宣言した。彼が政府に送った短い文書には、自分の依拠するものとして、マグナ・カルタとイギリスの慣習法と北大西洋条約と国連憲章の名が記されていた。

その後も、ハット・リヴァー公国と西オーストラリア州との緊張は高まる一方だった。郵便局はハット・リヴァーへの配達を拒否し、税務署は再三にわたってケースリーに納税を迫った。1977年、ハット・リヴァー公国レオナード1世（独立後はそう名乗っていた）はついにオーストラリアに宣戦を布告した。だが、数日後には自ら停戦を宣言した。死者なし、負傷者なし。もちろん、オーストラリア政府は戦争があったこと自体を認めていない。

④ほら貝共和国

「他の誰もできなかった分離独立をわれわれは成しとげた」これがフロリダ州キーウェストにあるミクロネーション、ほら貝共和国のモットーだ。1982年、アメリカの国境警備隊がキーウェストに検問所を設置すると、住民たちの生活は不便になり、観光客も激減した。そのため市はこれに猛反発し、アメリカからの分離独立を宣言した。独立後、ほら貝共和国はアメリカと1分間の戦争に入り、第1代首相に任命されたデニス・ワードローが海軍の制服を着た男の頭を硬くなったパンで叩いた。そして、すぐに降伏すると、アメリカに対し10億ドルの賠償金を要求した。もちろん、この賠償金はまだ支払われていない。

ほら貝共和国のパスポートは海外旅行では使えないが、同共和国のホームページによると、以前グアテマラを旅行していたアメリカ人が武装した革命兵士に遭遇したとき、アメリカのものではなくほら貝共和国のパスポートを見せたら死なずにすんだという。おそらく兵士たちは、銃で撃つ代わりに、テキーラでもてなしたくなったのだろう。

ほら貝共和国のパスポートは海外旅行では使えない。

⑤ミネルヴァ共和国

ラスベガスの不動産王マイケル・オリヴァーはユートピアの島をつくるのが夢だった。税金はタダ、福祉もタダ、政府からの干渉も一切なし。住民は3万人ほどで、産業は漁業と観光と「その他もろもろ」。

オリヴァーが目をつけたのはフィジーとトンガの南にある2つの岩礁だった。海面下にあり、誰の所有物でもない。国際法では、満潮時に海面より3m以上出ていない島は所有できないことになっている。その2つの岩礁は満潮になると海に沈んでしまうため所有者がいなかったのだ。そこでオリヴァーは船で砂を運び、島を埋め立てると、ミネルヴァ共和国という名前をつけて、そこを自分のものだと主張した。

だが、この暴挙はただちにトンガ王タウファアハウ・トゥポウ4世の知るところとなった。王は自国の貴族や大臣、兵士、警察、それにブラスバンドまで連れてミネルヴァへ渡ると、ミネルヴァの国旗を引きずりおろし、トンガの領有権を宣言した。

400年経ったいまでも宮殿はほとんど当時のままだ。唯一の例外は1750年になってからつくられた機械劇場で、バロック時代の町を再現したこのジオラマでは、オルガンの音に合わせながら、200もの小さな人形が水の力だけを使って動く様子を見ることができる。

ザルツブルク市フュルステン通り、37　ヘルブルン宮殿の公開は4月から11月初めまで。訪れる際は濡れてもいい服装で。
北緯47.763132度　東経13.061121度

氷の巨大な世界
ザルツブルク市ヴェルフェン

アイスリーゼンヴェルト（ドイツ語で「氷の巨大な世界」の意）は全長42kmにも及ぶ世界最大の氷穴だ。なかに入ると、巨大なつららや湾曲した氷の板など、さまざまな氷の造形物を見ることができる。どれも岩の裂け目から染み込んだ雪解け水が冷気に触れて固まり自然にできたものだ。マグネシウムライトに照らされて光り輝く氷の姿は、どこまでも幻想的で美しい。

ヴェルフェン、21、ゲトライデガッセ、アイスリーゼンヴェルトはザルツブルクの南約40km。見学は5月から10月のみ。洞窟内の気温は夏でも零下になるため、上着の用意を。
北緯47.50778度　東経13.189722度

ベルギー

ムンダネウム
エノー州モンス

「ムンダネウム」は実に壮大な企てだった。1910年、ベルギーの法律家ポール・オ

懐中電灯の光が世界最大の氷穴にぶら下がるつららを美しく照らし出す。

トレは、ノーベル平和賞の受賞者アンリ・ラ・フォンテーヌとともに、3×5インチのインデックスカードを使って古今東西の知を体系化するという途方もない計画に着手した。そして、それを中心に据えた「世界都市」の設計を、建築家のル・コルビュジエに依頼した。図書館や博物館や大学も備えた世界の知の中心をつくり出そうと考えたのだ。

小さな紙切れの束で人類の知の歴史をまとめるという前代未聞の作業に挑むため、オトレは国際十進分類法というシステムを考案した。それからの20年、増えつづけるスタッフたちは、書籍と定期刊行物の内容を1200万枚以上のカードにまとめ、分類した。こうして知の宝庫ができあがると、オトレは次に無償の情報検索サービスを始め

情報満載のカードが1200万枚保管されていたムンダネウムは、20世紀初頭版インターネットと言える。

た。郵便や電報で世界中から送られてくる問い合わせの数は年間1500件にも及んだという。

　紙ベースでの作業が煩雑になると、オトレは1934年、新たな方法を考え出した。機械的なデータ格納庫をつくり、そこに彼が「電気双眼鏡」と呼んだ世界規模のネットワークを通してアクセスしてもらおうというのだ。しかし、ベルギー政府はこのアイデアにほとんど興味を示さなかった。第二次世界大戦が始まると、ムンダネウムの重要度は下がり、以前より狭い場所に移転させられた。そして、経済的に不安定な状況が何年も続いたあと閉鎖に追い込まれた。最後のとどめはドイツ軍のベルギー侵攻だった。ナチスの兵士たちはインデックスカードの詰まった何千もの箱を破壊し、代

わりにナチスを称える絵を壁に掲げた。

　1944年にオトレが亡くなると、彼の夢見た「世界都市」も記憶のなかだけの存在となった。しかし、いまではオトレは情報科学の父と見なされている。相互にリンクした情報を世界的ネットワークを使って探し出すという彼のアイデアは、まさにいまのインターネットを予見するものだった。

　破壊をまぬがれたムンダネウムの本やポスター、企画設計書、それにインデックスカードの入ったキャビネットなどは、いまはモンスにあるムンダネウム博物館で見ることができる。

モンス市ニミー通り、76　モンス駅からムンダネウム博物館までは徒歩で約15分。
北緯50.457674度　東経3.955428度

フォルー・レ・カーヴの洞窟

ブラバン・ワロン州オール・ジョーシュ

　フォルー・レ・カーヴという小さな町の狭い階段を地下約15mまで下りると、そこに広がるのは面積6万㎡の広大な洞窟だ。石灰岩が固まってできた凝灰石を人間が手作業で繰り抜いたもので、掘られたのはローマ時代か中世の頃と考えられている。1886年、農民たちはこのひんやりとした暗い洞窟のなかでキノコの栽培を始めた。いまでもそれは続いている。

　キノコ栽培が始まる前は犯罪者の隠れ家として使われていた。壁に刻まれた言葉や名前（スプレー缶がない時代の落書き）がその証である。なかでも有名なのは18世紀に活躍した盗賊ピエール・コロンだ。コロンは道行く商人から盗んだものを貧しい人々に分け与える義賊だった。いったんは牢屋に入れられたが、差し入れのケーキのなかに妻が隠したやすりを使ってまんまと脱獄したという。そんなコロンを称えて、フォルー・レ・カーヴでは毎年10月に祭りを催し、みんなで音楽やダンスやごちそうを楽しむ。

オール・ジョーシュ、オーギュスト・バキュ通り、35　オール・ジョーシュへはブリュッセルから東へ車で約1時間。

北緯50.669216度　東経4.941959度

ベルギーのその他の見どころ

ルムシャン鍾乳洞

エワイユ：世界最長の地下河川。90分間のボートクルーズの途中、運がよければ透明のエビに出会えることも。

プランタン・モレトゥス印刷博物館

アントウェルペン：16世紀に建てられた印刷所兼博物館。世界最古のプレス機や、グーテンベルグの聖書、世界で唯一現存するオリジナルのギャラモン活字などが展示されている。

アトミウム

ブリュッセル：鉄の結晶構造を1650億倍に拡大した建造物。1958年のブリュッセル万博の際につくられた。最上部から景色を眺めることもできる。

楽器博物館

ブリュッセル：この3階建てのおとぎの国には、いろいろな形や大きさの楽器が1500以上も展示されている。いちばんの見どころは、コンポニウムという世界で最初の即興演奏できる自動楽器だ。

ギスラン博士博物館

ヘント：精神病院のなかにある博物館。精神医学の啓蒙を目指すこの博物館では、精神医療と芸術を組み合わせて展示している。

エベン・エゼルの塔

リエージュ市バッサンジュ

　屋上に雄牛とライオンと鷹とスフィンクスの像があるこの7階建ての塔は、中世の建造物のように見えるが、実はそれほど古くはない。1951年から10年以上をかけて、ロベール・ガルセが、平和と知識の探求を象徴する建物としてひとりでつくった。

　聖書と数秘学と古代文明にのめりこんでいたガルセは、塔の設計にも象徴的な数字を用い、全体の高さは33m（イエスが亡くなった歳）、塔の上に置かれた像は4つ（黙示録に登場する四騎士）、床の広さは12m四方（イエスの12使徒）となっている。

　内部の壁を飾る芸術作品もすべてガルセの手によるもので、テーマになっているのは黙示録や聖書の一節、白亜紀時代の恐竜

小塔をもつエベン・エゼルの塔は聖書や古代文明に発想を得てつくられた。

などだ。螺旋階段をのぼり翼のあるライオンの下をくぐって屋上に出ると、ベルギーの田園風景を一望することができる。

バッサンジュ、エベン・エゼル、4690　ブリュッセルから鉄道で約2時間。
北緯50.793317度　東経5.665638度

フランス

オラドゥール・シュル・グラヌ

リムーザン地域圏オラドゥール・シュル・グラヌ

　1944年以来、オラドゥール・シュル・グラヌ村はずっと廃墟のままだ。黒くすすけて、ぼろぼろになった建物のあいだに、70年以上も前にここで暮らしていた人たちの持ち物が散らばっている。焼け落ちた車体、ミシン、ベッドのフレーム、乳母車の残骸。すべてのものが、時とともに風化していくのをただ静かに待っている。

　1944年6月10日、ナチスの親衛隊は、レジスタンス活動が疑われるとしてオラドゥール・シュル・グラヌ村に侵攻し、住民全員に村の中央広場に集まるよう命じた。そして、男たちを納屋や物置に連れていき射殺した。女性と子供たちは教会に閉じ込め、建物ごと火をつけた。窓から逃げようとする者には銃弾を浴びせた。

　数時間かけて642人の村人全員を殺害した親衛隊員たちは、村中の建物を燃やしたあと、満足気な顔で去っていった。

　戦争が終わると、当時大統領だったシャルル・ド・ゴールは、村の隣に新しい村をつくることを約束したが、元の村は戦時中の残虐行為を忘れないため、そのままの姿で残すと宣言した。標識と銘板と博物館以外、ゴーストタウンと化したその村につけ加えられたものは何もない。入り口にはフランス語で「忘れない」と書かれた札が掲げられている。

焼け落ちた村の姿は70年たったいまもそのまま残されている。

オラドゥール・シュル・グラヌ村へはリモージュから西へ車で30分。毎年6月10には犠牲者を追悼して花輪が捧げられる。
北緯45.931233度　東経1.035125度

シャップの腕木通信機
バラン県サヴェルヌ

　フランス革命の際には、情報を全国にすばやく伝達することが強く求められた。その要請にこたえたのがクロード・シャップが考案したこの装置だ。
　シャップが最初の実験を行ったのは1791年のことだ。まず、シャンゼリゼ通りに、それぞれ目で確認できる程度の距離をあけていくつかの塔を建て、その上に、高さ3mの支柱に長さ4mほどの動く腕木を取りつけた装置を設置した。そして、腕木のつくる形で意味を表す単語を9999個つくっ

た。熟練した通信手なら、240kmほど離れた場所に2分以内でメッセージを伝えることができたという。
　シャップの発明品の有効性に目をつけたフランス軍はさっそくダンケルクとストラスブール間に塔を建てた。それから10年もしないうちに、腕木通信網はフランス中に広がった。かのナポレオンも1799年に権力を握ると、腕木通信網を使って「パリは静かだ。市民も満足している」とメッセージを送った。
　1998年に修復されたサヴェルヌのロアン城近くにある通信塔は、1798年から1852年

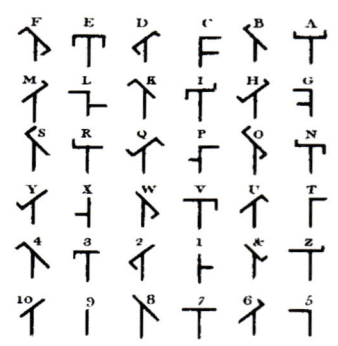

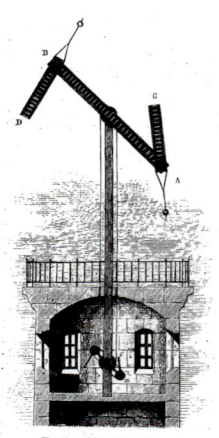

Fig. 19. — Télégraphe de Chappe.

シャップの腕木通信で使われた文字と数字を表すパターン。

までストラスブール線の一部として実際に活躍していたもので、現存する数少ない腕木通信網の中継基地のひとつだ。

ロアン城：サヴェルヌ、ド・ゴール将軍広場
ロアン城へはサヴェルヌ駅から徒歩で約5分。
北緯**48.742222**度　東経**7.363333**度

ルネ・ド・シャロンの朽ちゆく死体
ロレーヌ地域圏バール・ル・デュック

　バール・ル・デュックのサンテティエンヌ教会には、一体の朽ちゆく死体の像がある。骨だけになった身体には皮膚や筋肉がぶら下がり、頭蓋骨の空洞の目は高々と持

ルネ・ド・シャロンの死後彫像は、かつては本物の彼の心臓を握っていた。

ち上げた左手を見上げている。そこにはかつて、この像のモデルとなった、16世紀にこの地方を治めていたルネ・ド・シャロン公の干からびた心臓が握られていたという（実際の心臓はフランス革命のさなかに何者かの手によって持ち去られたと信じられている）。

　この等身大の彫像はリジェ・リシエがつくった「トランジ」だ。トランジとは、ルネサンス時代に流行した芸術の一形態で、朽ちる過程の遺体を模した石像である。当時、人々に人生のはかなさと死後の世界の永遠性を思い起こさせるため盛んにつくられた。

バール・ル・デュック市サン・ピエール広場、サンテティエンヌ教会　バール・ル・デュックへはパリから鉄道で約2時間半。

北緯48.768206度　東経5.159390度

ブザンソン大聖堂の天文時計
フランシュ・コンテ地域圏ブザンソン

　ブザンソンは19世紀のフランスにおいて時計製造の一大中心地だった。そのブザンソンにある大聖堂には3万個の部品からなる高さ5.8mの巨大時計が置かれている。これまでつくられた時計のなかで最も複雑なものと言えるだろう。設置されたのは1860年。だがいまでも、世界の17の都市の現地時間と、フランスの8つの港の時刻と潮位、うるう年も計算に入れた永久カレンダー、それに日の出と日の入りの時刻を表示しつづけている。

ブザンソン市シャピートル通り、ブザンソン大聖堂はブザンソン駅から徒歩圏内。

北緯47.237829度　東経6.024054度

大量についた文字盤を見れば、これがこれまでつくられたなかで最も複雑な時計と言われるのもうなずける。

フランスのその他の見どころ

オークの礼拝堂

アルヴィル・ベルフォス：フランス最古と言われるオークの木と、その幹の内部につくられた小さなチャペル。

ドラゴンの機械時計

ブロア：決まった時刻になると、まるで鳩時計のように、大邸宅の窓から巨大な顔を出す機械仕掛けのドラゴンは、著名なマジシャンであり、オートマタの製作者でもあったジャン・ウジェーヌ・ロベール・ウーダンを記念してつくられた。

ピカシエットの家

シャルトル：床から屋根まで、家全体がモザイクで埋め尽くされている。作者は気分の晴れない墓守人。

ドゥオモン納骨堂

ドゥオモン：第一次世界大戦で亡くなった約13万人の兵士が眠る共同墓地。

モン・サントディールの秘密の通路

オットロット：要塞に囲まれたこの古代の修道院には、秘密の通路と謎めいた本泥棒の歴史がひそんでいる。

サン・ボネ・ル・シャトー参事会教会

サン・ボネ・ル・シャトー：1837年にこの教会の地下墓所から発見された30体のミイラ化した遺体は、1562年にプロテスタントの指導者によって殺害されたカトリックの貴族たちのものと考えられている。

狩猟自然博物館
パリ

　もともとは17世紀に建てられた貴族の屋敷ゲネゴー邸だったが、いまは動物の剥製や、繊細な装飾の施された狩猟用の銃、狩りの様子を描いた芸術作品などを展示する博物館になっている。

　動物の種類ごとに展示物をまとめた大き

な木製の陳列棚も備えられ、引き出しを開けると、その動物の足跡やフンをブロンズでかたどったものや、生息地に関する詳細な説明、動物に捧げた詩などが現れる。2階には、天井一面を5羽分のフクロウの羽根と頭で飾った部屋もある。

　世界中の動物の剥製が一堂に会する部屋まで来たら、明らかに他の展示物とは様子の違うものを探してみよう。まるで生きているかのような自然な動きで完璧なフランス語を話す白いイノシシが見つかるはずだ。

パリ市アルシーヴ通り、62　最寄り駅は地下鉄のランビュトー駅。

北緯48.857127度　東経2.354125度

標本専門店デロール
パリ

　珍しい動物の剥製や昆虫の標本など、自然史に関するありとあらゆる資料が時代物の木の棚やガラスの瓶に収められて展示されているこの店には、1881年の開店以来、多くのパリジャンが足繁く通った。

　ところが、2007年、火災によってそのほとんどが灰になってしまう。すると、多く

この静かな動物園にはありとあらゆる動物の代表が集まっている。

の芸術家や世界中のコレクターが支援の声を上げ、店は無事再開された。いまはまた以前同様、イエネコからホッキョクグマまで、さまざまな剝製や標本が19世紀のインテリアに囲まれて並んでいる。希少価値の高いものは非売品だが、パーティ用にライオンを借りることは可能だ。店にある品はほとんどがレンタル可となっている。

パリ市バック通り、46　最寄り駅は地下鉄のリュー・デュ・バック駅。

北緯48.856444度　東経2.326564度

フラゴナール博物館
パリ

　フラゴナール博物館では、10本足の羊のそばで、人間の胎児が楽しげにダンスを踊り、骸骨になった黙示録の騎士がそれを

じっと見つめている。

　1766年に創立されたこの博物館は、獣医学校に併設されたもので、解剖学、奇形、動物の骨格標本、疾病などに関する展示室が並んでいる。しかし、何といってもいちばん目を引くのは、オノレ・フラゴナールが製作した「エコルシェ」と呼ばれる皮剝標本のコレクションだ。

　フラゴナールは、ルイ14世の命により、リヨンにできたフランス最初の獣医学校の教授に着任すると、すぐに動物の標本づくりを始めた。しかし、その対象は次第に人間へと移っていく。もちろん、その目的は授業の教材にすることだったが、フラゴナールは標本の多くに派手なポーズをとらせ、死後の物語を語らせた。アルブレヒト・デューラーの絵に触発されて製作した「黙示録の騎士」はその好例と言えるだろう。皮膚は剝がされ、筋肉は干からび、ガ

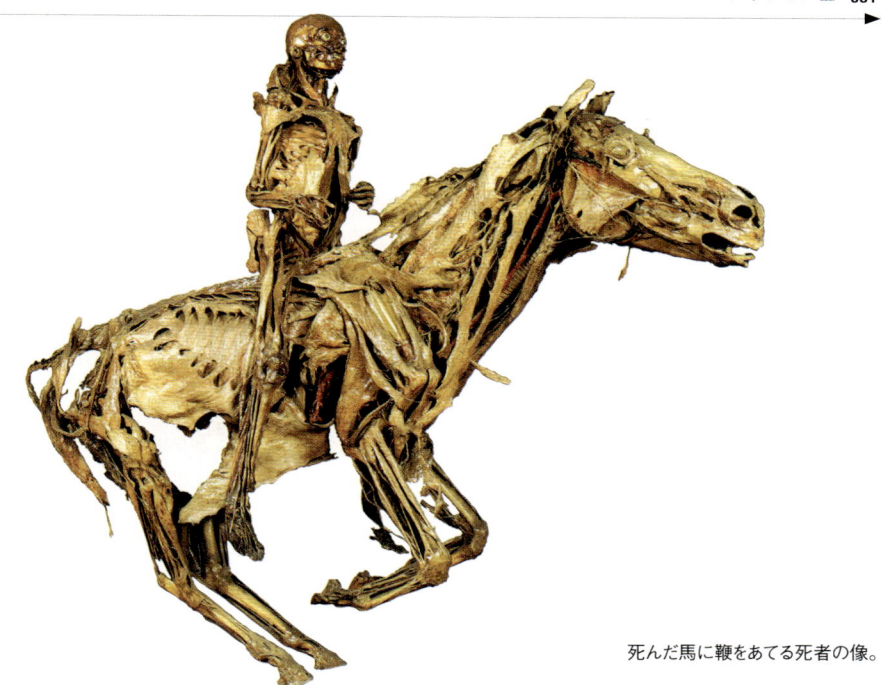

死んだ馬に鞭をあてる死者の像。

ラスの目だけが不気味に光る男の死体が、同じような処理を施され、野を駆ける姿で固まった馬の背に乗っている。馬の首を走る太い動脈には真っ赤な蠟が詰められ、馬の口から伸びた青い手綱は男の手の硬くなった腱につながれている。

　フラゴナールは6年間リヨンで働いたが、そのあいだに人々は徐々に彼のつくるエコルシェに恐怖を抱くようになり、最終的にフラゴナールは精神の異常を理由に学校から追放された。それ以降、1991年に博物館がオープンするまで、彼がつくった皮剥標本が人々の目に触れることはなかった。

メゾン・アルフォール、ド・ゴール将軍通り、7　パリ郊外にあり、最寄り駅は地下鉄のメゾン・アルフォール獣医学校駅。

北緯**48.812714**度　東経**2.422311**度

立体地図博物館

パリ

ルイ14世は戦争の際、攻めるにしても守るにしても、これから戦場となる土地の縮尺模型を見ながら戦略を練るのが好きだった。そんな模型「プラン・ルリエフ」を最初に国王に提案したのは当時フランスの陸軍大臣だったルーヴォワ候だ。ルーヴル宮殿に運びこまれたその立体地図は、パピエマシェ（紙の張り子）と石膏と木を組み合わせてつくったもので、国王軍が敵と相まみえる際の状況を600分の1の大きさで、正確かつ緻密に再現していた。

　その後も、ルイ15世からナポレオンに至るまで、フランスのリーダーたちは軍事計画を策定する際には必ずこのプラン・ルリ

エフを利用し、立体地図の製作は1870年代にその役目が写真にとって代わられるまで続いた。

　当初は軍事目的でつくられたものだったが、過去の町の姿をまるごと教えてくれるプラン・ルリエフは、いまでは芸術的、文化的、歴史的価値をもつ貴重なものとして重要視されている。だが、1774年にルーヴル宮殿が美術館になることが決まると、そのときすでに埃をかぶっていたルイ14世のプラン・ルリエフはあやうく廃棄処分にされそうになった。それを救ったのがルイ16世だ。立体地図の価値を認識していた彼は、プラン・ルリエフを現在の住処であるアンヴァリッドに移動するよう命じた。くしくもそこは、ルイ14世がプラン・ルリエフを使って戦略を練った戦争で負傷した兵士たちを治療するためにつくられた軍病院だった。

パリ市グルネル通り、129　最寄り駅は地下鉄のラ・トゥール・モウブルグ駅。立体地図を見学したあとは、アンヴァリッド内にある他の軍事博物館やナポレオンの墓も見てまわろう。
北緯48.854905度　東経2.312461度

プティト・サンチュール
パリ

　フランス語で「小さなベルト」という意味のプティト・サンチュールは、パリ中央部にある5つの鉄道会社のターミナル駅を結んで走る環状鉄道だった。1862年から1934年までパリ市民の足として活躍したが、20世紀に入ると市の拡大と地下鉄の発展により衰退していった。

　いまその鉄道跡には、のどかな自然と乾

落書き、苔、そして、もう2度と列車の走らないレールが、いまもパリの街を丸くつないでいる。

いた都市生活とが奇妙に共存している。地面には草花が生い茂る一方、線路脇の壁には派手な落書きやストリートアートがつらなっている。当時使われていた陸橋やトンネルや線路はほとんど昔の姿のまま、通りの喧騒や人々の生活のすぐかたわらでひっそり息をひそめている。

プティット・サンチュールはいまでもフランス国鉄の所有となっているため、線路脇を歩くと不法侵入と見なされる。だが、少しくらいの冒険は大目に見てもらえるだろう。それでも規則を破るのは嫌だという人は、地下鉄のポルト・ドートゥイユ駅近くとパッシー・ラ・ミュエット旧駅舎（現在はレストラン「ラ・ガール」になっている）のあいだが2008年から遊歩道として開放されているので、そちらを訪れるといい。

入り口は他にもたくさんある。景色を楽しみながら歩きたいという人には、地下鉄のバラール駅、ポルト・ドゥ・ヴァンセンヌ駅、ポルト・ドレー駅、ビュット・ショーモン駅あたりがおすすめだ。

北緯48.821375度　東経2.342287度

アグロノミー・トロピカル庭園

パリ

1907年、パリで植民地博覧会が開かれた際、ヴァンセンヌの森のはずれに人工の村がいくつかつくられた。当時フランスの植民地だった国々の食べ物や植物、工芸品、天然資源などを展示するためだ。会場となった村々はアジアやアフリカの村を模してつくられていた。しかも、見学に訪れた人たちは、遠く離れたそれらの国にどんな人が住んでいるのか想像する必要さえなかった。運ばれてきた展示品のなかには現地の人間も含まれていたからだ。

インドネシア、マダガスカル、コンゴ、スーダン、トゥアレグの人々は、そのひと夏を、会場に再現された自分の国の"典型的"とされる環境のなかで暮らした。そして、興味津々でやって来る客たちの前で、衣装をつけ、歌い、踊った。そんな彼らを見ようと、大勢のフランス人がその"人間動物園"に殺到した。

秋になり、人工村の住人たちが故郷へ帰っていくと、会場だった場所はたちまち荒廃しはじめた。土地の所有者だったフランス政府は閉鎖を続けたが、2007年、パリ市が政府から土地を買い取り、一般公開することを決めた。

5つの人工村はいまもそこに存在している。だが、建物（現在は立入禁止となっている）はどれも崩壊寸前で、内部には植物が生い茂り、温室も荒れ放題だ。中国式の門などいくつかの主要な建造物だけが、かろうじて、かつてここが植民地時代の"栄光"を自画自賛するためにつくられたモニュメントだったことを伝えている。

パリ市ベル・ガブリエル通り、45　庭園まではノジャン・シュル・マルヌ駅から徒歩で約10分。

北緯48.841007度　東経2.465697度

パリのその他の見どころ

ダン・ル・ノワール？
パリ：暗闇のなかで食事が楽しめるレストラン・チェーン。サーブするのは目の不自由な人たち。

眼鏡博物館
パリ：何百という有名な眼鏡が並ぶ、小さな小さな博物館。

フリーメイソン博物館
パリ：ここに来れば秘密結社の内部が覗き見できる。

贋造博物館
パリ：フランス製のありとあらゆる贋物が集められた博物館。

マジック博物館
パリ：マジックの歴史に関する資料を集めたこの博物館は、実は昔マルキ・ド・サドの住居だった。

デルマー・オルフィラ解剖学博物館
パリ：フランス最多を誇る人体標本のコレクションがひっそりと眠っている。

工芸博物館
パリ：科学と産業技術に関する国立の博物館。フーコーの振り子の本物を見ることができる。

犬の墓地
アニエール・シュル・セーヌ：1800年代からあるペットの墓に1度お参りに行ってはどうだろう。

アブサン博物館
オーヴェル・シュル・オワーズ：「緑の妖精」と呼ばれる美味なる飲み物、アブサンの歴史が学べる博物館。アブサンは幻覚を起こし精神に異常をきたすとされ、ヨーロッパやアメリカでは100年ほど前から禁止されている。

気球博物館
バルロワ：バルロワ城の最上階にある気球専門の博物館。

王太使の心臓
サン・ドニ：サン・ドニ大聖堂にあるクリスタルの容器にはルイ17世の干からびた心臓が収められている。

ネズミの王
ペイ・ド・ラ・ロワール地域圏ナント

ナントの自然史博物館には、美しい鳥の剥製や、きらきらと輝く鉱物や、哺乳類の骨のあいだに隠れるように、ひじょうに珍しい、だがおそらくはつくりものの、「ネズミの王」と呼ばれる標本が展示されている。「ネズミの王」とは、尻尾がからんでひとかたまりになった数匹のネズミのことで、動けなくなったネズミたちはその状態のまま、仲間に食べ物を運んでもらいながら一生を終えるという。

　ナントの標本は1986年に発見されたもので、9匹のからまったネズミがアルコールに漬かって保存されている。これまでに数件の標本が見つかったことになっているが、専門家のあいだでは、そういう現象が自然に起きることはほとんどないというのが一致した意見だ。

ナント市ヴォルテール通り、12　最寄り駅はトラムのメディアテーク駅。

北緯47.212446度　西経1.564685度

シュヴァルの理想宮
ローヌ・アルプ地域圏オートリーヴ

　すべてはひとりの郵便配達夫が小石を拾ったことから始まった。1879年、いつものように郵便配達をしていたフェルディナン・シュヴァルは石につまずき足を止めた。ずいぶん奇妙な形の石だと思って見ていると、突然、変わった形の石でできた巨大な宮殿の姿が頭に浮かんだ。以来33年、彼はその宮殿を現実のものにしようと日々

➡➡展示物にされた人間たち

1906年、ブロンクス動物園を訪れた人たちはサル園に新しい動物がいるのを見て驚いた。それはベルギー領コンゴから連れてこられた哺乳類で、身長約1.5m、体重46.7Kg、名前をオタ・ベンガといった。ギザギザの歯や、仲間のオラウータンやオウムと遊ぶ姿をひと目見ようと、連日大勢の客が押し寄せた。この種の生き物が動物園で展示されるのは初めてだったからだ。その動物とは人間だった。

人間を見世物にするのは、かつて世界を植民地化していった人々にとって、自分の支配する国の住人がいかに"珍しい"かを世間に示すひとつの手段だった。現地の人間をまるで生きた土産物のように住み処から引き剥がすと、博覧会や移動遊園地や、ひどいときには動物園に連れてきて、彼らの日常を見世物として演じさせた。

興行主にとって大事だったのは、彼ら固有の文化を紹介することよりも、いかに観客を驚かせ、喜ばせ、入場券を買わせるかということだった。1882年、カナダの興行師ロバート・カニンガムは、P・T・バーナムが主催する「未開人」という出し物のためにオーストラリアまで行き、7つの部族のなかから9人のアボリジニの男女を選んで連れ帰った。彼らの話す言葉は部族ごとに異なり、9人のうち英語を話せる者は2人だけだった。

ショーの宣伝ポスターには「入れ墨をした人食い人種。肌の黒い警察の手下。ブーメランの使い手」と書かれていた。彼らは2年間、人前で歌や踊りや喧嘩をして見せながら、アメリカとヨーロッパを巡業してまわり、そのあいだに9人中5人までが死んだ。

19世紀のヨーロッパ人たちは、いわゆる「原始人」に対して強い関心を抱いたが、サールタイ・バートマンのケースほど後味の悪いものはないだろう。イギリス人の医者ウィリアム・ダンロップは、1810年、南アフリカに住んでいたコイサン族の若い女性バートマンを無理やり説得してロンドンまで連れて帰った。そして、裸のまま檻に入れ、見物客に彼女の大きな臀部と性器がよく見えるよういろいろな姿勢をとらせたのである。また、人類学者たちは彼女の体形を白人が人類で最も進化した人種であることの証しとした。世間から「ホッテントット・ヴィーナス」と呼ばれたバートマンは、26歳の若さでこの世を去った。

オタ・ベンガについては、その後批判の声が高まり、特にアフリカ系アメリカ人の聖職者たちの強い要求もあって、動物園から解放されることになった。しかし、檻から自由になっても彼に幸福は訪れなかった。しばらく孤児院で過ごしたあと、ぎざぎざの歯にかぶせものをし、学校へ行き、煙草工場で働きはじめたが、第一次世界大戦の勃発により故郷へ帰る夢が断たれると、自ら歯のかぶせものを削り取り、銃で自殺した。32歳だった。

【左】サールタイ・バートマン
【上】オタ・ベンガ

励みつづけた。昼間は手紙を配りながら拾った石を手押し車で運び、夜はオイルランプの灯りを頼りに石を積み上げた。ただの一度も他人の手を借りたことはなかったし、借りたいとも思わなかった。

シュヴァルは教育を受けたこともほとんどなく、建築の経験もゼロだったが、石とセメントとワイヤーでつくった彼の作品にはさまざまな様式や時代の影響が見られ、中国やアルジェリアや北ヨーロッパのデザインが混ざり合っている。最終的にできあがったのは、空洞や壁の装飾や動物の像などが複雑に絡み合う、まさに彼の「理想宮」だった。神殿には、石を運ぶときに使った木製の手押し車が収められた。

80歳になったシュヴァルは、この宮殿を自分の墓所にしたいと願ったが、それをフランス政府に禁じられると、8年をかけて村の共同墓地に理想宮に似せた墓をつくった。そ

して、墓が完成した翌年に亡くなった。

オートリーヴ、パレ通り、8　リヨンから南へ約50km。県道D538沿い。最寄り駅はサン・ヴァリエ・シュル・ローヌ駅。リヨンから約45分。

北緯45.255889度　東経5.027794度

リヨンの秘密の抜け道
ローヌ・アルプ地域圏リヨン

19世紀、リヨンには「トラブール」と呼ばれる秘密の通路があった。道と道をつなぐために建物内につくられた路地や階段のことで、絹織物の業者が商品を市場まで安全に効率よく運ぶのに利用されていた。当時、リヨンのクロワルッス地区は絹織物の中心地で、「カニュ」と呼ばれる生産者たちは、数軒の建物を縫って走る1本の屋根

郵便配達夫が建てた宮殿の壁には「いまあなたが見ているものは、すべてしがない田舎者がひとりでつくったものです」と刻まれている。

縦横無尽に張り巡らされた屋根のある階段や通路のおかげで、リヨンの絹織物業者は雨に濡れずに移動することができた。

付き通路と、その途中にある中庭を、会合の場所として使っていた。

いまでも400ほどのトラブールが残っているが、公開されているのはごくわずかで、ほとんどは旧市街にあるヴューリヨン地区とクロワルッス地区に集中している。**カニュのトラブールを散策したい人はクロワルッス広場から、ヴューリヨン地区にあるトラブールへはベルクール広場の観光案内所から歩きはじめるといい。**
北緯45.774475度　東経4.831764度

世界最大の太陽炉
ラングドック・ルシヨン地域圏オデイヨ

巨大な凹面鏡によって反射された太陽光が中華鍋ほどの大きさの焦点に集まると、中心温度は約3000度、発電や金属の溶解、水素燃料の発生に利用できる高さにまで上がる。

この世界最大の太陽炉があるのは、フランスとスペインとの国境を走るピレネー山脈の中腹に位置するフォン・ロムー・オデイヨ・ヴィアという地域だ。稼働を開始したのは1970年、地上に設置された約1000枚の鏡が、のどかな田園風景を上下逆さまに映し出す巨大凹面鏡に向けて太陽光を反射

オデイヨの太陽炉は年間2400時間という南仏の長い日照時間を利用している。

している。施設をめぐるツアーでは、再生可能エネルギーや太陽炉について学べるワークショップやデモンストレーションにも参加できる。

オデイヨ大型太陽炉：フォン・ロムー・オデイヨ、フール・ソレール通り、7　最寄りのオデイヨ駅から太陽炉までは徒歩で約15分。オデイヨまでは小さな黄色い観光列車プチトラン・ジョーヌを利用しよう。無蓋車両も2両あって、山並みや、渓谷、中世の要塞都市ヴィルフランシュ・ド・コンフランなどの美しい景色を楽しむことができる。
北緯42.494916度　東経2.035357度

フランス南部のその他の見どころ

ビュガラッシュ山
ビュガラッシュ：ニューエイジの信者たちは、この山にひそむ宇宙船が地球最後の日に自分たちを守ってくれると信じている。そのため、マヤ暦で世界が滅亡するとされていた2012年には大勢の人が押しかけ、大騒ぎになった。

ヌードの町
キャプ・ダグド：この家族向けのビーチ・リゾートでは、ヌードは合法であり、ごくふつうの風景だ。毎日、約4万人もの人たちが、裸で町を歩き、食事や買い物をしている。

ミニチュア村
カリオリュ：フランス人のチーズ生産者ジャン・クロード・マルキは、小石だけを使って実に精巧なミニチュアの村をつくり上げた。

ドイツ

ヘルマン・オーベルト宇宙旅行博物館
バイエルン州フォイヒト

　宇宙技術を専門とするこの博物館は、ヘルマン・オーベルトの情熱と発明の才を記念してつくられた。オーベルトはロケットと宇宙飛行の父として知られている。

　1894年生まれのオーベルトは幼い頃から天文学に興味をもっていた。11歳でジュール・ヴェルヌの小説『月世界旅行』を読むと、すぐにロケットの設計にとりかかり、14歳の頃にはすでに「反動式ロケット」を考え出していた。基底部から排気ガスを噴射することで宇宙空間へ飛び出すという仕組みだ（有人宇宙飛行が実現したのがそれから50年後だったことを思えば、10代でそこまで考えついたのは驚愕に値する）。

　ミュンヘン、ハイデルベルク、ゲッディンゲンで物理学、空気力学、医学を学んだあと、オーベルトは1929年、それまでの研究を429ページにまとめた著書『惑星間宇宙へのロケット』を発表した。この本は世界中で大反響を呼び、オーベルトの評価は一気に高まった。もし、リッツ・ラング監督の映画『月世界の女』のためのロケットの模型をつくっている最中に左目の視力を失うという事故がなければ、その年は彼にとって人生最高の年となっていたはずだ。

　博物館では、1960年代に開発され、ドイツのクックスハーフェンから打ち上げられた「ツィラス」と「キュムラス」という2つのロケットも見ることができる。また、

仕事道具に囲まれて立つ宇宙旅行の父、ヘルマン・オーベルト。

スイス製の観測ロケット「ツェニット」も展示されている。

フォイヒト市プフィンツィング通り、12-14　フォイヒトへはニュルンベルクからSバーンですぐ。

北緯48.136607度　東経11.577085度

悪魔の足跡
バイエルン州ミュンヘン

　言い伝えによると、ミュンヘンにあるフラウエン教会の床のタイルについた足跡は、自分の指示通りに教会が建てられなかったことに激怒した悪魔がつけたものだということだ。

　1468年、建築家のイエルク・フォン・ハルスバッハは新しい教会を建てるための資金不足に悩んでいた。すると、そこに悪魔がやって来て援助を申し出た。ただし、窓がひとつもない、できるだけ暗い教会をつくるというのが条件だった。

　教会が完成すると、ハルスバッハは自分が約束を守ったことを見せるために悪魔をなかに招き入れた。中央通路に立つと確かに窓はひとつも見えない。だが、悪魔が一歩前に出たとたん、それまで柱に隠れていた窓が一斉に姿を現した。騙されたと知った悪魔は怒って地団太を踏み、それ以来、床には黒い足跡が残ったままだという。

　話としてはおもしろく、教会のガイドもこの逸話を語るときは楽しそうだが、実は20世紀の修復の際に作業員が誤ってつけたというのが真相らしい。

フラウエン教会：ミュンヘン市フラウエンプラッツ、12　悪魔の足跡は教会の正面入口を入ってすぐ。

北緯48.138805度　東経11.573404度

ドイツ南部のその他の見どころ

ドイツ食肉博物館
ベーブリンゲン：食肉処理の歴史と発展について学べる博物館。胃腸の弱い人は要注意。

ティングシュテッテ
ハイデルベルク：ナチスがつくった野外円形劇場。古代の墓地が点在する丘に建っている。

ネルトリンゲン
ネルトリンゲン：500万年前に落ちてきた隕石のクレーター内に発展したバイエルン州の町。

ヨーロッパ・アスパラガス博物館
シュローベンハウゼン：ドイツでは「王の野菜」とも言われる、ドイツ人が大好きなアスパラガスに特化した博物館。

豚博物館
シュトゥットガルト：食肉処理場だった建物を改装してつくった博物館。テーマごとに分かれた25の部屋にさまざまな豚グッズが展示されている。

美人画ギャラリー
バイエルン州ミュンヘン

19世紀のバイエルン王ルートヴィヒ1世は24歳で結婚したが、妻以外にも若い美女たちを36人宮殿内にはべらせていた。見目麗しい女性に心奪われると、彼はすぐにその女性の肖像画を描かせ、ニンフェンブルク宮殿の南ウィングにある「美人画ギャラリー」に掲げさせた。絵のなかの女性はみな10代の終わりから20代前半で、なめらかな肌と落ち着いた表情を見せている。

　なかでも注目すべきはヘレーネ・ゼーデルマイヤーという愛らしい目をした黒髪の少女だ。彼女は靴職人の娘で、ルートヴィヒ1世

の子供たちに玩具を届けに宮殿にやって来た。王の従者だったヘルメス・ミラーは彼女の美しさに惚れこみ、その後ふたりのあいだには10人の子供ができたという。

ミュンヘン市アインガン、19　ニンフェンブルク宮殿へはミュンヘン中央部からトラムで約20分。アマーリエンブルク通り下車。
北緯48.136607度　東経11.577085度

アインバッハ川の波乗り
バイエルン州ミュンヘン

　真冬のミュンヘンの地下鉄でサーフボードを担いでいる人を見かけたら、その人の行き先は、ミュンヘン最大の公園エングリッシャーガルテン（英国式庭園）を流れる人工の川アインバッハだと思ってほぼ間違いない。橋の下にできる50cmほどの波は、最初はたまにしか起きない現象だったが、地元のサーファーたちが川の両サイドに板を張ったことで、強くて安定した波が立つようになった。いまでは多くのサーファーが、冬なら4度、夏でも15度にしかならない冷たい水を浴びながら、大勢の見物人が眺めるなか、波乗りに興じている。

　あまりにも人気が出すぎて、細い川の両

英国式庭園に立つ大きな波は、実は人工的につくられたものだ。

岸にはいつも順番待ちの行列ができている。リバーサーフィンのパイオニアたちは、増える一方の参入者に不満気だが、彼らの怒りのいちばんの矛先は、たいしたスキルもないのにやって来るビギナーたちのようだ。

英国式庭園の最寄り駅はUバーンのレーエル駅。サーフィンができるのは、現代アートの美術館ハウス・デア・クンストの北側にある橋の下。リバーサーフィンのできる場所は他にも市内に2カ所あり、ビギナー向けのものもある。
北緯48.173644度　東経11.613079度

カオリノ山の砂のスロープ
バイエルン州ヒルシャウ

高さ110mのカオリノ山はおよそ3500トンの石英の砂からできている。地元のカオリナイト（陶磁器をつくるのに使われる鉱物の一種）の鉱山から出た副産物が積もり積もって山になったものだ。1950年代、その坂に勇敢なスキーヤーたちが目をつけた。すると、それまでは単なる砂粒の山だったものが、たちまちスポーツとレジャーの一大スポットへと変身した。

　いまでは雪のない季節になると、大勢のスキーヤーやスケードボーダーがやって来て、技を磨いたり、競技大会を開いたりしている。

ヒルシャウ、ヴォルフガング・ドロスバッハ通り、114　スポーツは苦手という人には、そり型のジェットコースターもある。
北緯49.531021度　東経11.964941度

宝石をまとった
聖ムンディティアの骸骨
バイエルン州ミュンヘン

　市民から「老ペーター」の名で親しまれている聖ペーター教会は、町が創建された1158年にはすでにあったとされるミュンヘン最古の教会だ。入り口から通路にそって4分の1ほど進むと、ガラスの棺に納められた聖ムンディティアの骸骨が見えてくる。310年に斧で斬首刑に処せられた聖ムンディティアの遺体は、いったんは木の棺に収められたが、1883年になると全身を美しく飾られて再び人々の前に姿を現した。セピア色に変色した頭蓋骨にはガラスの目がはめ込まれ、ぽろぽろになった歯は宝飾品で覆われて、再び頭蓋骨とつなぎ合わされた骨には金や色とりどりの宝石が散りばめられている。

ミュンヘン市リンダーマルクト、1　聖ペーター教会では毎年11月17日に聖ムンディティアを称えるロウソク行列が行われる。
北緯48.136497度　東経11.575672度

千年の薔薇
ニーダーザクセン州ヒルデスハイム

　ヒルデスハイム大聖堂の壁を伝う野生の薔薇は世界一の長寿と言われている。
　伝説によると、815年、ヒルデスハイムでの狩りの途中でミサに参加したフランク王ルートヴィヒ1世は、町を出てから聖母マリアの聖遺物を忘れてきたことに気がついた。急いで戻ると、聖遺物は野薔薇に囲われ、どうしてもそこから取り出すことができない。これを神の啓示と考えた王は、薔薇の植わっていた場所に礼拝堂を建てさ

聖ムンディティアの宝石で飾られた右手には、乾燥した血の入ったグラスが握られている。

せた。礼拝堂は11世紀になって拡張され、いまは聖マリア大聖堂となっている。

実際はそこまで古くはないにしても、この薔薇が生命力にあふれているのは確かだ。1945年、大聖堂が連合軍の爆撃により破壊されたときも、野薔薇は瓦礫のなかから奇跡的に復活した。いまは、1950年から10年をかけて再建された大聖堂の、中庭に面した壁を覆っている。

ヒルデスハイム市ドムホフ、17　薔薇の開花時期は5月末。

北緯52.148889度　東経9.947222度

エクスターンシュタイネ
ノルトライン・ヴェストファーレン州
ホルン・バート・マインベルク

「尾根の石」とも「星の石」とも訳されるエクスターンシュタイネは、ドイツ北西部の町デトモルトの南の森に突如現れる石灰岩の巨石群だ。歴史的なことはよくわかっていないが、8世紀の終わり頃、キリスト教の修道士たちがそこに階段やレリーフを刻んだというのは事実らしい。

エクスターンシュタイネは、ハインリヒ・ヒムラーとナチスにとって、おあつらえ向きの場所だった。ヒムラーはナチスのオカルト研究機関「アーネンエルベ」のリーダーだった男だ。ゲルマン民族の優越性を証明する歴史的証拠を発見（というより捏造）するためにさまざまな似非科学の研究を行ったアーネンエルベは、エクスターンシュタイネを古代ゲルマン民族の重要な活動拠点と位置付けたのだ。

いまでもその場所は自然崇拝者やネオナチの巡礼地となっている。夏至や魔女祭りの日を狙って行けば、多種多様な宗教や、ヒッピー、神秘主義者、スキンヘッドのネオナチのグループが、それぞれの主義に

➡➡ 宝石をまとった聖人たち

聖人の遺骨を金や宝石で装飾する習慣が始まったのは1578年にローマのカタコンベ（地下墓所）が発見されて以降のことだ。当時、カトリック教会は試練のときを迎えていた。改革派のプロテスタントから教会の腐敗を指摘され、痛烈な批判を受けていたのだ。教皇の権威や、聖餐、煉獄、告解の正当性が疑問視されるとともに、聖人と聖遺骸への過度の崇敬も聖書の教えに反するとして弾劾された。

そこでカトリック教会は、高位の聖職者を集めて会議（いわゆるトリエント公会議）を開き、教会への信頼を回復しようとした。信頼回復の方法のひとつとして考えられたのが、聖人と聖遺骸にさらなる霊的権威をもたせることだった。ローマのカタコンベから聖人の遺骨とおぼしきものを運んでくると、豪華な装飾を施した衣装を着せて人々に見せたのである。この習慣は1700年代中頃まで続き、その結果、ヨーロッパ中の教会に宝石をまとった聖人たちが眠ることになった。

なかでもチェコとの国境付近にあるヴァルトザッセンのバシリカ聖堂は、この種の聖遺骸が多数あることで有名だ。1体ずつガラスのケースに納められた10体の遺体が、壁にそって並んでいる。ほとんどは歯が綺麗に残ったままで、まるでにっこり微笑んでいるようだ。

自然崇拝からネオナチに至るまで、「星の石」はこれまで
たくさんの変わった信仰をもつ人々を引きつけてきた。

のっとって儀式を行っているのが見られる
だろう。

**ホルン・バート・マインベルク市エクスターン
シュタイネ通り　魔女祭りが行われるのは4
月30日。**

北緯51.867376度　東経8.918495度

カスパー・ハウザーの像
バイエルン州アンスバッハ

　アンスバッハという小さな町の静かな通
りにふたつの像が立っている。ひとつは少
年、ひとつは青年。どちらもモデルはあの
謎の人物カスパー・ハウザーだ。カスパー
の奇妙な物語は、1828年5月のある日、彼
がニュルンベルクの町の通りに眩しそうに
目を細めながらふらふらと現れたところ
から始まった。年齢は10代半ば、身長は約
140cm、皮膚は白くなめらかで、片言しか

しゃべらず、人間に囲まれると不安そうな
表情を見せた。そのとき彼は2通の手紙を
携えていた。ひとつは1828年の日付で、彼
の保護者とおぼしき人物が書いたものらし
く、少年を見放すに至った辛い事情が詳し
くつづられたあと、「どうかカスパーの面
倒を見てください。でも、だめな場合は殺
してください」という言葉で締めくくられ
ていた。もうひとつは1812年の母親の手に
なるもので、自分は貧乏で子育てができな
い、この子が17歳になったらニュルンベル
クの第六騎兵隊に入れてほしいと書かれて
あった。詳細な調査の結果、おそらくは2
通とも同じ人間が同時に書いたものだろう
ということになった。

　カスパーが言葉を話せるようになると、
謎はますます深まった。子供の頃はずっと
真っ暗な小部屋に閉じ込められ、毎朝目を
覚ますと、そこにパンと水が置かれていた
と言うのだ。人間を見たのは1度きりで、

左が成長した姿のカスパー、右が「野生児」
だった頃のカスパー。

その男は彼が解放される少し前にやって来て、「わたしは父とおなじ騎兵になりたいです」と言えるようにしてくれたという。

　大学教授のフリードリヒ・ダウマーはカスパーを自宅につれて帰り、読み書きと乗馬と絵を教えた。カスパーは次第にまわりの環境に馴染んでいったが、五感が異常に鋭く、磁石や鉄に過剰に反応してしまう体質にはひどく苦しめられた。1829年10月のある日、カスパーは額から血を流しながら浴室から姿を現した。フードをかぶった男

に襲われたというのだ。しかし犯人は見つからず、傷も自分でつけたのではないかと疑われた。数か月後、今度は寝室で銃声がし、またも頭に傷を負った状態で発見された。このときは、間違って床に落とした銃が暴発したと証言した。

　カスパーの数奇な人生は1833年に幕を閉じることになった。アンスバッハの宮殿の庭で胸を刺され、それがもとで死んだのだ。カスパーは、男に呼び出されて宮殿まで行ったらそこで襲われたと言い、犯人か

ら渡されたというメモも持っていた。

**アンスバッハ市プラーテン通り　市内にある
マルクグラーフェン博物館にカスパーのコー
ナーがあり、彼が刺されたときに着ていた血
染めの服や、2通の手紙、その他カスパーの
持ち物が数点展示されている。**

北緯49.302248度　東経10.570951度

ドイツ北部のその他の見どころ

看板文字博物館
ベルリン：看板からはずした巨大文字が所狭しと
並ぶ博物館。看板の文字を回収・修復して展示し
ているこの博物館では、世界中の文字やフォント
を見つけることができる。

シュプレーパーク
ベルリン：オーナーが遊具内で麻薬の取引をして
いるのが見つかり閉鎖に追い込まれた遊園地。い
まは荒れ放題になっていて、廃墟マニアには人気
のスポット。

スパイス博物館
ハンブルク：世界で唯一のスパイスに特化した博
物館。

カール・ユンカーの家
レムゴー：死後に統合失調症と診断された建築家
が唯一残した傑作。家中が緻密なデザインで埋め
尽くされている。

ヴェヴェルスブルク城

ノルトライン・ヴェストファーレン州
ヴェヴェルスブルク

　1934年、ナチス親衛隊の隊長だったハイ
ンリヒ・ヒムラーは、ヴェヴェルスブル
クに建つ荒れ果てた三角形の城を100年契
約で借り受けた。このとき、彼の頭のなか
には恐ろしくも壮大な計画があった。城を

親衛隊の訓練センターにつくり変え、若き
アーリア人たちにナチス好みの歴史や考古
学、天文学、芸術を教え込もうというのだ。

　改修作業には、近くにあったニーダー
ハーゲンとザクセンハウゼンの強制収容所
から連れてきた捕虜が使われた。城中を鍵
十字やオカルト的なシンボルが埋め尽く
し、ナチの認める絵画や歴史的遺物が部屋
を飾った。なかでも重要とされたのが、丸
い形をした「地下聖堂」と呼ばれる部屋
だ。中央には永遠に灯りつづける炎が置か
れ、そのまわりを円卓の騎士にちなむ12個
の椅子が囲み、天井には巨大な鍵十字が描
かれた。

　城の改修が進むと、ヒムラーは村全体を
自分の計画に巻き込みはじめた。1941年以
降は、ヴェヴェルスブルクを城を中心とし
た親衛隊員だけが住む町にして、新しい世

ナチスの洗脳センターがいまはユースホステルに。

界の中核に据えようとした。しかし、結局、親衛隊の訓練がヴェヴェルスブルクで行われることは1度もなかった。城で開かれたのは、親衛隊の会合や、せいぜい結婚式くらいなもので、しかも、そこで式を挙げるためには、新郎も新婦もアーリア人の家系であることを示す書類を提出しなければならなかった。

1943年、スターリングラードの戦いでドイツ軍が負けると（これを機にナチスは衰退していったと考えられている）、ヴェヴェルスブルク城の改修は中断された。ヒトラーが自殺するひと月前の1945年3月30日、ヒムラーは部下のハインツ・マッヒャーに命じて城を破壊させた。翌日アメリカ軍が侵攻したときには、城の内部はすべて焼け落ち、かろうじて外壁だけが残っていた。

ヴェヴェルスブルク城は現在、ドイツでも最大のユースホステルになっていて、204人の宿泊の他、子供向けのチーム育成プログラムも提供している。入り口には、親衛隊の歴史や犠牲者についての展示もある。
**ビューレン市ブルクヴァル、19　ビューレンへはパーダーボルン駅からビューレン - ヴェヴェルスブルク行きのバスで約30分。学校／地域博物館前のバス停から城までは徒歩で約3分。
北緯51.606991度　東経8.651241度**

ドイツ北西部のその他の見どころ

ワンダーランド・カルカー
ノルトライン・ヴェストファーレン州：1度も使われないまま閉鎖された原子炉の跡地につくられた遊園地。

ヴッパータールの空中鉄道
ヴッパータール：世界最古のモノレール。懸垂式だったことから「浮いた鉄道」と名づけられた。

槍の刺さったコウノトリ
メクレンブルク・フォアポンメルン州ロストク

19世紀になるまで、ヨーロッパの愛鳥家たちは、4毎年秋になるとコウノトリが姿を消すのを不思議に思っていた。アリストテレスは、コウノトリのように姿を消す鳥たちは海の底で冬眠しているのだと考えた。他にも、消える鳥たちは冬の寒さを逃れるために月へ飛んでいくのだという説もあった。

1822年、その消える鳥の謎を解く鍵が思わぬところからもたらされた。メクレンブルク近郊にあるボートマー邸の敷地内で、首に80cmの槍が突き刺さったコウノトリが発見されたのだ。槍は中央アフリカで使われているものだった。なんと、そのコウノトリは首に槍が刺さった状態で赤道付近にある越冬地から飛んできたのだ。

槍の刺さったコウノトリはいま、約6万種もの水生動物や貝や鳥や昆虫の標本といっしょに、ロストク大学付属動物学博物館に所蔵されている。
**ロストク市ウニヴェルシテートシュプラッツバスかトラムでランゲ通りまで。博物館はそこから2ブロック南。
北緯54.087436度　東経12.134371度**

トイフェルスベルクのスパイ基地
ベルリン

ベルリン中央部から西へ10kmほど行ったところにあるグルーネヴァルトの森の山の頂上に、てっぺんがドーム型をした円柱の塔がふたつ建っている。ところどころ白

いぼろ布で覆われたこの建物は、かつてアメリカのスパイがソ連の通信を傍受するために使っていたレーダー基地の一部だ。

もともとこの場所には1937年にナチスが建てた陸軍技術学校があった。ヒトラーの「世界首都ゲルマニア」（国家社会主義思想をもとに再構築したベルリン）の一部としてつくられたものだったが、第二次世界大戦が始まるとすぐに放棄された。

戦争が終わると、爆撃によってできたベルリン中の瓦礫がグルーネヴァルトに集められ、陸軍学校の上に積み重ねられた。山はビル37階分の高さになり、トイフェルスベルク（ドイツ語で「悪魔の山」）と呼ばれるようになった。1963年、アメリカ軍はそこに新たな施設をつくり、通信傍受活動を開始した。山頂の最も条件のよい場所に

設置された衛星アンテナは、白い布で覆われたドームのなかに隠された。

冷戦中は、アメリカやイギリスの諜報部員が東ドイツの動向を探る基地として大いに活躍したが、ベルリンの壁崩壊とともに施設は閉鎖された。1996年、不動産開発業者のハルトムート・グルールとハンフリート・シュッテがこの土地を購入し、高級マンションやホテルやレストランにつくり変えようとした。しかし、彼らの大胆な計画が実現することはついになかった。いまでもレーダー基地はそこにあり、放置された壁に作品を残そうとストリートアーティストたちが次から次へとやってくる。彼らは、いずれはここを自分たちの正式な美術館にするつもりなのかもしれない。

ベルリンからSバーンに乗ってヘーア通り駅まで行き、そこからトイフェルショッセ通りを歩いてトイフェルスベルクへ。ゲートにツアーガイドがいれば、料金を払って案内してもらうことも可能。
北緯52.497992度　東経13.241283度

ぼろぼろのレーダー基地のはるか下にはナチスの陸軍学校が眠っている。

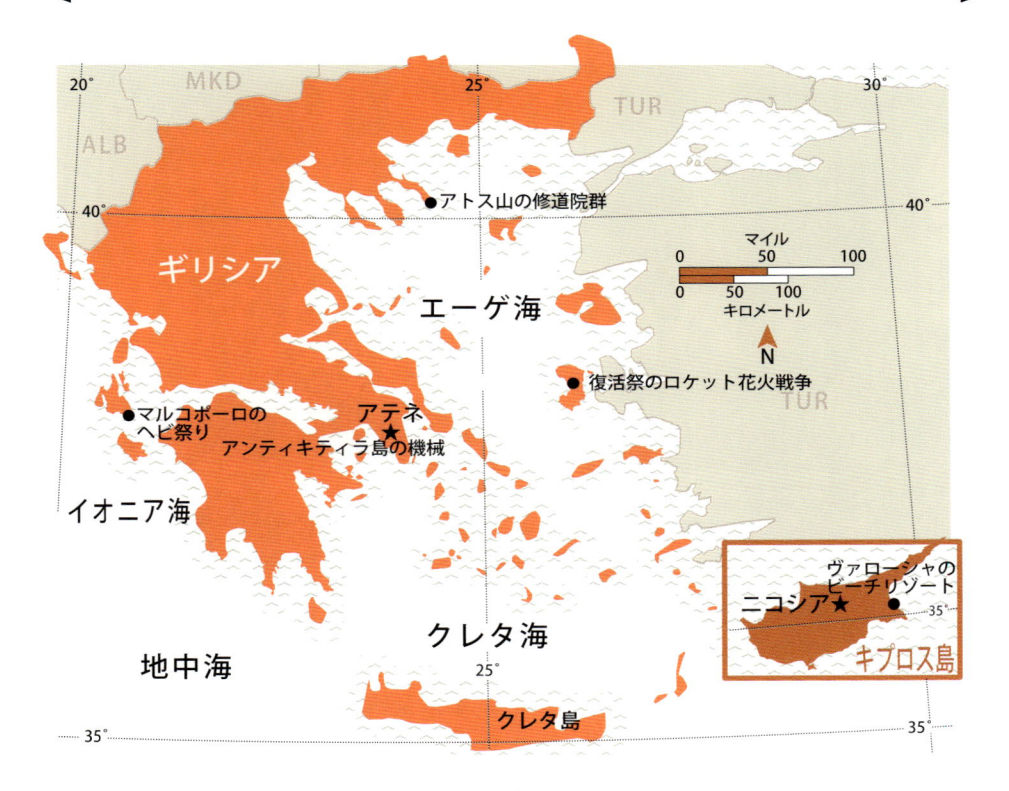

ギリシア

マルコポーロのヘビ祭り

ケファロニア島マルコポーロ

　ギリシア正教徒にとって8月15日は聖母マリアが天に召されたことを祝う大切な日だ。その日になると、ケファロニア島の小さな村マルコポーロの住民たちは、ヘビを袋に入れて教会まで持っていき、足元を這わせたり、聖母子像の絵を舐めさせたり、子供の頭にのせて幸福を祈ったりする。

　聖母マリアと、悪と堕落を象徴するヘビとの取り合わせは一見ミスマッチのようにも思えるが、この伝統行事は1705年に起きたとされるひとつの奇跡に由来している。その年、村の修道女たちが海賊の一団に襲われたとき、聖母マリアが修道女たちの祈りにこたえてヘビの姿になって現れ、彼女たちを助けたというのだ。

　いまでもカクレシノビヘビという小さなヘビが毎年聖母教会に現れるので、熱心な信者や好奇心旺盛な人たちはそのヘビを捕まえるために教会に集まってくる。地元住民によると、ヘビが姿を現すのは祭りの前の数日間だけで、それ以外は島のどこに行ってもヘビを見かけることはないという。

ケファロニア島はアテネから飛行機で西へ約1時間。
北緯38.080451度　東経20.732007度

ヘビ祭りのあいだ、マルコポーロ村では何袋ものヘビが教会のなかに放たれる。

アンティキティラ島の機械
アテネ

表面にダイヤルのようなものがたくさんついたこの物体は単なる錆びた青銅のかたまりにしか見えないが、これが発見されたことで、古代ギリシアの技術水準は根底から考え直されることになった。

「アンティキティラ島の機械」は2000年ものあいだ船といっしょに地中海に沈んでいたが、1900年に海綿取りのダイバーがぼろぼろになった船を発見すると、ついに海の底から引き揚げられた。

製作は紀元前150年から100年のあいだで、内部には30以上の歯車がついており、この時代の遺物としては群を抜いて高い技術が使われている。世界初のアナログコンピューターといわれ、古代ギリシア人が発達させた高度な天文学と数学の知識をもと

に正確な計算ができるようになっていた。

誰がつくったのかも、船に載せられた経緯も定かではないが、発見から1世紀たって、科学者たちはようやくそのメカニズムを理解できるようになった。クランクで日付を入力すると歯車がまわり、太陽や月や惑星や星の位置、月の相、次に日食が起こる日付、月が空を進む速度、古代オリンピックの開催日など、さまざまな情報が示されるようになっていたのだ。暦のダイヤルを4年に1度ひと目盛り戻すことで、1年に4分の1日分起きるずれも補正できた。うるう年を取り入れたユリウス暦がヨーロッパで最初に登場したのがそれから数十年後であることを考えると、これは驚くべきことだ。

現在、アンティキティラ島の機械はアテネ国立考古学博物館の青銅器時代区画に展示されている。世界中の大学や企業が共同で進める研究プロジェクトが、いまもメカ

歯車で動く古代のコンピューターには、いまはもう失われてしまった技術が使われていた。

ニズムのさらなる解明を目指している。

アテネ国立考古学博物館：アテネ市パティシオン通り、44
北緯37.989906度　東経23.731005度

復活祭のロケット花火戦争
ヒオス島ヴロンダトス

　19世紀以来、ヒオス島で復活祭といえば、登場するのは"イースターバニー"でも"イースターエッグ"でもなく、火を吹いて飛ぶロケット弾だ。厳かにミサが行われるなか、ライバル同士のふたつの教会のあいだを無数の花火が飛び交う。復活祭の前日、太陽が落ちると、聖マルコ教会とパナギア・エリツィアーニ教会の信者たちは、煙避けのバンダナで口元を覆い、発射台へと向かう。そして、葉巻サイズのロケット花火を敵の教会めがけて打ち込む。真っ赤に燃えた花火が次々と風を切って飛び、そのあとを白い煙が追いかけ、教会で静かに祈りを捧げる人たちに耳障りな伴奏を届ける（窓は金網で守られている）。
　きわめて型破りなこの祭りの起源は定か

ヒオス島のイースターは、復活と再生を祝う日であると同時に、教会に向けて花火を飛ばす日でもある。

でないが、19世紀にこの地を支配していたオスマントルコに抵抗したのが始まりのようだ（言い伝えには2種類あって、ひとつはトルコに没収された大砲の代わりに花火を使ったというもの。もうひとつは、復活祭のあいだトルコ人が教会に近づかないよう互いに花火を飛ばし合ったというものだ）。
　本来は相手の鐘楼にいくつロケット花火が当たったかを競い合うのだが、町中が大混乱に陥るなか、誰もそんなことを気にしている余裕はない。結局、毎年どちらが勝ったか決着はつかず、翌年再び一戦交えることになる。

復活祭は毎年4月か5月初めに行われる。ヒオス島へはアテネから飛行機で約45分、フェリーなら約7時間。
北緯38.370981度　東経26.136346度

アトス山の修道院群
アトス山

　テッサロニキの東、霧に覆われた半島に、まるで時が止まったような場所がある。そこでは、現代社会のルールは適用されない。ギリシア人たちのあいだで「聖山」として知られるアトス山は、正教会の

修道士たちのふるさとだ。教会による自治が行われ、何事もビザンティン時間で進むこの地では、1日は日の出とともに始まる。山にある修道院のほとんどが10世紀に建てられたもので、1500人もの修道士たちがそこで暮らしている。彼らの目標はただひとつ、一歩でも神に近づくこと。

　もちろん、キリストと本当に一体になれるのは死んだあとだけだ。だが、生きているあいだに準備をすることはできると修道士たちは信じている。実社会からの死別を意味する黒くて丈の長いローブをまとった修道士たちは、起きている時間のすべてを祈りと瞑想に費やす。ふつうは20ある修道院のどれかに所属しているが、外界とのさらなる断絶を求めて隠遁生活に入る者もいる。毎日8時間礼拝を行い、1回目が始まるのは午前3時だ。教会にいないときは、ひとりで祈る。そんなときも声は出さず、長い髭の下で唇だけが動いている。

　女性が山に入ることは禁じられている。異性の存在は山での共同生活を乱し、修道士たちの悟りへの道を妨げると信じられているからだ。修道士たちによれば、女性がいないことは、自分たちの禁欲的な生活を守る助けにもなっているという。またひとつには、聖母マリアへの配慮という理由もある。アトス山の言い伝えでは、キプロスへ行く途中に風に流されてアトス山に漂着した聖母マリアが、島民たちをキリスト教

アトス山の修道士たちは毎日絶景とともに暮らしている。

に改宗させたとされている。女性の立ち入りを禁じれば、聖母マリアは半島で唯一の女性となり、修道士たちの尊敬を一身に集めることができるというわけだ。

　男性の訪問客は、礼拝に参加し、修道士たちといっしょに食事し、修道院に宿泊することができる。ただし、常に静かで慎み深い態度をとることが求められる。なぜなら、ここを訪れる人のほとんどは、同じ信仰をもつ仲間と過ごして心の平安を取り戻したいと思っている巡礼者だからだ。実社会での出来事やテクノロジーに関する話題は避けること。ここで暮らす修道士たちは、何世紀ものあいだ、そういうものとは無縁の生活を続けている。

アトス山を訪れるにはテッサロニキにある巡礼事務所で許可証をもらう必要がある。正教会の信徒でない者には10日間、信徒には100日間の許可が与えられる。必ず許可がほしい人は、6か月前には申請しよう。テッサロニキからバスでウラノポリという小さな村まで行けば、そこからアトス山行きのフェリーが出ている。女性には、緑に覆われたアトス山と修道院を船の上から見学するツアーも用意されている。

北緯40.157222度　東経24.326389度

キプロス

ヴァローシャのビーチリゾート
ファマグスタ

　ターコイズブルーの海、金色に輝くビーチ、それに、銃を構えた兵士の絵と「危険地帯」と書かれた看板、それがリゾートタウン、ヴァローシャを象徴する風景だ。

　1974年に国連が「グリーンライン」と呼ばれる緩衝地帯を設けると、キプロスはギリシアが支配する南部とトルコが支配する北部に分断された。当時、キプロスは内戦の真っただ中にあった。ギリシアの軍事政権がキプロスで起こったクーデターを支援すると、トルコ軍が北部からキプロスに侵攻した。何万ものギリシア系キプロス人が南へ逃げ、逆に、トルコ系キプロス人は故郷を捨てて北に向かった。

　1970年代の初めまで、グリーンラインの北約3kmに位置する町ファマグスタはキプロス最大の観光地だった。海岸沿いのヴァローシャ地区には高層ホテルが立ち並び、エリザベス・テイラーやブリジット・バルドーといった有名映画スターもよく訪れていた。しかし、そこにトルコ軍が侵攻すると、3万9000人いた住民はすべて逃げ出し、ヴァローシャはゴーストタウンになった。それ以来、まわりを鉄条網で囲まれた町は、いまでもトルコ軍の支配下に置かれたままだ。何十年も放置された建物はゆっくりと崩壊を始めている。

　そのすぐ北側、緩衝地帯から何メートルも離れていない場所に建っているのがアーキン・パームビーチホテルだ。最近リニューアルオープンしたばかりのこのホテルでは、プールサイドで南国風のカクテルを飲みなが

ら、隣に建つ元リゾートホテルの崩れかけたバルコニーを眺めることができる。

ヴァローシャは立入禁止だが、アーキン・パームビーチホテルから鉄条網越しに見ることはできる。写真撮影は禁止。カメラの所持を疑われたら、兵士に呼びとめられることも。

北緯35.116534度　東経33.958992度

イタリア

樹木の教会

ロンバルディア州オルトレ・イル・コッレ

「樹木の教会」とは、生きて成長する建築物であり、自然に一生を捧げたアーティストが死ぬ前に残したひとつの芸術作品だ。イタリアの芸術家ジュリアーノ・マウリは、2001年、生きた木で教会をつくることを考えた。まずは木の枝を紐や釘でつないで42本の支柱をつくる。支柱は先が中央通路に向かってたわみ、天蓋をつくるように並べられている。その支柱のなかにブナの木を1本ずつ植えれば、木は支柱にそって成長し、いずれは支柱を凌駕して、木自体が教会の柱になるという計画だ。

ところが、2009年、マウリは亡くなってしまう。そこで、マウリを称えるため、また国連の定めた2010年の「国際生物多様性年」を記念するため、息子のロバートと歴史家のパオラ・トニョンがプロジェクトを引き継ぎ、ベルガモ郊外の森のなかにマウリの設計した樹木の教会を建てた。計画どおりにいけば、ハシバミとモミの枝でできた支柱は徐々に衰え、ブナの木は成長を続けていくだろう。そこでは人工の構造物が自然の樹木でできた教会へとなめらかに移行していくさまが見られるはずだ。

ベルガモ市オルトレ・イル・コッレ　樹木の教会はアレラ山の麓に建っている。

北緯45.88905度　東経9.769927度

樹木の教会は2010年以来、崇高なる高みを目指して、いまも成長を続けている。

ポヴェーリア島

ヴェネト州ヴェネツィア

ポヴェーリア島に行くとき最初に立ちはだかる難関は、そこまで連れていってくれる人がなかなか見つからないということだ。この問題はそう簡単には解決しない。島はヴェネツィアのすぐ南にありながら、観光客はおろか地元の人間さえ立ち入りが厳しく禁じられているからだ。だが島の歴史を知れば、その理由もすぐに納得できるだろう。

ポヴェーリア島は長いあいだ、病人や死者や精神病患者の"廃棄場所"として使われてきた。15世紀初頭には隔離場所になり、黒死病が流行するたびに患者がこの島に連れてこられた。死者は穴に投げ込まれて焼かれ、まだ生きている者はそのすぐそばで身体を震わせながら血を吐いた。地面の下には16万人分の死体が埋っていると言われている。

1922年には島に精神病院が建てられた。患者を人体実験に使うのを趣味にしていたサディスティックな医者が、死んだ患者の霊に取りつかれて鐘楼から身を投げたとい

「呪われた島」として知られるポヴェーリア島は、八角形の要塞で守られている。

う逸話が残っている（復讐心に燃えた患者に突き落とされたという説もある）。

病院は1968年に閉鎖されたが、建物は、中も外も樹木にびっしり覆われた状態で、いまもそこに建っている。床には、錆びたベッドのフレーム、腐った木の梁、崩れ落ちた天井が散らばり、外の茂みには、かつて患者の逃亡を防ぐために窓にはめられていた四角い鉄格子が転がっている。**公式にはポヴェーリア島は立入禁止となっているが、ヴェネツィアでゴンドラの船頭に（特にチップをはずんで）頼めば、非公式に連れていってくれるかもしれない。**
北緯45.381879度　東経12.331196度

パドヴァ大学の木の本

ヴェネト州サン・ヴィート・ディ・カドーレ

全部で56冊あり、1冊につき1本の木について語っている。といっても、言葉や絵を使うのではなく、木そのものに語らせているのだ。

パドヴァ大学の「木の本」は17世紀終わりから18世紀初めにかけてつくられた。本といえばたいていは木（厳密に言えば、木からつくられるパルプ）でできているが、この本は少し違う。表紙と裏表紙にはテーマとなる木の板が、背表紙にはその樹皮が使われ、本のなかには、その木から採った葉や枝や花や種や根が入っている。それぞれ、内容について簡単に説明した手書きの羊皮紙が1枚ついている。
サン・ヴィート・ディ・カドーレ、フェルディナンド・オッシ通り、41
北緯46.453240度　東経12.213190度

イタリア北部のその他の見どころ

動物学博物館

ボローニャ：興味深い動物の剥製や瓶詰めの標本が整理もされずに雑然と並べられているこの図書館は、16世紀に活躍し、博物学の父と呼ばれたウリッセ・アルドロヴァンディの個人コレクションとして始まった。

クローンの鐘楼

ボルツァーノ：人工湖の真ん中にポツンと立つかわいらしい鐘楼は、湖の底に小さな町が沈んでいる唯一の証しだ。

秘密の防空壕

ミラノ：ロンバルディア州の州都ミラノの地下には、防空壕の一大ネットワークが広がっている。

イル・ジガンテ

モンテロッソ・アル・マーレ：エレガントな邸宅ヴィラ・パスティーネの海沿いの一角を飾る高さ14mのネプチューン像は、爆撃によって一部を破壊された。

精神病院博物館

サン・セルヴォーロ島：ヴェネツィアにあるサン・セルヴォーロ島は「狂者の島」として知られ、250年間、精神病患者の収容施設として使われてきた。2006年からは博物館となっている。

ダマヌールの地下神殿

ピエモンテ州バルディッセーロ・カナヴェーゼ

ダマヌール生活共同体のメンバーは、1978年から1992年にかけて、自分たちの住む山の下に巨大な地下空間をつくった。そこは彼らが「地球と宇宙とをつなぐエネルギーラインが通っている」と信じる場所だ。建設許可はあえて取らなかったため、掘削は秘密裡に行われた。しかし、いつまでも世間の目をあざむくことはできなかった。

哲学者であり、作家であり、画家でもあるオベルト・アイラウディが20人あまりの仲間とともに"エコ社会"を立ち上げたのは1975年のことだ。ダマヌールはこれを「人類の未来を創造する研究所」と位置付け、自然崇拝やニューエイジ思想を基本に、創造的な活動や、瞑想、魂の癒しを実践してきた。メンバーはみな動物や植物の名前をもち（たとえば「スズメの松ぼっくり」など）、20人ほどで1グループを形成して、トリノの北50kmのところで共同生活をしている。

元メンバーのなかにはダマヌールの超楽観的な集団主義を「カルト」と非難する者もいる。秘密の地下工事が外部にもれたのも元会員の通報によるものだった。しかし、ある朝早く強制捜査に訪れた警官と検察官は、現場を見て驚いた。粗末な農家の床に設けられた秘密の扉を開けると、壮大な聖堂が地下5層にわたって広がっていたのだ。

ダマヌールのメンバーは15年ものあいだ毎日24時間、交代で作業を続け、8500㎥も

ダマヌールのデザイナーたちはミニマリスムには見向きもしない。上は「地球の神殿」次頁図は地下神殿の見取り図。

1. 鏡の神殿
2. 球体の神殿
3. 金属の神殿
4. 地球の神殿
5. 水の神殿
6. 青の神殿
7. 迷路

地表

の土と岩を掘り起こした。部屋と回廊は、それぞれが異なるテーマでデザインされた壁画やステンドグラス、窓、鏡、モザイクなどで埋め尽くされている。それら1970年代のニューエイジ・スタイルのアート作品は、絶滅危惧種の動物が住む森から、国際宇宙ステーションに至るまで、宇宙の歴史のありとあらゆるものを題材としている。ある円形の部屋には、壁にそっておびただしい数の彫像が並んでいる。このコミュニティでは、メンバー全員が自分に似せた像を自ら刻むことになっているからだ。

地下神殿のあまりの美しさに驚いた警察は、ダマヌールに建設許可を出した。共同体のメンバーはいまでは約1000人にまで増え、地下神殿は一般にも公開されている。

バルディッセーロ・カナヴェーゼ、プラマルツォ通り、3

北緯45.417763度　東経7.748451度

チェーザレ・ロンブローゾ 犯罪人類学博物館

ピエモンテ州トリノ

1871年、犯罪学者のチェーザレ・ロンブローゾは、イタリアの有名な悪党、ジュゼッペ・ビレラの解剖を終えて後頭部を詳細に調べていたとき、小さな窪み（ロンブローゾはのちにそれを中央後頭窩と名づけた）を発見して、突然あることにひらめいた。彼はそのときのことを何年もたってから次のように書き記している。

その窪みは、無限に広がる大平原のように見えた。突然、犯罪者の本質が私の目の前に明らかになったのだ。ビレラは人類がまだ単なる肉食動物にすぎなかった頃の形質を現代に引き継ぐ例に違いない。

このひらめきによって生まれたのが、犯罪者は身体的特徴が類人猿や下等霊長類に

似ているというロンブローゾの犯罪学理論だ。彼は、角ばった顎や、平らな額、高い頬、横に広がった鼻あるいは上を向いた鼻、取っ手のような形の耳、鷲鼻、分厚い唇、きょろきょろと動く鋭い目、まばらな髭、禿げた頭などを犯罪者のもつ特徴としてあげた。

ロンブローゾは自分の研究のためにさまざまな生物学的、犯罪学的標本を収集していたが、そのなかには、何百個もの兵士や市民、"異郷"の先住民、犯罪者や精神異常者の頭蓋骨もあった。1892年、ロンブローゾは犯罪者の骨格標本や頭部の模型、犯罪に使われた武器などを展示するため、トリノに博物館を開いた。

1909年に彼が亡くなると、その博物館に最後の標本が加わった。それはガラス容器に大切に保存されたロンブローゾ自身の頭だった。

トリノ市ピエトロ・ジュリア通り、15　ピエトロ・ジュリア通りへはバスが便利。
北緯45.049715度　東経7.679777度

ラ・スペーコラ

トスカーナ州フィレンツェ

18世紀のフィレンツェでは、人間の皮膚の下に何があるのかを医学生に教えるため、たくさんの蠟模型がつくられていた。この蠟模型は、製作にたいへんな手間がかかった。まずは死体から取り出した臓器に石膏を押しつけ、型をつくる。そこに蠟を流し込み、蠟が固まったら着色して、ニスを塗る。部品がすべてそろったら組み立て、そこに筋肉や膜組織を貼りつける。筋肉や膜組織は糸でつくったり、模型に直接描き入れたりした。

できあがったものは不気味なほど本物そっくりだった。骨の上にはつやつやと輝く赤く引き締まった筋肉が張りつき、それを複雑に入り組んだ血管が覆っている。一般の鑑賞にも堪えられそうなほど芸術性の高いものだった。1775年、蠟模型の一部はメディチ家がつくった自然史動物学博物館ラ・スペーコラで展示されるようになった。メディチ家が数世代にわたり収集してきた膨大な数の化石や鉱物、動物、植物を収蔵する博物館だ。ヨーロッパで最初にできた公共の科学博物館で、決まった時間になると開館し、案内役のガイドや警備員もいた。

現在は34の部屋に、人間や動物の蠟模型、動物の剥製、医療用具などが展示されている。なかでもいちばん目を引くのは「解剖されたヴィーナス」だろう。恥ずかしそうに、だがエロチックな姿勢でポーズをとる、蠟でできた裸の女性像だ。どれも内臓が見

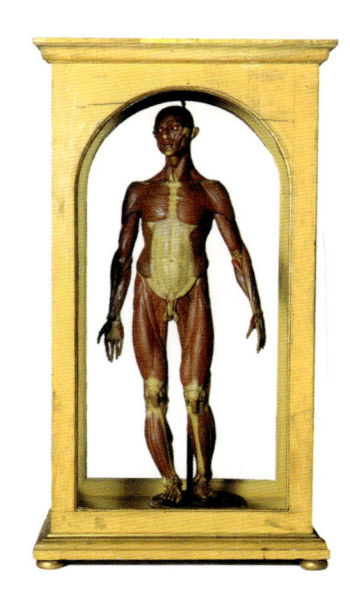

ラ・スペーコラの展示物は人間の皮膚の下に何があるのかを教えてくれる。

えるように腹や胸の部分が大きく切り開かれている。暴力的なポルノグラフィーに強い関心をもっていたマルキ・ド・サドは、この解剖された官能的な美女たちがことのほかお気に入りだったらしい。

フィレンツェ市ロマーナ通り、17　バスでサン・フェリーチェまで。美しい景色が楽しみたければ、すぐそばにピッティ宮殿やボーボリ庭園もある。

北緯43.764487度　東経11.246972度

トスカーナ州のその他の見どころ

聖アントニノ大司教の聖遺物
フィレンツェ：1459年に亡くなった聖アントニノのミイラ。

地図の間
フィレンツェ：精緻に手描きされた44枚の地図がメディチ家の宮殿の一室を飾っている。

サンタ・マリア・ノヴェッラ薬局
フィレンツェ：現役としては世界最古の薬局。いまでも800年前のレシピでつくられた軟膏や気付薬が売られている。

タロット・ガーデン
グロッセート：タロットカードをモチーフにした巨大な像がそこら中に並んでいる。

聖女ジータのミイラ
ルッカ：聖人になった農家の娘は、700年前、亡くなったあと自然とミイラになった。

中世犯罪拷問博物館
サン・ジミニャーノ：棘だらけの尋問用の椅子など、中世の拷問器具が並ぶ博物館。目的は世界から拷問をなくすこと。

聖カテリーナの生首
シエナ：サン・ドメニコ教会に設置された美しいケースのなかから、聖人の頭がこちらを見つめている。

怪獣公園
ラツィオ州ボマルツォ

イタリア語でParco dei Mostri（パルコ・デイ・モストリ）、「怪獣公園」と呼ばれるこの公園は、16世紀にオルシーニ家の領主だったピエール・フランチェスコの深い苦しみから生まれた。ピエールは、野蛮な戦争に耐え、友人の死を目撃し、何年も囚われの身となり、やっと解放されて家に帰り着いたと思ったら、今度は愛する妻の死が彼を待っていた。そんな彼が悲しみを表現しようと建築家のピッロ・リゴーリオに依頼してつくらせたのが、見る者に衝撃と恐怖を与えるこの石の彫刻園だ。

作品はみな、16世紀のマニエリスムのスタイルを採用している。マニエリスムとは、ルネサンスが重視した優雅さや調和を否定し、代わりに誇張やねじれを多用する表現形式で、神話や古典主義や宗教の影響がさまざまに混じり合って生まれたものだ。

ここにある彫刻はどれも、悲惨なテーマを扱っている。ゾウに襲われるローマ兵、怪獣のような魚の頭、巨人の身体を裂くもうひとりの巨人、平衡感覚を失わせる傾いた家、などなど。1948年にここを訪れたシュルレアリスムの芸術家サルバドール・ダリは、これらの彫刻から大いに刺激を受けたという。

怪獣公園に来たら、「地獄の口」を見ずして帰ることはできない。大声で何かを叫ぶ巨大な人食い鬼の顔だ。「あらゆる思考は飛び去る」と刻まれた大きく開いた口からなかに入ると、そこにはピクニックにでも使えそうなベンチと椅子が置かれている。

ボマルツォ、ロカリタ・ジャルディーノ　ローマから鉄道でオルテ・スカロまで行けば、そこから公園までバスが出ている。

北緯42.491633度　東経12.247575度

至るところ怪獣だらけのこの庭園は、悲嘆に暮れた王子がつくったものだ。

ガリレオ・ガリレイの中指

トスカーナ州フィレンツェ

　金で彩られたゴブレットのなかに突き立つ1本の中指。永遠の反逆児、ガリレオ・ガリレイを記念する品として、これほどぴったりのものは他にないだろう。

　1642年にガリレオが死んでから9年後、フィレンツェの司祭であり学者でもあったアントン・フランチェスコ・ゴーリは、ガリレオの遺体を粗末な墓から立派な墓所へと移す途中、彼の指をこっそり盗んでポケットに入れた。指は最初フィレンツェのラウレンツィアーナ図書館に展示されていたが、1841年、自然史博物館（ラ・スペー

コラもそこに入っている）が無理やり奪い、自分たちの展示物にしてしまった。

　1927年、科学機器専門の博物館に移されると、そこが指の安住の地となった。2010年に「ガリレオ博物館」と名称を変えたその博物館は、ガリレオの指を除けば、望遠鏡や気象用機器、数学モデルなど、ごく一般的な展示物が並んでいる。ガリレオの指が置かれたゴブレットの土台部分には次のような碑文が刻まれている。

　これは、毎夜、空を、広大なる宇宙を、そして新しい星々を指し示しつづけた偉大なる手に属していた指である。

➡➡ヨーロッパにあるその他の医学博物館

ジョセフィーヌム
ウィーン

1785年に設立されたこの博物館では、1000を超える蝋模型の他に、「解剖されたヴィーナス」や、ガラス瓶に浮かぶ心臓などを見ることができる。

ナレントゥルム
ウィーン

ドイツ語で「愚者の塔」という名のこの建物は、1784年に建てられたときは、躁や鬱、精神錯乱といった心の病に苦しむ患者たちの収容施設だった。いまは解剖学や病理学の博物館となっている。丸い建物なので、地元民からは親しみをこめて「パウンドケーキ」と呼ばれている。

ブールハーフェ博物館
ライデン（オランダ）

あるガラス瓶のなかでは、レースのフリルのついた袖から子供の手が突き出し、まるでヨーヨーをしているかのように耳の軟組織をつまんでいる。かと思えば、別のガラス瓶には、いびつな形をした真っ白な豚の頭が浮かんでいる。ここに並べられた、オランダの解剖学や、医学、科学の歴史に関する展示を見ていると、自分がいずれは死ぬ存在であるということを思い出さずにはいられない。

そんな気分に追い打ちをかけるように骸骨たちが、ラテン語でこんな言葉の書かれた旗をふっている。「我々は塵か影にすぎない」「人生は短い」「人間は泡のような存在だ」。それ以外にも、昔の公開手術室や、実験用具、動物の標本など、見るべきものはまだまだ続く。

フロリク博物館
アムステルダム

1800年代、ともに解剖学の教授だったヘラルドゥスとヴィレムのフロリク父子は、人間の奇形の標本を数多く収集した。この博物館はそんなふたりのコレクションが中心になっている。息子のヴィレムは、特に結合双生児や単眼症の胎児といった子供の先天性異常に関するものを集中的に集めていた。ガラス瓶のなかでゆらゆらとまるで幽霊のように浮かぶ幼児の標本を、ここではいくつも見ることができる。

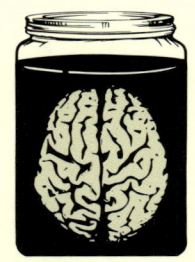

フロリク博物館には人体のさまざまな部位の標本がガラス瓶に入れられ展示されている。

医学博物館
ブリュッセル

性感染症で損傷した生殖器の標本が壁一面に並ぶこの博物館は、カカオ＆チョコレート博物館のすぐ隣にある。

デュピュイトラン博物館
パリ

この博物館にあった何千もの解剖学の蝋模型や、病理模型や、奇形の標本は、経営難で閉館を余儀なくされたあと30年間放置されていたが、1967年になって再開された。

ハンテリアン博物館
ロンドン

所蔵品のなかには、数学者チャールズ・バベッジの脳みその半分、ウィンストン・チャーチルの入れ歯、「アイルランドの巨人」と呼ばれたチャールズ・バーンの骨格標本なども含まれている。

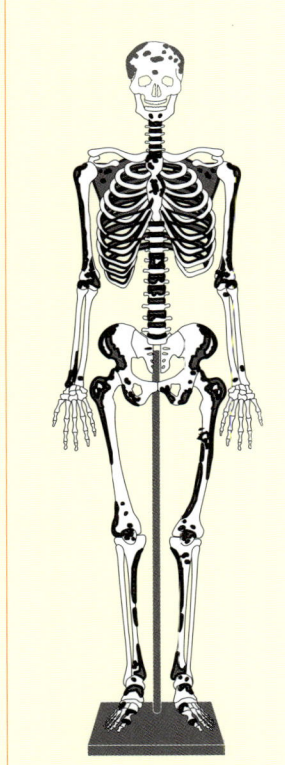

ハンテリアン博物館には身長が7フィート7インチ（約230cm）あったといわれるチャールズ・バーンの骨格標本が展示されている。

　いまもガリレオの中指は上を向いて突き立っているが、それが、荘厳なる宇宙と数学の神への敬意を表すのか、それとも、彼を糾弾した教会への反抗心を表すのかは、見る者の判断にゆだねられている。

ガリレオ博物館：フィレンツェ市ジューディチ広場、1

北緯43.767734度　東経11.255903度

ローマ教皇レオ10世の浴室

ヴァチカン

　ローマ教皇レオ10世の長年の友人であり腹心の部下でもあった枢機卿ビッビエンナは、1516年、ヴァチカン宮殿のなかにある教皇の浴室を新たに装飾しなおすことに決めた。下品で卑猥なものが好きだったビッビエンナは、もうひとりの友人ラファエロにエロチックなフレスコ画を描かせることを思いついた。題材には、原野を裸で遊び戯れるヴィーナスやキューピッドや妖精や牧神が選ばれた。

　だが、「枢機卿ビッビエンナの熱い小部屋」と称されたその浴室は、次の時代になると、宮殿の主たちの顰蹙を買い、ラファエロが描いた絵は次々とペンキで消されていった。最後まで残ったのは、ヴィーナスが裸で泳いでいたり、鏡に映る自分の姿に見とれていたり、アドニスの脚のあいだに横たわっていたりする、わずか数点だけとなった。

　そんなラファエロのエロチックな絵も、ルネサンス時代の教皇たちの猥褻さにくらべればずっとおとなしいものだった。アレクサンデル6世が1501年に宮殿内で開いた「栗拾いの宴」は、そのいい例と言えるだろう。彼は50人の女性を宴に連れてくると、彼女たちが着ていた衣服をオークションにかけ、裸にした女性たちに床を這わせて、自分や客がばらまいた栗を拾わせた。

教皇の浴室は16世紀、エロチックな芸術を好むビッビエンナ枢機卿の趣味に合わせて飾られた。

その後、聖職者も含む客たちは、女性とのセックスを勧められた。いちばん多くの女性を"ものにした"客には、賞品として高価な衣装と宝石が贈られたという。

ローマ市ヴァチカーノ通り　最寄り駅は地下鉄のオッタヴィアーノ駅。浴室の見学が許可されることはほとんどない。ヴァチカンにコネのある人を探してみよう。それが駄目なら、「栗拾いの宴」が開かれた「ボルジアの間」を見に行くという代案もある。

北緯41.903531度　東経12.45617度

パセット・ディ・ボルゴ
ローマ

　パセット・ディ・ボルゴは、ぱっと見にはただの古い要塞にしか見えないが、壁のなかにはローマ教皇が逃げ道として利用した秘密の通路が隠されている。建設が始まったのは850年。1277年にニコラウス3世が現在の形に変え、1492年、アレクサンデル6世が完成させた。完成が少しでも遅れていたら、アレクサンデル6世の命はなかっただろう。フランス軍がローマに侵攻してきたのは、それからわずか2年後のことだった。

　ここを実際に逃げ道として使った最後の教皇はクレメンス7世だ。1527年、神聖ローマ皇帝カール5世は2万人の軍隊を引き連れてローマに攻め入ると、サン・ピエトロ大聖堂前の階段でスイス人の傭兵を次々に虐殺した。それ以降、この通路は放置され、傷みも激しくなり、一般の立入は禁止された。使えるのは緊急の場合のみで、それも現教皇だけだ。しかし、大聖年を迎えた2000年、パセット・ディ・ボルゴは改修され、いまは夏季の一定期間にかぎり観光客に開放されている。

ローマ市ボルゴ・ピオ、62　最寄り駅はトラムのリソルジメント／サン・ピエトロ駅。

北緯41.903817度　東経12.460230度

ローマでは、教皇の秘密の逃げ道が石の壁のなかに隠れている。

ローマのその他の見どころ

犯罪博物館

コレクションが始まったのは1837年。犯罪者を投獄したり拷問したりするときに使われた道具や、犯罪人類学の歴史を語る資料を集めたこの博物館は、1994年、一般に公開された。

トッレ・アルジェンティーナの猫のサンクチュアリ

ローマ皇帝ジュリアス・シーザーが暗殺されたポンペイウス劇場の遺跡には、たくさんの野良猫が気ままに暮らしている。

ヴィーニャ・ランダニーニ

3世紀から4世紀にかけて使われたこのユダヤ人の地下墓所は、現在ふたつしか公開されていないカタコンベのうちのひとつだ。

モンテ・テスタッチョ

ローマ

モンテ・テスタッチョは一見ただの草に覆われた丘にしか見えないが、実は古代ローマ時代のゴミ捨て場の跡だ。アンフォラと呼ばれる油壺の破片がビル11階分の高さまで積み上げられている。どれも、1世紀から2世紀にかけて捨てられたものだ。

その頃、ローマは大量のオリーヴオイルとワインを帝国の他の地域（主にいまのスペイン、チュニジア、リビア）から輸入していた。その油を船で運ぶときに使われていたのが低価格で簡単につくれるアンフォラだ。アンフォラは次から次へと生産されたため、洗って再利用するよりも捨てるほうが簡単だと思う人が多かった。

古代のローマ人にとっては単なるゴミでも、考古学者にとっては宝の山だ。壺に掘られた印によって、油の製造者や、船積港、輸出業者、さらには壺をつくった職人の名前までがわかる。これらの情報を集めれば、ローマ帝国が最盛期にどんなビジネスをしていたかを明らかにすることができるのだ。

ローマ市モンテ・テスタッチョ通り　発掘調査が行われていないときは丘の頂上まで行くことができる。足元で何かの砕ける音がしても心配は無用だ。踏みつけたのは、すでに粉々になったローマ帝国の遺物なのだから。
北緯41.876750度　東経12.475608度

煉獄博物館

ローマ

この博物館には、手の焦げ跡がついた聖書やシーツや衣服がいくつか保存されていて、どれも死者と生者とのあいだで交わされたコミュニケーションの証拠だとされている。

カトリックの教義によれば、死者の魂は罪を償うまでは煉獄に留め置かれる。しかし、友人や家族の祈りによって死者の昇天を早めることもできるという。

ローマ聖心教会の創立者であるヴィクトル・ジュエーは、1898年に教会の一部が焼けたとき、壁に残された顔の形の焼け焦げを見て、これは煉獄から抜けられない死者の魂に違いないと考え、煉獄博物館をつくった。

手の形の焦げ跡はどれもおよそ18世紀から19世紀にできたものとされ、いつまでたっても煉獄から抜けられない魂が、現世にいる友人や家族に向かって、もっと祈ってくれとすがった跡だと言われている。

ローマ市ルンゴテヴェレ・プラティ、12　地下鉄のレパント駅から徒歩で約15分。
北緯41.903663度　東経12.472009度

イタリア南部のその他の見どころ

聖ニコラのマナ
バーリ：聖ニコラの遺体からは甘い香りのする液体「マナ」が分泌されると言われている。毎年5月9日には、小瓶に集められたマナが一般に販売される。

青の洞窟
カプリ島：青く光る神秘的な洞窟。かつてはローマ皇帝ティベリウスのプライベートプールとして使われていた。

サンセヴェーロ礼拝堂の人体模型
ナポリ：本物の骸骨を使って製作された人体模型の数々は、謎に満ちた18世紀の人物ライモンド・ディ・サングロ公の奇妙なコレクションのほんの一部だ。

サン・ジェンナーロのカタコンベ
ナポリ：キリスト教初期につくられた地下墓所。互いに隣り合う3つの墓地からなり、つくられたのは3世紀頃と言われている。

カステッロ・インカンタート
シャッカ：小さな庭のなかに、「村の狂者」と呼ばれたフィリッポ・ベンティヴェーニャが生涯をかけてつくった1000以上の顔の石像が並んでいる。

秘密の小部屋
カンパニア州ナポリ

　男根は自分たちを災いから守り、繁栄と幸運をもたらすものだと信じていたポンペイとヘルクラネウムの人たちは、家具からランプに至るまで、あらゆるものに男根のイメージを用いた。どの家の壁にも牧神と森の妖精とのエロチックな出会いのシーンが描かれ、町中がエロスであふれていた。

　19世紀になり、ポンペイとヘルクラネウムの発掘が始まると、それらのセクシーな"遺物"はナポリ国立考古学博物館に展示されるようになった。そこにやってきたのが両シチリア王国のフランチェスコ1世だ。国王になる前の1819年、妻と幼い娘をともなって博物館を訪れた彼は、そのあまりに露骨な性表現に驚き、置かれていた遺物をすべて展示からはずすよう命じた。そして、高い倫理観をもつ紳士だけが入室を許される秘密の小部屋に入れて鍵をかけた。

　しかし、この騒ぎはかえって人々の関心を集める結果となった。噂は噂を呼び、学業を終えてヨーロッパを旅行中だった若者たちは、こぞってこの秘密の小部屋に殺到した。それでもまだ、女性と子供と平民は入ることを許されなかった。

　その後の150年間で秘密の小部屋が公開されたのは、19世紀の急進的な将軍ジュゼッペ・ガリバルディが支配したほんのわずかな自由の時代と1960年代の2回だけだ。2000年になるとようやく一般に公開され、2005年には独立した展示室がひとつ与えられた。

これよりもさらに卑猥なものは、ナポリ国立考古学博物館の地下にある秘密の部屋で保管されている。

石のペニスや、男根の形をした風鈴、わいせつな場面を描いたモザイク画など、卑猥な品があまた並ぶなかで、とりわけ有名なのが「牧神と山羊」という彫刻だ。若い雌ヤギと“行為中”の牧神の姿が実に細かく再現されている。雌ヤギのほうは割れたひづめを牧神の胸にあて、遠慮がちに彼を見上げている。

ナポリ市ムゼーオ広場、19　最寄り駅は地下鉄のムゼーオ駅

北緯40.852828度　東経14.249750度

カプチン会修道院のカタコンベ
シチリア島パレルモ

パレルモのカプチン会修道院では、さまざまな腐敗状態にある8000体もの遺体がカビの臭いの立ち込める薄暗い地下墓所に眠っている。最初は修道士のためにつくられた墓所だったが、その後、金を払ってでも聖なる場所に埋葬されたいという有力者たちの要望にこたえ、徐々に拡張されていった。遺体は年齢、性別、職業、社会的地位によって分けられ、ある者は蓋のない棺に納められ、ある者は狭い通路の壁に吊るされ、ある者は棚の上に置かれた。

「処女の礼拝堂」と呼ばれる場所には、家族が処女だと認めた少女たちの遺体が並んでいる。色褪せ、ぼろぼろになった白のドレスをまとった少女たちの頭の上には、

「小羊の行く所へはどこへでもついて行く。私たちは処女なのだから」と刻まれている。着ているものは上等だが、穴だけになった鼻や、空っぽの目や、窪んだ頬のせいで、美貌は台無しだ。腐った皮膚と重力のせいで大きくあいた口元は、まるで何か叫ぼうとしているようにも見える。

ここでは極端に乾燥した空気のせいで自然にミイラ化が進む。修道士たちは遺体を棚に置き、体液が完全に抜けるのを待ってから、1年後、乾燥した遺体を酢で洗い、遺族の用意した上等な服を着せて、あらかじめ決めてあった場所に安置する。

ここで最も古い遺体は1599年に死んだ修道僧シルヴェストロ・ダ・グッビオのものだ。いちばん新しいのはロザリア・ロンバルドのもので、彼女は1920年、わずか2歳のときに肺炎で亡くなった。高度な死体処置が施された彼女の遺体はまるで生きているように見え、人々から「眠れる美少女」と呼ばれている。

この地下墓所は、衣服の歴史を語る博物館でもある。ここに来れば、1600年代から1920年代までのあいだにパレルモで流行したファッションの変遷を知ることができる。遺体はどれも最初はガラスの義眼をはめていたが、第二次大戦中、アメリカ兵が町を通っていったとき、土産物として持ち去られてしまった。

パレルモ市カップッチーニ広場、1　パレルモ中央駅から修道院までは徒歩で約25分。北緯38.116191度　東経13.362122度

カプチン会修道院のカタコンベに行けば、いつも必ず修道僧たちに会うことができる。

ヨーロッパにあるその他の納骨堂

聖ウルスラ教会
ケルン：この教会内の「金の部屋」には何百もの殉教した処女の遺骨が眠っていると言われている。

サンタマリア・デッラ・コンチェツィオーネ・ディ・カプチーニ
ローマ：ここに来ると、人間のやがて死すべき運命を思わずにはいられない。6つある納骨堂も、壁のフレスコ画も、アーチや天井の装飾も、1528年から1870年にかけて亡くなった約4000人のカプチン修道士たちの骨でつくられている。

聖ペテロ聖パウロ教会
ムニェルニーク（チェコ）：1520年代、ペストの大流行により埋葬場所が大幅に不足すると、付近の墓地に眠っていた1万5000の遺体が掘り返され、泥を落とされ、この教会の地下墓所に投げ込まれた。

1780年代、納骨堂の衛生状態が問題になると、地下墓所は煉瓦でふさがれ、忘れ去られた。しかし、1913年、チェコの人類学者インジヒ・マチエグカが墓所の扉を開け、なかの骨を綺麗に並べて美しい模様をつくりはじめた。何千もの骨がヤシの葉で飾った巨大な十字架を形づくり、頭蓋骨はハートの形を描いた。足の骨でできた長いトンネルはキリストの復活を表していると言われている。

セドレツ納骨堂
クトナー・ホラ（チェコ）：またの名を「骸骨教会」。納骨堂の中央には、驚くべきものがぶらさがっている。人間のあらゆる部位の骨を使ってつくられたシャンデリアだ。

サン・ベルナルディーノ・アッレ・オッサ教会
ミラノ：この教会の納骨堂は、1210年、近所の墓地が病院で死んだ患者の遺体で満杯になったためにつくられた。

フォンタネッレ墓地
ミラノ：20世紀初頭、この地下墓所でひとつの新興宗教が生まれた。大勢の人が花や捧げものを手にやって来て、頭蓋骨に向かって願いごとをしたり、幸運を祈ったりしはじめたのだ。最も人気が高かったのは、宝くじの当たり番号を教えてくれる頭蓋骨だったそうだ。

オランダ

タイラース博物館
北ホラント州ハールレム

1784年の設立以来、オランダ最古の博物館であるタイラース博物館の内部を照らしているのは太陽の光だけだ。展示の中心である化石や絵画や科学器具は、もとはハールレムの銀行家であり絹織物業者だったピーター・タイラー・ファン・デル・フルストの個人コレクションだった。啓蒙時代の思想家だったフルストは、自分の遺産をもとに科学と芸術の基金を設立するよう遺言を残した。その栄えある成果のひとつがこの博物館だ。

現在の所蔵品のなかには、ミケランジェロの作品が25点、レンブラントの素描が何点か、それに、化石、見事なイラストが入った18世紀の自然史の本、16世紀のコイン、世界最大の静電発電機などがある。ガラスのはまった高い円天井をもつ楕円形の大ホールも、なかに置かれた展示品と同じくらい訪れる人の目を惹きつけている。

北ホラント州ハールレム市スパールネ、16 博物館のすぐ前にバス停がある。
北緯52.380256度　東経4.640391度

さまざまな芸術作品や遺物や化石が、美しいアンティークの棚やガラス瓶に入れられて並んでいる。

オランダのこぢんまりとした家のなかに太陽系が
すっぽり入っている現役最古のプラネタリウム。

エイシンガのプラネタリウム
フリースラント州フランエーケル

　1774年、オランダの牧師エールコ・アルタが「近々起きる惑星直列によって地球は太陽に衝突するだろう」と予言すると、人々は大パニックに陥った。アマチュア天文家だったエイセ・エイシンガは、恐怖におののく大衆を安心させるため、惑星の実際の動きを見せようと自宅にプラネタリウム（天象儀）をつくることにした。このプラネタリウムはいまも動いていて、現役としては世界最古のものだ。

　製作には7年を要した。エイシンガは当時知られていた6つの惑星（水星、金星、地球、火星、木星、土星）を木でつくり、金色に塗って天井から吊り下げた。惑星は振り子の動きによって、同じく金色に塗られた太陽のまわりを実際の周期で同心円状に回る。空を模して青く塗られた天井には黄道十二星座と、それぞれの惑星が太陽から最も離れる地点が記されている。そして、その何もかもが屋根裏に隠された60個の歯車とギアで動くのだ。

　1781年、もう少しで完成というときに、新たな惑星、天王星が発見された。しかし、エイシンガはそのまま作業を続けた。惑星をひとつ加えることで、1012分の1という縮尺を崩したくなかったからだ。
フランエーケル、8801KE、エイセ・エイシンガ通り　最寄りのバス停はテレーシア。
北緯53.187335度　東経5.543735度

ヒートホールン
オーファーアイセル州ヒートホールン

　藁葺き屋根の家、細い運河、180もの木の橋。人口1600人の村ヒートホールンは、片田舎の小さなヴェネツィアといった趣だ。

　村に運河ができたのは16世紀、燃料になる泥炭（ビート）を求めて村人たちが地面に溝を掘ったのがきっかけだ。その結果生まれた全長約6.5kmの運河とその脇を走る歩道が、いまでは村の主要交通網となっている。車の走る道は1本もなく、移動はもっぱらボートか徒歩だ。いちばん人気は「ささやくボート」。モーター音が小さいため、のどかな村の雰囲気を壊すことなく移動することができる。
アムステルダムから車で約90分。村を見てまわるには、ボートツアーに参加するか、自分で平底の船をレンタルするのもいい。
北緯52.740178度　東経6.077331度

エレクトリック・レディランド
蛍光アート博物館
アムステルダム

　アンネ・フランクの家から歩いて5分の場所にある狭くて暗い地下室に、ジミ・ヘンドリックスのアルバムと同じ名前の博物館がある。中身がサイケデリックなところもまったく同じだ。入ってすぐは蛍光塗料の塗られた空間内を歩く「体験型アート」になっていて、照明が消えると壁があやしく光り出す。さらに進むと、光る鉱物の置かれた棚があり、ブラックライトで照らす

エレクトリック・レディランドの蛍光する壁に囲まれてヒッピー全盛時代の雰囲気に浸ろう。

と、それまで灰色だった石がさまざまな色に輝く。

　この博物館をつくったニック・パダリーノは、自ら客を案内してまわるのが大好きだ。館内には、異なる波長の光の下に、いろいろな種類の蛍光する物体が並んでいる。なかでも客がいちばん驚くのは、ココナッツや、貝や、ガラスの器や、レンズ豆といったごくありふれた日常品が蛍光色に光るのを見たときだ。

アムステルダム市トウェーデ・レリードヴァルス通り、5　館内のサイケデリックな雰囲気を最大限に満喫したければ、ジミ・ヘンドリックスの「見張り塔からずっと」を聴きながらまわろう。

北緯52.375602度　東経4.882301度

マイクロピア
アムステルダム

　マイクロピアは少し変わった動物園だ。ここにいる動物は肉眼では見ることができない。かびや酵母菌やバクテリアやウィルスといった、いつもそこら中にいるのに、ふだんはほとんど気づくことのない微生物に光を当てようと、2014年にオープンした。「あなたの微生物に会ってみよう」という展示コーナーでは、人間の身体に住みついている1兆あまりの微生物のほんの一部が紹介されている。また、キスにまつわる展示では、愛し合うふたりのあいだでどれくらいの微生物が行き来しているかを知ることができる。

アムステルダム市プランタージュ・ケルクラーン36-38、アルティスプレイン　展示のなか

マイクロピアでは、見えないものが見えるようになっている。

には動物のフンもあるので、食事をすませてから行くようにしよう。

北緯52.367668度　東経4.912447度

オランダのその他の見どころ

聖書博物館

アムステルダム：聖書に関するさまざまな資料が展示されている。死海文書の完全な複製も。聖書には興味がないという向きには、17世紀に実際に使われていたオランダのキッチンなどもある。

ハッシュ&マリファナ&ヘンプ博物館

アムステルダム：ヘンプ（大麻）からロープや紙や布地をつくるときに使った古い道具や器具について学べる博物館。古代の（そして現代の）吸引具も展示されている。

拷問博物館

アムステルダム：拷問台や頭蓋骨粉砕機や異端者のフォークなど、むかし実際に使われていた道具から、どんな拷問があったのかを学べる博物館。

三国国境地点の巨大迷路

ファールス：オランダ、ベルギー、ドイツ。この3か国の国境が交わる地点につくられた、1万7000本のホーンビームの木からなるヨーロッパ最大の生垣迷路。

シガーバンドの館

フォレンダム：この家の壁を覆うモザイクは、1100万本のシガーバンド（葉巻に巻かれた帯）でできている。

ポルトガル

モンサントの巨石の村

イダーニャ・ア・ノーヴァ、モンサント

　中世の村モンサントは、巨大な花崗岩の
かたまりがいくつも転がる山の中腹にあ
る。その岩と岩の隙間を縫うように道が走
り、岩に埋もれるようにして家が建ってい
る。村人たちは岩を取りのぞくのではな
く、壁や床、ときには屋根にも利用したか
らだ。遠くから見ると、まるで巨大な岩に
押しつぶされたように見える家もある。

　プラスチックの椅子やエアコンの室外機
を除けば、モンサントは中世の時代の雰囲
気をそのまま残している。現在の人口は
800人。車は1台もない。小石だらけの狭い
道を移動するのに最も適した手段はロバな
のだ。

**リスボンからカステロ・ブランコまでは鉄道
で。そこから北東にあるモンサントまではバ
スですぐ。**

北緯**40.031970度**　西経**7.071357度**

モンサント村の住民たちは自らの固い意志のもとで石の下に住んでいる。

レガレイラ宮殿

シントラ(リスボン郊外)

　奇人として知られた大富豪アントニオ・アウグスト・カルヴァーリョ・モンテイロが1904年に建てたこの城には、彼の幅広い趣味と秘密結社への強い関心が反映されている。丘の上に建つ5階建ての館には、ローマ、ゴシック、ルネサンス、マヌエルの様式が混在し、まわりを取り巻くおとぎの国のような庭には、洞窟や噴水、彫像、池、地下トンネル、それに苔に覆われた深い「イニシエーションの井戸」がある。かつてはそこでフリーメイソンの儀式が行われていたらしい。あちらこちらに錬金術や、フリーメイソン、テンプル騎士団、バラ十字団にちなむ形やシンボルが隠されており、宮殿の前に建つ教会にはカトリックの聖人たちの姿と並んで、オカルト的な宗教で使われる五芒星形も描かれている。

シントラ市バルボサ・ドゥ・ボカージェ通り、5　懐中電灯持参のこと。
北緯38.812878度　西経9.369541度

ポルトガルのその他の見どころ

廃墟となったカルモ修道院
リスボン：1755年にリスボンを襲った大地震の爪あと。このとき街はほぼ壊滅状態となった。

骸骨礼拝堂
ファロ：人骨でつくられ、金に輝く頭蓋骨で装飾された小さな礼拝堂。

沈んだ村
ヴィラリーニョ・ダス・フルナス：ふだんは水中に没しているが、ダムの水位が下がると姿を現す。

ブサコ・パレス・ホテル
ルゾ：おとぎ話に出てくるような森のなかに、夢のようにゴージャスなホテルが建っている。

噂によると、深さ27mのこの井戸でフリーメイソンの儀式が行われていたらしい。

スペイン

ファン・デ・ラ・コーサの地図
マドリッド

　コロンブスはもともと地図づくりを生業としていたが、自分が探検した土地の地図をつくったことは、記録に残っているかぎり1度もない。その仕事はファン・デ・ラ・コーサの担当だった。スペイン人の航海士だったラ・コーサは、コロンブスとともにアメリカ大陸へ3度探検旅行に出かけている。

　先住民に毒矢で殺される9年前の1500年、ラ・コーサは雄牛の皮に新大陸の地図を描いた。アメリカ大陸を描いた地図としては、これが現存する最古のものだ。それを1832年、フランスの学者で地図愛好家でもあったシャルル・ワルカンナエがパリのとある店で発見した。いまはマドリッドの海軍博物館で見ることができる。

海軍博物館：マドリッド市プラド通り、5 最寄り駅は地下鉄のスペイン銀行前駅。

北緯40.416691度　西経3.700345度

ドン・フストの自作の大聖堂
メホラーダ・デル・カンポ（マドリッド郊外）

　元修道士のフスト・ガジェゴ・マルティネス、通称ドン・フストは、建築についてはずぶの素人だが、1961年からずっとひとりでこの大聖堂をつくっている。材料は、拾ってきたものや寄付してもらったものばかりで、設計図のようなものも一切ない。イメージのもとになっているのはサン・ピエトロ大聖堂だが、そのときどきのひらめきでデザインは何度も変更されてきた。

　きっかけは、彼が結核にかかり修道院を出ざるをえなくなったことだ。瀕死の状態に陥ったドン・フストは、病気を治してくれたらお礼に寺院を建てますと聖母マリアに誓った。元気になったドン・フストは大聖堂の建築にすべてを捧げた。正式な建築許可はおりていないが、いまではビル13階の高さにまで進んでいる。壁や塔を形づくっているのは、たっぷりのコンクリートで積み重ねた石油のドラム缶やペンキの缶、金属のクズ、近所の煉瓦工場からもらってきた煉瓦などだ。

　ときには甥やボランティアに手伝ってもらうこともあるが、ほとんどはひとりで作業している。あと10年か15年もすれば完成とのことだが、問題は80歳という彼の年齢だ。大聖堂の運命は神のみぞ知る。無許可の建築物として壊される可能性もあり、そうなれば、意志の固い男が生涯をかけてやった仕事も消えてなくなるかもしれない。

マドリッド大都市圏メホラーダ・デル・カンポ、アルキテクト・ガウディ通り、1　コンデ・デ・カサルにあるターミナルからバスでアルキテクト・アントニオ・ガウディ通りまで。

北緯40.394561度　西経3.488481度

この巨大な大聖堂を自分ひとりで建てているドン・フストは、元は建築経験ゼロの修道士だった。

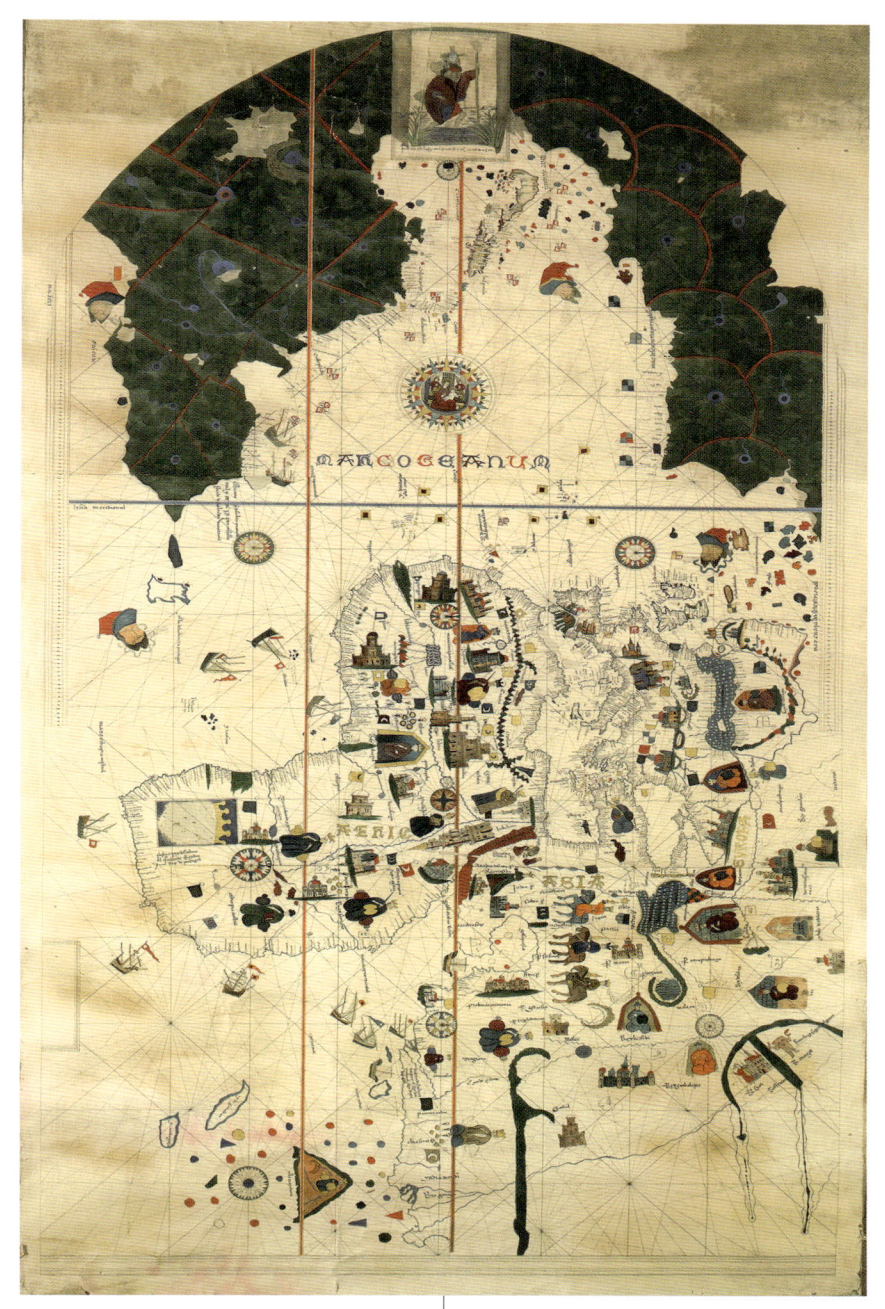

アメリカ大陸が描かれた現存する最古の地図は、パリの書店で偶然発見された。

タワー式太陽熱発電所

アンダルシア州サンルカル・ラ・マヨール

　セビリアから車で西へ向かうと、静かな平原のなかに驚くべき光景が現れる。光輝く細い糸で地面につながれた2本の白い塔だ。表面はなめらかで、高さは50階建てのビルほどもある。この巨大な塔は太陽エネルギーを集める集熱器で、糸のように見えていたのは、塔に向けて地面に設置された何百枚もの鏡に反射した太陽光が、空気中の塵や水蒸気に当たってきらめいていたのだ。塔は太陽熱を蒸気に変え、それでタービンを回し、セビリアに電気を供給している。

塔へはセビリアから高速道路A-49号線を通って約40分。目を守るためにサングラスは必携。

北緯37.446789度　西経6.254654度

624枚の可動式の鏡が太陽光を反射して、ビル50階分の高さの塔を照らし出している。

スペインのその他の見どころ

ホセ・ブヒウラの迷路
アルゲラグエ：ある男が自然の地形を利用してたったひとりでつくり上げたワンダーランド。

チョコレート博物館
バルセロナ：チョコレートでできたサグラダ・ファミリア教会は必見。

霊柩車博物館
バルセロナ：霊柩車のなかでもとりわけ美しいものが並んでいる。

セテニル・デ・ラス・ボデガス
カディス：1世紀頃につくられたと考えられているこの崖の隙間の町には、いまでも数千人が住んでいる。

おまる博物館
シウダード・ロドリゴ：ちょっと変わった男がすべてひとりで集めた1300個のおまるが展示されている。

世界最大の椅子
コルドバ：この椅子に座らずして、どこに座る？

カステルフォリット・デ・ラ・ロカ
ジローナ：火山岩でできた細長い絶壁の上に建つ小さな村。

ハメオス・デル・アグア
ラス・パルマス：ところどころ崩れかけたこの溶岩洞には、コンサートホールや地下湖の他、よそではめったに見られない白いカニもいる。

月の洞窟
マドリッド：起源不明の神秘的なカタコンベ。

ガラ・ダリ城
プボール：サルバドール・ダリは自分が購入した中世の城のなかに、脚が細長いゾウの彫像や、作曲家ワーグナーの胸像、妻ガラのための玉座などを置いた。

サント・ロマ・デ・サウ
サウ：このロマネスク様式の教会の塔は、湖の水位が下がったときだけ現れる。

魔女博物館
スガラムルディ：スペイン魔術のすべてを集めた博物館。

赤ん坊飛び越え祭

カスティーリャ・イ・レオン州
カストリージョ・デ・ムルシア

　カストリージョ・デ・ムルシア村では、毎年復活祭の60日後、悪魔の姿をした男たちを招待し、赤ん坊の上を飛び越えてもらう。

　会場となるのは村の道路だ。道に敷いたマットレスの上に赤ん坊を2、3人ずつ横に並べて寝かせると、派手な黄色い衣装に悪魔の仮面をつけた男たちが赤ん坊めがけて猛スピードで走ってくる。男は道の両側で見守る観衆を鞭で威嚇しながら、泣いたりくずったりしている赤ん坊の上を、まるで陸上のハードル競技のように飛び越えていく。

　17世紀頃に始まったとされるこの祭りは、赤ん坊の厄を払うのが目的だ。前年に生まれた赤ん坊なら誰でも人間ハードルになって悪魔に飛び越えてもらうことができる。

カストリージョ・デ・ムルシア村へはブルゴスからタクシーを利用するのがいちばん便利。
北緯42.358769度　西経4.060704度

4人の赤ん坊を1度に飛び越える悪魔役の男。

エル・カミニート・デル・レイ

マガラ県エルチョロ

　2015年に改修されるまで、エル・カミニート・デル・レイはスペインで最も危険な小道だった。エルチョロ渓谷の険しい岩肌にそってつくられた幅1mほどのコンクリート製の歩道は地面から約100mの高さにあり、しかもできてから100年以上もたっていて、そこら中に大きな穴が開いていた。なかには、コンクリートが完全に剥げ落ち、幅7cmほどの鉄の梁がむき出しになっている部分もあった。スリルを求めてやって来る登山者やハイカーは、風が吹きすさぶなか、梁を足で探るようにたどり、なるべく下を見ないようにして歩いた。

　建設されたのは1901年。近くにあった水力発電所の作業員が効率よく移動できるようにとつくられた。その20年後、新しくできたダムの完成式典に出席するためスペイン王のアルフォンソ13世がこの道を通ると、それからは「エル・カミニート・デル・レイ」（スペイン語で「王の小道」）と呼ばれるようになった。しかし、その直後から道は荒廃を始めた。

　2000年に3人が落下事故で亡くなると、政府も道の危険性を認識し、2014年から修復工事を始めた。新たに道がもう1本歩設けられ、手すりもつけられた。おかげで以前ほど命がけではなくなったものの、いまでも歩道に立つと（特に風の強い日は）充分スリルを味わえる。

エルチョロはアロラから北へ約13km。アロラからは鉄道もあるが、本数が少ないのでタクシーのほうが便利。ワイヤーにひっかけるための丈夫なハーネスを持っていこう。
北緯36.729388度　西経4.442312度

道も新しくなり、手すりもついて、以前よりは安全になったが、怖いことに変わりはない。

指笛の島
カナリア諸島ラ・ゴメラ島

ラ・ゴメラ島の谷に響き渡る口笛は、単なる音ではなく、言葉だ。この小さな島の住人たちは、「シルボ」という、音の高低で意味を表す言語を使ってコミュニケーションをとっている。

シルボを最初に使ったのはグアンチェ族というこの島の先住民だった。もともとはシンプルな構造のものだったが、16世紀にスペイン人が移住してくると、スペイン語を取り入れて複雑になった。それが現在のシルボだ。知らない人の耳には鳥の鳴き声にしか聞こえない。ユニークなのは音の出し方だ。指の先端か関節部分を口に入れて音を出し、もう片方の手は相手に音がよく届くよう口の横に当てる。

この独特な言語が絶えてしまわないよう、ラ・ゴメラ島では1999年からシルボを小学校の必修科目にしている。

テネリフェ島のロス・クリスティアーノスからサン・サバスティアン・デ・ラ・ゴメラまでフェリーが出ている。
北緯28.103304度　西経17.219358度

スイス

カエル博物館
フリブール州エスタヴェイユ・ル・ラク

中世の町エスタヴェイユ・ル・ラクにあるこの博物館には、目玉といえる展示品がふたつある。ひとつはカエル、もうひとつは銃だ。1800年代の中頃、変人フランソワ・ペリエは100匹以上のカエルを剥製にして、人間の日常生活を再現した。この博物館の一室では、そんな詰め物をされたカエルたちが、散髪やビリ

ヤードや宴会やドミノに興じている。すぐ隣の部屋には、中世から20世紀初頭までに使われた銃や兵器が置かれている。このふたつの部屋にどんな関係があるのかは、いまも謎のままだ。

エスタヴェイユ・ル・ラク、ミュゼ通り、13 ヌーシャテル湖の南の湖畔。フリブールから鉄道で約40分。

北緯47.405469度　東経8.381182度

ブルーノ・ウェーバー彫刻公園

アールガウ州ディエティコン

　この公園に来れば、スイスの彫刻家ブルーノ・ウェーバーの偉大な精神に触れることができる。1962年、生まれ故郷のディ

エティコンが急速に近代化されていくのを憂えたウェーバーは、人間の想像力を称えるため、モンスターや伝説上の生き物の巨大な像をつくりはじめた。ヘビや、翼のある犬、巨大なイモムシなど、神話上の生き物が、おとぎ話に出てくるようなゴシック風の城のまわりを囲んでいる。ウェーバーと妻のマリアン・ゴドンは何十年ものあいだ、この高さ25mの塔を住居にしていた。

　ウェーバーは75歳になると、公園のなかに新たに「水の庭園」をつくることを思いついた。表面をモザイクで飾った像や、噴水や池のある遊び心あふれる場所をつくれば、最後の仕上げになると考えたのだ。だが、不幸にもウェーバーは、2011年に80歳で亡くなってしまった。そこで妻のゴドンが夫のあとを引き継ぎ、庭園は彼の死後半

ブルーノ・ウェーバー彫刻公園の屋根に並ぶ、口を大きく開け、尖った歯を見せる怪物たち。

年たって公開された。

ディエティコン市ツア・ヴァインレーベ　オープンは4月から10月の週末のみ。チューリヒからディエティコンまで鉄道で行き、そこからバスでギュフ通りまで。バス停から公園までは徒歩で約15分。

北緯47.405469度　東経8.381182度

子喰い鬼の像
ベルン

　ベルンの町の中央にある青と金色に塗られた高い台の上には、口を大きく開け、歯をむき出しにして、おいしそうに赤ん坊を食べている鬼がいる。ドイツ語でKindlifresser（キンドゥリフレッセル）、「子喰い」と呼ばれる鬼だ。食べ頃の赤ん坊が入った袋を小脇にかかえ、ベルン最古と言われる噴水の真ん中に立っている。

　その起源には諸説ある。5人の我が子を食べたという、ギリシア神話に登場する巨神族の王クロノスがモデルだという説もあれば、16世紀にこの町に広がった悲しい噂がもとになっている説もある。当時ベルンの住民たちは、ユダヤ教徒が自分の子を生け贄にして宗教儀式に使う血を得ていると信じていた。鬼がかぶっている先の尖った黄色い帽子が、その儀式で彼らが使ってい

好物の子供がいっぱいに詰まった袋を
かかえるベルンの子喰い鬼。

た被り物にそっくりだというのだ。

　モデルが何であるにしろ、子喰い鬼の大きく見開いた目や、グロテスクな顔、袋のなかで泣き叫ぶ子供たちの姿は、この噴水を他にはない独特のものにしている。

ベルン市コルンハウスプラッツ　バスで「ツィットグロッゲ」という中世の時計塔まで行けば、広場の真ん中にある子喰い鬼の噴水はもうすぐそこだ。

北緯46.948652度　東経7.447435度

スイスのその他の見どころ

H・R・ギーガー美術館
グリュイエール：シュルレアリストの画家H・R・ギーガーの奇想天外な作品が収められた、中世の村につくられた美術館。

アール・ブリュット・コレクション
ローザンヌ：社会から孤立した人、囚人、精神病患者の芸術作品を見ることができる美術館。

サン・モーリス修道院
ヴァレー州サン・モーリス：ローマ時代のカタコンベの上に建てられた修道院。

死刑執行人博物館
ジサッハ：拷問や絞首刑に使う道具の膨大な数の個人コレクションが展示されている。すべて中世の時代に実際に使われていたものだ。

メゾン・ダイヤー
イヴェルドン・レ・バン：SFやユートピアや異次元への旅をテーマにした博物館。

エヴォルヴァー
ツェルマット：アルプスにつくられたらせん状の構造物。ここから覗くと、マッターホルンがいつもと違う角度で見られる。

医学歴史博物館
チューリッヒ：14世紀のペスト医が着ていた本物の服をチューリッヒで見ることができるのはここだけだ。

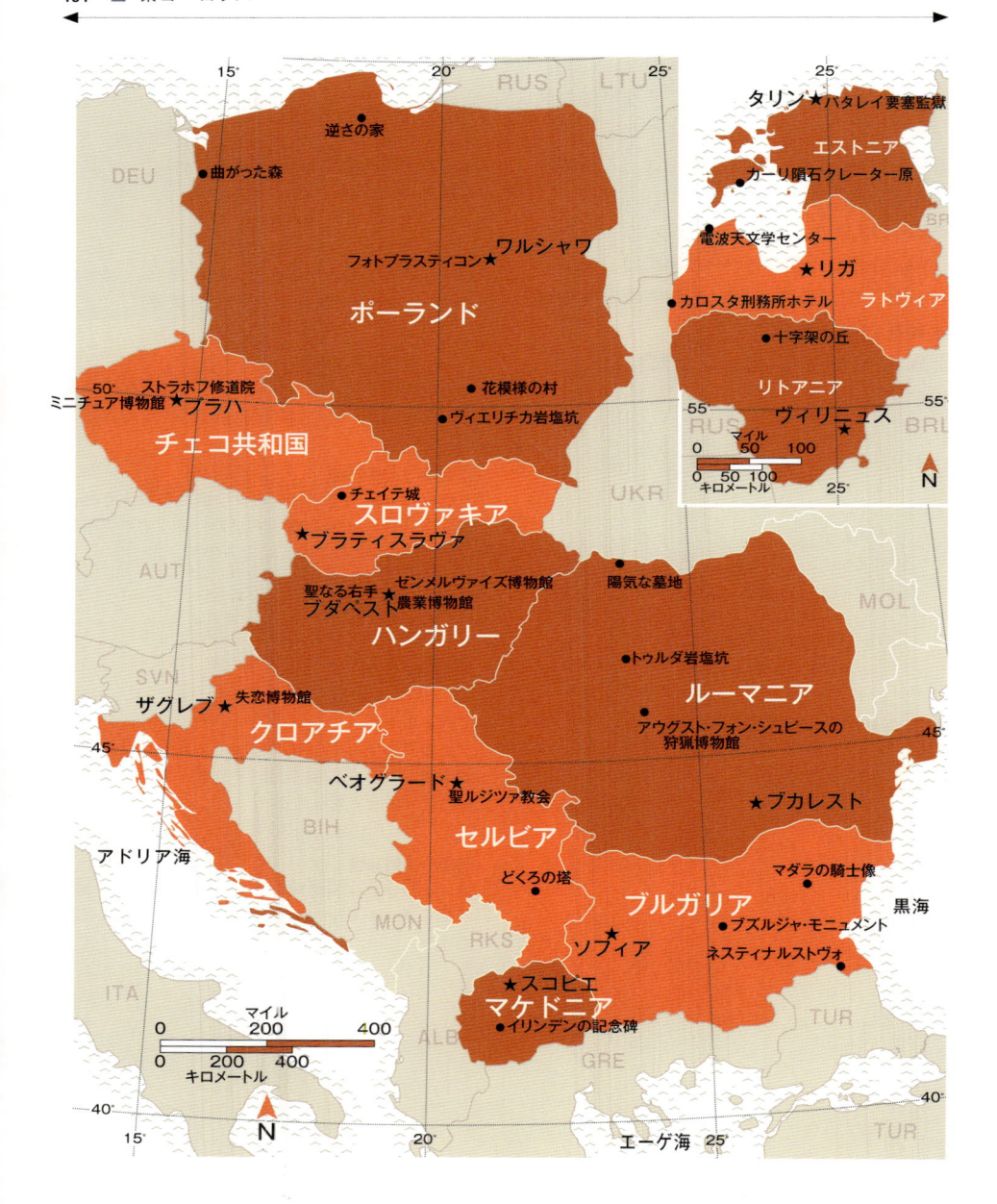

タリン ★ ★パタレイ要塞監獄

25°

エストニア

●カーリ隕石クレーター原

電波天文学センター
★リガ

RUS　LTU

DEU

15°　　　20°　　　25°

●逆さの家

●曲がった森

フォトプラスティコン ★ワルシャワ

ポーランド

●カロスタ刑務所ホテル ラトヴィア

●十字架の丘

ストラホフ修道院
ミニチュア博物館 ★プラハ　50°

リトアニア

55°　　　　55°

チェコ共和国

●花模様の村

●ヴィエリチカ岩塩坑

●チェイテ城

スロヴァキア
★ブラティスラヴァ

AUT

SVN

ヴィリニュス ★

0　　　マイル　　100
0　50　100
キロメートル　25°　N

聖なる右手 ゼンメルヴァイス博物館
★　　農業博物館
ブダペスト

●陽気な墓地

ハンガリー

UKR

●トゥルダ岩塩坑

ルーマニア

失恋博物館
ザグレブ ★

クロアチア

アウグスト・フォン・シュピースの
狩猟博物館

MOL

45°　　　　　　　　　　　　　　　　　45°

ベオグラード ★
聖ルジツァ教会

★ブカレスト

アドリア海

BIH

セルビア

マケドニア

●どくろの塔

●マダラの騎士像

ブルガリア

黒海

MON

RKS

ソフィア ★

●ブズルジャ・モニュメント

ネスティナルストヴォ ■

ITA

マイル
0　　200　　400

0　　200　　400
キロメートル

★スコピエ

●イリンデンの記念碑

ALB

TUR

GRE

40°　　　　　　　　　　　　　　　　40°

15°　　　　20°　　エーゲ海　25°　　TUR

N

ブルガリア

ネスティナルストヴォ
ブルガス州ブルガリ

　ブルガリアのいちばん南東にある小さな村ブルガリでは、ネスティナルストヴォという伝統行事が毎年行われる。ネスティナリと呼ばれる踊り手たちが残り火の上を裸足で踊り、豊穣と健康を祈願する祭りだ。昔のままの形で行われているのはブルガリアでも、もうここだけになった。

　ネスティナルストヴォは土着の信仰とキリスト教とが融合してできたものだ。踊り手たちは（多くの場合、儀式の前にすでにトランス状態に入っている）、聖人のイコンをかかげ、丸く広げられた火の上に踏み出すと、村人たちが見守るなか、太鼓のリズムに合わせて動きまわり、バグパイプの音にのせて神のお告げを叫ぶ。

火踊りが行われるのは、毎年6月3日、聖コンスタンティンと聖エレナの記念日。

北緯42.087878度　東経24.729355度

マダラの騎士像
シューメン州マダラ

「マダラの騎士像」は、馬に乗った男の姿を岩壁に彫ったものだ。男は後ろに犬を従え、ライオンに槍を突き刺している。描写は荒削りだが、1300年近くも前に、7階ほどの高さもあるほとんど垂直の崖に2.6mの大きさのレリーフをつくったというのは驚嘆に値する。

　当時ブルガリアは建国したばかりで、それまで領土争いの絶えなかったビザンティン帝国とのあいだのつかの間の和平を満喫していた。一方、ビザンティン帝国では

ビルの7階の高さに相当する崖に彫られた1300年前の勇者の像。

クーデターが起き、皇帝ユスティニアヌス2世は、鼻を削がれ、島流しにされた。激怒したユスティニアヌス2世はブルガリアの王テルヴェルと協定を結ぶと、ブルガリアから1万5000人の援軍を得てコンスタンティノープルを襲撃した。見返りとしてテルヴェルに財宝と土地と自分の娘との結婚を約束していたユスティニアヌス2世だったが、いざ皇帝の座を奪還すると、黄金製の付け鼻をつけて、テルヴェルを裏切りブルガリアに侵攻した。

シューメン州9700、マダラ通り、1　町の中心部から東にある騎士の像まではタクシーですぐ。

北緯43.277411度　東経27.118917度

ブルガリアのその他の見どころ

ベログラトチクの奇岩
ベログラトチク：いくつも並ぶ奇妙な形の巨岩には、「修道僧」「反乱者ベルコ」「女子学生」など、その形と同じくらい奇妙な伝説からとった名前がつけられている。

カリアクラの電波塔
ブルガレヴォ：まるで共産主義の崩壊を記念するように、建設途中で放棄された巨大なラジオ放送局。

ブズルジャ・モニュメント
スタラ・ザゴラ州カザンラク

　ブルガリアの人里離れた山中に建つ灰色のつるりとした円盤形のモニュメントは、まるでB級SF映画にでも出てきそうだが、そばにある高い塔に描かれた赤い星を見れば、それが何のためにつくられたものかはすぐにわかる。これは、1970年代に6000人もの労働者が7年をかけてつくった共産主義を称えるためのモニュメントだ（費用はブルガリア全国民から強制的につのった寄付金でまかなわれた）。

　1989年、共産党による独裁政治が崩壊し、民主主義への移行が始まると、ブズルジャのモニュメントは存在意義を失った。放棄されたモニュメントは民衆の攻撃対象となり、内部のアート作品もすべて破壊された。コンクリート製の建物は以前のまま残っているが、いまそこを訪れる人の胸に湧いてくるのは、社会主義への称賛ではな

く、共産主義への嫌悪感だろう。正面入り口の上には大きな赤い文字で「過去を忘れよう」と書かれている。

バルカン山脈のシプカ峠から脇道を下って約10kmの場所にある。
北緯42.735819度　東経25.393819度

クロアチア

失恋博物館
ザグレブ

　ともにアーティストのクロアチア人カップル、オリンカ・ヴィスティカとドラジェン・グルビシチは、2003年に4年間の恋愛関係を解消すると、それまでふたりでシェアしていたものをみんなに見せる博物館をつくってはどうかと考えた。最初は単なる冗談でしかなかったが、それから3年して実際にこの失恋博物館をオープンさせた。

　展示されている元「愛の証」は実に多種

SF映画のセットのようにも見えるが、実は共産主義運動の象徴として建てられた。

多様だ。ぬいぐるみやラブレターといった定番から、涙の詰まった小瓶、斧、飛行機酔いの袋、義足まで並んでいる。斧は、ある女性が元ガールフレンドの家具を壊すのに使ったものらしい。悲しみに満ちた品もある一方、ほほえましいエピソードをもつものも多い。飛行機酔いの袋は長距離恋愛をしていた頃の必需品、義足は理学療法士に恋した男性が使っていたものだ。

ザグレブ市チリロメトドゥ通り　坂が急なので、フニクラ（ケーブルカー）を利用しよう。最近誰かと関係を絶ったばかりの人は、自分の記念品を持ち込んでもかまわない。

北緯45.815019度　東経15.973434度

クロアチアのその他の見どころ

ゴリオトック刑務所
ゴリオトック： 1988年に閉鎖された矯正労働収容所島の跡。

ニコラ・テスラ博物館
スミリャン： テスラ生誕の地にある博物館。田舎で育った幼少期と、大人になってから彼が成し遂げた数々の科学的発見について学べる。

海のオルガン
ザダル： 波うち際につくられた建造物の管に風と波が入り込むことによって、さまざまな和音がつくり出される。

チェコ

ストラホフ修道院
プラハ

　1140年に建てられたこの修道院は、その後何世紀にもわたって、いくつもの戦乱を経験し、何度も建て替えられた。注目すべきは、なんといってもそのすばらしい図書館だ。この図書館では、17世紀の地球儀や天球儀、6万冊におよぶ古書、バロック時代に描かれたフレスコの天井画などを見る

「神学の間」の天井は18世紀のスタッコ細工とフレスコ画で埋め尽くされている。

➡➡ 旧ユーゴスラヴィアにあるその他のブルータリズムのモニュメント

　1960年代から1970年代にかけて、当時ユーゴスラヴィアの大統領だったヨシップ・ブロズ・チトーは、共産党を称え、第二次世界大戦の戦場を記念するモニュメントをいくつもつくらせた。どれも素材はコンクレートで、デザインは、その頃共産主義国家のあいだで「荒々しさと力強さが感じられる」と高い人気のあったブルータリズムのスタイルが採用されている。

ムラコヴィツァの革命記念碑
コザラ（ボスニア・ヘルツェゴヴィナ）

モスラヴィナの革命記念碑
ポトガリチ（クロアチア）

コソヴスカ・ミトロヴィツァのモニュメント
コソヴスカ・ミトロヴィツァ（コソヴォ）

ヤセノヴァツ・モニュメント
ヤセノヴァツ（クロアチア）

コラシン・モニュメント
コラシン（モンテネグロ）

英雄の谷モニュメント
ティエンティシュテ

自由のモニュメント
ゲヴゲリヤ（マケドニア共和国）

ブバニ記念公園の3つの拳
ニシュ（セルビア）

ボスニア・ヘルツェゴヴィナにあるティエンティシュテ戦没者慰霊碑はナチス軍との激しい戦いを記憶するために建てられた。

ことができる、まずは荘厳な「哲学の間」と「神学の間」を見学したら、次は、隣にある控えの間にも忘れず足を進めよう。そこに置かれた世界中の珍品を収めた棚のなかには、ドードー鳥の剥製や、蝋製のフルーツ、静電気発生装置といった一風変わった品がずらりと並んでいる。

プラハ市ストラホヴスケー・ナードヴォジー、1　図書館の見学は許可制。北緯50.086148度　東経14.389252度

ミニチュア博物館

プラハ

　この博物館に所蔵されている作品が描かれているのは、どれもふつうのキャンバスではない。代わりに使われているのは、ケシの実や、昆虫や、縫い針や、人間の髪の毛だ。付属の拡大鏡や望遠鏡を覗くと、蚊の脚の上を歩く動物や、画鋲の頭にのったチェスセットや、針の目のなかを行進するラクダの列が見えてくる。展示物のなかには、装飾された昆虫もいる。たとえば、極小の蹄鉄や、はさみや、鍵や、南京錠を足につけたノミがいたりするのだ。

　この種の作品をつくるのに必要なのは

針の目のなかのアート。

安定した手の動きだ。シベリアのアナトリー・コネンコを始めとする極細密アートの作家たちは、手が震えないよう、心臓の鼓動の合間を狙って作業している。

プラハ市ストラホヴスケー・ナードヴォジー、11　最寄り駅はトラムのポホジェレッツ駅。北緯50.087046度　東経14.388449度

チェコ共和国のその他の見どころ

カプチン会納骨堂
ブルノ：24人のカプチン会修道士が眠る墓。完全にミイラ化した遺体が、大きな木の十字架の下に整然と並べられている。

クルシティニ納骨堂
クルシティニ：小さな町の納骨堂。黒い月桂樹の葉が描かれた頭蓋骨が10以上も納められている。

錬金術博物館
クトナー・ホラ：現代の錬金術師マイケル・ポーバーの博物館と彼の地下実験室には、大釜や、薬瓶、説明の書かれたボードなどが置かれている他、実験の様子も原寸大で再現されている。

共産主義者の時計
オロモウツ：15世紀初めにつくられたこの時計は、共産主義の時代にデザインが変えられ、いまは労働者が描かれている。

聖ヤン・ネポムツキー巡礼教会
ジュジャール・ナト・サーザヴォウ：ゴシック様式とバロック様式がミックスされたこの巡礼者の教会には、14世紀に活躍したチェコの国民的聖人の遺体の一部が納められている。

エストニア

パタレイ要塞監獄
ハリュ県タリン

　海岸線を守る要塞として1840年につくられたパタレイは、1919年から2002年までのあいだ刑務所として使われていた。しかし、閉鎖後はまったく人の手が入らず、いまでも手術室には使用済みの綿棒が転がり、囚人たちの部屋の壁には雑誌から切り抜いた女性の写真が貼られたままになっている。錆びた車椅子、剥がれかけたペンキ、きちんとシーツのかけられたベッドに厚く積もった埃。何を見ても背筋がぞくぞくするが、なかでもいちばん気味が悪いのは、薄暗くてかび臭い絞首刑の部屋だ。

　いまは、結婚式やパーティ用にレンタル

刑務所の歯科診療室の壁は、患者の気分が落ち着くようにブルーに塗られていた。

することも可能だ。

タリン市カラランナ、2　公開は5月から10月のみ。カラマヤからバスで。
北緯59.445744度　東経24.747194度

カーリ隕石クレーター原
サーレマー島カーリ

　時期については諸説あるが、おそらく紀元前5600年から紀元前600年にかけて、ひとつの巨大隕石が大気圏に突入し、空中でいくつかに割れたあと、サーレマー島の森に墜落した。衝突の際の熱で、森は半径約5kmにわたって一瞬のうちに焼きつくされたという。

　サーレマー島にできた9つのクレーターは、その後、神話を生んだ。最大のものは直径110m、深さ22m。いまは水が溜まり、聖なる湖として崇められている。鉄器時代には周囲に石の壁が築かれた。1970年代の発掘によって銀製品や動物の骨が発見されると、湖は動物を生贄にする土着信仰の祭祀の場だったと考えられるようになった。教会が生贄を禁止してからずいぶんたった1600年代の骨も見つかっている。

　クレーターのなかには、隕石博物館や土

真っ赤に燃えた隕石によってつくられた、直径110mのくぼみ。

産物店の他、ビュッフェスタイルの朝食とサウナ付きの宿泊施設もある。

サーレマー島ピフトラ区カーリ村
北緯58.303309度　東経22.70604度

ハンガリー

ゼンメルヴァイズ
医学歴史博物館
ブダペスト

腸がむき出しになった女性の人体模型、初期のレントゲン撮影機、首狩り族がつくる「干し首」など、見どころ満載のこの博物館は、もとは医師イグナーツ・ゼンメルヴァイズの生家だったが、じつは家や展示品以上に興味深いのが、ゼンメルヴァイズの人生そのものだ。

1840年代、ゼンメルヴァイズがウィーンの産科病棟で働いていた頃、妊婦のうち3人に1人は産褥熱（細菌性敗血症）で亡くなっていた。この数字にゼンメルヴァイズは驚愕したが、原因はよくわからなかった。そこで病院での症例を細かく調べたところ、驚くべき事実が判明した。研修医が出産に立ち会ったときだけ死亡率が高くなっていたのだ。

1847年、友人の医師ヤコブ・コレチュカ

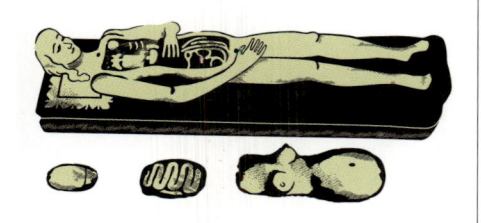

博物館の展示品は、病院を清潔な場にしようと訴えただけなのに、誤解されたまま死んでいったひとりの男の人生を物語っている。

が検視解剖の最中に負った指の傷が原因で亡くなると、それがゼンメルヴァイズに最後のヒントをくれた。検視の結果、彼は産褥熱で死んだ妊婦と同じ病状を示していたのだ。そこでゼンメルヴァイズは、妊婦を死に至らしめた原因は医師自身にあると結論づけた。

ゼンメルヴァイズが病院での手洗いを徹底させると、妊婦の死亡率は18％から2.2％にまで激減した。しかし、なぜそうなるのかについては彼自身もよくわからなかった。パスツールが細菌論を発表するまだ何十年も前のことだ。はっきりした根拠のないゼンメルヴァイズの説は、多くの医師から「たわごと」として否定された。

自分の理論が受け入れられなかったことも手伝って、その後ゼンメルヴァイズは深刻な鬱状態に陥った。ヨーロッパの著名な医師たちに手紙を送っては、彼らを無意識の殺人者と非難した。1865年になると、精神療養所に入れられ、亡くなるまでそこで過ごした。死因は彼が生涯をかけて取り組んだ病気、敗血症だった。

ブダペスト市1013、アプロード通り、1-3
最寄りのバス停はサルバシュ広場。
北緯47.493588度　東経19.043148度

聖なる右手
ブダペスト

ハンガリーの初代国王イシュトヴァーン1世は11世紀に亡くなったが、彼の一部はまだブダペストで生きている。その一部とは、彼の右手だ。

国王の墓で癒しの奇跡が起きるという噂が立ったことをきっかけに、1083年、イシュトヴァーン1世は聖人に列せられるこ

とになった。墓を掘り起こしたところ、腐敗していない右腕が出てきたのだ。遺体が腐敗しないのは、カトリックでは神の意志によるものと信じられている。

その後数世紀にわたり、王の右腕は各国をめぐり、いろいろな所有者のもとを転々とした。13世紀にモンゴルがハンガリーに侵攻してくると、腕はクロアチアのドゥブロヴニクに移され、ドミニコ修道会の修道士たちによって守られることになった。後に「聖なる右手」と呼ばれることになる部分が腕から切り離されたのは、おそらくその頃のことだろう（聖人の遺骸を分割するのは、当時はよくあることだった。隣国の教会と聖遺物を分け合えば、国同士の小競り合いや政情不安を防ぐことができるからだ）。

現在、聖なる右手は（不信心な若者たちのあいだでは「猿の手」と呼ばれている）、豪華な聖遺物箱に納められ、ブダペストにある聖イシュトヴァーン大聖堂に置かれている。からからに干からび、黄色く変色してはいるが、高価な宝石をつけ、いまも力強く握りしめられている。

聖イシュトヴァーン大聖堂：ペスト地区、聖イシュトヴァーン広場、1　地下鉄のバイチジリンスキ通り駅から1ブロック西。腕が置かれているのは教会のいちばん奥の左手。100フォリント硬貨を入れると、30秒間明かりがついて手を照らすようになっている。
北緯47.500833度　東経9.053889度

イシュトヴァーン1世の干からびた聖なる右手は、いまは金色に輝く箱に納められ、自らの名を冠する教会に置かれている。

ハンガリーのその他の見どころ

ゲッレールトの丘の洞窟教会

ブダペスト：最初は孤独を愛する修道僧の住まいだったが、いまはパウロ修道会の教会になっている。

電気工学博物館

ブダペスト：元は変電所だった建物のなかに、テスラコイルやヴァンデグラフ起電機といった電気工学に関する興味深い品が並んでいる。

金の鷲薬局薬局博物館

ブダペスト：この錬金術の博物館は、1896年の開設当時は、薬に関する不思議なものを集めた個人コレクターの展示室だった。

タロディ城

ショプロン：中世の城のように見えるが、実は、ある熱心な家族によって20世紀に建てられた。

ミイラ博物館

ヴァーツ：ミイラが入れられている何百という棺には、すべて美しい絵が描かれている。題材は、十字架、花束、誌や聖書の一節、天使、ドクロマーク、砂時計、そして「メメント・モリ（死を忘れるな）」の警句。

農業博物館

ブダペスト

　ブダペスト市民公園にあるヴァイダフニャディ城は、深い緑と、砂利道と、静かな池に囲まれている。公園に入ると、まず木々の向こうに塔の先端が見え、次に踊る像が配された丸屋根が現れる。どう見てもバロック時代の建築だが、実はそうではない。

　1896年に建てられたときは、厚紙でできた張りぼてだった。ハンガリー建国1000年祭の展示品としてつくられたのだ。しかし、市民のあいだでひじょうに評判がよかったため、本格的に建て直されることになった。1908年に完成すると、農業博物館

ヴァイダフニャディ城はトランシルヴァニアにある同名の城を模してつくられた。

としてオープンした。正面玄関を入り、壮麗な階段をのぼると、そこには想像を絶する光景が待っている。

　最上階にあるのは、円天井とステンドグラスの窓が美しい「狩りの間」と呼ばれる部屋だ。壁には数えきれないほどの動物の角、ひづめ、頭部、鳥や熊の剥製が並び、角でつくられたカトラリーや、ブローチ、シャンデリア、椅子が部屋中を飾っている。なかでも珍しいのは、立派な角を絡めて向かい合う2頭の牡鹿の剥製だ。

最寄駅は地下鉄のセーチェーニ温泉駅。ヴァイダフニャディ城は市民公園のなかほどにある。
北緯**47.516085度**　東経**19.082501度**

ラトヴィア

電波天文学センター

ヴェンツピルス市イルベネ

　イルベネの森のなかに隠れるように建っている直径32mのアンテナは、1993年までは最高機密の諜報施設だった。冷戦時代には、近隣に建設された専用住宅から通って

くるソ連軍の兵士たちが、毎日このアンテナを使って西側諸国の通信を傍受していた。

1991年にラトヴィアが独立すると、ソ連軍は撤退を始めた。兵士たちはイルベネを去る前に、通信施設を破壊すべく、モーターに酸を吹きつけ、ケーブルを切断し、アンテナに金属のクズをばらまいた。

損傷はひどかったが、アンテナはなんとか持ちこたえた。1994年、この地の管理を引き継いだラトヴィアの科学アカデミーは、巨大パラボラアンテナ（世界で8番目に大きい）を3年をかけて修復し、宇宙観測用の電波望遠鏡につくり変えた。いまは、ヴェンツピルスの国際電波天文学センターが、その望遠鏡を使って宇宙線や宇宙ゴミの観測を行っている。

ソ連軍がつくったイルベネの町はいまはゴーストタウンと化し、崩れたコンクリートブロックのあいだに、かつての住人たち

かつてスパイが使っていたアンテナを、いまは宇宙物理学者が使っている。

の所有物がわびしく転がるばかりになっている。

ヴェンツピルス市、LV-3612、アンセス・イルベネ　ヴェンツピルスへは首都リガからバスで約3時間。イルベネはそこから北へ約30kmのところにある。天文学センターのガイドツアーに参加すれば、電波望遠鏡にのぼることもできる。
北緯57.558056度　東経21.857778度

カロスタ刑務所ホテル
クルゼメ州リエパーヤ

カロスタはかつて、来た者たちの自由を奪い、心を押しつぶす場所だった。そこがいまはホテルになっている。帝政ロシアそしてソ連がラトヴィアを支配していた頃は刑務所として使われ、何人もの軍の幹部や捕虜や政治犯が暗く冷たい独房に閉じ込められた。

1997年に閉鎖されると、かつて刑務所だったこの場所は、誰でも囚人の気持ちが味わえる体験型ツーリズムの場に生まれ変わった。ここでひと晩を過ごす勇気のある人間は、尋問や、拷問や、清掃作業という名の体罰を経験したり、鍵のかかった独房の固い床の上で寝ることもできる。もちろん、手頃な料金で。

リエパーヤ市インヴァリードゥ通り、4　リガから鉄道で約3時間。
北緯56.546377度　東経21.021032度

リトアニア

十字架の丘

シャウレイ州メシュクイチアイ

　この小さな丘に最初の十字架が現れたのは、14世紀、近くの町シャウレイが神聖ローマ帝国のチュートン騎士団に占領されたときだ。それ以来、他国からの侵略や抑圧を受けるたびに、リトアニア独立の象徴としてここに十字架が立てられた。とりわけ多くの十字架が立ったのは、ロシアに対する1831年の11月蜂起のときのことだ。多くの市民が、反乱で犠牲になった家族や友人を悼んでここに十字架を置いた。大型の十字架は1895年にはすでに150本あったとされ、1940年には400本にまで増えていた。

　1944年から1991年まで続いたソ連支配の時代には、3度にわたってブルドーザーで撤去されたが、そのたびに市民や巡礼者たちがさらに多くの十字架を立てて抵抗した。1993年にローマ教皇のヨハネ・パウロ2世がこの地を訪れ、信仰の印を守りつづけたリトアニアの人々に感謝の意を伝えると、丘の存在は世界中に知れわたった。

　現在、丘の上には約10万本の十字架が立っている。希望者は誰でも十字架を建てることができ、その形も自由だ。最近では、レゴ製の十字架が仲間入りしたらしい。

十字架の丘があるのはシャウレイ市の北約10km。ビリニュスからバスか鉄道でシャウレイまで行き、ヨニシュキス行きのバスに乗り換えてドマンタイまで行けば、そこから十字架の丘までは歩いてすぐ。

北緯56.015278度　東経23.416668度

丘の上にはいろいろなサイズの十字架が約10万本立っている。

リトアニアのその他の見どころ

魔女の丘
クルシュー砂州：リトアニアの神話や伝説に登場する英雄たちの像が道沿いに80体並んだ屋外彫刻園。毎年リトアニア伝統の夏祭りが行われる会場でもある。

グルータス・パーク
ドルスキニンカイ：旧ソ連を体感できる一種のテーマパーク兼屋外博物館。ソ連時代の矯正労働収容所グーラグが、鉄条網や見張り塔も含め、忠実に再現されている。

悪魔博物館
カナウス：悪魔をテーマとした3000点ものアート作品が並んでいる。悪魔の表現にもさまざまなバリエーションがあることがよくわかる。

マケドニア

イリンデンの記念碑
クルシェボ

中世の町クルシェボを見下ろす丘の上に建つ近未来的な球形の物体は、映画「スター・ウォーズ」のセットのようにも、巨大なウィルスのようにも見えるが、そのどちらでもない。本当の目的はもっと崇高なものだ。1903年、オスマン帝国からの独立を目指して一部のマケドニア人が反乱を起こした。そのイリンデン蜂起を記念してつくられたのが、この建物なのだ。8月2日の夜、800人の反乱軍はクルシェボの支配権を握ると、「クルシェボ共和国」の成立を宣言した。

しかし、そのわずか10日後、反乱軍は制圧されてしまう。オスマン軍は1万8000人の大部隊で町に押し寄せると、家に火をつけ、人々から財産を奪い、再び町を掌握した。共和国は短命に終わったが、それでも

20世紀に起きた市民蜂起を称える近未来的デザインの記念碑。

マケドニア人は蜂起を率いた指導者たちを称え、8月2日を国民の祝日とした。1973年に建てられた記念碑も同様に人々に大切にされており、最近では紙幣のデザインにも使われている。なかに入ると、ステンドグラスのはまった天窓、中央に据えられた巨大ガスバーナーのようなオブジェ、蜂起を指導したニコラ・カレフの墓などを見ることができる。

クルシェボは首都スコピエから南へ車で約2時間。記念碑は町の中心部から1.5kmほどの距離にある。
北緯**41.377404度**　東経**21.248334度**

ポーランド

逆さの家

ポモージェ県シンバルク

シンバルク村の地域教育広報センターには、見る者を困惑させるようなものがたくさん所蔵されている。たとえば、世界最大のピアノや、嗅ぎたばこ入れのコレクション、それにビール醸造所。そのなかのひとつが、まるごと地面から抜き取ったあと、逆さまにして、ぽいっと投げ捨てたような2階建の家だ。

この「逆さの家」は、木造住宅の工場を営むダニエル・チャピエフスキが2007年に建てたものだ。歴史マニアのチャピエフスキによると、この家は共産主義の終焉の際にポーランドが経験した不安と伝統文化の崩壊を表現しているという。家のなかに置かれた調度品にもその主張はよく表われている。1970年代のテレビからは当時のプロパガンダが流れ、壁には貧困やファシズムや飢餓の恐怖を描いたアート作品が並んでいる。

上下逆さになった家のなかを歩いていると、次第に頭がふらふらしてくるはずだ。建築にたずさわった大工たちもそれは同じだった。平衡感覚を取り戻すため、作業中は3時間ごとに休憩をとっていたという。

シンバルク村シンバルスキフ・ザクワドニクフ、12　シンバルク村へはグダニスクから車で約40分。

北緯54.218510度　東経18.101100度

ヴィエリチカ岩塩坑

マウォポルスカ県ヴィエリチカ

ヴィエリチカ岩塩坑では、13世紀から1990年代に至るまで1度の中断もなく塩の採掘が行われていた。しかし、その間、坑夫たちが生み出していたのは塩だけではなかった。彼らは地下にできた空洞を、何世紀もかけて7層から成る壮大な塩の町につくり変えていたのだ。坑内には、岩塩から彫り出した実物大の聖人像や、聖書の物語や自分たちの日常生活を刻んだレリーフが大量に残されている。

なかでも圧巻は1900年代につくられた「聖キンガ礼拝堂」だ。坑夫の守護聖人から名前をとったこの大ホールは地下100mの深さにある。十字架にかけられたイエスの像や、新約聖書の場面をテーマにした壁画、ダ・ヴィンチの「最後の晩餐」をかたどったレリーフ、ふたつの祭壇など、すべてが岩塩でつくられている。天井から下がる5つのシャンデリアも、溶かして不純物を取り除いた塩を再び固め、透明なクリスタル状にしたものだ。

もうひとつの見どころは、「ユゼフ・ピウスツキの部屋」と呼ばれる洞窟にある地下湖だ。やわらかな光が照らす波ひとつない湖面を、水死者の守護聖人、聖ヤン・ネポムツキーの像が静かに見下ろしている。そこでゆったりとした時を過ごしたら、最後は、むかし坑夫が実際に使っていた6人乗りの小さな薄暗いケージに乗って、地上に戻る長い旅を楽しもう。

ヴィエリチカ、ダニウォビツァ、10　クラクフ近郊。最寄り駅はポーランド鉄道PKPのヴィエリチカ・リネク駅。

北緯48.983039度　東経20.055731度

曲がった森

西ポモージェ県ノベ・ツァルノボ

グリフィノの森は、最初はなんの変哲もないふつうの森に見える。だが、何かがおかしい。よく見ると、400本ほどもある松の木がすべて根元のあたりで一様に曲がっているのだ。

このJの字のような変わった形は、人間が故意に曲げた結果だと考えられている。おそらく、丸みのある家具をつくりたいと思った農民が木に手を加えたものだろう。1930年に植えられてから10年ほどはまっすぐに伸びていたがようだが、その後、突然曲がりだした。定期的に起きる洪水が原因だとする説もある。

曲がっていようが曲がっていまいが、グリフィノの森の木はどれも元気だ。

グリフィノの森へはシュチェチンから鉄道で約30分。
北緯53.214827度　東経14.474695度

岩塩坑内の聖キンガ礼拝堂にあるシャンデリアは塩でできている。

フォトプラスティコン
ワルシャワ

　映画が登場する前、ヨーロッパの人々を楽しませていたのは「フォトプラスティコン」と呼ばれる装置だった。19世紀の終わりにドイツで発明され、別名を「皇帝パノラマ館」といった。木製の大きな筒型の構造物に複数の穴があいていて、そこからなかを覗くと立体画像が明るく照らし出されて見えるという仕組みだ。

　20世紀前半にはヨーロッパの各地に250ものフォトプラスティコンが設置された。人々は双眼鏡のような小窓に目を当て、次々と映し出される世界中の景色に心躍らせた。アフリカの砂漠、アメリカの大都市、北極探検などなど、幻想的な立体写真は、映画も飛行機もまだなかった時代、現実逃避したい人たちにとってはスリルを味わう格好の手段だった。また人々の世界観を広げるのにも一役買った。

　ワルシャワにある1905年製のモデルは、いまでも動く数少ないフォトプラスティコンのひとつだ。覗き窓が18ついていて、まわりの壁には古い旅行ポスターが何枚も貼られている。
**ワルシャワ市アレイェ・イェロゾリムスキエ、5　フォトプラスティコンのシアターは、地下鉄セントルム駅から2ブロックのところにある。
北緯52.231374度　東経21.008064度**

花模様の村
マウォポルスカ県ザリピエ

　クラクフの東にある小さな村ザリピエは、一年中花に囲まれている。木造の家はどれも床から天井まで花の絵で飾られ、井戸も色とりどりの花で縁取られている。聖ヨゼフ教会の十字架にかかったイエスの像も壁に描かれた花の絵に囲まれているし、台所のコンロの上も、家の屋根も、犬小屋も、鶏のケージも、どこを見ても花の絵のない場所はない。

　至るところに花の絵を描く習慣がこの村で始まったのは、19世紀も終わりのことらしい。台所のコンロから出る煤をなんとかしたいと思ったのがきっかけだ。壁についた黒い染みは頑固でなかなか落ちない。そこで村の女性たちはその汚れを、最初はしっくいで、のちに花の絵で隠すことにした。煙突や現代的なコンロが登場する頃には、花模様の壁はすでに村の顔となっていた。

　自宅の壁に花の絵を描く習慣はいまも続いており、村では毎年春になるとハウス・ペイント・コンテストが開かれている。
**ザリピエ村へはクラクフから車で約1時間半。
北緯50.238222度　東経20.847684度**

ポーランドのその他の見どころ

岩塩坑の家
ボフニア：ポーランド最古の岩塩坑には、ジムやスパも含め、地底で生活するのに必要なほとんどすべてのものが揃っている。

UFO着陸記念像
エミルチン：ポーランドで最も有名な、宇宙人による誘拐事件が起きた現場。

ザリピエ村では、家の外も内も、絵のブーケで飾られている。

ワルシャワ・ラジオ塔
プウォツキ：いまは倒壊してしまったが、かつて
は646mの高さを誇る世界一高い建造物だった。

スカルパ・スキージャンプ台
ワルシャワ：1950年代に市の中心部につくられた
が、いまは廃墟となっている。

ルーマニア

陽気な墓地

マラムレシュ県サプンツァ

　この「陽気な墓地」に並ぶ600以上のカ
ラフルな墓標には、故人が生前に送ってい
た生活や、犯した悪事、死んだときの状況
などが記されている。この村の住民はみな
死ぬとたいていここに葬られ、明るく陽気
な絵とジョークの利いた文章で人生を紹介

されることになるのだ。墓標に描かれた絵
を見ると、首を切られた兵士もいれば、ト
ラックにはねられた人もいる。碑文も驚く
ほどあけすけで、ユーモアたっぷりなもの
が多い。たとえば、「この重たい十字架の
下には私の義母が眠っています……どうか
起こさないで。もし生き返ったら、私の首
を食いちぎりに来るでしょう」と書かれた
ものもある。
　このユニークなスタイルを考え出したの
は地元の職人スタン・イオン・パトラシュ
だ。14歳で墓標職人になった彼は、1935年
にはすでにこの独特のスタイルで墓標をつ
くっていた。地元の方言を使い、故人の人
柄を表す皮肉のこもった詩を墓標に刻み、
そこに故人の肖像画（主に死んだときの様
子）を絵にして加えるのだ。
　1977年に亡くなったとき、パトラシュは

自分用の墓標とともに、自宅と工房を一番
弟子のドミートリィ・ポップに残した。それ
から30年、ポップは墓標づくりを続け、
その間にパトラシュの家を「陽気な墓地」
の博物館に変えた。彼のつくる墓標はとき
にブラックユーモアに満ち、ときには救い
ようのないほど陰気なものだったりする
が、いまのところクレームが来たことは1
度もないという。「それが故人の生きた本
当の人生だからさ。酒飲みなら、酒飲み
だったと書く。仕事好きなら、仕事好き
だったと書く。こんな小さな村で隠しごと
なんてできやしない。遺族は本当のことを
書いてほしいと思ってるんだ」
「陽気な墓地」はサプンツァの聖母被昇天
教会にある。ルーマニアとウクライナの国境
沿い、国道19号線と183号線の交差点から
すぐ。

北緯47.97131度　東経23.694948度

ルーマニアのその他の見どころ

動物学博物館

クルージュ・ナポカ：バベシュ・ボヤイ大学付属
のこの博物館は、まるで半世紀ほどものあいだ放
置されていたかのように見える。ガラス瓶のなか
から、天井から、あるいは立入禁止の2階からこち
らを覗き見ている剝製は、どれも汚れが目立ち、
みすぼらしい。

デケバルスの頭像

オルショバ：ビル13階分もの高さがある、顎ひげ
を生やした巨大な頭の像がドナウ川を見下ろすさ
まは、一見、古代遺跡のようにも見えるが、実は
ルーマニアのビジネスマンが最近になってつくっ
たものだ。10年間の製作期間を経て2004年に完成
したときには、岩に掘られた像としてはヨーロッ
パ随一の高さを誇っていた。

「陽気な墓地」では、生と死が等しく祝福される。

アウグスト・フォン・シュピース の狩猟博物館

シビウ県シビウ

この博物館の薄暗い壁に並ぶガラスの義眼をはめた動物たちは、ハンターに対するルーマニアの主張を代弁しているかのようだ。この国でクマの生息数が多いのは、共産主義政権最後のリーダーだったニコラエ・チャウシェスクの意向によるところが大きい。クマが激減していることを知ったチャウシェスクは、自分とごく少数の共産党幹部以外は、クマを狩猟することを法律で禁止したのである。

これによって多くのクマが虐殺を逃れたが、チャウシェスク自身は割り当てられた数以上のクマを銃で撃ち殺した。大型動物を自分の手で仕留めたいという欲望をどうしても抑えきれなかった彼は、捕まえてきた子グマに栄養たっぷりの餌を与え、充分

犬はクマに殺され、クマは犬の飼い主に殺された。片方は戦利品として、片方は想い出の品として飾られている。

に太らせてから森に放った。しかし、人間から食べ物を与えられて育ったクマは野生に戻れず、飢え死にしてしまった。すると今度は、クマに生肉を与え、なつかないよう棒で叩いた。その結果、獰猛に育ったクマはハイカーや自動車を襲ったという。

そんなチャウシェスクの戦利品のひとつがこの博物館にも飾られている。巨大なヒグマの毛皮と詰め物をされた前足だ。しかし、ここに展示されているほとんどの剥製は、彼の狩猟仲間だったアウグスト・フォン・シュピース大佐の1000体におよぶ個人コレクションがもとになっている。シュピース大佐は1920年代から30年代にかけて、ルーマニア王家の狩猟マスターを務めた人物だ。

シビウ市シュコアラデイノト通り、4　シビウはトランシルヴァニア地方の中心にあり、ブカレストからは鉄道で約5時間。
北緯45.786634度　東経24.146900度

トゥルダ岩塩坑

クルジュ県トゥルダ

何百年にもわたって手掘りと機械掘りで採掘されてきたこの岩塩坑は、いまはスパ付きの地下遊園地になっている。ローマ帝国時代に始まった採掘も1932年に終わり、その後60年間は閉鎖されていたが、1992年、ハロセラピー治療の施設として再びオープンした。坑内は年間を通して気温約11度、湿度も高く、アレルギー源もないことから、呼吸器疾患の治療には理想的な環境とされたのだ。患者たちはここで塩分をたっぷり含んだ空気を吸って過ごす。

縦80m、横40mの空間にはアトラクションがいくつも設けられ、退屈する心配は

まったくない。観覧車やミニゴルフ、ボーリング場、湖にはボートも備えられている。16階の高さの天井から垂直に吊るされた照明が暗黒の闇を明るく照らし、しずくを垂らす鍾乳石を青白く浮かび上がらせている。

トゥルダ市アレエア・ドゥルガウルイ、7
北緯46.566280度　東経23.790640度

地下湖に浮かぶ黄色いボートを天井から吊るされた照明が明るく照らしている。

ロシア

アレクサンドル・ゴロドの ピラミッド

トヴェリ州オスタシコフ

　イライラ、骨粗しょう症、毛穴の黒ずみ、めまい、胸やけ、憂鬱、不妊、学習障害、クモ恐怖症などなど、どんな心身の不調でもたちどころに解消してくれるものがあるとロシアの科学者のアレクサンドル・ゴロドは言う。それは、ピラミッドだ。

　ピラミッドには癒しのパワーがある。そんなニューエイジの主張を耳にしたゴロドは、さっそくロシア各地にファイバーグラス製のピラミッドをいくつも建てた。最大のものはモスクワから車で1時間ほどの場所にあり、ビル15階分もの高さを誇る。最近どうも調子が悪い、疲れている、責任の重圧に押しつぶされそうだという人は、彼のつくったピラミッドに入り、埃っぽい静けさに身を浸す

といいらしい。ついでに、併設されたギフトショップで小石やミニピラミッドを購入することもできる。持っているだけでエネルギーのバランスが整い、心が穏やかになれるという代物だ。ピラミッドのなかにしばらく置くことでヒーリングパワーを備えたという水も売られている。

　ピラミッドには成長促進と癒しの力があるとゴロドは主張しているが、いまのところ、彼のつくった建造物とあやしげなグッズにそんな効果があるとは科学的には証明されていない。

最大のピラミッドがあるのはモスクワの北西、セリゲル湖のそば。
北緯57.140268度　東経33.128516度

クンストカメラ

サンクトペテルブルク

　1682年から1725年までロシアを支配していたピョートル大帝は、現代的で科学的で合理的なものなら何にでも興味をもった。尋問したり、拷問したり、自分の息子を暗殺したりするのに忙しくなかったときは、芸術品や、科学関連の書物や器具、魚類、爬虫類、昆虫類、そして人体の標本などをひたすら集めた。1714年、彼は自分のコレクションをもとにサンクトペテルブルクに博物館をつくるよう命じた。クンストカメラと命名された国内最初のその博物館は、ロシアが宗教一辺倒ではなく、現代的で科学的な国家であると世界に知らしめる目的ももっていた。

　ピョートル大帝が300年前に収集した人体標本は、博物館の2階に展示されている。1727年に完成したそのコレクションの中心をなしているのは、17世紀にオランダで活躍した解剖学者フレデリック・ルイシュが集めたもので、ガラス瓶に入った奇形の胎児や、腫瘍にかかった幼児の内臓、子どもの頭部などが並んでいる。

　ピョートル大帝の召使いニコライ・ブルジョワの骨格標本も展示品のひとつだ。彼は身長220cmの大男で、生前も生きたまま展示物にされていた。それ以外にも、頭が2つある子牛の剥製、瓶に入った結合双生児の胎児、格子状に並べられた32本の歯などが展示されている。この歯は歯科治療を趣味としていたピョートル大帝が自ら抜いたものだ。

サンクトペテルブルク市ウニヴェルシチエツカヤ・エンバンクメント、3。バスかトロリーバスでウニヴェルシチエツカヤ・ナベレジナヤまで。

北緯59.941568度　東経30.304588度

ツングースカの爆心地

クラスノヤルスク地方ヴァナヴァラ

1908年6月30日午前7時14分、シベリアで起きた大爆発により、付近一帯の窓ガラスが割れ、人々は吹き飛ばされ、ポドカメンナヤ・ツングースカ川流域に広がる森では2150km²にわたり8000万本もの木がなぎ倒された。当初は隕石の衝突と考えられたが、その後い

1654年に完成したゴットルプ天球儀は、世界で最初のプラネタリウムだ。

くら調査しても、付近にクレーターらしきものは見つからなかった。

そのことから、さまざまな陰謀論が噂された。なかには、小さなブラックホールが通過したとか、ＵＦＯの墜落だとか、ニコラ・テスラの「殺人光線」の実験だとかいう突拍子もない説も現れた。今日、科学的に最も妥当だとされているのは、巨大な流星体か彗星が空中で分解したという説だ。実際、これほど大きな隕石の衝突が起きたことは最近では1度もない。

ツングースカではいまでも、裂けたり崩れたり倒れたりしている木を見ることができる。

ツングースカの爆心地にいちばん近い村ヴァナヴァラは、爆心地から南東へ約65kmのところにある。
北緯**60.902539** 度　　東経**101.904508度**

コラ半島超深度掘削坑

ムルマンスク州ムルマンスク

昔の地質学者は地殻が何でできているのか想像するしかなかった。そこで1970年、ソ連の科学者たちは、地球の中心に向かって穴を掘りはじめた。それがのちに世界一深い穴となる。

宇宙開発でアメリカとしのぎを削っていたソ連は、この地中での計画にも全力を注いだ。メキシコ沖で実施されたアメリカのモホール計画は1966年に財政難のため頓挫したが、ソ連チームは決して諦めなかった。1970年に始まったコラ半島での掘削作業はその後も続き、1994年には深さ12kmにまで達した。

コラ半島の掘削坑で最も興味深い発見は、地表から6.7kmの地点で見つかった微

生物の痕跡だ。通常、化石は石灰岩やケイ土のなかに見つかることが多いが、この微少な化石は有機化合物に覆われていた。高温・高圧の環境下にあったにもかかわらず、保存状態がひじょうによかったという。コラ半島での掘削は1990年代初頭に中止されたが、データの分析はいまも引き続き行われている。

コラ半島の掘削坑はムルマンスクの北西、ノルウェーとの国境から数キロのところにある。
北緯**69.396219度**　　東経**30.608667度**

科学的な目的で掘られたコラ半島の掘削坑は、人間がつくった穴のなかで最も深い。

➡➤ 世界で最も深い場所

世界で最も深い渓谷
3,535m
コタウアシ渓谷、ペルー

世界で最も深い洞窟
クルベラ洞窟
2,197m、アブハジア共和国

世界で最も深い穴
コラ半島の掘削坑
12,262m 、ロシア

世界で最も深い鉱山
タウトナ鉱山
3,900m、南アフリカ共和国

世界で最も深い露天掘り鉱山
ビンガムキャニオン鉱山
1,200m、アメリカ合衆国

世界で最も深い鉄道トンネル
青函トンネル
240m 、日本

世界で最も深い海底
マリアナ海溝
10,923.4m、太平洋

世界で最も深い湖
バイカル湖
1,619.7m 、ロシア

世界で最も深い建築基礎
ペトロナスツインタワー
120m、マレーシア

世界で最も深い（長い）人間が掘った跡
サハリン1油田
12,345m、ロシア

ビンガム・キャニオン鉱山、アメリカ合衆国。

ノヴァヤ・ゼムリャ島核実験場

アルハンゲリスク州アルハンゲリスク

北極海に浮かぶノヴァヤ・ゼムリャは美しい島だが、風は強く、夏でも寒く、山は氷に覆われ、住むには過酷な環境だ。そこに1870年代、ロシア政府は先住民族であるネネツ人の小さなグループを大陸から移住させた。島の領有権を主張し、ノルウェーから奪われないようにするためだ。

ネネツ人は、ホッキョクグマやトナカイやアザラシなどを捕まえてなんとか命をつないでいたが、島での暮らしは思ったほど長くは続かなかった。1950年代になって、政府は方針を転換し、彼らを島から追い出したのだ。その後、ノヴァヤ・ゼムリャはソ連で最も重要な核実験場となった。

史上最大の水爆ツァーリ・ボンバがノヴァヤ・ゼムリャ島に落とされたのは1961年のことだった。

実験は1955年に始まり、1961年には人類史上最大最強の核爆弾の実験場に選ばれるという、あまり有り難くない名誉に浴することになった。のちに「ツァーリ・ボンバ（爆弾の皇帝）」と呼ばれたその水素爆弾は、重さ27トン、長さ8m、直径2m、威力は広島型原爆の3000倍以上に相当する50メ

ノヴァヤ・ゼムリャ島

トツク セミパラチンスク

日本（軍事攻撃） ジョンストン諸島 ネヴァダ

ニューメキシコ

カプースチン・ヤール

アルジェリア ロプノール エニウェトク環礁 ビキニ環礁 太平洋核実験場

モールデン島

モンテベロ諸島 キリスィマスィ島

ファンガタウファ環礁

エミュー

ムルロア環礁

地球上で核実験の行われた場所
〈1945年−1980年〉

マラリンガ

200メガトン以上

1メガトン以下

 アメリカ 1945−1962

ソ連 1949−1962

 中国 1964−1980

 フランス 1960−1974

 イギリス 1952−1958

ガトンもあった。爆発の際の衝撃波と火球により、周囲900kmで窓ガラスが割れたという。

実験は冷戦時代の40年間で224回行われた。最後は1990年ということになっているが、1997年にその地域で起きた地震は、密かに継続されている実験のせいではないかと噂されている。

アルハンゲリスク市から島のロガチェヴォ空港まで週に2便飛行機が飛んでいる。島の行政機関は空港のすぐ南の町ベルーシャ・グバにある。島の近くをめぐるクルーズ船もいくつか運行されている。

北緯74.729241度　東経57.662085度

イヴォルギンスキー・ダツァン

ブリヤート共和国ウラン・ウデ

1927年、75歳だったロシアのラマ僧ダシ・ドルジョ・イチゲロフは、自分の死期が近いことを悟ると、弟子たちを集め、ともに瞑想しながら、蓮華座の姿勢で死んでいった。その後しばらくしてロシアは共産主義体制となり、仏教は国内から一掃された。

イチゲロフは、亡くなったときの姿勢のまま木の箱に納められ埋葬された。しかし、彼はしかるべき時期が来たら自分の遺体を掘り起こすよう言い残していた。1955年と1973年、弟子たちが棺を開けてみると、遺体は驚くほどに保存状態がよかったという。

2002年、イチゲロフの遺体は再び掘り起こされ、ロシア最高位の仏教寺院イヴォルギンスキー・ダツァンに移された。いまも1927年に亡くなったときのまま、蓮華座の姿勢でそこに座っている。目と鼻はいくらか落ち窪んでいるものの、それ以外は生き

ていたときとほとんど変わらない。寺院の主要な祭りの日には遺体が公開され、巡礼者たちはガラスケースの隙間から伸びる、イチゲロフの手に結ばれた絹のスカーフに額をあてて拝む。

ウラン・ウデのバザロヴァ・バスターミナルから出るバスが1日に3回、町と寺とをつないでいる。片道約40分。

北緯51.7511231度　東経107.279179度

ロシアのその他の見どころ

カディクチャン

カディクチャン：シベリアにあるゴーストタウン。建設にたずさわったのは、のちに近くの炭坑で働くことになる強制労働収容所の囚人たち。

マン・ププ・ニョール

コミ共和国：ロシア平原の真っただ中にそびえる、いくつもの巨大な石のかたまり。

レナの石柱

レナ川：この石柱群のまわりからは、古代の人間が住んでいたという証拠の他、マンモス、バイソン、毛の生えたサイなどの化石も発見されている。

ソヴィエト・ゲーム機博物館

モスクワ：技術学校の地下にあるこの博物館には、この学校の生徒たちが集めたビデオゲームやピンボール・マシン、対戦型ホッケーゲームなど、ソヴィエト時代にゲームセンターで流行していたゲーム機37台が並んでいる。

エフゲニー・スモリクの家

イルベイスコエ村：童話の世界からインスピレーションを受けたスモリクは、自分が住む粗末な家を、緻密な木の彫刻やファンタジックな家具でおとぎの城につくり変えた。

全ロシアに輝ける諸聖人の名による血の上の教会

エカテリンブルグ：このロシア正教の教会が建てられたのは、ロシア最後の皇帝と彼の家族が革命の最中にボルシェヴィキによって殺害された場所だ。

ウラン・ウデにある
レーニンの巨大な頭
ブリヤート共和国ウラン・ウデ

　ウラン・ウデのカップルは、結婚式の日に巨大なレーニンの頭の前で写真を撮るのが恒例になっている。1970年に建てられたこのロシア革命の指導者のブロンズ像は、重さ42トン、高さ7.6m。うっすら浮かべた笑みが、巨大な像の威圧感をごくわずかにやわらげている。

　地元では「世界一大きなユダヤ人の頭」とも呼ばれている。といっても、決してユダヤ人を揶揄しているわけではない。冬になって像のてっぺんに雪が積もると、それがまるでユダヤ人が頭にのせるヤムルカという頭巾のように見えるのだ。

ウラン・ウデ市ソヴィエト広場。
北緯51.834810度　東経107.585189度

高さ7.6mの頭像は独裁者レーニンの生誕100年を祝ってつくられた。

スターシティ
モスクワ州ズヴョーズヌイ・ゴロドーク

　ソ連が宇宙開発を活発に進めていた頃、モスクワ北東部の森にあった秘密の空軍施設が宇宙飛行士の訓練センターと居住区域に変えられ、「ヴョーズヌイ・ゴロドーク」（ロシア語で「スターシティ」の意）と呼ばれるようになった。施設の正式名称は「閉鎖軍事都市第1号」。当時は地図にも載っていなかった。中心にある「ガガーリン宇宙飛行士訓練センター」では、宇宙飛行士の卵たちが宇宙に飛び出す日のために、身体的、技術的、そして心理的にも厳しい訓練を受けていた。

　1991年にソ連が崩壊すると、秘密のベールは取り払われ、センターは一般に公開された。現在は複数の旅行会社がさまざまな見学ツアーを行っている。宇宙服のレプリカを試着したり、訓練用の遠心加速機を体験したり、放物線飛行で無重力状態をつくり出す「ゼログラビティ」飛行に参加できるものもある。付属の博物館には、実際に使われた宇宙服や、大気圏再突入の際に真っ黒に焼け焦げた帰還カプセルも展示されている。

　運がよければ本物の宇宙飛行士にも会えるかもしれない。彼らはいまでもここにある宇宙船の実物大模型で訓練をしたり、クリニックやテスト用の施設で帰還後のリハ

ガガーリン宇宙飛行士訓練センターのプールに浮かぶロシアのISSモジュール「ザーリャ」のレプリカ。

ビリを受けたりしているからだ。

スターシティ近郊の町シチョルコヴォへはモスクワから北東へ車で約1時間。飛行機ならチカロフスキー空港、鉄道ならヤロスラヴリ鉄道のツィオルコフスカヤ駅が最も近い。見学は予約制なので、ツアー会社にはなるべく早く連絡するようにしよう。

北緯55.878128度　東経38.112418度

■ オイミャコン

サハ共和国オイミャコン

　北極圏から数百キロしか離れていないシベリアの村オイミャコンは、世界一寒い定住地として知られている。

　毎年1月になると、オイミャコンの村人は平均最高気温マイナス43.9度の寒さを毛皮にくるまり耐え忍ぶ。夜になると、気温はさらにマイナス51.1度にまで下がる。これまでの最低記録は1933年のマイナス67.8度だ。

　500人いる村人たちはもっぱらトナカイや馬の肉を食べている。凍土では農作物を育てるのが難しいからだ。自動車も、車軸のオイルやガソリンタンクの燃料が凍ってしまい、なかなかエンジンがかからない。バッテリーもすぐに切れて危険だ。

　しかし、夏が来るとひと息つける。7月には気温も20度代にまで上がる。

オイミャコンに行くには、まずサカ共和国の首都で、世界一寒い都市でもあるヤクーツクまで飛行機で飛ぶ。そこからオイミャコンまでは車で約20時間。防寒対策を施した車をもっている地元民に連れていってもらうのがベストだ。

北緯63.464263度　東経142.773770度

世界一寒い町へようこそ。

セルビア

どくろの塔
ニシャヴァ郡ニシュ

「どくろの塔」は、1809年にセルビア人が
オスマン帝国に対して初めて起こした反
乱「チェガルの戦い」の悲しい記録だ。反
乱軍の司令官だったステヴァン・シンジェ
リッチは、敗北が目前にせまったことを
知って自暴自棄になると、弾薬の詰まった
樽に銃弾を撃ち込み、塹壕に隠れていた敵
ばかりか、味方の兵士までも皆殺しにして
しまった。

これに激怒したオスマン軍の司令官ハー
シッド・パシャ は、反乱軍の兵士の遺体
から頭部を切り取るように命じ、頭から剥
いだ皮に藁を詰め、勝利の証としてイスタ
ンブールの宮廷に送った。

残った952の頭蓋骨は町の入り口に建て
られた高さ4.5mの塔の材料として使われ、
シンジェリッチの頭蓋骨はその頂上に据え
られた。見るからにおぞましいその塔はセ
ルビア人の心に深い傷を残したが、それで
も彼らがオスマン帝国に対する自由の戦い
を諦めることはなかった。1815年、ついに
蜂起に成功すると、オスマン軍を町から追
い出し、1830年には独立を勝ち取った。

塔が建てられた直後から、遺族は犠牲者
の霊を弔うために頭蓋骨を塔の壁から抜き
取っていった。いま残っている頭蓋骨は58
個だけ。そのまわりにあいた何百という穴
は、戦いで死んでいった人間一人ひとりを
表している。1892年になると、塔を風雨か
ら守るため、まわりをすっぽり覆うように
教会が建てられた。

**ニシュ市ドゥシャナ・ポポヴィチャ。ニシュへ
はベオグラードからバスで約3時間。**
北緯43.311667度　東経21.923889度

セルビアのその他の見どころ

悪魔の町の岩の塔
クルシュムリア：「アヴォリジャバロ（悪魔の
町）」と呼ばれる202もの尖った岩は、土壌の浸食によっ
て自然にできたもの。

愛の橋
ヴルニャチュカ・バニャ：若いカップルたちが愛
の証としてこの橋に南京錠をかけるようになった
のは、第一次世界大戦の頃のことだ。

ニシュ強制収容所
ニシュ：第二次世界大戦中の4年間、強制収容所と
して使われていた場所が、いまは赤十字記念博物館
になっている。1942年2月に収容所からの脱出に成
功した105人のユダヤ人を記念してつくられた。

ニシュの「どくろの塔」の壁にあいた穴には、かつて人間の頭蓋骨がそれぞれひとつずつ埋められていた。

聖ルジツァ教会
ベオグラード

　聖ルジツァ教会の内部を照らすふたつのシャンデリアは、使用済みの薬莢や大砲の部品からできている。神聖な場にはふさわしくないようにも思えるが、実はそうでもない。教会がいま建っているのは、100年前にオスマン帝国軍の火薬庫があった場所なのだ。

　第一次世界大戦をイギリス軍やアメリカ軍とともに戦っていたセルビアの兵士たちは、戦闘の合間を縫ってシャンデリアをつくっていた。材料にしたのは、戦場に散らばっていた使用済みのカートリッジや壊れた武器だ。完成すると、彼らはそれを教会まで運んだ。以来、そのシャンデリアは戦乱の時代を思い起こさせる品としていまもそこに吊るされている。

ベオグラード市カレメグダン要塞。バスかトラムでタデウシャ・コシュチュシュカまで。教会はベオグラード動物園のすぐ隣。
北緯44.824176度　東経20.452702度

スロヴァキア

チェイテ城
チェイテ

　400年前、ハンガリーの貴族だったエリザベート・バートリは、この城の閉ざされた一室でひとり死んでいった。「血の伯爵夫人」として知られるバートリは、信じがたい行為を犯した罪人として、この城に幽閉されていたのだ。彼女は何百人もの少女を拷問し、殺害し、さらに、噂が本当ならば、その少女たちの血で沐浴までしたという。

史上最悪の連続殺人犯が住んでいた城。

　1610年、城内でおぞましいことが起きていると市民から度重なる密告を受けたハンガリー王マーチャーシュ2世は、事件について証言と証拠を集めるよう家来に命じた。しかし、結局バートリを有罪にすることはできなかった。裁判を逃れるため、彼女の家族が王の借金を帳消しにしたからだ。バートリが実際に何人の少女を殺害したか、いまとなってはもう知る術はない。一説には50人とも600人とも言われている。今日では城のほとんどが朽ち果ててはいるが、血に染まった壁や、バートリの拷問部屋で響いていたであろう叫び声を想像することはいまでも容易にできる。

チェイテ城は町を見下ろす丘の上に建っている。
北緯48.725075度　東経17.760988度

ウクライナ

バラクラヴァ潜水艦基地
クリミア半島バラクラヴァ

　1957年、のどかな漁村だったバラクラヴァは突然地図から抹消された。ソヴィエト政府がそこに秘密の潜水艦基地をつく

ると決めたからだ。スターリンの指示のもとで軍の技術者たちがつくりあげた「825 GTS」という名の地下基地は、潜水艦の格納と修理、武器や燃料の貯蔵の他、核攻撃にそなえたシェルターの役割も担っていた。

基地建設のために花崗岩の岩盤を何時間もかけてくり抜く作業には、モスクワの地下鉄労働者が駆り出された。基地は4年の建設期間を経て1961年に完成。基地内に張り巡らされた全長600mもの水路には、1度に6隻の潜水艦が格納できた他、病院や通信センター、食糧貯蔵庫、大量の魚雷や核弾頭やロケットを保管する兵器庫も備わっていた。

「825 GTS」ができると、バラクラヴァは閉鎖軍事都市に指定され、住人たち（ほとんどは基地で働いていた）への訪問は親族でさえ許されなかった。

基地は1993年まで秘密裡に稼動を続けていたが、ソ連崩壊によって役割を失うと、2004年に海軍博物館として一般に公開された。潜水艦はもうないが、石でできた長い通路や薄暗い水路、いくつか残されたミサイルが、いまも冷静時代の雰囲気をたっぷりと味わわせてくれる。

バラクラヴァ区ムラモルナヤ通り。元潜水艦基地だった博物館はバラクラヴァ湾内にある。セヴァストポリからバスで。

北緯44.515236度　東経33.560650度

オデッサのカタコンベ

オデッサ州オデッサ

錆びた採掘道具、第二次世界大戦時の手榴弾、19世紀のワイン樽、それに人骨。迷路のようなオデッサのカタコンベに入ると、嫌でもそういうものが目に入る。

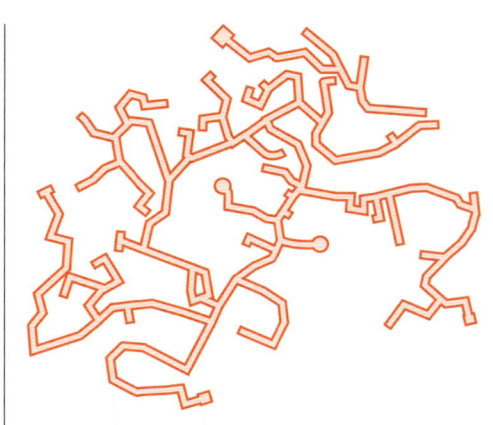

オデッサの暗くて埃っぽい地下迷路が悲劇の舞台になることも。

地面の下を2800kmも続くといわれる地下通路のほとんどは、1800年代の初めに石灰石鉱山の労働者たちが掘ったものだ。鉱山が閉鎖されるとすぐに、反乱分子や犯罪人、変わり者たちが隠れ家として好んで使うようになった。

第二次世界大戦中、ドイツ・ルーマニア軍がソ連軍をオデッサから撤退させてこの地を占領してからも、ウクライナの反乱軍兵士は坑内に隠れつづけた。反撃の機会をうかがいながら、チェスをしたり、料理をつくったり、ソ連のラジオを聞いたりして、地面の下で日常生活を続けたのだ。しかし、ときおりナチスが出入り口をふさぎ、トンネル内に毒ガスの入ったボンベを投げ入れることがあった。反乱兵たちを外にあぶり出すか、そのままトンネル内で殺そうとしたのだ。

現在はトンネルのごく一部が「パルチザンの栄光博物館」として公開されている。場所はオデッサ北部のネルバイスケだ。それ以外の部分は、いまにも崩壊しそうだったり、水が溜まったりしているが、都

➡➡ その他の秘密のトンネル

モスクワのメトロ2

モスクワ第2の地下鉄「メトロ2」は、昔からその存在が噂されてきたにもかかわらず、確認されたことは1度もない。だが、KGBの離反者や、アメリカの情報部、ロシアの元高官は、間違いなく実在すると言う。現行のメトロよりさらに大きいとされるその秘密の地下鉄網は、おそらくスターリン政権時代、不測の事態が起こったときに政府高官が避難する場所として建設されたのだろう。いまでもロシア国防省の管轄で運用されていると言われているが、もちろんKGBはそれを認めていない。1990年代の中頃には、都市探検家たちが入り口を見つけたと言って騒ぎになった。

ロンドンの下水道システム

1850年代のロンドンは実にひどい状態だった。当時は汚水がすべてテムズ川に流れ込んでいたため、悪臭が絶えず、コレラが何度も大流行していたのだ。政府は近代的な下水道システムをつくる必要に迫られていた。

そこで、1859年から1865年にかけて、900kmにおよぶ下水道が建設された。その一部に使われたのがフリート川だ。フリート川はローマ時代からあるテムズ川の支流だが、産業の発展に伴い少しずつ地面の下に追いやられていた。

イスタンブールのバシリカ・システン

イスタンブールの地下には、5世紀から6世紀頃につくられた何百もの「システン」がある。雨水を溜めるために建設されたビザンツ帝国時代の貯水槽だ。実用的な構造物でありながら、装飾をほどこしたアーチや、大理石の柱、メドゥーサの頭の像などで飾られた内部は、まるで大聖堂のように優美な趣をたたえている。

アントウェルペンの地下水路

11世紀から16世紀まで、アントウェルペンでは、地面に自然にできた大きな溝を、要塞や行商路や下水溝として利用していた。悪臭が我慢できないほど強烈になると、町は市民に対し、自分の所有地内にある下水溝に個人の責任で蓋をするよう要請した。それから300年のあいだに、溝は依頼主の富や趣味、あるいは職人の腕前によってさまざまに異なる蓋で覆われていった。1990年代になって新たに下水道がつくられると、古い下水溝は水を抜かれ、お役御免となった。

カッパドキアの地下都市

トルコの歴史的地区カッパドキアには、巨大な石の扉の向こうに、何層にもわたる地下都市のネットワークが隠れている。紀元前7世紀か8世紀頃に火山岩の層を掘ってつくったものだ。無数のトンネルでつながれた内部には、台所や、倉庫、井戸、階段、家畜小屋、水路などがいくつも存在している。初期のキリスト教徒たちは、この地下都市をローマの迫害から逃れるための隠れ家として使っていた。

バシリカ・システン内にある逆さになったメドゥーサの頭。

会の洞窟探検家のあいだでは人気となっている。彼らはヘッドランプや長靴を身につけ、食料とワインの詰まったバックパックを背負って仲間といっしょにトンネル内に入り、そこで何日も過ごすのだ。

だが、そんな地下でのパーティが悲劇につながるときもある。2005年、カタコンベで大晦日を楽しもうとなかに入ったオデッサのティーンのひとりが、酒に酔ってグループから離れ、迷子になってしまった。少女は凍える寒さと真っ暗闇のなかを3日間ひとりでさまよったあと、脱水症状で亡くなった。警察が彼女の遺体を発見してトンネル内から回収したのは、それから2年後のことだった。**カタコンベの探検はオデッサの北西にある小さな町ネルバイスケを基点にすることが多い。内部の探検は違法ではないが、おすすめはしない。ガイドなしで入るのは愚かな行為だ。命を預けることになるガイド選びは慎重に。**
北緯46.546667度　東経30.630556度

デスマスク・コレクション
キエフ

　キエフの中心部にある「一本道の博物館」には、博物館の所在地である魅力的な歴史地区、アンドレイ坂の住人たちの過去数世紀分の記録が展示されている。しかし、展示室の奥にある保管庫には、さらに驚くべき所蔵品が隠されている。

　世界最大級ともいえるデスマスクのコレクションだ。そこにはトルストイやプーシュキンやドストエフスキーといった文豪たちの顔も並んでいる。受付で尋ねれば、時折開催されるガイドツアーに参加できるかもしれない。

キエフ市アンドレイ坂。最寄り駅は地下鉄のコントラクトーヴォ・プローシチャ駅。
北緯50.450100度　東経30.523400度

ウクライナのその他の見どころ

水中美術館
クリミア半島：旧ソ連の指導者や共産主義者たちの胸像が海の底に50以上も並んでいる。

ツバメの巣
ガスプラ：クリミアの海をのぞむ断崖絶壁に張り出すように建っている、お城のような屋敷。

洞窟修道院
キエフ：1000年前につくられたこの洞窟修道院には、たくさんの遺物がある他、顕微鏡で覗かなければ見えないような極小の肖像画や本や彫刻などを展示した美術館も併設されている。

サーロ博物館
リヴィウ：東欧では欠かせない食材「サーロ（豚の脂）」に特化した博物館。

永遠レストラン
トラスカベッツ：葬儀場が経営するレストラン。世界最大の棺を見ることができる。

プリピャチ
キエフ州プリピャチ

　プリピャチの時計はすべて11時55分で止まっている。1986年4月26日、チェルノブイリ発電所で原子炉がメルトダウンを起こし、電力の供給がストップした時刻だ。その翌日、プリピャチの住民たちは次のような避難指示を受けた。

　プリピャチの市民の皆さんへ市議会からのお知らせです。チェルノブイリ原子力発電所で発生した事故により、近辺の放射能

濃度が高くなっています。（中略）一時避難をする際には、必ず照明と電気製品のスイッチを切り、水道を止め、窓もすべて閉めてから家を出てください。避難は一時的なものですから、どうか落ち着いて、秩序ある行動をしてください。

だが、いまもプリピャチでは、放置されたビルの壁から剝がれ落ちたペンキが、埃まみれになった靴や、おもちゃ、共産主義のプロパガンダ・ポスターの上に降りかかるばかりだ。廃墟となった市の体育館の隣では、錆びた観覧車の下にゴーカートがいくつも転がっている。ここには1986年5月1日に遊園地がオープンする予定になっていた。

この静かで陰気な町は、およそバケーション向きとは言えないが、訪問すること自体は可能だ。キエフで、政府発行の許可証を取得することができる。1度に数時間までなら外を歩いても問題ないとされているが、被ばくを防ぐためにいくつか予防措置を取ることが義務づけられている。訪問者は必ずガイドのいるツアーに参加しなけ

ればならず、立入禁止区域内で何かにさわったり、地面にものを置いたりすることは禁じられている。長袖・長ズボン着用で、ツアーの最後には全員がガイガーカウンターで被ばく量を測られる。

写真撮影や、100m離れた原子炉を遠くから眺めるのは自由だ。プリピャチにいまも住みつづけている数少ない市民から話を聞くこともできる。政府の避難命令を無視して、放射能に汚染された我が家へ戻ってきた人たちだ。

放棄されてから30年、高い放射線濃度にもかかわらず、プリピャチにはいま、植物や動物たちが戻りつつある。コンクリートの地面を割って顔を出す木の根、道路を侵食する森、ビーバーやイノシシやオオカミやクマといった、この地域では長く見ることのなかった動物たちも、いまは姿を現すようになった。人間からの影響を受けない分、このエリアでは事故の前にくらべて生物の多様性が高まっているのだ。**ガイドツアーの予約はキエフで。ツアーバスもキエフから出発する。**

北緯51.405556度　東経30.056944度

プリピャチの観覧車は、1986年にチェルノブイリでメルトダウンが起き、町がゴーストタウンになって以来、キーキーと音を立てるばかりで、1度も動いたことはない。

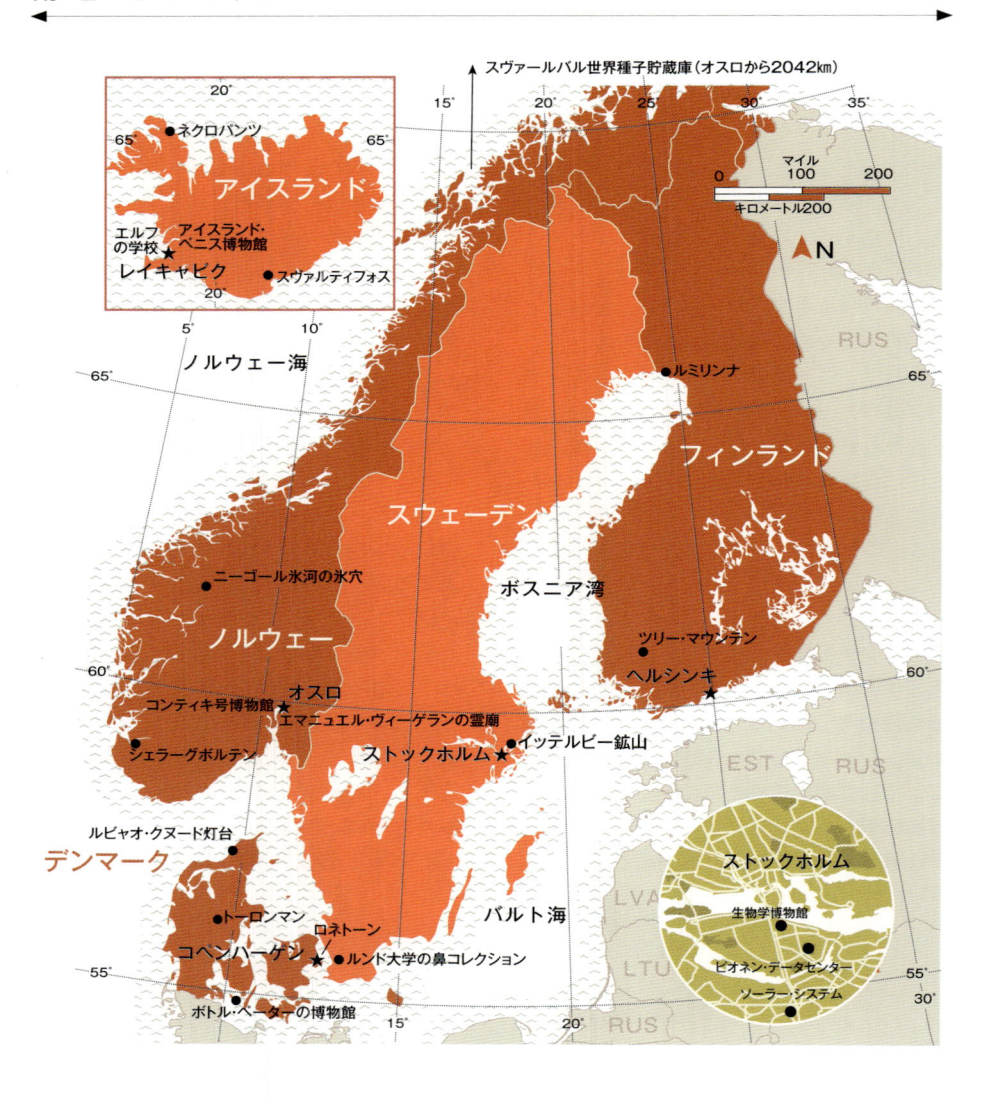

スヴァールバル世界種子貯蔵庫(オスロから2042㎞)

マイル
0　100　200
キロメートル200

N

ネクロバンツ
65°
アイスランド
エルフの学校
アイスランド・ペニス博物館
★
レイキャビク
スヴァルティフォス
20°

RUS

ノルウェー海
65°

ルミリンナ

フィンランド

スウェーデン

ボスニア湾

ニーゴール氷河の氷穴

ノルウェー

ツリー・マウンテン

ヘルシンキ
★
60°

オスロ
★
コンティキ号博物館
エマニュエル・ヴィーゲランの霊廟
シェラーグボルテン
ストックホルム　★　イッテルビー鉱山

EST　RUS

ルビャオ・クヌード灯台
デンマーク

トーロンマン

バルト海

ロネトーン
コペンハーゲン　★　ルンド大学の鼻コレクション
55°

ボトル・ペーターの博物館

LVA

LTU

ストックホルム
生物学博物館
ビオネン・データセンター
ソーラー・システム
55°
30°

デンマーク

ボトル・ペーターの博物館
エーア島エーロスコービン

　船乗りだったペーター・ヤコブセンは、自分の墓標に7つもボトルシップをつけるほど、ボトルシップづくりにのめり込んでいた。生涯でつくった数は1700個。島民からは「ボトル・ペーター」と呼ばれていた。いま、その作品のほとんどは、大型の船舶模型50個とともに、自宅の一角に設けられた博物館に並んでいる。
　彼がそこで自分の作品を展示しはじめ

たのは1943年のことだった。1960年にペーターが亡くなると、残された妻は、夫が自ら用意した墓標も展示品のひとつに加えることにした。墓地よりも博物館のほうが、アート作品である彼の墓標を置くにはふさわしいと考えたからだ。

エーロスコービン、スミーデゲーゼ 、22。エーロスコービンへはフュン島のスヴェンボーからフェリーで約1時間15分。北緯54.889618度 東経10.411996度

ロネトーン
コペンハーゲン

オランダ語で「丸い塔」という意味のロネトーンは、てっぺんがドーム状になった円筒形の建物で、ドームのなかは、現役のものとしてはヨーロッパ最古の天文台になっている。ガリレオが亡くなった1642年に、国王クリスチャン4世の命によってつくられた。建設当初、塔のなかにはふたつのプラネタリウムがあり、ひとつはガリレオが唱えた太陽中心の宇宙、もうひとつはオランダの天文学者ティコ・ブラーエが主張した地球中心の宇宙を表現していた。

ロネトーンは特殊な内部構造で有名だ。階段の代わりに、中央の丸い柱のまわりを煉瓦づくりの通路が7回半らせん状にめぐっている。この変わったデザインには実用的な目的があった。巨大で重量のある観測用機器を塔の上まで持ち上げるには、荷車で運ぶのがいちばん簡単だったのだ。

最初はコペンハーゲン大学の施設として使われていたが、1861年、街の明かりを避けるために郊外に新しくウスタヴォル 天文台がつくられると、その役目を終えた。

いまは星の観察会や観光スポットのひとつとして一般に公開されている。また、毎年春には、らせん状の通路を一輪車で往復

毎年春になると、ヨーロッパ最古の天文台の通路を一輪車が埋め尽くす。

するレースも開かれている。現在の最速記録は1988年に打ち立てられた1分48秒7だ。**コペンハーゲン市クマーゲーゼ、52A。最寄り駅は地下鉄のノアポート駅。**
北緯**55.681964度** 東経**12.575691度**

ルビャオ・クヌード灯台
イェリング村ルゲン

北海沿岸にあるルビャオ・クヌード灯台は、いまゆっくりとその姿を消しつつある。1900年に建てられた高さ23mのこの灯台は、海岸線の浸食と、風と、砂丘の移動によって、すでに半分ほどが砂に埋もれている。

灯台守たちは数十年にわたり、周囲に木を植えたり、砂を掻き出したりして、なんとか浸食を食い止めようと努力してきた。だが、しょせん自然の力には勝てるはずも

せまりくる砂の攻撃に、なすすべもなく立ち尽くす灯台。

ない。まわりはどんどん砂で埋もれ、いつしか海からも見えなくなって、1968年には灯台としての機能を果たせなくなった。その後も博物館とコーヒーショップとしてオープンしていたが、せまりくる砂丘の勢いは衰えず、2002年には完全に閉鎖されることになった。

併設された5つの建物はすでにどれも砂に埋もれている。灯台が同じ運命に見舞われる日も、そう遠い将来のことではないだろう。いまは夏の数週間だけ公開されている。**ルゲン、フューヴァイン。**
北緯**57.448989度** 東経**9.777089度**

トーロンマン
中央ユラン地域シルケボー

1950年、ビェルスコウ渓谷を歩いていたエミルとヴィゴのヘイゴー兄弟とヴィゴの妻グレーデは、ピートボグ（泥炭地）で遺体を発見すると、最近起きた殺人事件の犠牲者と考えて警察に通報した。その後の調査によって、遺体は確かに殺人によるものと断定されたが、事件が起きたのは2300年も前のことだった。

トーロンマンと名づけられたその遺体は、発見時、胎児のように膝を抱え、静かに目を閉じ、穏やかな表情で横たわっていた。ピートボグの内部は強酸性で、温度も低く、酸素も少ないため、遺体はほとんど死んだときのままの状態で保存されていた。髪も、無精ひげも、睫毛も、足の爪も、まったく損なわれていなかったのである。服は着ていなかったが、頭には羊の皮の帽子をかぶり、腰には幅広のベルトをつけていた。首に紐がきつく巻かれていたことから、この鉄器時代の男性は首を吊って

紀元前4世紀に殺され、1950年にピートボグから掘り起こされたトーロンマンは、まるで眠っているように見える。

死んだものと推定された。おそらく宗教儀式の生け贄にされたのだろう。

1950年には、このような遺体の保存方法がまだよくわかっていなかったため、頭部だけを標本として残し、それ以外の部分は死んだときの年齢や（顔に皺があり、親知らずも生えていたことから40歳前後と推定された）、彼がどんな生活を送り、どんなふうに死んでいったのかを調べるため、さまざまなテストを施された。身長は161cm、最後にとった食事は大麦や亜麻の実でつくったおかゆで、口と目は彼を生け贄にした人間の手によって閉じられていた。

ヨーロッパ北部のピートボグでこのような「湿地遺体」が見つかるのは珍しくないが、トーロンマンほど保存状態のいいものは少ない。彼の頭部と修復された身体は、シルケボー博物館に展示されている。彼の命を終わらせることになった紐もまだ首にかかったままだ。

シルケボー博物館：シルケボー市ホーゼゴスヴァイ 、7。博物館の正面にバス停があり、本数も多い。
北緯56.164444度　東経9.392778度

デンマークのその他の見どころ

エーベルホルト修道院の骸骨
エーベルホルト：12世紀に建てられた修道院の遺跡をめぐりながら、かつてここに暮らした伝説の修道士の奇跡の物語に耳を傾けよう。

人魚姫の像
コペンハーゲン：デンマークを代表するこの像は、実は、頭や腕を切り取られたり、爆弾で破壊されたりと、これまでに何度も虐待されたことがある。

煙草博物館

コペンハーゲン：喫煙の歴史および多種多様な喫煙道具や小物について学べる博物館。

バングスボ博物館

フレゼリクスハウン：地元の歴史に関する展示の他、19世紀に大流行した、人間の髪の毛でつくった装飾品のコレクションが展示されている。

屋外世界地図

クライトロプ湖：石や草で精巧につくられた巨大世界地図の上を歩きながらミニゴルフが楽しめる。

フィンランド

ルミリンナ

ラッピ県ケミ

1996年以来、ケミでは毎年12月になると、除雪車で吹き飛ばした雪を固めて、世界最大の雪の城砦がつくられる。そうやってできたルミリンナ（フィンランド語で「雪の城」）は、1月の終わりにオープンすると、太陽の光が強くなりはじめる4月の初めまでびくともしない。シーズンが終わると、城はショベルカーでつぶされ、雪はバルト海に捨てられる。デザインとテーマは毎年変わり、たとえば2007年は「海」、2010年は「民族的ロマン主義」だった。

雪の城にはさまざまなお楽しみが待っている。150席あるレストランで美しくライトアップされた彫刻を眺めながら、燻したトナカイのクリームスープを食すもよし。氷の教会に行って、赤ん坊に洗礼を受けさせるもよし。最後は、靴下と下着と帽子だけになって、内側にフリースのはられた寝袋にもぐりこみ、ホテルの部屋で一晩過ごすのもいい。

部屋の温度はマイナス5度だが、用意されている寝袋は服を着たままだと汗をかい

毎年冬のあいだだけ現れるラップランドの雪の城に行ったら、毛皮の敷かれた丸太に腰掛け、一杯やろう。

てしまうほど暖かいので、下着に毛糸の帽子というホテル側のアドバイスは妥当なものと言えるだろう。

ケミ市カウッパカトゥ、29。 ヘルシンキからケミまでは鉄道で約12時間、飛行機で約1時間半。宿泊する場合は、翌日着る服を寝袋にいっしょに入れて暖めておこう。寝る前には必ずトイレをすませておくこと。トイレは城の外にあり、夜の外気温は1月にはマイナス17度まで下がる。

北緯65.732051度　東経24.552102度

ツリー・マウンテン

ピルカンマー県ユロヤルヴィ

たくさんの木々に覆われたこの円錐形の丘は自然にできたものではない。14年をかけて人間が計画的につくった芸術作品だ。アーティストのアグネス・ディーンズが人工の丘の上に人工の森をつくろうと最初に考えたのは1982年のことだった。その10年後、彼女の計画はフィンランドの国家プロジェクトとなり、1992年から1996年までの4年間で1万1000人が、特別に成形した土の山に1本ずつ木を植えていった。木々が形

人工の丘の上に人工の森をつくるには、14年の歳月と1万1000の人手が必要とされた。

づくる複雑な模様は、黄金比率と、ディーンズ自身がパイナップルに触発されて思いついたデザインがもとになっている。

それぞれの木の所有権は植えた本人とその家族にある。丘自体もこれから400年間は法的に保護されている。

ピンシオ、ピンシオンカンカーンティエ、10。 ツリー・マウンテンへはヘルシンキから車で約3時間。

北緯61.57103度　東経23.477081度

フィンランドのその他の見どころ

ヘルシンキ大学博物館
ヘルシンキ：迷路のように入り組んだ展示室をめぐって、19世紀のフィンランドの薬学に関する展示や、地図製作に使われた真鍮の道具、乳幼児疾患の蠟模型などを見つけよう。

石の教会
ヘルシンキ：1960年代に大岩をくり抜いてつくられたこの教会は、岩の壁に囲まれているが、上部に設けられた隙間から光が差し込み、なかはとても明るい。音響効果に優れていて、コンサートにもよく使われる。

ヴェイヨ・ロンコネン彫刻公園
パリッカラ：フィンランドでも有数の現代フォークアートの野外博物館。開いた口から本物の人間の歯が覗いている、ちょっと不気味な人形も。

国際コーヒーカップ博物館
ポシオ：80以上の国から集められた2000以上のコーヒーカップを眺めながら、世界のコーヒー文化に思いを馳せよう。

レーニン博物館
タンペレ：世界でも数少ない常設のレーニン博物館のひとつ。レーニンとスターリンが1905年に初めて出会った場所に建っている。

アイスランド

エルフの学校
レイキャヴィク

2010年、アイスランドの国会議員アルニ・ヨンセンは、自動車事故にあったが怪我ひとつせずにすんだ。そのとき彼は、誰に感謝すべきかわかっていた。エルフだ。ヨンセンのSUVは5回地面を転がったあと、30トンもある大きな岩の前で止まった。それはエルフが何世代にもわたって住んでいると信じられている岩だった。そのため、ヨンセンはエルフが魔法を使って自分を助けてくれたと考えたのだ。その後、道路工事のために岩が取り除かれることになったと知ったヨンセンは、それからもエルフが自分を見守ってくれることを願って、岩を自宅まで運んだ。

こういった行動はアイスランドでは特に珍しいことではない。この国の人はみな、エルフやフェアリーやドワーフやノームといった、いわゆる「隠れた人々」が、国中の岩や樹木に住んでいると信じている。だから、レイキャヴィクに世界で唯一のエルフについて教える学校があるのも、不思議でもなんでもない。

この学校ができたのは1991年、つくったのは歴史家のマグヌス・スカルプヘイジンソンだ。彼は、何十年にもわたってエルフの目撃談を収集してきた。授業の内容は、アイスランドに住んでいると言われる13種類の「隠れた人々」の見分け方が中心になっている。また、旅行者のための5時間コースも用意されていて、受講者は市内にあるエルフの住居を訪れることもできる。終了すれば、「隠れた人々」に関する知識を十分習得したとして、ディプロマも発行される。

スカルプヘイジンソン自身は1度もエルフを見たことがない。エルフの外見や行動についての彼の知識は、エルフに会ったことがあるという人から集めた何百もの証言をもとにしている。

スカルプヘイジンソンは、かれこれ30年もこのテーマで研究を続け、エルフに関しては誰よりも精通していると自負しているが、同時にユーモアのセンスも忘れない。授業が終わると、自家製のパンケーキとコーヒーをふるまいながら、エルフのことを話しにくる人は必ずこのせりふで始めると言って、みんなを笑わせる。「自分は誓ってドラッグなんかしてないが、でも不思議なものを見たんだ。それはね……」

レイキャヴィク市シーズムリ、108。エルフの学校へはスーズルランド通り かハウアレイティ通り からバスで。

北緯64.133062度 西経21.876143度

アイスランド・ペニス博物館
レイキャヴィク

シグルズール・ハーターソンが男性器の収集を始めたのは1970年代のことだ。きっかけは、雄牛のペニスでできた鞭「ピズル」を手に入れたことだった。それ以来、彼のコレクションはものすごい勢いで増えていった。

この博物館の目的は、単に人を興奮させるだけでなく、男根についての「科学的」研究を紹介することにある。男根は古来、人間の歴史、芸術、心理、文学に多大な影響を与えてきたからだ。そのためにここでは、ホッキョクグマやアナグマ、ネコ、ヤ

ギ、アザラシなど多種多様な哺乳類から集めた280個ものペニスが展示されている。最大のものはシロナガスクジラのペニスで、その長さは170cmもある。

数は少ないが、人間のペニスも展示の対象となっている。本人の申し出により、死後に寄贈されたものだ。あるアメリカ人は、自分のペニスの型をとって模型をつくり（彼はそれを「エルモ」と名づけた）、本物を寄贈できるまでの代わりとして博物館に預けている。95歳で亡くなったアイスランド人の男性は、放蕩者だった自分の若き日を永遠に記念する品として、性器の寄贈を申し出た。

実際の標本の他に、ペニスをテーマにしたアート作品やオブジェも展示されている。2008年の北京オリンピックで銀メダルに輝いたアイスランドのハンドボール選手たちも、自分たちのペニスの鋳造模型を博物館に寄贈した。銀色に塗られ、ガラスの向こうにずらりと並ぶその様子は、選手の集合写真が使われたシリアルの箱のデザインに似ていなくもない。

レイキャヴィク市ロイガヴェーグル、116。ペニス博物館はフレンムル・バスターミナルのすぐそば。
北緯64.143033度　西経21.915643度

スヴァルティフォス
スカフタアウルフレップル自治体キルキュバイヤルクロイストゥル

アイスランド語で「黒い滝」を意味するスヴァルティフォスは、高さや幅、水量という点では、それほど大きな滝とはいえない。だが、背景に黒い六角形の柱状節理が広がるさまは、他ではなかなか見ることの

できないすばらしい景色だ。この柱状節理は、スコットランドにある「フィンガルの洞窟」のざらざらした壁と同じく、溶岩流が何世紀もかけて冷えてできた玄武岩の結晶だ。結晶が剥がれて落下することがよくあるので、滝壺に入るときは尖った岩に注意しよう。

キルキュバイヤルクロイストゥル、スカフタフェットル国立公園、ファーグルホルスミリ、785。夏期に限り、レイキャヴィクからスカフタフェットルまで毎日バスが出ている。滝までは国立公園のビジターセンターから山道を歩いて約1時間。
北緯64.020978度　西経16.981623度

スヴァルティフォスは名前のとおり、神秘的な場所だ。

アイスランドのその他の見どころ

サンタクロースの家
アークレイリ：1年中いつでもサンタクロースに会える場所。外見はまるでクリスマスに食べるジンジャーブレッド・ハウスのようだ。

ビャルトナルフプン・サメ博物館
ビャルトナルフプン：アイスランドの漁業について学べる博物館。アイスランドの名物である発酵させたサメの肉も試食できる。

ブルーラグーン
グリンダヴィーク：地熱発電所が排出する熱水を利用した療養効果のある温泉。

ヨークルスアゥルロゥン
ヘプン：アイスランド最大の潟湖。さまざまな色の氷山を見ることができる。

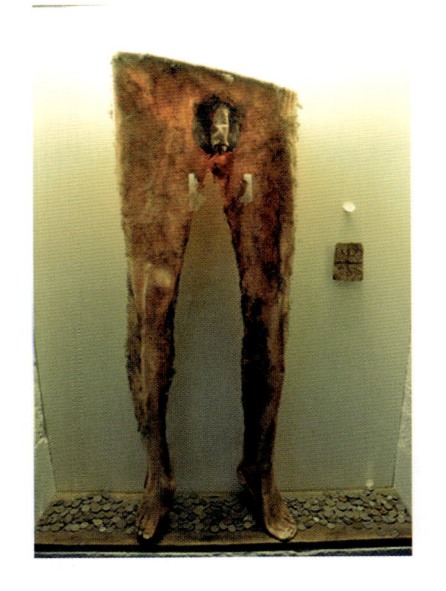

ネクロパンツ
ホールマヴィーク

　死んだ友人の墓から遺体を掘り出し、腰から下の皮膚を剝いで、それをタイツのように身にまとうなど、失礼極まりない行為だと思うかもしれないが、実はこれはネクロパンツと呼ばれ、かつては幸運と富をもたらすものと信じられていた。

　アイスランド魔術博物館によれば、ネクロパンツは17世紀のアイスランドで実際に行われていた風習だ。ルールは少しばかりややこしい。まず、相手が生きているあいだに、死んだら皮膚をもらえるよう約束を取りつけておく。実際に相手が死亡したら、葬儀が終わるのを待ってから、そっと墓地に近づき、遺体を掘り起こす。そして、腰の部分に切れ目を入れ、下半身の皮膚を剝ぎ取るが、このとき、どこにも破れ目ができないよう丸ごと綺麗に剝ぐのがポイントだ。

　次に、気の毒な未亡人からコインを1枚盗み、それを剝いだ皮膚の陰囊のなかに入れる。すると不思議なことに、そのコインはさらなる富を引き寄せ、ネクロパンツの股間は常にコインでいっぱいの状態が続く。最後に、もう自分は充分裕福になったと思うが、パンツが皮膚にこすれるように感じはじめたら、パンツを譲る相手を探す。こうして、富は世代を超えて引き継がれていく。

　アイスランド魔術博物館では、このネクロパンツが、やわらかなライトを受けて壁の窪みに収められている。足元にはコインが敷き詰められている。

アイスランド魔術博物館：ホールマヴィーク村ヘフザガタ、8-10。ホールマヴィーク村へはレイキャヴィクからバスで約4時間。
北緯65.706546度　西経21.665667度

ノルウェー

エマニュエル・ヴィーゲランの霊廟

オスロ

兄のグスタフ・ヴィーゲランはオスロの中心部に野外彫刻園をもつ著名な芸術家だが、その弟エマニュエル・ヴィーゲランも、風変わりで魅力的な独自の芸術作品によって後世に名を残すことになるだろう。

エマニュエルがつくったこの建物は、ふたつの役割をもっている。ひとつは美術館、もうひとつは霊廟だ。小さくて重たい鉄製の扉から身をかがめるようにしてなかに入ると、そこには暗くて広いかまぼこ型の空間が広がっている。壁と天井には一面に、受胎から死に至るまでの人間の一生がエロチックに描かれている。エマニュエルは20年をかけて、この800㎡におよぶ巨大なフレスコ画を完成させた。

なかの雰囲気は荘厳で、どこか重苦しささえ感じる。どんなに静かに歩いても、足音が高い丸天井に響き、場合によっては14秒ほども消えずに残る。壁の絵を見るにも懐中電灯が必要なほど薄暗い。

建設を始めた1926年当時、エマニュエル

エマニュエル・ヴィーゲランは、自分の霊廟をつくろうと、残響が14秒間も続く空間を創造した。

はここを美術館にするつもりだった。天井とひとつの壁にだけ絵を描いて、あとは絵画以外の作品のためにあけておく予定だった。

しかし、その後ここを自分の霊廟にすると決めた彼は、すべての窓を煉瓦で埋めてしまった。すると内部はたちまち不気味な雰囲気に満たされた。古代の霊廟からインスピレーションを得たエマニュエルは、キリスト教の創世記と原罪の物語を題材に壁画を完成させた。タイトルは「Vita（生命）」。裸の男女がエロチックに絡み合うシーンの数々は、人間の性的衝動を表現しているという。

エマニュエルが亡くなると、遺体は火葬され、その灰が正面入口の上に置かれた。それから10年経った1959年、美術館は民間財団の手によって一般に公開された。

現在は、1週間に数時間だけしか公開されていないが、年に数回ここでコンサートが開かれている（オーストラリアの民族楽器ディジェリドゥーが演奏されることもある）。

オスロ市グリームルンス通り、8。最寄り駅は地下鉄のスレムダル駅。

北緯59.947256度　東経10.692641度

コンティキ号博物館

オスロ

1947年、トール・ヘイエルダールと5人の仲間たちは、ペルーからフランス領ポリネシアのラロイア環礁に向けて7000kmの海の旅に出た。彼らが乗っていたのは、バルサと竹とロープでつくったいかだの船コンティキ号だ。ヘイエルダールがこの101日間の船旅を実行したのは、南アメリカの先住民たちが風の力だけを頼りに、いかだでポリネシアまで渡ったという説を証明す

ペルーからポリネシアへ海を渡ったコンティキ号の実物。

るためだった。

　旅はヘイエルダールの期待していたとおりに進んだ。コンティキ号は海流に乗り、時速1.5ノットの速さで走った。食事の面でもほとんど問題はなかった。乗組員はサメやイルカやイカを獲って食べ、プランクトンのスープを飲んだ。このことから、古代ペルー人が太平洋を旅する際、技術的な障害は何もなかったことが明らかになった。

　コンティキ号は現在、オスロ市のビィグドイ半島にある博物館に展示されている。ただ、残念なことに、ヘイエルダールの説は間違いだったことがのちに判明した。その後の言語学や遺伝子の研究から、いまのポリネシア人はアジアから東に移動してきた人たちだとわかったからだ。

オスロ市ビィグドイネス通り、36。4月から10月までは、91番のフェリーがオスロ中心部とビィグドイ半島を結んでいる。30番のバスなら1年中OK。
北緯59.903572度　東経10.698216度

ニーゴール氷河の氷穴
ソグン・オ・フィヨーラネ県ヨステダール

　ノルウェーのヨステダール氷河の一部、ニーゴール氷河の下には、すばらしく美しい巨大な氷穴が広がっている。氷も水も深いブルーに染まり、天井からは大きなつららが何本もぶら下がっている。

　他では見ることのできないこの珍しい氷穴は、地球温暖化の影響でまわりの氷河が溶けた結果生まれたものだ。絶えず入り込む海水によって氷の表面がゆっくりと削られ、洞窟の形状は常に変化している。崩壊の恐れがあるため、ガイドなしで氷穴内に入ることは禁止されている。

ヨステダール氷河国立公園内。
北緯61.736573度　東経7.373644度

スヴァールバル
世界種子貯蔵庫
スヴァールバル諸島ロングイールビュエン

　ロングイールビュエンでは太陽のほとんどささない暗い冬が約4か月続く。そんななか、氷に覆われた暗い山の斜面を、コンクリート製のスリムな建物から漏れる青白い光がぼんやりと照らしている。そのシンプルな外見からは、なかに何が隠されているのか想像するのは難しいが、実はそこには人類を救うかもしれないあるものが保管されている。種子だ。

　単一栽培を主とする商業的農業により栽培作物の遺伝的多様性が失われつつあるいま、世界中の農作物が一気に病気にかかる危険性はひじょうに高い。突然変異した菌や新種のバクテリアによって、ある作物が

数か月のうちに地球上から消えてしまう可能性は大いにある。そうなれば、深刻な食糧不足は避けられない。2008年にノルウェー政府によって設立されたこの「スヴァールバル世界種子貯蔵庫」は、いわば種子の遺伝子を守るための貸金庫と言えるだろう。

この施設には450万個の種子が保存可能だ。現在、家庭用の冷凍庫と同じくらいの温度で保管されている種は、2000年、長いものなら2万年経っても発芽が可能だという。

種子の保管場所としてここスヴァールバルが選ばれたのは、地盤が固くて安定していることと、万が一停電になっても永久凍土が天然冷蔵庫の役目を果たしてくれるからだ。施設内は基本的に無人だが、常に電子的に監視されている。なかに入れるのは関係者だけで、4つある扉はどれも暗号化されたアクセスキーがなければ開かないようになっている。

ロングイールビュエンへはオスロから飛行機で。途中トロムセーで乗り換えが必要。なかに入ることはできないが、雪に囲まれた貯蔵庫の建物は一見の価値がある。ふもとの町では犬ぞりを楽しんだり、トナカイに出会えるチャンスも。

北緯**78.238166**度　東経**15.447236**度

人類を守るためにつくられた遺伝子の貸金庫。

シェラーグボルテン
ローガラン県フォルサン

シェラーグボルテンは山の岩壁にはさまれた巨大な玉石で、高さ984mの地点で宙に浮いている。パラシュートを使ったベースジャンプの人気スポットにもなっていて、絶景のフィヨルド目がけてここから飛び降りるジャンパーがあとを絶たない。高いところでもまったく平気という人は、この玉石に乗ってカメラをかまえればユニークな写真が撮れるだろう。フェンスはなく、誰でも自由に近づくことができる。

フォルサン、エイガーステル。夏期の数か月のみ、スタヴァンゲルから登山口のあるエイガーステルまでバスが走っている。山登りに適した服装で出かけよう。玉石までは片道約3時間。雨の日や石が濡れているときは、玉石の上には乗らないように。

北緯**59.022535**度　東経**6.581841**度

ノルウェーのその他の見どころ

サルストラウメンのメイルストロム
ボーデ：強い潮流がつくり出す世界最大の渦巻き。

ヘスダーレンAMS
ヘスダーレン：ノルウェーの谷にさまよう光の球の正体をつきとめるべく、ここに無人の自動計測施設が設置された。

モーレン
ラルヴィク：ノルウェー最大の石のビーチ、モーレンにある230もの「モル（石塚）」は、自然にできたものではなく、紀元前250年頃につくられた古代の墓だ。

スタインダールの滝
ノルヘイムスン：後ろにある通路にまわれば、高さ50mの滝を裏から眺めることができる。

シェラーグボルテンの玉石は本当に人が立てるほど安定
しているのか。それを確かめる方法はひとつしかない。

スウェーデン

ルンド大学の鼻コレクション

スコーネ県ルンド

ルンド大学の博物館には、スカンディナヴィア生まれの著名人の鼻の石膏模型が100個以上も並んでいる。かの有名なオランダの天文学者ティコ・ブラーエが決闘で失った鼻の代わりにつけていた金属の付け鼻も展示されている。

ルンド市サンドガタン、3。鼻のコレクションがあるのはルンド大学の学生生活博物館。ルンド中央駅から徒歩約10分。

北緯55.705673度　東経13.195374度

生物学博物館

ストックホルム

1893年に建てられたこの博物館では、スウェーデンの景観を模してつくられたジオラマのなかに、スカンディナヴィアに棲息する動物の剥製がポーズをとって並んでいる。螺旋階段で2階まで上がると、空からの眺めが楽しめるようになっている。ここではスクヴェイダーという珍しい生き物にも出会える。上半身がウサギで下半身が鳥のスクヴェイダーは、19世紀のハンターのほら話によく登場した架空の生き物だ。

ストックホルム市ハゼリウスポルテン、2。トラムかバスで「ノルディック博物館／ヴァーサ号博物館前」まで。

北緯59.327285度　東経18.097611度

スウェーデン・ソーラー・システム

ストックホルム

2000万分の1の縮尺でつくられたこのソーラー・システムは、世界最大の太陽系モデルだ。ストックホルム市内に建つ球形のグローブ・アリーナを太陽に見立て、そこから郊外まで、内部惑星である水星、金星、地球、火星が、実際の惑星と同じ比率で並んでいる。

最も北に離れた場所にあるのは、冥王星（2006年に準惑星に格下げされたが、ここではまだ惑星扱いとなっている）と、海王星軌道より遠い場所にある星の仲間イクシオン、セドナ、エリスの3つだ。ストックホルムから約950km離れたスウェーデン最北端の町キルナには、「末端衝撃波面」（太

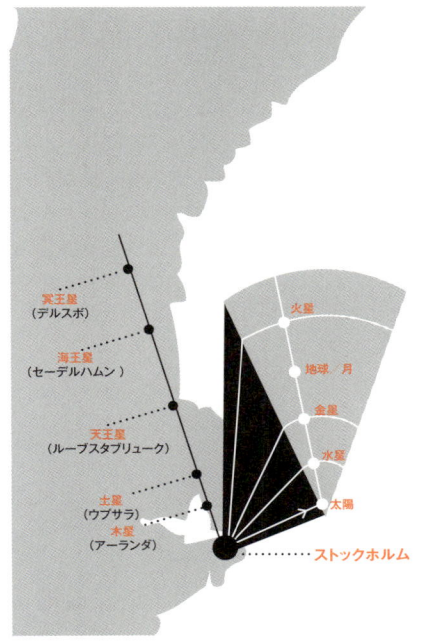

太陽系の星々がスウェーデン国内に実物と同じ比率で並んでいる。

➡➤ 第一次世界大戦後の顔面補綴

第一次世界大戦では、兵士たちはそれまでとは異なる新しい戦闘に対応しなければならなかった。相手に接近して1対1で戦うのではなく、塹壕を掘り、その劣悪な環境のなかで何か月も過ごしながら、手榴弾や機関銃で徐々に敵の力を弱めていくというやり方だ。

イギリスの彫刻家フランシス・ダーウェント・ウッド（ロンドン第三総合病院の顔面補綴用マスク科）と、アメリカの彫刻家アンナ・コールマン・ラッド（パリにあるアメリカ赤十字・肖像マスクスタジオ）のふたりは、そんなマスクづくりの権威だった。彼らは兵士たちの傷を隠すために、亜鉛メッキした銅を使って一人ひとりの顔に合わせたマスクを丁寧に手づくりしていった。ひとつのマスクをつくるのに2週間ほどかかった。その過程は石膏で型をとることから始まり、最後には、マスクに皮膚の色を塗り、ガラスの目玉をはめ、頭部に髪の毛をつけ、目の上に眉をひと筆ずつ書き加えた。マスクの固定には、針金でつくった眼鏡かリボンが使われた。

[上]戦地から戻った兵士。顔面補綴のマスクをつける前とつけたあと。
[下]損傷した顔の石膏模型。

とりわけ、当時兵器として登場したばかりだった「機関銃」には、多くの兵士が苦しめられた。高速連射する銃に慣れていなかった彼らは、塹壕から頭を覗かせ、またたく間に敵の機関銃の標的になった。弾丸の多くは兵士の顔面を直撃した。

顔に傷を受けた兵士がもとの生活に戻るのは極めて困難だった。心の傷に加え、以前とは似ても似つかぬグロテスクな顔で故郷に帰らねばならなかったからだ。目があった場所はただの窪みと化し、欠けた顎からは舌が垂れ下がり、頬にあいた穴からは歯が覗いている。療養所では、兵士たちが自分の顔を見て落ちこまないよう、鏡を置くことは禁止された。

ニュージーランド生まれの外科医ハロルド・ギリスは、顔面に傷を受けた何千人もの

イギリス人兵士たちの治療を請け負った。イギリスのシドカップにあるクイーンズ病院で彼が行ったのは、いわば初期の形成外科手術といえるものだった。その画期的な再建技術により、多くの兵士たちが自信をもって人前に出られるようになった。しかし、手術では再建できないケースもあった。そんなときにとられた方法が「マスク（顔面補綴）」だ。

ストックホルムのグローブ・アリーナが「太陽」を表している。

陽風の速度が遅くなり、磁場に変化が起きる地点）を示す銘鈑が立てられている。

　2011年、首都から1600km離れた町イェヴレに置かれていた天王星が何者かに盗まれるという事件が起きた。しかし、翌年の10月、新しい天王星がそこから数キロ先のルーヴスタブリュークという村に現れた（その地点は天王星が最も太陽に近づくときの距離

に相当しているため、スウェーデンの太陽系モデルはいまでも正確だといえる）。

ストックホルム市ヨハネスホー、グルーベントリエット、2。「太陽」が見たい人は、地下鉄でグルマーシュプラン駅まで。全体を見たい人は、車でまわろう。

北緯**59.294167**度　東経**18.080816**度

ピオネン・データセンター
ストックホルム

　インターネット・プロバイダーのバーンホフ社は、地下核シェルターを近代的で堅牢なデータセンターにつくり変えた。内装デザインに採用したのは、1970年代のＳＦ映画のイメージだ。長いトンネルの先にある厚さ30cmの扉を抜けると、延々と列を成す白いサーバーのそばに、人工の滝や、

まるで映画のセットのようなピオネン・データセンターの内部。

ジャングルで見るような植物、魚の泳ぐ巨大な水槽があり、足元には白い靄が流れている。

ストックホルム市レンスティアナス通り、37。データセンターは地面より30m下にある。

北緯59.312386度　東経18.085497度

イッテルビー鉱山

ストックホルム

　化学の研究が趣味だった陸軍中尉カール・アクセル・アレニウスは、1787年、スウェーデンのイッテルビー村近くの採石場で、黒くて重い不思議な石を見つけた。初めて見る鉱物に大いに興奮した彼は、その石を村の名前にちなんで「イッテルバイト」と名づけた。発見場所には、いま銘鈑が設置されている。

　そのイッテルバイトから発見されたのが、イットリウムの酸化物、イットリアだ。銀色のイットリアには、銀白色の4つの希土類元素、イッテルビウム（電極やレーザーに使われる）、テルビウム（マイクロプロセッサやコンピューターチップをつくるのに使われる）、エルビウム（医療用レーザーに使われる）、イットリウム（ＬＥＤの蛍光体をつくるのに使われる）が含まれている。つまり、イッテルビー鉱山からは実にたくさんの元素が発見されたことになる。これは世界的にもひじょうに珍しいことであり、イッテルビー村は元素周期表の立役者と言えるだろう。

鉱山はイッテルビー村の中心にある。村へはストックホルムから車で約40分。

北緯59.428524度　東経18.334887度

スウェーデンのその他の見どころ

ＵＦＯモニュメント

エンゲルホルム：あるスウェーデンのホッケー選手がエイリアンと遭遇したとされる地点に建てられたモニュメント。そのホッケー選手はエイリアンから自然治療薬のつくり方を教わったという。

ドロットニングホルム宮廷劇場

ドロットニングホルム：18世紀に建てられたこの劇場では、いまも建設当時の滑車やレバーを使って芝居が上演されていて、オペラ黎明期の雰囲気をそのまま味わえる。

ヴェン島

エーレスンド海峡：ティコ・ブラーエが世界で最初に近代的天文台をつくった場所。

ヴァーサ号博物館

ストックホルム：17世紀の巨大軍艦ヴァーサ号が保存されている。ヴァーサ号は当時最大の船として建造されたが、処女航海に出て数分で沈没してしまった。

 Asia

The Middle East

IRAN / **IRAQ** / **ISRAEL** / **PALESTINE** / **LEBANON** / **OMAN** / **QATAR** / **SYRIA** / **UNITED ARAB** / **EMIRATES** / **YEMEN**

South and Central Asia

AFGHANISTAN / **BANGLADESH** / **INDIA** / **KAZAKHSTAN** / **KYRGYZSTAN** / **NEPAL** / **PAKISTAN** / **SRI LANKA** / **TURKEY** / **TURKMENISTAN**

East Asia

CHINA / **HONG KONG** / **TAIWAN** / **JAPAN** / **NORTH KOREA** / **SOUTH KOREAE**

Southeast Asia

BRUNEI / **CAMBODIA** / **INDONESIA** / **LAOS** / **MALAYSIA** / **MYANMAR** / **PHILIPPINES** / **SINGAPORE** / **THAILAND** / **VIETNAM**

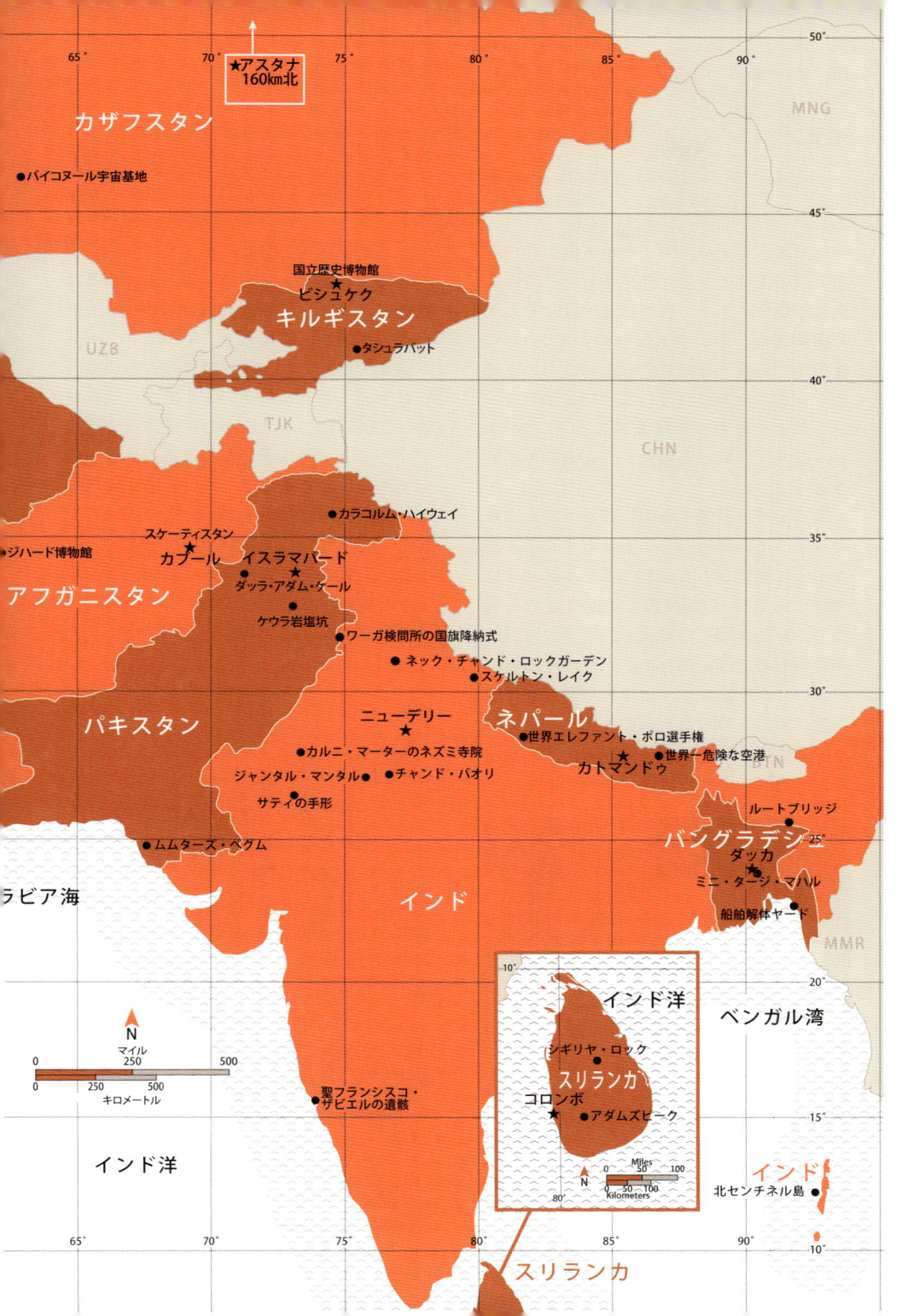

イラン

チェル・アーバードのソルトマン

ザンジャーン州ハムゼフル

　1994年、チェル・アーバード塩山の坑内で人間の遺体の一部が発見された。岩に含まれる塩分によって自然にミイラ化したその遺体には、白い髪と髭がついており、4世紀頃に35歳ぐらいで亡くなったものと考えられた。片方だけ残った足には革のブーツをはき、まわりには鉄製のナイフが3本と、ロープ、陶器の破片、くるみなどが散らばっていた。

　塩でミイラができるのは珍しいにもかかわらず、その後も同じ塩山からぞくぞくとミイラが発見された。1994年から2010年にかけて見つかった6体のミイラはどれも男性で、綿密な調査の結果、1400年から2400年前のものと推定された。全員がその塩山で働いていた坑夫で、坑道の崩落によって内部に閉じ込められたものと考えられている。遺体の水分がまわりの塩によって吸収され、自然とミイラになったのだろう。

塩漬けになった、銀髪の古代の坑夫。

　最初のミイラの頭部と左足は、現在テヘランにあるイラン国立博物館に展示されている。残りのミイラのうち4体はザンジャーンのラクトシュイカネフ博物館に展示されていたが、保存方法に問題があり、バクテリアによる損傷を受けてしまった。現在は密閉されたケースに入れられ、ザンジャーン考古学博物館に展示されている。

　最後のひとつは、発見時ひじょうにもろい状態だったため、そのまま坑内に残された。2008年になって塩山の採掘許可の期限が切れると、考古学者たちは坑内を自由に発掘調査できるようになった。古代の坑夫たちがどんな生活をしていたのか、明らかになる日もそう遠くないだろう。

イラン国立博物館はテヘラン市エマーム・ホメイニー通り、第30ティル通り。
北緯35.687044度　東経51.414611度

ハーレド・ナビーの墓地

ゴレスターン州

　イラン北部の緑の丘に、人間の性器そっくりの石の墓標が並ぶ墓地がある。地面から斜めに突き出た男根の根元には、クローバーの形に削られた石の丸い女性器が置かれている。全部で600ほどもある男女の性器のモニュメントは、この墓地の丘に不思議な生気をもたらしている。

　イランは宗教的戒律の厳しい国だ。大きなものだと高さ2mにもなるペニス型の墓標がいくつも並ぶ様子はかなり目を引く。はるか昔につくられたものであるのは間違いない。トルクメニスタンとの国境に近いことから、中央アジアかインドから移住してきた男根崇拝の文化をもつ人々がつくったものだと推測する専門家もいる。た

だし、決定的な証拠はまだ発見されていない。あからさまな性の表現に目を伏せる人の多いイランでは、墓地の起源について研究することさえままならないのだ。

この墓地の丘には、ペニスの墓標以外にもうひとつ特徴的なものがある。ハーレド・ナビーの墓だ。ナビーはイエメンからやって来たキリスト教の預言者で、4世紀

ハーレド・ナビーの墓地に建つ、明らかに男性器をかたどった墓標。

に亡くなった。彼の墓（こちらは解剖学的形態ではなく、ごくふつうの墓標だ）はトルクメン人にとって大切な巡礼の場所で、多くの信者がやって来て彼の墓標にリボンを捧げていく。真摯な巡礼者と興味本位の観光客が同時に訪れるこの墓地では、信仰と娯楽とが奇妙に入り混じっている。

ゴンバデ・カーヴースから北へ車で約2時間。
北緯37.745472度　東経55.411236度

イランのその他の見どころ

シャー・チェラーグ廟
シーラーズ：壁や天井一面が鏡やガラスの破片で埋め尽くされた美しいモスク。

イラク

サダム・フセインの血文字のコーラン

バグダッド

サダム・フセインは1997年、自分の60歳の誕生日に特別なプレゼントをリクエストした。自分の血で書かれたコーランだ。イスラム教では血はナジス、つまり不浄なものとされている。ゆえにコーランを血で書くというのは、ハラーム（禁忌）、すなわち聖なる書物を冒瀆する罪深い行為となる。しかし、彼はそんなことはかけらも気にしなかった。それから2年をかけて、イスラム教徒の書家アバス・シャキール・ジュディは27リットルの血を使ってコーランの文字33万6000個を書き写した。伝わるところを信じるならば、その血はサダム・フセインが定期的に自分の身体から抜き取って提供したものだというこ

とだ。

605ページある「血文字のコーラン」は、2000年、ガラスケースに収められてバグダッドにあるウンム・アルクラ・モスク内に置かれた。湾岸戦争10周年を記念し、サダム・フセインの栄光を称えるためにつくられたこのモスクにふさわしい所蔵品といえるだろう。

しかし2003年、イラクは侵攻され、フセイン政権は崩壊する。バグダッドも攻撃を受け、市内で略奪が横行しはじめると、モスクの指導者たちは血文字のコーランを地下墓所に避難させた。その後サダム・フセインが処刑されると、彼のコーランは行き場を失った。イスラム教の教えからすれば、その存在自体が忌むべきものだが、コーランを処分することもまたハラームと見なされるからだ。

血文字のコーランは現在公開されていない。

しかし、**一目でいいから見せてほしいと懇願するジャーナリストのために、あるモスクの聖職者が1枚だけ保管場所から持ち出して見せたというのは事実のようだ。**

北緯33.338273度　東経44.297161度

ムディーフ・ハウス

メソポタミア湿原

イラク南部に住むマーシュ・アラブ（湿地帯に住むアラブ人のこと）は、何千年も前から、「ムディーフ」というアシでつくったかまぼこ型の大きな建物を、行事や儀式の場として使ってきた。結婚式や、もめ事の収拾、宗教的儀式、地域の集会など、すべてはこのムディーフのなかで行われる。

新しく建てるときは、まず長さ10mほどのアシを束にしてアーチをつくる。それを

イラク南部の湿原に浮かぶ巨大なアシの家。

いくつか並べたものが家の基本構造となる。そこにアシでつくったマットや、アシを格子状に編んだパネルをはめれば、壁や天井のできあがりだ。維持費は各家庭から集めた税金でまかなわれる。

1991年の湾岸戦争のあと、フセイン政権は、政府に反乱を起こして湿地帯に逃げ込んだ反逆者たちに復讐するため、湿原から水を抜き、一帯を砂漠化した。食糧の供給路を絶たれた約10万人のマーシュ・アラブは、伝統的な生活スタイルを捨てて逃げるしか道がなかった。

2003年、フセイン政権が崩壊すると、堤防は壊され、ゆっくりと湿原に水が戻ってきた。しかし、その後に起きた干ばつや、新たにつくられたダム、上流で始まった灌漑プロジェクトにより、水位はまた下がってしまった。現在は、少数の人たちが湿原に戻り、ムディーフづくりも再開されてはいるものの、マーシュ・アラブのここでの生活が今後どれほど回復するかはまったく不透明な状況だ。

メソポタミア湿原はバスラから北西へ約30kmの場所にある。
北緯31.040000度　東経47.025000度

イスラエル

聖墳墓教会の不動のはしご
エルサレム

イエスの磔刑・埋葬・復活の場として多くの人々から崇拝されているエルサレムの聖墳墓教会は、おそらくキリスト教徒にとって世界一神聖な巡礼地と言えるだろう。だがそこは、あるしごをめぐる論争が150年にわたって続いている場所でもある。

1852年に出された勅命により、聖墳墓教

会は、6つの異なる教派、すなわち、ギリシア正教会、アルメニア使徒教会、ローマカトリック教会、コプト正教会、エチオピア正教会、シリア正教会で分担して管理することになった。いまでも教会の巨大な建物はいくつかのセクションに分けられ、あるものは共同で、あるものは特定の教派によって維持されている。複雑に定められた管理規則は互いの管理区域を通過する権利にまで及んでいるが、それでも論争の絶えない場所がいくつかある。管理権や境界線

何世紀にもわたって論争の的になってきた5段の木のはしご。

をめぐっては、言い争いや、ときには殴り合いの喧嘩になることさえあるのだ。

　そんな場所のひとつが、コプト正教会とエチオピア正教会とが争っている屋根の上の小さな区画だ。ここではコプト正教会の神父がひとり、自分たちの管理権を主張するために、いつも決まった場所に椅子を置いて座っている。ところが、2002年の夏、あまりの暑さに日陰を求めて椅子を20cmほどずらした神父がいた。それが「境界線を犯す敵対行為」とみなされ喧嘩が始まると、結局11人が怪我をして入院することになった。

　聖墳墓教会の「不動のはしご」は、そんな教派間の強い縄張り意識を象徴する格好の例と言えるだろう。1700年代の中頃、ある神父が（どの教派かはわからない）2階の外側の壁にはしごをひとつ立てかけた。しかし、それ以来、暴力沙汰になるのを恐れて誰もそのはしごには手を触れたことがないというのだ。ただし、1997年に1度だけ、はしごが姿を消したことがあった。このときは、いたずら好きの観光客が祭壇の裏に隠したとされている。数週間後に見つかったはしごは、また「本来の場所」に戻された。

エルサレム市の旧市街、キリスト教徒地区。
北緯31.778444度　東経35.229750度

ゼデキアの洞窟／ソロモンの石切り場
エルサレム

　エルサレムの旧市街にあるムスリム地区の地下には、ふたつの名前で知られる採石場跡がある。ひとつは「ゼデキアの洞窟」、もうひとつは「ソロモンの石切り場」だ。どちらも、長さ200mにおよぶこの地下トンネルにまつわる伝説がもとになっている。

　ひとつめは、紀元前587年頃、この洞窟を使ってバビロニア王国の攻撃から逃げたとされるゼデキア王の話。伝説によれば、当時この洞窟はエリコまでつながっていたという。その距離およそ20km。しかし、結局ゼデキア王はエリコでバビロニア軍に捕らえられ、目をえぐられることになった。洞窟の壁をしたたる水が「ゼデキアの涙」と呼ばれているのはそのためだ。ふたつめはソロモン王に関する伝説。ソロモン王が紀元前10世紀、ここから採掘した石を使って第一神殿をつくったというものだ。

　どちらの伝説にも考古学的証拠はない。しかし、壁に残されたのみの跡から、ここから切り出された石灰岩がヘロデ王の第二神殿の建設と神殿の丘の拡張に用いられたのは確かなようだ。神殿の西壁（「嘆きの壁」とも呼ばれる、ユダヤ教徒にとって最も神聖な礼拝の場所）に使われている石も、ひょっとするとこの洞窟から運ばれてきたものかもしれない。

エルサレム市スレイマン1世通り。ダマスカス門のそば。
北緯31.768967度　東経35.213878度

大統領の部屋
エルサレム

　旧市街の南にあるシオンの丘に、ふたつの聖地をもつ建物がある。ひとつは1階にあるダビデ王の墓、もうひとつは2階にある、イエスが弟子たちと最後の晩餐をした部屋だ。

　だが、その建物には最上階にもうひと

つ部屋がある。下のふたつほど有名ではないが、天井がドーム状になったその小さな部屋は、「大統領の部屋」と呼ばれている。旧市街を含む東エルサレムがヨルダンによって統治されていた1948年から1967年までのあいだ、西エルサレムに住むユダヤ人たちは、「嘆きの壁」やオリーヴ山など、旧市街にある聖地を訪れることができなかった。シオンの丘はそんな彼らにとって、近くから聖地を眺めることができる数少ない場所だったのだ。そこで宗教省はシオンの丘の上に「大統領の部屋」を設け、イスラエルの初代大統領ハイム・ヴァイツマンがいつでも神殿の西壁を見守ることができるようにした。

　結局、ヴァイツマンがその部屋を使うことは1度もなかったが、彼のあとを継いだイツハク・ベンツヴィは年に3回ドームまでの長い階段をのぼり、そこから神殿の丘を眺めたという。

「大統領の部屋」がある建物はシオン門のすぐそばにある。
北緯31.771639度　東経35.229014度

イスラエルのその他の見どころ

境界線にある美術館
エルサレム：社会的・政治的メッセージをもつアート作品を集めたこの美術館は、エルサレムを東西に分ける境界線に建っている。

地下活動家監獄博物館
エルサレム

　19世紀、ロシアからエルサレムに到着したキリスト教徒たちは、まずロシア人地区に向かった。そこでロシアの女性巡礼者た

ユダヤ人の地下活動家が投獄されていたこの場所は、かつてはオスマン帝国の監獄でもあった。

ちが宿泊場所に使っていたのがこの建物だ。しかし、1920年にパレスティナがイギリスの委任統治下に入ると、建物は刑務所へと姿を変えた。それから28年、何百人というユダヤ人の地下活動家がイギリスに抵抗した罪で捕らえられ、ここに投獄された。

その多くは、ハガナ、イルグーン、レヒという3つのシオニスト地下組織のメンバーだった。彼らは武力によってイスラエルからイギリスを追い出し、ユダヤ人の国家を樹立しようと戦っていた。

1948年にイギリスが撤退すると、刑務所はいくつか別の用途に使われたあと、1991年、イスラエル国防省の指揮のもとで博物館に生まれ変わった。博物館では、独房の床に置かれた敷物やバケツ、製靴工房で埃をかぶる囚人用の靴の山など、収容されていた地下活動家たちの状況が忠実に再現されている。処刑室の中央には、いまでも絞首刑のロープがぶら下がっている。

ガイドから聞かされる囚人の話のなかで最も心に残るのは、暗殺共謀罪で捕まえられたレヒのモシェ・バラザニーと、駅に爆弾を仕掛けた罪で逮捕されたイルグーンのメイヤー・ファインスタインのものだろう。ふたりとも死刑判決を受けたが、刑が執行される数時間前、オレンジに隠して持ち込まれた手榴弾で自爆した。「誇りをもって死を受け入れる」と書かれた同志宛てのふたりの遺書が、展示品のひとつとして公開されている。

エルサレム市ロシア人地区ミショル・ハグヴラ通り
北緯31.781262度　東経35.224074度

パレスティナ

聖ゲオルギオス修道院
ヨルダン川西岸

フジケルト渓谷の断崖にはりつくように建っているこの修道院は、何世紀ものあいだ、騒乱と破壊を繰り返し経験してきた。

最初に建てられたのは5世紀、つくったのは初期キリスト教の隠修士たちだ。彼らがこの場所を選んだのは、隣にある洞窟が、預言者エリヤがカラスに養われていたとされる伝説の地だったからだ。

7世紀になってペルシアが侵攻してくると、隠修士は追い出され、建物は荒廃していった。500年後、十字軍により修道院は再建されたが、イスラムが再びこの地を征服すると、キリスト教徒はまたも追い出されることになった。

19世紀、修道院は再度復活を果たした。いまはそこにふたつの教派が同居している。ギリシア正教の修道士たちと、墓のなかに眠る、最初にその場所に住みついた5人の隠修士だ。

そこから車で15分ほど走ると、「誘惑の山」が見えてくる。イエスが悪魔に誘惑された場所として聖書に登場する山だ。そこにも崖にそって修道院がひとつ建っている。創建は6世紀。現在は修道士がひとりだけ住んでいる。他にも、そばに修行用の洞窟がいくつかあり、いまでも禁欲的生活を求めて隠修士がときおりやってくるという。

ヨルダン川西岸地区ワジケルト。聖ゲオルギオス修道院はエルサレムから車で約20分。そのあと徒歩で約15分。ラクダなら数分。
北緯31.844452度　東経35.414085度

キリスト教の修道士は、5世紀以来、崖にはりつくこの修道院で隠遁生活を送ってきた。

レバノン

バールベックのトリリトン
バールベック県バールベック

　紀元前15世紀、バールベックの町がヘリオポリスという名の古代ローマの植民都市だった頃、皇帝アウグストゥスはそこにユピテル神に捧げる壮大な神殿をつくるよう命じた。神殿は巨大な石を何層にも積み重ねた頑丈な基壇の上に築かれた。だが、その巨大な石をどうやって運んだかはいまも謎のままだ。

　そのユピテル神殿も、現在残っているのは6本の大列柱だけとなっている。だが、基壇はほとんど無傷のままだ。西側にある最も大きな3つの石は「トリリトン」と呼ばれ、それぞれ長さは約20m、高さは3m、奥行きは4m、重さは平均800トンもある。これは建築物に使われた切石としては世界最大ものだ。しかし、それよりもっと大きな石のかたまりが1.5kmほど離れた古代の石切り場で見つかっている。「妊婦の石」と呼ばれるその石柱は重さが約1000トンもあり、半分はまだ土に埋まったままで、残りの半分は転覆した船のように地面から斜めに突き出ている。

　これほど重たい石を動かすのは現代の輸送機器を使っても難しい。そのため、考古学者はこれらの巨大な石の存在にずっと頭を悩ませてきた。おそらくは、クレーンに似た古代の装置を用い、莫大な時間と労働力をかけたのだろうが、さまざまな陰謀説も唱えられている。たとえば、神殿の地下にはエイリアンが使う宇宙船の発着場が隠されていると主張する人もいる。

バールベックはベイルートから北東に約85km。コーラからミニバスが出ている。
北緯34.006944度　東経36.203889度

重さ1000トンの巨大な石を古代ローマ人がどうやって動かしたのかは、いまも謎のままだ。

ムーサの城

シュフ山地ベイトエッディーン

　ムーサ・アル・ママーリ が自分の城をつくりたいと思うようになったのは、1945年、彼が14歳のときだった。学校の教師やガールフレンドから笑い者にされた少年ムーサは、いつかきっと、いまの貧しい身分から抜け出して、自らデザインした城に住んでみせると心に誓った。

　何十年もの努力によって、ムーサはその願いを実現させた。学校を辞めて、おじが営んでいた古い建物の修復業を手伝いはじめた彼は、20歳になると、それまで稼いだ金でシュフ山地の一角に小さな土地を購入した。そして、そこに6500個の石を運び込み、石の表面に動物や植物や幾何学模様を刻むと、その石を少しずつ積み重ねて城をつくったのだ。

　中世の城壁、小塔、堀、跳ね橋をそなえたムーサの城は、1967年、一般に公開された。3層に分かれた内部には、何千もの武器が美しく並べられ、軍服姿の人形や、頭がふたつある羊の剥製、興奮気味の表情を浮かべた蠟人形のイエスを囲む最後の晩餐の場面など、さまざまなものが置かれている。

　なかには、子供時代のムーサを否定した人たちに捧げられた部屋もある。学校の教室を再現した部屋では、怒りで顔をゆがめた教師姿の蠟人形が、恐怖で小さくなった生徒に向かって手を振り上げている。

ムーサの城は、ベイルートの南、シュフ山地のなかほど、デイル・エル・カマールとベイトエッディーンのあいだにある。
北緯33.700277度　東経35.583333度

3層からなるムーサの城は、ひとりの男が生涯をかけて築いたものだ。

オマーン

テグラフ島

ムサンダム半島

　オマーンの北にあるムサンダム半島の沖合に、1860年代、何人もの人間をノイローゼに追い込んだ島がある。

　マクラブ島はまたの名をテグラフ（電報）島といい、かつてここにはロンドンとインドとを結ぶイギリスの電報中継局があった。1865年以来、この島に派遣されたイギリス人のオペレーターは、日がな一日モールス信号を受け取っては送信しなおす作業を淡々と繰り返し、そのあとはヤシの葉でできたオマーン伝統の小屋に戻って休むという単調な日々を送っていた。

　マクラブ島は岩だらけの島で、面積はフットボール場程度。6月には平均気温が

人間を限界まで追いつめる中継基地。

40度にもなる。話し相手も娯楽もほとんどない状況で、ただでさえ頭が点と線でいっぱいのオペレーターたちは、正気を維持するのに苦労した。精神疾患を誘発するには最適の環境ということで、島の中継局は次第に「狂気」の代名詞となった。テグラフ島に赴任が決まったら心を病むのを覚悟しろ、というわけだ。

　いまは、石の階段と中継局の崩れた土台だけが、イギリス統治時代の面影をとどめている。

テグラフ島へは本島から毎日高速フェリーが出ている。他に、ダウと呼ばれるオマーン伝統の船をチャーターすることもできる。島では散策の他、スノーケリングや釣りも楽しめる。テグラフ島行きのダウはムサンダム半島のハサブから出ている。

北緯**26.289166度**　東経**56.382222度**

オマーンのその他の見どころ

マトラスーク

マスカット：アラブ世界最古のバザール。香のにおいがたち込めるなかに、スパイスや布を売る店が並ぶ。

カタール

歌う砂丘
ドーハ

　ドーハの南西にあるこの砂丘では、乾燥した空気が強い風に煽られると、どこからともなく恐ろしいうめき声が響いてくる。この一帯は、世界でも十数か所しかない、砂が歌い、丘がとどろく、珍しい場所なのだ。

　砂の歌はいったん始まると数分間は続く。鼻歌だったり、わめき声だったり、口笛だったり、聞こえ方はさまざまだが、どれも表面の砂粒が砂丘にそって流れ落ちる際に起きる。なぜ砂が鳴るのか正確なところはわかっていないが、パリ・ディドロ大学の研究者たちは、砂粒の大きさによって音の高さが変わることを発見した。

　砂の歌を聞きたければ、砂なだれを起こせばいい。砂丘の尾根にそって走ったり、分厚いダンボールや大きなトレーをそり代わりにして砂の斜面を滑りおりてみよう。

歌う砂丘はカタールの首都ドーハから南西に約40kmの場所にある。雨が降ったあとの数日間は避けたほうが無難。
北緯25.038871度　東経51.405923度

シリア

登塔者聖シメオン教会
シメオン山デイル・シマーン

　修道士シメオンにとって、5世紀の修道院での生活はまったく物足りないものだった。彼はヤシの腰巻だけで過ごしたり、断食したり、立ったまま眠ったりといった厳しい修行を望んでいたのだ。10年ほどはアレッポの修道院で過ごしていたが、ある日、神は自分に不動を望んでおられると宣言すると、砂漠に打ち捨てられた石柱の上にのぼり、そこで37年間を過ごした。そのあいだ、ほとんど座らず、食べず、眠っているあいだも横にならないよう柱に身体を

聖シメオンは高さ15mの石柱の上で37年間を過ごした。その柱も、いまはわずかしか残っていない。

縛りつけていた。

　459年にシメオンが亡くなると、彼の真似をして、柱の上で説教したり祈ったりしながら生活する者が次々と現れた。彼らは「登塔者」と呼ばれた。491年、シメオンの強い信仰心を称えるため、柱のあった場所に聖シメオン教会が建てられた。しかし、いまはそれももうほとんど残っていない。彼が立っていた柱も、何世紀にもわたって何人もの聖遺物コレクターが少しずつ削りつづけたため、高さ数メートルにまで縮んでしまっている。

聖シメオン教会へはアレッポから車で30分。
北緯36.334166度　東経36.843888度

アラブ首長国連邦

アブダビ鷹病院
アブダビ

　国際空港のすぐそばという便利な場所にあるこの病院には、たくさんの猛禽類がかぎ爪の手入れや、折れた羽の治療をしてもらいにやって来る。

　1999年に世界最初の鷹専門の治療施設としてオープンしたが、いまではあらゆる動物に門戸を広げ、ペットホテルや、飼い主に捨てられた動物たちのシェルターも併設されている。だが、なんといってもメインは鷹だ。年間1万1000羽の鷹が、国内はもとより、サウジアラビアや、カタール、クウェート、バーレーンなどから連れて来られる。

　2007年からは観光客向けのガイドツアーも始まった。待合室に案内された参加者た

この病院には、中東でも特に大事にされている鷹が、爪の手入れや羽の移植手術にやって来る。

ちは、まずその少しばかり異様な雰囲気に圧倒される。そこでは、人工芝が敷かれたベンチの上に、暴れないよう目隠しのフードをかぶせられた鷹が何羽も並んでいる。

診療室では、かぎ爪を切ってもらったり、折れた羽をつけ替えてもらっている鷹を見ることができる。引き出しのなかには予備の羽がいくつも入っていて、それを鷹のからだに糸や接着剤で固定するのだ。治療に使う器具の多くは人間用のものを改良して使っている。未熟児用のものがいちばん使いやすいということだ。

鷹狩りは、古代アラブの遊牧民ベドウィンが食糧となる獲物を得るために猛禽類を利用したことから始まった。それが次第にスポーツへと変化し、いまの姿になった。最近はドローンや無線送信機を使うなど、訓練方法はずいぶん近代的になったが、アラブ首長国連邦の人々が鷹狩りをひじょうに重要なものとして大切にしているのはいまも変わらない。毎年アブダビで開催される鷹フェスティバルには、世界中から鷹とそのトレーナーが集まり、砂漠で実施される競技大会やパーティやワークショップに興じている。

アブダビ市スウィハン・ロード。アブダビ空港のすぐ手前にあるガソリンスタンドを右に曲がると鷹病院が見えてくる。ガイドツアーは日曜日から木曜日まで。少なくとも1日前には予約を。
北緯24.408265度　東経54.699379度

イエメン

シバームの城壁都市
シバーム

シバームの高層ビル群は、ニューヨークのマンハッタンと同じく、格子状の道にそって建っている。マンハッタンと違うのは、そのビルが16世紀に建てられた土製の建物で、埃っぽい道のあちこちをヤギが横切っていることだ。

シバームはイエメン中央部にある砂漠の町で、人口は約7000人。アジア、アフリカ、ヨーロッパの3地域が交わる地点にあることから、かつては香料やスパイスを扱う商人の中継点としてにぎわった。

しかし、1530年代に起きた大洪水で甚大な被害を受けた町の人々は、丘の上に城壁

シバームの16世紀につくられた泥の摩天楼は、スパイス交易路の中継点だった。

で囲んだ「摩天楼」をつくることにした。建物はどれも5層から8層の高さがあり、身を寄せ合うようにして建つ高層建築群は、建物の風化と外敵の侵入を防ぐのに役立った。いまでもこの構造がシバームの住民を守っている。

だが、そんな高層ビル群も完全無敵ではない。定期的に壁に泥を塗り、風雨で浸食された部分を修復する必要があるのだ。2008年には、熱帯性の暴風雨で再び起きた大洪水によって摩天楼の一部が壊れてしまった。

シバームはイエメンの首都サナアから東へ約600kmのところにある。

北緯15.926938度　東経48.626669度

ソコトラ島
ソコトラ

ソコトラ島に生えている植物を言葉で説明するのは難しい。というのも、どれも地球上の他の場所では決して見ることのないものばかりだからだ。たとえば、島を代表する植物リュウケツジュ（竜血樹）は、真っ赤な樹液を出すことからそう名づけられたが、その姿はまるで強風を受けて裏返った傘のようだ。また、細い枝の先にピンクの花が無数につくアデニウムオベスムは、別名「砂漠のバラ」と呼ばれているが、そのエレガントな愛称とは裏腹に、樽のようにずんぐりとした灰色の幹をもつ。

他にも、イエメン沖に浮かぶこの島には何百種類という固有の動植物が生息している。130km×45kmの面積にそれほど多種多様な生物がいるのは、ここが昔からずっと孤立した島だったからだ。ソコトラ島がアフリカ大陸から切り離されたのは、少なく

リュウケツジュ（中央と左）とアデニウムオベスム（右）は、どちらもソコトラ島の固有種のひとつだ。

とも2000万年前のことだと言われている。

1999年には空港ができ、その6年後には舗装道路も建設されたが、観光客の数が爆発的に増えることはなかった。したがって、この島に来れば、いまでもビーチや砂丘、洞窟、難破船の沈んだ海を独り占めにすることができる。

ソコトラ島へはサナアから飛行機の便がある。

北緯12.510000度　東経53.920000度

アフガニスタン

ジハード博物館
ヘラート

ジハード博物館は、1979年にソ連がアフガニスタンに侵攻したあと、ソ連と激しく戦ったムジャヒディン（イスラム教徒ゲリラ）を追悼するために、2010年につくられた。10年続いた戦闘のあいだ、アフガンのムジャヒディンに武器や資金を提供したのはアメリカだった。そのときアメリカと同盟を組んだゲリラのなかにいたのが、オサマ・ビン・ラディンをはじめとする、のちにアルカイダの中心メンバーになる者たちだ。

ジハード（聖戦）が始まったのは、1978年にクーデターで政権を握った共産主義政党が、イスラム法やイスラムの伝統に反す

る政策をとったのがきっかけだった。1979年3月、ゲリラはヘラートで暴動を起こし、新政権支援のためにアフガン入りしていたソ連人100人を殺害した。政府はそれに対抗するためヘラートを空爆し、それによって4000人の市民が亡くなった。蜂起は国中に広まり、暴動を制圧するためソ連はアフガニスタンへの軍事介入を決定した。その後、紛争は約10年続いたが、ソ連はアフガン人の抵抗運動を抑えきれず、1989年に完全撤退した。

　この博物館が公式に掲げる目標は「ソ連時代のジハード運動を後世に伝えること」だが、その抑制された文言とは異なり、展示方法はかなり過激だ。中心にはヘラートの町の実物大のジオラマがあり、緑色の軍服を着た兵士が爆破された家のなかに倒れていたり、ブルカをかぶった女性が敵に向かって石を投げていたり、ジープの座席に横たわる血だらけのソ連兵を反乱軍の戦士がショベルで打ち殺したりする場面が再現されている。まわりの壁は360度壁画になっていて、ソ連のヘリコプターが爆弾を落とすなか、通りを逃げ惑う市民の姿が描かれている。

　勝利の高揚感を掻き立てる戦利品も多く展示されている。正面ロビーのガラスケースのなかには、ソ連軍のライフルや手榴弾、制服、地雷などが収められ、円形の展示館を囲む手入れの行き届いた庭には、ソ連軍の戦車や大砲やヘリコプターが置かれている。

ヘラート市ルーダキ・ハイウェイ。博物館はアメリカ領事館の隣にある。ユニークな食事体験がしたい人は、近くにあるレストラン「千夜一夜物語」へ行こう。小柄なウェイターたちがシシカバブをサーブしてくれる。
北緯34.374166度　東経62.208888度

対ソ連の勝利を称える博物館。ソ連兵がショベルで打ち殺される場面が描かれている。

スケーティスタン
カブール

カブールの子供たちは生まれてからずっと紛争地域で暮らしている。路上で働く子供の数も多い。そのほとんどは学校にも行けず、読み書きもできない。だが、2007年、そんな彼らにも身につけることのできるユニークなスキルが登場した。スケートボードだ。

オーストラリアからやって来たオリヴァー・ペルコヴィッチは、町を移動するとき、いつも国から持参したスケートボードを使っていた。すると、多くの子供たちに追いかけられ、自分にも教えてほしいと頼まれた。しばらくしてペルコヴィッチは、子供たちに無償でスケートボードを教える学校「スケーティスタン」を設立した。

だが、この場所はただスケートボードを楽しむためだけにあるのではない。ここでは、路上で働く子供たちに、教育を受け、友人と出会い、自分を高める機会も与えている。特に女の子にとってはありがたい場所だ。アフガニスタンでは、女子の多くは学校に行かせてもらえず、男の子がするようなスポーツには近づくことさえ許されないからだ。

カブール市アフガニスタン国立オリンピックセンター内。見学は授業時間外のみ受け付けている。

北緯34.528455度　東経69.171703度

常に紛争状態にある国にあって、ここは安心してスケートボードができる場所だ。

中央アジアのその他の見どころ

ホルヴィラップ修道院 (アルメニア)

アララト：丘の上に建つキリスト教の巡礼地。かつてある聖人が13年間幽閉されていた地下牢がある。

ナフタラン・クリニック (アゼルバイジャン)

ナフタラン：健康にいいという原油温泉に浸かってリラックスしよう。

泥火山帯 (アゼルバイジャン)

バクー：ゴボゴボと音を立てる泥火山がカスピ海にそっていくつも並んでいる。ときには火を噴き出すことも。

スターリン博物館 (ジョージア)

ゴリ：1957年、スターリンを称えるために彼の生地に建てられたこの博物館も、ソ連の歴史にともならえ方は時代とともに変わってきている。

アラル海 (カザフスタン)

昔は世界で4番目に大きい湖だったが、大規模な灌漑事業により、いまではほぼ消滅し、農薬に汚染されたかつての湖底には、あちらこちらに漁船が横たわっている。

綿の宮殿 (トルコ)

パムッカレ：ヒエラポリスと呼ばれた古代ローマ都市の下にある。ローマ帝国時代の温泉保養地。何層もの岩の段丘を温泉泉が滝のように流れ、まばゆいばかりの白い景観を生み出している。

バングラデシュ

チッタゴン船舶解体ヤード

チッタゴン

チッタゴンの海岸線には、役目を終えた客船やタンカーの巨大な墓場がいくつもある。何十年も海を航行したあと、錆びてぼろぼろになった船は、その巨体を砂の上に横たえて、Tシャツにショートパンツ、サンダル履きの労働者たちにばらばらにされるのを待っている。

チッタゴンは世界でも有数の船舶解体基地だ。毎年2万5000人もの労働者が（多いときは20万人いた）、世界中から運ばれてくる250もの廃船をここで解体している。船から出る部品を金に変えるためだ。1970年代頃から、スチールやケーブル、発電機、ナットやボルトを取り出すために、この浜に船が持ち込まれるようになった。

バングラデシュが解体の地に選ばれた理由はふたつある。安い労働力と安全基準の低さだ。労働者たち（そのほとんどは子供）は1日1ドルの給金を得るため、巨大な船を素手で解体していく。多くの場合、安全装置はまったくないが、あってもごくわずかだ。労働者は常に、有毒ガス、感電死、落下物、タンクに残った石油の爆発といった危険と隣り合わせで働いている。

グリーンピースのような民間団体が、チッタゴン・ヤードの環境基準と健康管理基準を厳しくするよう、あるいは、先進国でもっと解体作業を請け負うべきだと主張している。だが、自然資源の乏しいバングラデシュは、こういう廃船から得られる鉱物に依存しているのが現状だ。バングラデシュの船舶解体ヤードが他の場所へ移る日はまだ当分来そうにない。

船舶解体ヤードは海岸線にそって数キロにわたり広がっている。一般人のヤードへの立ち入りは禁止されているが、巨大な船は遠くからでも見える。近くまで行けば、通りにそって並ぶ店で廃船から出た金属片を買うこともできる。ステーションロードにあるチッタゴン駅のそばから海岸線までバスが出ている。

北緯22.442400度　東経91.732000度

ミニ・タージ・マハル

ダッカ近郊ソナルガオン

1653年に完成したインドのタージ・マハルは、建設に20年の歳月を費やした。大理石の壁には何種類もの宝石がはめ込まれ、幾何学模様や、コーランの章句、果物や草花の連続した図案で飾られている。一方、アグラのオリジナルより3世紀半遅れて完成したバングラデシュのタージ・マハルは、たったの5年で建てられた。

巨大なスチールのかたまりを素手で解体するのは、この世で最も危険な仕事と言えるだろう。

バングラ版ボリウッド映画の製作で有名な映画監督アーサヌラ・モニは、バングラデシュの人たちがインドまで行かなくてもあの美しい霊廟が見られるようにと、大きさが半分のミニ・タージ・マハルをつくることにした。完成前、モニはマスコミに対し、ベルギー産のダイヤモンドや、イタリアから輸入した大理石や花崗岩、150kgのブロンズなど、材料には高級なものを使うと豪語していた。

ところが、2009年に公開されたレプリカのタージ・マハルは、モニが約束したものとはほど遠かった。形は確かに本物に似ているが、縦横のバランスも違えば、色もグレーやピンク、場所によっては黒と白のジグザク模様まで入っていた。壁は煉瓦づくりで、浴室に使われるような安物のタイルが貼られ、埃だらけの床の中央に設けられた窪みには建築材のかけらがいっぱい詰まっていた。

1作目の不評もかかわらず、モニは新たなレプリカの製作を発表している。今度はエジプトのピラミッドをつくるらしい。しかも、ギザにある本物より大きなものにするということだ。

ソナルガオンはダッカの東にある小さな村。バスでマダンプールまで行けば、オート・リクシャーの客引きがたくさん待っている。入場料は貧困にあえぐ村人のために使われる。
北緯23.746111度　東経90.567500度

インド

ワーガ検問所の国旗降納式
パンジャブ州ワーガ

パンジャブのワーガ村は、村の中央を一直線に貫く国境でインドとパキスタンに分断されている。またここは、旅行者が陸路で国境を越えられる唯一の場所でもある。そんな村で毎日繰り広げられているのが、両国の兵士による業務終了の儀式だ。派手な飾りのついた制服、強烈な睨み合い、競い合うように高く蹴り上げられる足――。この儀式は、常に厳格な手順にもとづいて行われる。

インドとパキスタンは、度重なる戦争と、現在も続くカシミールの領土問題により、互いに強い敵対心を抱いている。そのはけ口となっているのが、1959年から続くワーガ村での儀式だ。国境を警備する兵士たちはダンスのような激しい動きによって、それを見守る観客たちは愛国心に満ちた掛け声によって、自分たちの鬱積した気持ちを吐き出す。その雰囲気はどこかスポーツの試合に似ている。夕刻の儀式が近づくと、国境の両サイドにいる兵士と観客たちが、まずスピーカーから流れる伝統音楽に合わせて踊り出す。しばらくして雰囲気が盛り上がってくると、マイクを持った男たちが観覧席で旗を振る観客をさらに煽る。

儀式は両国の兵士によるパレードで始まる。インド国境警備隊のメンバーは、カーキ色の制服に、ニワトリのトサカのような赤い飾りのついた帽子。一方、パキスタン・レンジャーズは、制服も帽子のトサカも真っ黒だ。このあたりの男

敵対心と、優越感と、トサカのついた帽子をまとって踊る兵士。

性の平均身長は170cmほどだが、国境を守る兵士はみな優に180cmはある。そんな彼らが2人1組になり、足並みをそろえて歩きはじめる。足を高く振り上げ、地面を力強く踏み鳴らして行進するあいだも、口髭を蓄えた彼らの顔はどこまでも真剣だ。

　ゲートまで来ると、しばし睨み合いが続く。両陣営からひとりずつ係の兵が出てきたら、いよいよ国旗の降納だ。ふたつの旗は同時に降ろされる。互いに相手を「出し抜こうとした」と非難されるのを避けるためだ。そして、旗を納めたら、ふたりは短い握手をしたあと、再び足を高く上げ、地面を踏み鳴らしながら退いていく。インド人にとっても、パキスタン人にとっても、国境でのこの儀式は、自国への誇りを再確認する場であり、たびたび衝突を繰り返すふたつの国同士の緊張を取り除くカタルシスの場とも言える。

アムリッツァルから往復でタクシーをチャーターすれば、式が終わるまでドライバーが待っていてくれる。パスポートを見せた外国人は特別席に案内される。なるべく早めに着くように出かけよう。バッグは持ち込めないので、荷物は少なめに。
北緯31.604694度　東経74.572916度

ネック・チャンド・ロックガーデン
ハリヤナ州／パンジャブ州チャンディーガル

　1951年にネック・チャンドが道路検査官に就任したとき、チャンディーガルは大規模な再開発の真っ最中だった。いくつもの小さな村が、道路や公園やしゃれた近代建築に場所を譲るため取り壊されようとしていた。工事は1950年代を通して続き、そのあいだ、陶器の破片やビン、ガラス、タイ

変わり者の道路検査官が誰にも内緒でひとりでつくった石の像。

ル、石などの瓦礫がそこら中に積みあげられた。

しかし、チャンドの目には、それはゴミではなく、ひとつの可能性として映った。彼は瓦礫のなかから材料を拾い集め、チャンディーガルの北にある森の奥まで自転車で運んだ。そして1957年、そこに自分だけの町を建設しはじめた。何千もの人間や動物の像が並ぶ彫刻公園だ。すべては拾ってきた廃材からつくられた。

チャンドがひとりで始めたこのプロジェクトは、もちろん誰にも内緒だった。彼が選んだ場所は、政府が建築を禁止する地域にあったからだ。1975年にチャンドが市の主任建築士に打ち明けるまでは、市当局も彼の彫刻公園の存在に気づいていなかった。初めて公園に案内された市の職員たちは、5万㎡の敷地に点在するたくさんの像や、庭や、人工の滝や、小道を見て驚いた。

最初は違法建築物として取り壊されそうになったが、結局、市当局はプロジェクトの続行を許可し、最終的には、チャンドが公園づくりに没頭できるよう、彼に給料を支払い、50人の作業員も提供した。そうしてできたチャンドのロックガーデンは、1976年、一般に公開された。現在は12万㎡の敷地に、グループになって踊る女性や、サルの群れ、丘を疾走する動物など、岩やガラスや色タイルのかけらで美しく飾りつけられた像が並んでいる。

チャンディーガル市セクター1、アター・マーグ。ニューデリーからチャンディーガルへはシャターブディー急行（所要時間約3時間半）が日に2便出ている。チャンディーガル駅から市の北部にあるセクター1まではバスで。
北緯30.760109度　東経76.801451度

スケルトン・レイク
ウッタラーカンド州ループクンド

パークレンジャーのH・K・マートワルが1942年にヒマラヤ山中の湖で見つけた大量の人骨は、その後60年ものあいだ人々を悩ませ続けた。「なぜこの湖のまわりで何百人もの人たちが一斉に死んだのか」。最初は、第二次世界大戦中にインドを密かに横断していた日本兵が高山病で死んだのだろうと推測された。ところが、1960年代に炭素年代測定によって導き出された答えは、それが間違いであることを示していた。だが、このときも、出された死亡推定時期は12世紀から15世紀と幅が広く、死因も特定できなかった。

2004年になると、ようやくスケルトン・レイクの謎に明確な答えが与えられた。オックスフォード大学で放射性炭素を調べた結果、西暦850年±30年という答えが出たのだ。また、頭蓋骨の状態を詳細に分析したところ、死んだときの年齢や位置に関係なく、死因はみな同じであることもわかった。頭部への強い衝撃だ。どの骨も外傷は頭部と肩にしかなく、衝撃は真上からもたらされたものだった。

初めのうちは集団自殺や襲撃なども考えられたが、科学者たちが最終的に出した結論は意外なものだった。移動している最中に激しい雹に見舞われたというのだ。

雹に当たって死ぬことなどめったにないが、どこにも隠れ場所のない谷間を歩いていて、しかもそれほど激しい嵐が来るとは想像もしていなかった9世紀の旅人たちは、突然降ってきたテニスボール大の氷のかたまりに、どうすることもできなかったのだろう。

それから1200年たったいまも、雹嵐の被害者たちのかすかに緑色を帯びた骨は、標高5000mを越える山中にある湖のまわりで、ぼろぼろになった靴とともに横たわっている。

スケルトン・レイクへの旅はローハジャンから始まる。その小さな峠の村で最小限の装備をそろえたら、ガイドと、荷物を運んでくれるラバかポーターも見つけておこう。雪が融けて骨が露出する5月から6月にかけてがベスト・シーズンだ。高山にも対応できる体力も必要。

北緯30.262000度　東経79.732000度

ジャンタル・マンタルの天文機
ラージャスターン州ジャイプール

高さ27mの「サムラート・ヤントラ（最高の機器）」は、予備知識のない人間には、ただの土色の長い階段にしか見えない（ただし、のぼってもどこにも行けないが）。スケートボードに使うハーフパイプのような半円筒の構造物と交差する形で建っていて、足元には重々しい扉、頂上には仏塔と、どこを見ても謎だらけだ。しかし、この建物の正体は、実は18世紀につくられた世界最大の日時計で、ずれはわずか2秒の範囲内と言われている。

わずか11歳でアンベール王国（現ジャイプール）の君主となったジャイ・シング2世は、数学と天文学とデザインに強い関心をもっていた。彼は、1720年代にジャイプールの開発と建設を指揮したが、その他にもインド北部に5つの天文台をつくらせた。その最大のものが、1727年から1734年にかけて建てられたジャイプールの天文台だ。

「ジャンタル・マンタル（計測する機器）」と名づけられたこの天文台には、時刻を計ったり、日食や月食の時期を予測したり、天体の動きを観測するためのさまざまな石の建造物が置かれている。ヒンドゥとイスラムの天文学をもとにしてつくられたそれらの機器が驚くほど正確なのは、その大きさにも理由があると言われている。**ジャンタル・マンタルはトリポリア・バザールのそば、シティ・パレスの一角にある。**
北緯26.924722度　東経75.824444度

カルニ・マーターのネズミ寺院
ラージャスターン州デシュノック

　大量のネズミが、尾を絡ませながら市松模様の床の上を走りまわり、ミルクの入った巨大な皿に先を争うように群がっている。その数、約2万匹。この寺院ではネズミは害獣とはみなされない。逆に、15世紀にインドで崇敬されたカルニ・マーターの聖なる子孫として崇められている。カルニ・マーターとは、ヒンドゥ教の女神ドゥルガーの化身だ。

大量の聖なるネズミが走りまわるカルニ・マーター寺院には、靴を脱いで入ることになっている。

カルニ・マーターの子孫がなぜネズミになったのかは諸説あるが、いちばんよく知られているのは、カルニ・マーターが溺れた息子をよみがえらせてくれるよう死神ヤーマ（閻魔さま）に頼んだという話だ。ヤーマは一度は拒否したが、最後は彼女の願いを受け入れた。ただし、息子とその男の子孫をみなネズミにするというのが条件だった。

寺院のなかには靴を脱いで入ることになっている。フンや、こぼれたミルクや、動きまわるネズミのあいだを歩くのは不快かもしれないが、足の上をネズミが横切るのは幸運の印と信じられている。もうひとつ重要なポイントは、なるべくゆっくり歩くことだ。もし間違ってネズミを踏み殺してしまったら、代わりに純金製のネズミの像を納めるよう寺のルールで決められているからだ。

国道89号線でデシュノックまで。鉄道なら、近郊の都市ビーカーネールから約30分。捨ててもいい靴下を持っていこう。
北緯27.790556度　　東経73.340833度

チャンド・バオリの階段井戸
ラージャスターン州アブハネリ村

つくられたのは9世紀。どこかエッシャーの絵を思わせるチャンド・バオリは、数あるインドの階段井戸のなかでも特に大きく、かつ精巧だ。「バオリ」とは、乾燥したこの地域で雨水を貯蔵しておくためにつくられた階段状の石の構造物で、多くの場合、アーチや柱や彫像、そして幾何学模様

エッシャーの絵に出て来るような3500段の階段をおりると、雨水の溜まった池がある。

で装飾がほどこされ、地域の集会所としても使われていた。

　四角錐のチャンド・バオリは深さ約30m、層は13あり、壁面に沿ってつくられた3500段の階段が美しいジグザグ模様をつくり出している。何層もあるファサードのはるか下に覗く緑色に輝く水面が、この壮大な構造物の本来の目的を思い出させてくれる。バオリをもっと見たいという人は、グジャラート州のアダラジ・ヴァヴとラニ・キ・ヴァヴ、ニューデリーのアグラーセン・キ・バオリとリホン・キ・バオリ、そしてラージャスターン州のラジニ・キ・バオリがおすすめだ。

チャンド・バオリはジャイプールからジャイプール・アグラ・ロードを通って車で約1時間半。
北緯27.007200度　東経76.606800度

インドのその他の見どころ

ニュー・ラッキー・レストラン
アフマダーバード：レストランの候補地が墓地であることを知ったクリシュナ・クッティは、墓地にあった墓を内装の一部に使って店をオープンさせた。

オーロヴィル
ボマヤパラヤン：あやしげなスピリチュアル・リーダーによって1968年に設立された実験的「未来都市」。中央に「マザー・テンプル」と呼ばれる黄色のジオデシックドームがある。

ハンピ
カルナータカ：ハンピはかつて「インド最後のヒンドゥ王朝」として知られるヴィジャヤナガル王国の都だった。14世紀から16世紀にかけて最も栄えたが、その後略奪に合い、廃墟となった。川岸に建つ遺跡はいまも当時の繁栄をしのばせている。

サティの手形
ラージャスターン州ジョードプル

　ジョードプルにある17世紀の要塞メヘラーンガル城には、「鉄門」の隣の壁に、黄土色のペンキで上塗りされた31個の手形が並んでいる。そのほとんどは子供の手のように小さい。どれも、亡くなった夫といっしょに弔いの火に身を投げた女性が、死の直前に赤く塗った手を壁につけて残したものだ。

　死んだ夫への献身的愛を証明するために妻が自らを生け贄にするこの「サティ」という習慣は、最初は妻が夫の遺体を抱いてともに焼かれるという形で始まった。目的は、自らの純潔を守り、夫を天国へと無事届けること。主にラージャスターン州を中心に行われていたが、10世紀にはインド全土にまで広まった。

　1829年にイギリス政府によって禁止さ

れたが、その後もサティの風習は続いた。1843年には、ジョードプルのマハラジャ、マーン・シングの王妃と妾全員がメヘラーンガル城で弔いの火に身を捧げた。いちばん最近のサティは、1987年、ラージャスターンの村デオーララで行われた。何千人もの見物客が見守るなか、18歳のループ・カンワールは、結婚してまだ8カ月しかたっていない夫とともに炎にまかれて死んだ。これがきっかけとなって、インド政府はサティを全面的に禁止する法律をつくった。いまでは、女性にサティを勧めた者は死刑または終身刑に処せられることになっている。

メヘラーンガル城はジョードプル北部の高さ150mの丘の上にある。ジョードプルへはムンバイから飛行機で約1時間半。メヘラーンガル城へ行ったら、往時をしのばせる豪華な部屋や博物館も訪れよう。貴重なよろいや、ジョードプル地方の工芸品、ターバンのコレクションなどを見ることができる。

北緯26.300000度　東経73.020000度

聖フランシスコ・ザビエルの遺骸

ゴア州オールド・ゴア

ゴアのボム・ジェズ・バシリカ聖堂に置かれた、窓のついた棺のなかで眠る聖フランシスコ・ザビエルの遺体は、実は少し欠けている。ゴアで熱心な布教活動を行ったあと1552年に亡くなったザビエルの遺体は、1554年に公開されるや否や、少しずつ欠けはじめた。最初の犯人はポルトガルから来た女性だった。彼女は聖人の皺の寄った足にキスをしているあいだに、その足の指を1本かじり、お土産に持って帰ったのだ。

その60年後、今度は右腕がなくなった。上半分はマカオで発見されたが、残りの半分はローマまで運ばれた。どちらも聖遺物箱に納められ、いまもそれぞれの国の教会で展示されている。骨、皮膚、内臓など、ザビエルの遺体の一部はたびたび棺から抜き取られ、巡礼者のポケットに収まった。いまでもまだボム・ジェズ・バシリカ聖堂に残っているのは、しぼんだ頭部、2本の脚、左腕、そして骨や乾いた皮膚のかけらだけだ。

これほど頻繁に遺体が盗まれるのも、ザビエルがアジアで行った布教活動が重要で影響力のあるものだった証だろう。彼は、当時ポルトガル領インドの首都だったゴアに初めてやって来たイエズス会修道士として、ヒンドゥ教やイスラム教やユダヤ教の信者をカトリックに改宗することに全力を注いだ。そのために彼のとった戦略の

学者でもあり冒険家でもあった聖フランシスコ・ザビエルの遺体は、一部が盗まれつづけた。

ひとつが、改宗を条件に貧しい人に米を与えるというものだった。この方法は成功したが、その一方で、信者の改宗は見せかけで、実は陰で密かに元の宗教を信仰しているのではないかという疑いを拭い去ることができなかったザビエルは、ローマ教皇ヨハネス3世に手紙を書いて、異端審問の許可を求めた。

ザビエル自身は異端審問が始まる1560年より前に亡くなってしまったが、その後の250年間で1万6000もの人が裁判にかけられ、少なくとも121人が異端の罪で処刑された。これも確かにザビエルが残した遺産のひとつと言えるだろう。

ゴアへはムンバイから飛行機で約1時間。
北緯15.500872度　東経73.911511度

北センチネル島
アンダマン・ニコバル諸島

インド東部のアンダマン諸島にある北センチネル島の狩猟民族は、いまでも石器時代と同じ生活を送っている。おそらく彼らは世界で最も孤立した人々と言えるだろう。いかに現代文明の波が押し寄せようと、それはこれからも当分変わりそうにない。

1967年から1990年代の中頃にかけて、インドの人類学者たちは何度か北センチネル島への接触を試みた。ボートで近づき、ココナッツやマッチやキャンディ、ときには手足を縛った豚を浜辺に置いて、島民たちを誘惑しようとした。しかし、島の住民たちはそんな「貢ぎ物」には目もくれず、招かれざる訪問者がやって来るたびに、矢や石を放って追い返した。

1997年、インド政府は彼らとの平和的接触をあきらめ、今後島には一切干渉しない

北センチネル島は世界でも最も孤立した島と言える。

ことに決めた。しかし、島への訪問はその後も続いた。2006年には、波に流されて島に近づきすぎた漁船に島民が矢を放ち、漁師ふたりが殺されるという事件が起きた。遺体の回収に向かったインド政府のヘリコプターも、矢の襲撃を受け、上陸することができなかった。

推定人口100人から200人と言われる北センチネル島の島民たちがここまでよそ者を毛嫌いする理由は、アンダマン諸島の他の島々に訪れた運命を見れば理解できる。イギリスの植民地時代には、外から持ち込まれた病気によってどの島も人口が激減した。最近では、森林を貫く道路が建設され、その結果、地元の旅行会社によって「人間サファリ」が企画されるようになった。観光スポットを回りながら、先住民を見つけて楽しもうという趣向だ。

北センチネル島はベンガル湾に位置し、インドからの距離は約1400km、タイからは約1000km。インド政府は島の周囲に約3kmの緩衝地帯を設けている。北センチネル島は立入禁止だが、諸島内の他の島へは渡航自由。旅の起点となるポートブレアへは、チェンナイとコルカタから飛行機の便がある。
北緯12.500000度　東経92.750000度

つくられてから何百年もたつチェラプンジの橋は、絡み合った気根でできている。

チェラプンジのルートブリッジ
メーガーラヤ州チェラプンジ

チェラプンジの森で川を渡ろうと思ったら、木に全幅の信頼を寄せる必要がある。この森には、いわゆるふつうの橋はない。その代わり、絡み合ったゴムの木の気根が川をまたぎ、ふたつの岸をつないでいる。いわば、時間とともに成長する橋だ。

この生きた橋をつくるのに必要なのは、人間のちょっとした手助けと、長きにわたる忍耐力だ。地元のカシ族の人たちは、まず竹やビンロウの木を川の上に渡し、そこにゴムの木が根を這わすのを待つ。根が充分育ったら、木のつるでつくった手すりをつけ、泥や石で隙間を埋める。人間が渡れるようになるまで20年はかかるが、いったん完成した橋はその後もさらに成長を続け、最長で500年間も使うことができるという。

この地方には、そんなルートブリッジ（根の橋）がいくつか存在している。いちばん有名なのは、ノングリアット村にある「ウムシャンのダブルデッカー」と呼ばれる橋だ。1本の同じ木の気根からつくられた18mと24mの2本の橋が、上下に重なるようにかかっている。

いちばん近くの町はシロン。根の橋まで行くにはジャングルを歩いていくしかない。「ダブルデッカー」までは片道約10km。このあたりは世界でも屈指の多雨地帯なので、濡れてもいい服装で。
北緯25.300000度　東経91.700000度

その他のアーバーテクチャー

「アーバーテクチャー（またはアーバースカルプチャー）」とは、生きた樹木に手を加えてつくるアート作品や家具のことだ。剪定、曲げ、接ぎ木といった技術を使って木を自分の意図したデザインにつくり変えていくため、完成までには何年もかかる。いわゆる「トピアリー」とは異なる。トピアリーは葉の部分をカットして形をつくるが、アーバーテクチャーは幹や根の形を変化させて作品をつくっていく。

ギルロイ・ガーデンズ

アウエルワールドの柳の宮殿

ギルロイ・ガーデンズのツリー・サーカス
アメリカ合衆国／カリフォルニア州： 1947年、アーバースカルプチャーのパイオニア、アクセル・アーランドソンは、カリフォルニア州サンタクルーズ郊外の道路脇に接ぎ木でつくった自分の作品を並べ、それを「ツリー・サーカス」と呼んだ。ツリー・サーカスは1963年に閉鎖されたが、「バスケット・ツリー」や「四足の巨人」など彼の作品の一部は、いまもギルロイ・ガーデンズで生きつづけている。

アウエルワールドの柳の宮殿
ドイツ／アウエルシュテット： 1998年に300人のボランティアの手によってつくられたこの柳のドームは、毎年夏になると音楽祭の会場になる。春にはアウエルワールドのサポーターが何十人か集まって、「散髪の儀式」を行う。曼荼羅をイメージしたドームの形を維持するために、飛び出た枝葉をカットするのだ。

カザフスタン

バイコヌール宇宙基地

バイコヌール

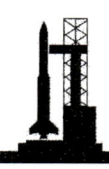

「親愛なる友人たち、ソ連の同胞諸君、そして、世界中のみなさん！ 数分後、私を乗せた宇宙船は、ソヴィエトの強力なロケットによって広大な宇宙空間へと打ち上げられます。いまみなさんにお伝えしたいのは、これだけです……私の人生のすべてが、この驚くべき一瞬にかかっています。必ずや、自分に与えられた任務を成功させ、みなさんの期待にこたえてみせます」

　1961年4月12日、ユーリ・ガガーリンはこうスピーチしたあと、ボストーク1号に

乗って空へ飛び出すと、世界で初めて宇宙を飛行し、地球の周回軌道をまわった人間となった。その旅立ちの舞台となったのが、カザフスタンの大草原にぽつんと建つ、世界最初で最大のロケット発射場、バイコヌール宇宙基地だ。

1955年、ソ連政府は秘密のミサイル実験場とロケット発射場としてバイコヌール基地を建設した。その2年後、世界初の人工衛星スプートニク1号がここから発射され、ソ連とアメリカの宇宙開発競争の火蓋が切られた。

バイコヌールは宇宙ロケットの発射件数でも世界一だ、歴史に残る打ちあげも多い。スプートニク1号のひと月後には、ライカと名づけられた犬がスプートニク2号で宇宙まで行き、世界で初めて周回軌道を回った動物になると同時に、有人宇宙飛行への道筋もつけた（残念ながら、ライカの命をかけた片道切符のミッションは、予定よりもずっと短い時間で終わった。熱性疲労のため、打ち上げの数時間後には死んでいたのだ。しかし、その詳細は2002年になるまで公開されなかった）。

打ち上げの前には必ず、金のローブをまとったロシア正教の神父が成功を祈り、空中と、集まったマスコミの記者たちに向かって聖水をふりかける。

基地の内部と併設された博物館を見学するには、ガイドツアーに参加する必要がある。基地を運営しているのはロシアなので、どのツアーもモスクワから出発する。基地まではチャーター機で約3時間半。エキサイティングな経験がしたければ、ロケットの打ち上げ日を狙って行こう。予定日はネットで確認できる。ただし、厳しい気候に注意。冬はマイナス40度、夏は45度にまでなる。
北緯45.9650000度　東経63.305000度

キルギスタン

キルギス国立歴史博物館
ビシュケク

　キルギス国立歴史博物館の天井や壁には、他では絶対に見ることのできない絵が描かれている。たとえば、暴れ馬の背に乗って炎の向こうから現れる、頭に角のあるヘルメットをかぶった裸のナチス隊員とか、顔にドクロの面をつけ、アメリカ国旗でできたTシャツにカーキ色のカウボーイハットをかぶったロナルド・レーガン元大統領が、反核を訴えるデモ隊の前でパーシング型ミサイルにまたがっている図などだ。

　1927年に開館したこの博物館には、よろい、宝飾品、コイン、武器など、石器時代までさかのぼれるキルギスタンの文化的遺物が数多く展示されている。2階と3階は、かつてはソ連時代の遺産を収める神殿のようになっていたが、ソ連時代には大衆の心を動かしたレーニンやマルクスやエンゲルスなど共産主義の英雄たちも、いまは徐々にそのイメージを変化させつつある。それでも、あの奇妙な壁画だけは、いつまでもここに居座りつづけるようだ。

まるでタイムカプセルのようなキルギスタンの博物館では、いまもソ連が生きている。

ビシュケク市アラ・トゥー広場。勇気のある人は道端で手を上げて、いつも乗客でいっぱいの乗り合いバス「マルシュルートカ」に乗ってみよう。そんなの無理という人は、タクシーを利用しよう。

北緯**42.876388**度　東経**74.603888**度

タシュラバット

ナルイン州アト・バシ

　15世紀、タシュラバットは砂漠のシルクロードを旅する者にしばしの休息を与える宿、キャラバンサライだった。そこでは、中庭を四角く取り囲む高い石の壁に守られて、人間も動物も安心して身体を洗い、睡眠をとり、明日から続く長旅にそなえることができた。

　シルクロードのなかでも、このあたりは特に危険なエリアだった。1年のうち8か月は雪に埋もれ、地滑りや洪水、地震も頻繁に起きた。その状況はいまでも変わらない。安全で快適な旅にするために、タシュラバットへの訪問は夏期に限定し、必ず地元のガイドが運転する車で連れていってもらおう。束の間シルクロードの旅人の気分を味わいたいという人は、タシュラバットでユルト（円形の移動テント）に泊まることもできる。

タシュラバットへは首都のビシュケクから車で約6時間。タシュラバットは標高3500mの地点にあるため、高山病に注意が必要。

北緯**40.823150**度　東経**75.288766**度

タシュラバットの丸い石のドームは、砂漠に疲れたシルクロードの旅人に束の間の休息を与えた。

ネパール

世界一危険な空港

ソルクンブ郡ルクラ

　もし、これからルクラ空港に着陸しようとしている飛行機のなかで最後まで目を開けていることができたなら、窓から見える景色をあなたは一生忘れないだろう。まず目に入ってくるのは、周囲の山々を覆い隠すように広がる白い雲。そして、いよいよ飛行機が降下を始めると、はるか彼方に1本の短い灰色の線が見えてくる。標高2800m、周囲を緑に囲まれたわずかばかりのアスファルトの地面。それが、空港の滑走路だ。南の端は610m下の谷に向かって落ち込み、北の端は石の壁でふさがれている。

　すべてが順調に進めば、わずかにバウンドを感じる程度で着陸は完了する。だが、この滑走路には12%の勾配があり、離陸するときは、610m下の谷底に向かって飛び込んでいくように感じる。

　当然、事故も多い。2008年の10月から2012年の10月にかけて起きた3つの墜落事故では、1名を除いて乗客全員が死亡した。強風や視界不良になると空港は閉鎖されるが、山での天候は変わりやすい。離陸したあと急に状況が悪化することもある。

　2008年、ルクラ空港は正式名称をテンジン・ヒラリー空港に変更した。世界で初めてエベレストへ登頂したエドモンド・ヒラリー卿とシェルパのテンジン・ノルゲイの栄誉を称えてつけた名だ。

首都カトマンズとルクラを結ぶ飛行機の便は毎日あるが、実際に飛ぶかどうかは天候次第だ。
北緯**27.687480度**　東経**86.731719度**

ネパールのその他の見どころ

歯痛を治す木
カトマンズ：地元の人々のあいだでは、節くれだったこの木の幹にコインをはりつけると歯痛が治ると信じられている。

滑走路の南の端は610m下の谷に向かって落ち込み、北の端は石の壁でふさがれている。

➡ エベレストでの死因

　エベレストはどんなに経験豊かな登山家にとっても危険に満ちた場所だ。滑落、雪崩、高山病、低体温症などの理由で、山頂に向かう途中または下りてくる途中で亡くなる人はあとを絶たない。いまでも200以上の遺体が山中に残っていると言われ、これからこの山に挑戦しようという冒険家にその厳しさを教えている。

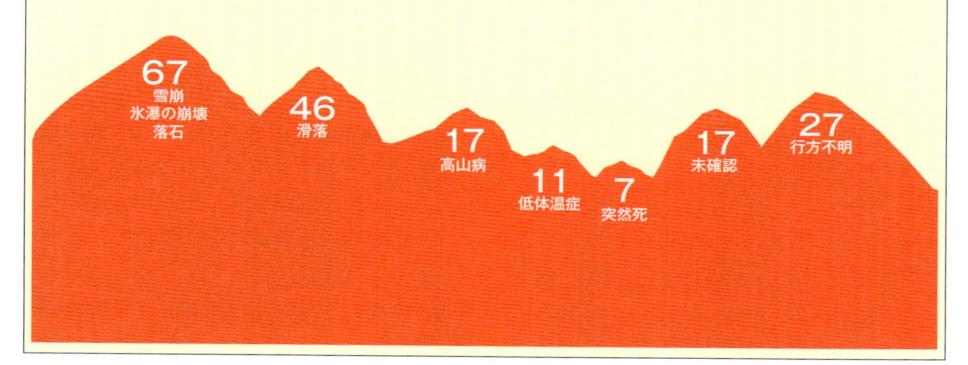

67 雪崩 氷瀑の崩壊 落石

46 滑落

17 高山病

11 低体温症

7 突然死

17 未確認

27 行方不明

世界エレファント・ポロ選手権

第5州バルディア

リュージュの元オリンピック・スコットランド代表ジェームズ・マンクラークと、タイガートップス・ジャングルロッジのオーナー、ジム・エドワーズは、1982年、スイスのとあるバーで酒を飲んでいた。自己紹介がすむなり、ふたりの話題はタイガートップスのジャングルをうろつくゾウの話になった。するとマンクラークが、ポニーの代わりにゾウに乗ってポロをしてはどうかと、冗談とも本気ともつかない提案をした。

　その夜は特になんの進展もなく、エドワーズはそのままネパールに戻ったが、しばらくしてマンクラークから1通の電報が届いた。「長い棒とゾウを用意して待て。4月1日、インディアン航空にて到着予定」。エイプリルフールの冗談かと疑いながらも、エドワーズはゾウを集め、ゲームの場所を探した。果たしてマンクラークは予告どおりに姿を現し、ここにゾウによるポロが生まれた。

　それ以来、毎年タイガートップスでは世界エレファント・ポロ選手権が開かれている。内容はふつうのポロとほぼ同じだが、使用されるマレットは1.8mから3mと通常より長く、フィールドもゆっくりとしたゾウの動きを考慮して小さいものになっている。ゾウにはふたりの人間が乗り、ひとりがゾウを動かし、ひとりが球を打つ。大会では動物愛護の精神が厳しく守られていて、試合が終わるごとに、ゾウにはサトウキビか糖蜜と岩塩の入ったライスボールが与えられ、世界中からやって来た人間の選手には冷えたビールかソーダがふるまわれる。

会場となるタイガートップス・カルナリロッジは、インド国境から数キロも離れていない、バルディア国立公園の西の端にある。大会が開かれるのは毎年11月の終わりだが、他の時期でも、カルナリロッジに行けば、競技に参加するゾウたちに会うことができる。

北緯28.472778度　東経81.264722度

パキスタン

カラコルム・ハイウェイ

ハッサン・アブダル

　パキスタンの町ハッサン・アブダルから中国北西部のカシュガルまで1300kmをつなぐカラコルム・ハイウェイは、建設に20年もの期間を要し、その間に亡くなった労働者の数は1000人にものぼると言われている。1986年に全面開通したときには、国境を横断する舗装道路としては世界一の高所を通る道だった。山沿いを走るこの道は最高で海抜4693mの位置にあり、1年中過酷な自然環境にさらされている。そのため、完成後も、地滑りや洪水、崩落によって命を落とす人が多い。大雪、落石、洪水などによって道が分断される事故も頻繁に起きている。

　それでも、この危険なルートに挑戦してみたいという人には、たくさんのご褒美が用意されている。たとえば、世界第2位の高さを誇るK2の絶景を楽しんだり、ひょっとすると遊牧民のユルトに泊まって羊肉の夕食をご馳走になる機会にも恵まれるかもしれない。

カラコルム・ハイウェイを旅するなら春と秋に限る。夏はモンスーン、冬は雪に苦しめられるからだ。

北緯34.167777度　東経73.224429度

パキスタンから中国へ向かうトラック。国境をまたぐ舗装道路でこれほど高所にある道は世界中でも少ない。

ダッラ・アダム・ケール

ペシャーワル辺境地区ダッラ・アダム・ケール

　国境の村ダッラ・アダム・ケールを支える唯一の産業は武器の密造だ。この町の銃職人は、ピストルからショットガン、ライフル、弾薬にいたるまで、どんなものでも有名モデルを真似して手づくりしてしまう。それを商人が村の市場で売りさばく。市場には、パキスタンやアフガニスタンからぞくぞくと買い手が集まってくる。

　この村では1897年以来、武器の取引がさかんに行われている。パキスタンでも最も紛争の多い北西部辺境地域に属しており、武器を求めるタリバンの兵士たちにとって、ひじょうに便利な場所にあるからだ。

ダッラ・アダム・ケールは小さな村だが、銃の密造ではおそらく世界の中心だ。

　ダッラ・アダム・ケールはペシャーワルから南に約40km、アフガニスタンと国境をはさむ連邦直轄部族地域内にある。タリバンをはじめとする武装勢力の力が強いため、パキスタン政府は立ち入りを制限している。たとえ許可がおりても、武装兵の同行が必須だ。
北緯33.683543度　東経71.519687度

ムムターズ・ベグム

シンド州カラチ

　カラチ動物園にある粗末な小屋のなかで「ムムターズ・ベグム」という名の奇怪な生き物がくつろいでいる。胴体がキツネ、頭が人間の女性というこの不思議な動物は、人の未来を占ったり、助言を与えたりすることができるという。

　だが、実際にはムムターズ・ベグムはキツネでも女性でもない。ムラド・アリという役者が演じる一種のパフォーマンスだ。彼はこの仕事を父親から引き継いだ。アリは毎朝、顔に分厚いファンデーションを塗り、その上に眉を引いて、真っ赤な口紅をつけると、ケージの下に置かれた箱にもぐり込み、上にあいた穴から頭を出す。すると、ちょうど頭がキツネの死骸の横に来て、寝そべっているように見えるというわけだ。つなぎ目をショールで隠したら、いよいよ1日の仕事の始まりだ。

　アリの扮する「キツネ」は未来を予言できると信じられており、子供から大人まで、いろいろな人がやって来ては、試験の結果やパスポートの申請状況など、ありとあらゆる質問をしていく。アリは次々に助言を与えていくが、その合間に、アフリカ生まれというミステリアスな出自について語って聞かせるのも忘れない。

半分キツネで半分人間の、パキスタンでいちばん人気の占い師は、手数料を支払えば未来を予言してくれる。

ムムターズ・ベグムに会いに来た人の多くは、町の占い師にするのと同じように、幾ばくかのお金やお菓子やジュースを置いていく。だが正式には、この「キツネ」と話をしたい場合は、「ムムターズ宮殿」に入るための入場券を別に購入することになっている。

カラチ動物園はニッシュター通りとアーガー・ハーン3世通りに面している。ニッシュター通りにバス停があるが、ほとんどのバスは殺人的に混雑しているので注意。
北緯24.876228度　東経67.023203度

ケウラ岩塩坑

パンジャブ州ケウラ

紀元前326年、アレクサンドロス大王とその軍隊がいまのパキスタンを通過していたとき、馬が突然地面を激しく舐めはじめた。不思議に思った兵士が下りて調べてみると、馬が舐めていたのは塩だった。いまその場所は世界で2番目に大きな岩塩坑になっている。

現在18層の深さまで掘り進められているケウラ岩塩坑は、年間35万トンのヒマラヤピンクソルトを産出し、その量は今後350

年間変わらないと推定されている。ピンクソルトの主な用途は、料理と入浴剤だ。観光客が立ち入れるエリアには、モスクや郵便局や「鏡の宮殿」などがあり、そのすべてが坑内から掘り出された岩塩でつくられている。赤や茶色やピンクのタイルの床が光を受けてきらめく「鏡の宮殿」は、まるでディスコのような雰囲気だ。

ケウラ岩塩坑へは首都イスラマバードから車で南に約2時間半、ラホールからは北西に約3時間。
北緯32.647938度　東経73.008394度

パキスタンのその他の見どころ

デラワール・フォート
バハーワルプール：チョリスタン砂漠にある、中世の時代に建てられた四角形の巨大な要塞。壁の高さは30mもある。

スリランカ

シギリヤ・ロック

中部州マータレー

自分の父親を殺し、兄弟から王位を奪った者は、復讐にそなえて安全に住める場所を確保したいと思うものだ。477年に父親を王座から引きずりおろし、灌漑用の池の壁に生き埋めにしたカッサパ1世の場合、その場所はシギリヤにあった。

シギリヤの中央には火山のマグマが固まってできた高さ200mの岩栓がそびえている。王位を狙う弟モッガラーナの攻撃を恐れたカッサパ1世は、その高い岩山の上に宮殿を築いた。宮殿には城壁、要塞、噴水、庭園がつくられ、岩のまわりには、さらに守りを固めるため堀も設けられた。

もちろん、第1の目的は自分の命を守る

ことだったが、カッサパ1世はデザインの面もおろそかにはしなかった。宮殿までのぼる石の階段の両側には岩をうがってつくった巨大なライオンの前足が並んでいる。建設当時は、1200段を上がりきったところに大きく開いたライオンの口があり、そこを通らなければ宮殿内に入れないようになっていた。シギリヤの宮殿が「ライオン・ロック」と呼ばれるのはそのためだ。

カッサパ1世は18年間この岩上の宮殿に引きこもっていたが、そんな彼にもついに恐怖から解放されるときがやって来た。腹違いの弟モッガラーナが、インドで集めた軍勢を率いてシギリヤを包囲し、カッサパ軍を圧倒したのだ。勝ち目はないと観念したカッサパ1世は自ら剣を取り、自害した。これにより、王位は本来の後継者であったモッガラーナの手に戻った。

日中は暑くなるので、なるべく早い時間帯に出かけよう。コロンボからは、まずダンブッラまでバスで行き、そこでシギリヤ行きのバスに乗り換える。全部で片道約4時間。

北緯7.955154度　東経80.759803度

シギリヤ・ロック（またの名をライオン・ロック）の頂上には、庭園に囲まれた古代の要塞がある。

アダムスピーク
サバラガムワ州ラトゥナプラ

　スリー・パーダの頂上には聖なる足跡がある。だが、それが誰のものかは、人によって意見が異なる。地面に残されたその長さ1.8mの窪みを、キリスト教徒やイスラム教徒はエデンの園を追放されたアダムが最初に地上に降り立った跡だといい、仏教徒は仏陀の足跡だといい、ヒンドゥ教徒はシヴァ神が確かに存在する証拠だという。

　どの説を信じようと、標高2243 mのスリー・パーダ（別名アダムスピーク）への登山は、誰にとっても心に残る経験となるはずだ。何世紀も前から、巡礼者たちはまだ暗いうちから出発し、山の頂上で昇る朝日を眺めてきた。少なくとも、途中に何千もの階段がある片道3時間の山登りは、日頃の運動の成果を試すいい機会になるだろう。**登山ルートはいくつかあるが、最短のものは山の東側から歩きはじめる「ハットン‐ナラサンニーヤ」ルートだ。コロンボからハットンまでは鉄道で約5時間。そこからナラサンニーヤまでバスが出ている。頂上は寒くて風も強いので、防寒着を持参すること。**

北緯6.811388度　東経80.499722度

トルコ

アヴァノス髪の毛博物館
ネヴシェヒル県アヴァノス

　カッパドキア地区にある小さな町アヴァノスは、1000年の歴史を誇る陶芸の町だ。だが、そんな町にも、人間の髪の毛でいっぱいになった洞窟をもつ陶工はひとりしかいない。

　1979年、町の陶器職人ガリップ・コルク

チュは、ガールフレンドとの別れに際し、何か記念になるものがほしいと考えた。彼の願いを聞いた女性は、自分の髪をはさみで切って彼に手渡した。コルクチュは、その髪を洞窟のなかにあった自分の陶器店の壁に貼りつけた。その後、髪の毛のいわれを聞いた陶器のバイヤーたちが、次々に自分の髪の毛を壁に残していくようになった。

　現在、洞窟の壁には1万6000束もの髪の毛がぶら下がっている。その一つひとつに、名前と連絡先の書かれたメモがついている。洞窟内には、誰でも自分の髪を展示に加えることができるように、えんぴつや紙、ピン、はさみなどがあらかじめ用意されている。

　コルクチュはさらにコレクションを増やす努力もしている。年に2回、「博物館」の入場者による人気投票を実施しているのだ。いちばん人気に選ばれた髪の毛の持ち主は、無料で1週間、併設のゲストハウスに宿泊し、名人から直接陶器づくりを教えてもらえることになっている。

アヴァノス市フィリン通り、24。
北緯38.720612度　東経34.848448度

カヤキョイ
ムーラ県カヤキョイ

　トルコ南西部にあるカヤ谷地方の丘の斜面に、いまはもう誰も住む人のいない石造りの家がいくつも並んでいる。ここにあった小さな町カヤキョイは、1922年を境に突然ゴーストタウンになった。かつてはレヴィッシと呼ばれたこの町に当時住んでいた6000人ほどの住民は、ほとんどがギリシア正教の信者だった。

　ところが、第一次世界大戦が終わり、ギ

日の出をめざしてアダムスピークに登る人は、すばらしい
景色に出会える。

トルコのゴーストタウン、カヤキョイは、ギリシアとの住民交換プログラムの結果、廃墟になった。

リシア・トルコ戦争が起きると、トルコ政府は国内に住む正教徒をギリシアに追放し、逆に、ギリシア政府は自国に住むイスラム教徒をトルコに強制送還した。この住民交換プログラムにより、カヤキョイの人たちもギリシアに移住させられることになった。代わりにギリシアからやって来たイスラム教徒たちは、カヤキョイの土地が自分たちの農業に適さないことを知り、トルコの別の場所に定住地を求めた。それ以来、カヤキョイは今日にいたるまで廃墟のまま放置されている。

カヤキョイには、屋根のなくなった何百という家や、不気味な姿でたたずむふたつの教会など、見るべきものがたくさんある。丘の頂上まで登れば、足元のカヤ谷から遠く海まで広がる絶景を楽しむことができる。

カヤキョイへはフェティエから車で南へ約45分。ぜひ、夜のカヤキョイも楽しもう。日が落ちると、崩れかけた村をライトアップの光がドラマチックに照らし出す。
北緯36.578922度　東経29.087051度

トルクメニスタン

地獄の門
アハル州ダルヴァザ

夜のとばりが下りる頃、カラクム砂漠の中央にある人口350人の小さな村のすぐそばで、オレンジ色の明るい光が砂だらけの地面を照らし出す。光を発しているのは「地獄の門」と呼ばれる、幅が60mもある大きな穴だ。その穴は45年以上も前からずっとそこで燃えている。

1971年、天然ガスの調査をしていたソ連

「地獄の門」の名で知られる、砂漠にあいた幅60mの巨大な穴は、1971年以来、燃えつづけている。

の地質学者たちは、地面のすぐ下が洞窟になっているとは気づかず、そのままボーリング作業を進めた。すると、掘削機械ごと地面が崩れ落ち、巨大な穴があいてしまった。メタンガスの充満していた洞窟からはたちまち大量の有毒ガスが噴き出し、大事故を防ぐには火をつけるしかなかった。それ以来、穴は燃えつづけている。

2010年4月、「地獄の門」を訪れたトルクメニスタンの大統領グルバングル・ベルディムハメドフは、穴を封鎖して周囲のガス田を安全に開発する方策を考えるよう指示した。いまのところまだ穴に変化はないが、新たなパイプラインの建設や、トルクメニスタンの天然ガスに対する世界的な関心の高まりなどから、「地獄の門」が閉じられる日はそう遠くないかもしれない。

「地獄の門」があるのは、首都アシガバートの北、約260kmの地点。アシガバートで砂漠まで車で連れていってくれるガイドを見つけることは可能。
北緯40.252777度　東経58.439444度

731部隊罪証陳列館

MNG

45°

40°

絶壁にはりつく寺院 ● ★北京

35° 郭亮洞 ●

華山 ● YELLOW SEA

亳州漢方薬薬材市場 ●

中国

上海婚活マーケット ●

30° 湖底に眠る都市 ● 童子蛋 ● 東シナ海

女人国 ●

台北101の同調質量ダンパー

25° 小矮人帝国 ● 台湾

九龍寨城公園
世界一大きな本 ● 中環至半山自動扶梯 ● 香港

マスタッシュ・ブラザーズ ハノイ ★ ホーチミン廟

20° ミャンマー ラオス 動物学博物館

ジャール平原 ●

ベンガル湾 ワット・シェンクアン ● 断崖の棺 ● フィリピン海

チャイティーヨー・パゴダ ● ヴィエンチャン ルソン島

15° ヤンゴン タイ ビール瓶でできた寺 ● マニラ・ノース墓地 ★ マニラ

バンコク ★ 南シナ海 フィリピン

シリラート医学博物館 ● タ・プロムの恐竜 ●

最後の竹列車 ● カンボジア

バンコク プノンペン チョコレートの丘 ●

模造品博物館 ● キリングフィールド慰霊塔 ● クチの地下道 ● スールー海 ミンダナオ島

水牛の頭寺 ●

タイランド湾 ブルネイ キナバル山の袋葉植物 ●

5° マレーシア カンポン・アイール ●

バンセン地獄寺 ●

シンクロする蛍 ●

インド洋 バトゥ洞窟 ● クアラルンプール ★

泥棒市場 ●

マリーナ・ベイ・サンズ・プール ● ★ シンガポール インドネシア

0° 赤道 ボルネオ島

スマトラ島 セレベス島

マイル インドネシア タナ・トラジャの葬儀 ●

200 400

0 100 200

キロメートル

5° ジャカルタ ★ シドアルジョの泥火山 ● バンダ海

N ジャワ島 インドネシア

ティモール島

90° 95° 100° 105° 110° 115° 120° 125°

地上75mの絶壁にはりつく寺院は重力に逆らっているかのよう。

中国

絶壁にはりつく寺院

山西省恒山

　地上75m、岩壁に差し込まれた細い木柱に支えられた恒山懸空寺は、まさに重力に逆らっているかのように見える。創建は北魏時代（386 ～ 534年）。迷路のような通路でつながる40の部屋から成るこの寺院は、崖のくぼみに位置しているおかげで、陽光や風雪による浸食をまぬがれ、今日まで存続してきた。

　懸空寺は3つの宗教が共存する珍しい寺院で、78の塑像や彫刻には儒教、道教、仏教の要素がはっきり見てとれる。

恒山は大同市の南東、車で2時間のところにある。大同市で送迎してくれる運転手を雇うとよい。

北緯39.673888度　東経113.735555度

731部隊罪証陳列館

黒龍江省哈爾浜市

　731部隊は、表向きは日本占領下満州の製材所とされていた。"マルタ（丸太）"が頻繁に届けられ、煙突からは昼も夜も黒い煙が立ち昇っていた。

　しかし、実際は製材所ではなく、生物兵器研究施設で、日本の科学者が拷問のような人体実験を行っていた（"マルタ"とは被験者を指す隠語だった）。部隊は1936年に発足し、日中戦争中から第二次世界大戦中を通じて活動していた。

　731部隊が内々に行った残虐な実験の犠牲となったのは主に中国人とロシア人だった。実験室では研究者たちが被験者の手脚を切断して失血について調べたり、淋病や

梅毒に感染させた被験者の生体解剖を行い、生きたまま内臓を取り出して、病気が人体に与える影響を観察したりした。その際、麻酔を用いることはなかった。

最大限の死と破壊をもたらすために、炭疽菌、天然痘、腸チフス、コレラ、ペストに感染させたノミを詰めた爆弾を飛行機から中国の村に落としたこともあった。地上では、汚染された食料や菓子を配ることで飢えた子どもたちを致死的病原菌に感染させた。

731部隊は秘密に包まれており、実験によってどれだけの死者が出たのかを見積もるのは難しい。細菌の空中散布の結果、農作物や飲料水が汚染されたことを考えれば、犠牲者の数は何十万にものぼりそうだ。

1945年、日本の降伏直後、部隊員はできるかぎり証拠を隠滅して撤退した。

この去り際の努力にもかかわらず、施設の一部——凍傷実験室（被験者が極寒にさらされた）、ネズミ飼育室、遺体を火葬した焼却炉は現在も残っている。この遺構は1985年に陳列館としてオープン。2階にわたって展示品が公開されている。写真、医療機器、プレートが、日本は思い出したくない、中国はけっして忘れない歴史の一部を再現している。

哈爾浜市平房区新疆大街23号。ハルビン駅からバスを利用。

北緯45.608244度　東経126.639633度

小矮人帝国
雲南省昆明市

テーマパーク「小矮人帝国」（"小人王国"としても知られる）の低身長症のパフォーマーたちは、1日2回のショーが始まる前、

パフォーマーたちはおとぎ話のような家に住んでいることになっている。

曲がった煙突がついた小さなキノコ型の家のなかで準備をする。パーク入場者は、パフォーマーがメイクアップをする様子を小さな戸口からのぞくことができる。

2009年、不動産業界の大物で資産家のチェン・ミンジン氏が設立した小矮人帝国は、倫理的な物議を醸している。国中から集められたパフォーマーは100人を超えるが、全員が130cmに満たない身長で、仕事だけでなく生活もパーク内でしている（ただし、キノコの家ではなく、低い身長に合わせて特注された寮に住んでいる）。毎日、おとぎ話のようなコスチュームを身につけ、ダンスや歌を披露したり、写真撮影のためにポーズしたり、飲食物を販売したりして、客が帰るとパーク内を掃除し、椅子を積み重ねてから寮の部屋に戻る。

中国で低身長症の人々がこのように扱われるのには、身体障害は前世で罪を犯した者への罰だという考えが広く浸透している影響もあるのだろう。パークにいるパフォーマーの多くは生まれた家を追い出され、医療も雇用も与えられず、路上生活を余儀なくされていた。小矮人帝国は、そんな彼らに支援と定収入、そして歌、カン

フー、ブレイクダンスといった芸を披露する機会をもたらした。

そうは言っても、やはり搾取の匂いがするのは否めない。おそらく入場者の多くは、パフォーマーの芸を楽しむためではなく、小人の世界にいるかのような物珍しい光景をぽかんと眺めるためにやってきている。その結果、パークの環境は気まずいほど人間動物園に近い。

世界胡蝶生態園に隣接。昆明市からG56杭瑞高速道路で南西に約40km。市中心部から公共バスが出ている。
北緯24.850411度　東経102.622266度

女人国
雲南省瀘沽湖

雲南省と四川省にまたがる瀘沽湖は、山々に囲まれた静かな場所である。しかし、ここを訪れる旅行者のほとんどは景色を見にくるわけではない。"女人国"への期待に胸躍らせてやってくるのだ。摩梭人（モス）は中国の少数民族のひとつで、総勢5万人。母系社会構造をとり、湖のまわりの村々に住んでいる。ここでは女性が家長となって三世代以上が同居する世帯を管理し、家や土地の所有権を持つ。子どもは母親の姓を受け継ぎ、相続も女系を通じて行われる。摩梭文化の中で特に有名で、誤解を受けることも多いのが、"走婚（通い婚）"の慣習である。摩梭人の少女は13歳になると、成人式に参加して、自分専用の寝室をもらう。そして、このときから、夜に男性の"訪問客"を受け入れられるようになる。訪問は双方の合意によって行われ、男性は闇にまぎれてやってきて、朝には自宅に戻っていく。だから"走"婚なのだ。女性は何人でも性的パートナーを持つことができ、それが本人の望みであるかぎり、不名誉の烙印を押されることはない。

こうした密会の結果、子どもが生まれると、父親はときどき訪ねたり、贈り物をしたりするが、それ以上の役割は果たさない。子育ての責任は母親が担っており、家族の助けを借りながら子どもの世話をする。父親は子どもとは一緒に暮らさず、自分が生まれ育った家にとどまり、その家にいる子どもを育てるのに協力する。

男児を重んじることで有名な国において、女児を大切にし、家庭内の両性のバランスをとろうとするという点で摩梭人はきわめて珍しい。バランスがどちらかに偏れば、家母長が養子を迎えることもあり、こうした子どももまた家族の同等な一員となる。

瀘沽湖は麗江市（かつてのシルクロードの要所で、古い時代の建築が多く残っている）からでこぼこ道をバスで6時間。
北緯27.705719度　東経100.775127度

摩梭人は世界でも数少ない母系社会を維持している。

華山

陝西省華陰市

　華山の北峰、標高1614mに到達するには2通りの方法がある。8分間ケーブルカーに乗るか、ほぼ垂直の断崖に刻まれた狭い石段を4時間かけて登るか。どちらの道を選んでも、その先にはさらなる危険が待ち受けている。

　長いあいだ、華山の5つの峰は、強い決意をもち、高所を恐れない隠者だけの場所だった。そうした隠者のなかで最も有名なのは、10世紀の道師、陳搏だ。陳搏は人里離れた高地の寺院に独居しながら、"水拳"と呼ばれる拳法を編み出した。

　石段を登るだけでも疲労困憊するが、それにくわえて、華山には究極のチャレンジともいうべき恐ろしい道がある。その名は長空桟道。南峰と北峰をつなぐ、幅30cmの桟道だ。足元の厚板（ぐらつく箇所、腐っている箇所もある）は鉄製のボルトで固定され、手すり代わりの太い鎖は、ところどころに打ち込まれた大きな釘に支えられている。

危険な華山登山をするなら、ぜひともハーネスの着用を。

この桟道を歩くことを選んだなら、出発前に人生で最も重要な買い物をしなければならない。2005年以降、北峰の露天商人がレンタルしているハーネスだ。厳密に言えばハーネスはオプションだが、桟道の上部に張ってある細いケーブルに命綱をつながないのは愚行にほかならないだろう。

長空桟道の終点には小さな祠があり、そこから山岳の絶景を楽しめる。帰路につく前、しばし足をとめ、勇気を奮い起こすのにうってつけの場所だ。

西安から高速鉄道とバスが出ている。南西に2時間。闇の中で崖面をよじ登ってみたいなら、夜間登山に挑戦してみよう。峰頂から来光を見ることができる。

北緯34.478861度　東経110.069525度

亳州漢方薬薬材市場

安徽省亳州市

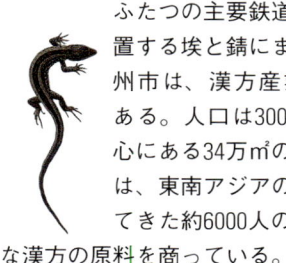

ふたつの主要鉄道の連結点に位置する埃と錆にまみれた街、亳州市は、漢方産業の中心地である。人口は300万人。街の中心にある34万㎡の広大な市場では、東南アジアの各地からやってきた約6000人の商人が伝統的な漢方の原料を商っている。

ここに行けば、人間の胎盤を乾燥させたもの（失神性の疾患に有効）、こぶし大のクワガタムシを乾燥させたもの（代謝亢進に有効）、トビトカゲを乾燥させたもの（これも代謝に有効）、ゴキブリ（表面麻酔薬）、真珠粉（お茶で服用する、インフルエンザに有効）、鉛筆サイズのヤスデを束ねたもの（さまざまな疾患に有効）、ヘビ（関節炎に有効）、10数種のアリ（万能

薬）が入った樽を見ることができる。サソリ、タツノオトシゴ、カメの甲羅、シカの枝角、想像しうるかぎりの植物の根や花があふれた麻袋もいたるところに置かれている。亳州漢方薬薬材市場は時間を超越した独特の雰囲気に包まれているが（実際、何世紀にもわたって漢方薬市場が存続している）、伝統的な漢方薬を服用する欧米人が増えてきたのに伴い、最近にわかに景気づき、現在では、来訪する商人のためのホテルや製薬工場が市街を取り巻くように立ち並んでいる。

亳州市、魏武大道。上海から亳州まで夜行列車で約10時間。

北緯33.862205度　東経115.787453度

上海婚活マーケット

上海

人民公園北側の散歩道は、週末になると中年の男女であふれかえり、地面、茂み、目の高さに張られた紐には、彼らが提供する"商品"についての輝かしい宣伝文句の書かれた広告が掲示される。その"商品"とは——婚活中の息子や娘である。

中国では伝統的に、子の結婚は親が仲介する。本人同士が会う前に、双方の親が顔を合わせ、容姿、趣味、財力についての情報交換を行い、結婚の実現性を話し合うのだ。しかし、21世紀の上海においては、この過程を踏むのが難しい場合がある。せわしない生活、みっちり詰まったスケジュール、一人っ子政策から生じた男女比の偏り（男性比率が高い）……そうしたすべてが、"決定的"年齢である30歳になる前に子どもを結婚させたい親の妨げとなっている。

この戸外の婚活市場は、毎週、何百人も

父母が息子・娘を売り込む"市場"。

の"商人"を引き寄せる。各人が握りしめて
いる紙には、身長、年齢、学歴、職業、異
性の好みなどが書かれている。なかには
折り畳み椅子を持参して腰を落ち着け、1
日中、申し込みに対応する親もいる。成功
率は低い（何年にもわたり、毎週やってく
る親もいる）が、この国では30代の独身が
社会的不名誉とみなされることから、婚活
マーケットはにぎわいつづけている。
**上海市黄浦区、人民広場。地下鉄人民広場
駅から西に歩くと公園に入る。**
北緯31.232229度　　東経121.473163度

童子蛋

浙江省東陽市

　毎年春になると、東陽市の通りは、人気
の季節商品「童子蛋（少年卵）」を売る露
店商人で埋めつくされる。この伝統的な珍
味は、少年の尿を集め、その中で卵を固ゆ
でにしてつくられる。湯気を立てる尿でゆ
であげ、取り出して殻を割ってから、再び
煮立った尿の中に入れ、芳醇な風味をつけ
るのだ。
　東陽市では何百年も前から童子蛋がごく
一般的なストリートフードとして提供され
ており、街に漂う尿の湯気の匂いが春の到

尿でゆでた童子蛋は刺激臭のあるストリートフード。

来の先触れとなる。街の住人は、この卵は
美味で、体にもいい（血流を増加させ、体
内温度を下げるとされている）と断言す
る。ただし、地域の医師たちは、人間の排
泄物でゆでたものを飲食することを勧めて
はいない。
　少年の新鮮な尿を大量に得る方法は驚く
ほど単純だ。地元の小学校の廊下にポリバ
ケツを並べ、10歳未満の少年にそこで用を
足させる。そして、その容器を集め、中身
を調理用の大鍋に注ぎ込むのだ。行程をで
きるかぎり衛生的に保つため、体調の悪い
子どもはバケツを使ってはいけないとされ
ている。
浙江省東陽市。
北緯29.289634度　　東経120.241561度

中国のその他の見どころ

北川地震記念館
北川県：2008年の四川大地震で崩壊した北川県は、
数千人の死者を追悼するため、廃墟となった街を
そのままの形で保存している。

毛沢東の巨大頭像
長沙市：花崗岩でつくられた巨大な記念碑。偉大
な指導者を風に髪をなびかせた青年として表現し
ている。

アジアの通りで売られているその他の卵

バロット、フィリピン

フィリピンの通りで売られているバロットは、一風変わったアヒルのゆで卵だ。受精卵を使うので、殻を割ると、血管が見えるピンク色の雛が黄身と一緒に出てくる。ただし、孵化前の雛なので、鳥であることは認識できるが、クチバシ、ツメ、羽毛はまだ発達していない。

受精したばかりのアヒルの卵を17日間暖かい場所に置いて、雛の発育を促す。その後、そこで成長が止まるように、卵をゆでて雛を殺し、黄身を固める。バロットは温かい状態で塩をつけて出され、ビールのつまみとされることも多い。

皮蛋（ピータン）、中国

皮蛋の黄身は深緑色で、硫黄臭のかすかに混じったアンモニア臭がする。まわりの"白"身は錆色で、食感はゼリーによく似ている。

この中国の珍味が刺激臭と独特の外観をもつのは、貯蔵の過程でpH値があがるためだ。つくり方は以下のとおり。アヒルもしくはニワトリの卵を塩、粘土、生石灰、木灰、もみ殻の混合物に包み込み、数週間熟成させる。できあがったものは、それだけで食べてもいいし、豆腐料理の付け合わせにもしていい。皮蛋は露店でも点心レストランでも提供され、誕生日や結婚式に食べられることも多い。

大涌谷黒たまご、日本

大涌谷は温泉が湧き、硫黄臭のするガスが噴き出す火山帯で、富士山の絶景がのぞめる観光地である。寿命を延ばすといわれる黒い殻の卵を食べるのに、日本でここ以上の場所はない。大涌谷の温泉池で卵をゆでると、水中の硫黄とミネラルが殻と反応し、黒く変色する。卵は専用のロープウェイで噴煙地まで運ばれ、ゆでられたあと、また下に運ばれて5個1パックで販売される。空気中に硫化水素や二酸化硫黄が存在しているため、観光客は調理の過程をちらりと見ることしかできない。

キスする恐竜
エレンホト市：モンゴルとの国境に近い道路をまたいで2頭のアパトサウルスがキスをしている。長い首のトンネルの下を車が走っている。

翡翠の埋葬衣
石家荘市：河北省博物館に展示されている2領の精緻な甲冑は、何千もの翡翠のタイルを金糸でつないでつくられている。

ハルシュタット
博羅県：中国は高級住宅開発の新機軸として、オーストリアの世界遺産、ハルシュタット村をそっくり再現したレプリカを建設した。

郭亮洞（郭亮トンネル）
河南省郭亮村

　郭亮村は太行山脈のなかに位置している。かつては村に通じる道といえば断崖絶壁に設置された危険な階段「天梯」のみで、350人の住人は、食糧やなんらかの治療が必要になった場合には、この明時代（1368〜1644年）につくられた、手すりもついていない720段の階段をおりなければならなかった。

　しかし1972年、状況が変わった。申明信書記（村の代表）の指示で、村の男たちが山の中腹にトンネルを掘りはじめたのだ。使用した道具はシャベル、スパイク、金槌、ダイナマイト。道具の購入資金は家畜を売って調達した。そして、その後5年を費やし、約120mの高さにある岩を人の手で掘り抜いたのである。

　1977年5月1日、全長およそ1kmの郭亮トンネルがついに開通した。ただし、照明設備はなく（30のくりぬき窓から陽光が差し込むだけ）、道幅も6mに満たないため、車両・歩行者ともに注意して通行しなければならない。衝突事故を防ぐため、ドライバーはヘッドライトを点灯し、一定間隔でクラクションを鳴らしている。

真響市から輝県市行きのバスに乗車。そこで南平市行きのバスに乗り換える。所要時間は約3時間。
北緯35.731287度　東経113.603825度

湖底に眠る都市
浙江省淳安県

　およそ60年前、千島湖は湖ではなく、約30万人が暮らす土地だった。五獅山のふも

崖の中腹あたりを山肌に沿って走る「郭亮トンネル」は、人力で掘られた。

とに位置する壮大な都市、獅城（621年に建設された古代の城郭都市）はその見所のひとつにかぞえられていた。

　しかし、1959年、新安江水力発電所プロジェクトの一環として、ワシントンDCの約3倍の面積の貯水池をつくるため、およそ575㎢の谷全体が水底に沈むことになった。住民は移住し、家々は湖底に沈み、獅城——年月を経たにもかかわらず、複雑精緻な装飾が施された城壁、門、アーチ道が無傷のまま残っていた——も消え失せた。

　それから数十年、獅城の記憶はしだいに風化していた。しかし、2001年、スキューバ・ダイバーが水深30mのところで石壁を再発見する。獅城の保存状態は良好で、その後の10年、ロボットダイバーや人間のダイバーが驚くほどすばらしい写真やビデオを撮影してきた。また2005年には、調査チームが超音波探査機を用いて、やはり1959年に湖底に沈んだ古代都市をさらに3つ発見した。

　獅城を観光地化しようという提案もなされたが（全体を地上に引き揚げる、潜水艦でツアーを提供する、周囲に防壁をつくって水が入らないようにする等）、遺跡を損傷する恐れがあるため、実現にはいたらなかった。そういうわけで、現在、獅城を見たければ、スキューバタンクを背負って千島湖に飛び込むしかない。その底には目を見張る古代世界が待ち受けている。

淳安県は杭州市の150kmほど南西。ダイビング・シーズンは4月から10月だが、透明度が高いのは4月から6月。機材と仲間が必要なら、上海のダイビング・ショップ〈ビッグ・ブルー〉へ。千島湖へのグループ・ツアーを催行している。

北緯29.615849度　東経118.990803度

香港

九龍寨城公園
九龍、九龍城区

　1945年から1993年まで、九龍城砦では、窓のない小さな部屋が15階まで積み重なった建物がぎっしり並び、コンクリートの立方体（キューブ）を形成していた。湾曲した階段は埃まみれの狭い路地につながり、あたりには生ゴミが放つ悪臭が立ちこめていた。日が昇ろうが沈もうが、迷路のような通路は常に暗くて薄汚く、その常闇のなかで秘密裡に犯罪行為が行われる。そこは「三合会」と呼ばれる犯罪組織が支配する無法地帯で、阿片窟が盛況を極め、もぐりの歯医者が不器用な手つきで虫歯を抜いていた。

　1800年代初頭に軍事要塞として設立され

危険地帯として知られた九龍城（取り壊されたため、現存しない）の縮尺模型。

た九龍寨城は、1898年、イギリスが香港新界地区を租借した際に、中国が引き渡しを拒んだ唯一の場所だった。当時、九龍には数百人の中国兵が駐屯しており、拡大を続ける大英帝国の中に中国領の軍事拠点を維持することを望んだのである。イギリスは中国に対し、イギリスの香港支配を妨げないことを条件として、九龍を中国の飛び地とすることを認めた。

だがこの協定は長続きせず、翌年、イギリスは九龍寨城を強襲・占領。そのとき、2万6000㎡の居留地内に実際は約150人しかいないことが判明した。それからの数十年、イギリス政府はここを野放しにした。その結果、不法居住者がじわじわと流入し、第二次世界大戦が終わる頃には、人口過密の悪の巣窟に姿を変えつつあった。ピーク時の居住者数は3万3000人（1㎢あたり4万3000人）。この"都市の中の都市"は歴史上最も人口密度の高い地区のひとつとなった。

1987年、香港政府はついに九龍寨城の取り壊しを決定し、跡地は公園として整備されることになった。1994年に取り壊し工事が行われると、大砲や壁の一部等、要塞時代の名残が発見された。現在これらの人工遺物は、ありし日の九龍寨城の縮尺模型とともに九龍寨城公園に展示されている。複数の庭園からなる公園は、かつての混沌状態が嘘のように、静けさに包まれている。
九龍東正道。地下鉄楽富駅から公園まで徒歩15分。
北緯22.33213度　東経114.190329度

中環至半山自動扶梯（ミッドレベル・エスカレーター）
中西区

香港の高台に広がる富裕地区、半山区の住人は、独特な方法で街の中心商業地区に通勤する。電車、路面電車、船、バスを使うのではなく、丘の斜面に設置されたエスカレーターに10分間乗るのだ。

道路交通を緩和するため、1993年につくられた中環至半山自動扶梯は、世界最長の屋外の有蓋エスカレーター・システムである。20基のエスカレーターと3基の動く歩道で構成され、閣麟街と些利街を通って、中央市街地である中環区と、ヴィクトリア・ピークにある高級住宅地、半山区を結んでいる。全長はおよそ800m、高低差は135mだ。

約5万5000人が毎日、このエスカレーター・システムを利用している。午前6時から10時までは全基が下りで、10時半から停止時刻の深夜12時までは上りになる。エスカレーターに乗りながら、人気のショップや各国料理のレストランが立ち並ぶソーホー地区のにぎわいを眺めることもできる。
閣麟街（皇后大道中（クイーンズ・ロード・セントラル）と荷李活道（ハリウッド・ロード）のあいだ）及び些利街。
北緯22.283664度　東経114.154833度

香港のその他の見どころ

重慶大厦（チョンキンマンション）
九龍：さまざまな違法グッズや違法サービスを提供する悪の迷宮。街一番の安宿が集中している。

世界最長の屋外の有蓋エスカレーター・システムは香港の丘陵地帯を横切って通勤者を運ぶ。

台湾

台北101の同調質量ダンパー（TMD）

台北

　世界有数の高層ビル、高さ508mの台北101からの眺めはすばらしい。しかし、都市の壮大なパノラマに背を向けると、それと同じくらい魅力的なものが目に入る。88階から92階にかけて、建物の中央にぶらさがっている黄色の巨大な球体だ。

　この728トンの球体の正体は同調質量ダンパー。風や地震による上層階の揺れを抑制するべく考案されたペンダント型の装置であ

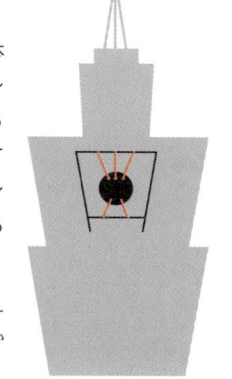

巨大な"ペンダント"は台湾一の高層ビルを風による振動から守っている。

る。強風が吹くと、摩天楼の上層階は数十センチの振幅で横揺れする。8本の鋼鉄ケーブルでぶらさげられた台北101のダンパーは、その揺れを相殺する力を持ち、ビル内にいる人がぐらつきを感じないようにしている。

　台湾が地震に弱いことを考えれば（台北市はふたつのテクトニック・プレートの境界付近に位置している）、この人目を引くダンパーは必要不可欠な構造物と言えるだろう。

台北市信義路5段7号。地下鉄市政府駅駅から徒歩15分。世界有数の最速エレベーター（時速61km）で展望台にのぼろう。

北緯25.033612度　東経121.564976度

台湾のその他の見どころ

北投焚化廠
ゴミ焼却所の塔の最上階にある回転レストランで食事をしてみよう。

日本

虫塚
東京

　寛永寺の庭園にひとつの石碑がある。増山雪斎が写生に使った虫たちのため、1821年頃に建立した供養碑、虫塚である。心優しい雪斎は、自分が博物図譜を作成するときに解剖した虫の魂が慰めを得ることを願い、この碑を建立させた。信仰厚い仏教徒の身として、石碑建立を自分にできるせめてのものことと感じたのだろう。

台東区上野桜木1-14-11。寛永寺は鶯谷駅南口から徒歩5分。
北緯35.721453度　東経139.774204度

東京のその他の見どころ

歌舞伎町ロボットレストラン
東京：ネオンストロボライト、テクノミュージック、ビキニ姿の女性ドラマー、そして動き回るロボット。それ以外にも度肝を抜かれることだらけ。

中銀カプセルタワー
東京：13階建てのアパートメントビル。ディストピアSF小説から抜け出たようなカプセル型の住居（総戸数144戸）がぎっしり並んでいる。

六本木ヒルズの毛利池
東京：都会の中の日本庭園の池には、1994年、スペースシャトル〈コロンビア〉で宇宙を旅したメダカの子孫が放流されている。

目黒寄生虫館
東京

　小さいながらも記憶に残る資料館。他の生物に寄生して成長する数万種類の生物に敬意を表して、1953年に設立された。1階には寄生生物と宿主の関係やライフサイクルについての概説があり、2階には回虫が寄生したイルカの胃、犬糸状虫が寄生したイヌの心臓、眼窩にヒルが棲みついたカメの頭部をはじめとする300もの標本の展示ケースが並んでいる。

　博物館のスタッフさえ首をひねっているが、どういうわけか、この施設は人気のデートスポットとなっており、若い恋人たちが手に手をとって、8.8mのサナダムシ（マス寿司を食べて感染した男性の胃から採取された）を眺めている。
目黒区下目黒4-1-1。目黒駅から徒歩15分。ギフト・ショップに立ち寄って、寄生虫封入キーホルダーを買おう。
北緯35.631695度　東経139.706649度

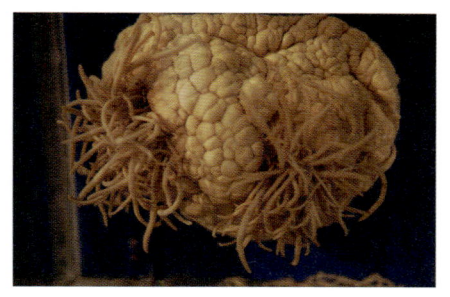
アニサキスの寄生したイルカの胃。

第五福竜丸
東京

　1954年3月、23名の日本の漁師が第五福竜丸に乗ってマグロ漁を行っていると、夜明けの空が突然明るくなり、白く細かい灰が降りはじめた。その後の3時間、謎の灰は降りつづけ、やがて乗組員たちの体に異変が起きた。頭痛、吐き気、火傷、目の痛み、歯茎からの出血。これらの症状を考え合わせると、すべての原因は明らかだった——急性放射線中毒である。

　第五福竜丸とその乗組員は水素爆弾の放射性降下物にさらされていた。マーシャル諸島熱核反応実験プログラムが始まって8年、アメリカは、広島に投下された爆弾の1000倍以上の破壊力を持つ水素爆弾「ブラボー」を爆発させた。第五福竜丸は危険水域の外にいたが、爆発の規模が予想以上に大きくなり、放射性降下物は規定の領域をはるかに超えて飛散した。

1954年、日本の漁船が核の悲劇に見舞われたことはあまり知られていない。

➡➤ 寄生虫が人体に及ぼす影響

メジナ虫

メジナ虫に寄生されたと気づくのは、この寄生虫が体内に侵入して1年も経ってからである。その頃になると、脚に水疱ができ、3日もしないうちに破裂して、白い糸のようなものが現れる。これがメジナ虫だ。しかも宿主の体内をめぐるメジナ虫の旅はまだまだ終わらない。

宿主の結合組織内で1年を過ごした頃には、全長1mにまで成長して、体内に数百万の卵を持つようになっている。破裂した水疱の中からメジナ虫が姿を見せると、つい引き抜きたくなってしまうが、これはよくない。寄生虫がちぎれ、そこから先の部分とその中にある卵がそのまま体内で腐ってしまう。

メジナ虫が脚から出てきたら、小さな棒に巻きつけながら引きだす必要がある。力ずくでひっぱるのは厳禁だ。少しずつ出てくるのを待ち、糸巻きの要領で棒に巻きつけていく。すべて巻きとるまでには数か月かかるかもしれない。

メジナ虫が表に顔を出す頃には、水疱付近に焼けつくような感覚がある。手近な池や川で冷やしたくなるだろうが、残酷なことに、これをすると、メジナ虫のライフサイクルを永続させる結果になる。メジナ虫が水中に幼虫を放出し、ミジンコがその幼虫を食べる。人間はそのミジンコが入った水を飲み、寄生の全過程が新たに始まるというわけだ。

眼虫

眼虫、もしくはロア糸状虫に寄生されても、自覚症状がない場合が多い。しかし、その存在が顕在化すると、思わずぎょっとさせられる。ロア糸状虫は双翅目の昆虫（たいていはメクラアブや食人バエ）を媒介にして宿主の体内に侵入し、皮下組織や肺の中に寄生して、循環系を通じて体内をめぐる。全長6cm以上まで成長し、幼虫を産生。その幼虫は最終的に脊髄液、尿、粘液の中に行きつく。

眼虫症で最もよく見られる症状はカラバル腫脹（かゆみを伴う赤い腫れ、特に前腕部に認められる）だが、感染を示唆する最初の徴候は眼球の違和感だ。ロア糸状虫は目の皮下組織を通じて移動できる。つまり、よくよく鏡に目をこらせば、眼球の表層の下で虫がうごめくのが見えるかもしれないのだ。そのとき感じる痛みとかゆみは、他のどんな経験においてもありえないものらしい。

サナダムシ（テニア条虫）

牛肉や豚肉を食べる前には、いったん手をとめ、しっかり火が通っているかどうか確かめよう。生肉あるいは加熱が不十分な肉にはサナダムシの幼虫がひそんでいる可能性がある。体内に入った幼虫が腸にたどりつくと、そこにべったりはりついて、全長7m以上もの成虫に成長する。

この平たいリボン状の寄生虫は人間の体内で18年も生きつづけることがある。その体は1000から2000の片節でできているので、畝模様に見える。片節の20％（後部のほう）は産卵能力を持ち、独立した個体のような挙動を示す。ちぎれた片節はときに肛門から這いでて、太腿に沿っておりていく。うわさでは、くすぐったいらしい。

サナダムシに寄生されてもたいてい自覚症状はないが、人間の腸内で10年を過ごした個体は、消化不良、腹痛、体重減少をもたらすことがある。寄生の最初の徴候は便中に片節が混じっていることだ――もしかすると動いているかもしれない。

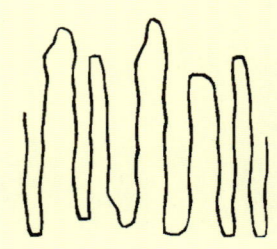

7m以上にもなる。

当時の日本は、1945年の広島と長崎への原爆攻撃がもたらしたショックからまだ立ち直っておらず、この被爆事件を受けて、パニックに陥った。第五福竜丸とその乗組員（そのうちのひとりは被爆後7か月足らずで亡くなり、水素爆弾の最初の犠牲者と考えられている）は日本の反核運動の象徴となり、「ブラボー」実験で汚染されたマグロが市場に出たのではないかという不安も運動の機運を高めた。

第五福竜丸は練習船として復帰したのち、1967年に廃船処分となった。現在、色あせた船体は、千羽鶴、ガイガーカウンター、1954年に空から降った死の灰が入った小瓶とともに、展示館に展示されている。**東京都江東区夢の島2-1-1、夢の島公園、第五福竜丸展示館。**

北緯35.689488度　東経139.691706度

上野動物園の猛獣脱出対策訓練
東京

毎年2月になると、張りぼてのサイが上野動物園のスタッフに向かって行儀よく突進する。2人の飼育員が操るこのサイは、年に1度の猛獣脱出対策訓練に使われるつくり物の動物のひとつである。

この人工のサイは毎年——サルの着ぐるみを着たスタッフと、二足歩行のトラに扮したスタッフを伴って——動物園のゲート破りを企て、上野の街を混乱に陥れようとする。飼育員たちは一致団結して、この"人間動物"を捕獲しようとする。まわりをネットで囲み、麻酔銃を装填し、棒で地面をたたき……それらしくするために、怪我をしたふりや死んだふりをするスタッフまでいる。参加者は全員、真剣に責務を果たしており、誰も笑ったりしない。

毎年恒例の訓練は地震その他の自然災害に備えて行われてきたが、それ自体が大人

年に1回、動物の着ぐるみを着た飼育員たちが脱走を試みる。

気アトラクションになったので、最近では日本各地の動物園がまねしはじめている。**東京都台東区上野公園9-83。猛獣脱出対策訓練は通常、2月20から22日のあいだに行われるが、動物園に確認したほうがよい。**
北緯35.714070度　東経139.774081度

富山湾のホタルイカ
石川県・富山県、富山湾

　ホタルイカは日本近海に生息する全長7センチほどの頭足動物だ。その際立った特徴——複数の発光器を用いて鮮やかな青い蛍光を発する——は、通常、300m以上の深海の闇に隠されているが、毎年3月から5月にかけて、何百万ものホタルイカが産卵のために富山県の海面に現れ、丸い湾の潮流に乗って岸に流れつく。

　この時期は漁の最盛期でもある。漁船は、夜明け前の海に網を打ち、もぞもぞ動く光る生物を大量に引きあげると、灯台のほうに進路を向ける。ホタルイカの成体（寿命は1年）が産卵を終え、死を迎えようとするとき、浜辺は一面、青い光に包まれる。この年に1度の光のショーは特別天然記念物に指定されている。

　ホタルイカはその魔法のような発光が高く評価される一方で、はらわたがおいしいことでも珍重されている。夜明け前の富山湾で美しい生物発光を堪能したあと、寿司屋に向かえば、生のまま、あるいは、ゆでたり天ぷらにしたりしたイカに舌鼓を打てるだろう。

　この光るイカを食べる前に——あるいは、食べる代わりに——もっとよく知りたいと思うなら、「世界唯一のホタルイカの博物館」を自称する、富山県のほたるいか

ミュージアムに行くとよい。
富山湾、滑川漁港。午前3時頃に滑川漁港から観光船が出発する。
北緯36.788391度　137.367554度

世界最大の排水設備
埼玉県春日部市

　G-CANSプロジェクト（正式には首都圏外郭放水路）は、台風襲来期の東京を洪水から守るために建設された巨大な地下河川である。

　2009年、17年間の工事を終えて開通。59本の柱、何キロにもおよぶ地下水道（トンネル）、高さ25mの広大な空間を備え、まるで地下神殿のようだ。コンクリートでできた5つの立孔が雨水を集め、河川や水路の氾濫を防いでいる。この超巨大な排水システムを用いれば、1分あたり1万2000トン（オリンピックサイズのプールの4.5個分）を超える水を汲みだせるという。

　首都圏外郭放水路では、排水システムの無料見学会が行われている。ただし、日本語がわからない場合は通訳を連れていこう。この備えをしておけば、まさかのときの避難指示にも従うことができるだろう。

東京の巨大地下河川は高速排水の殿堂である。

富山湾を彩る生物発光体の輝き。

埼玉県春日部市上金崎720、庄和排水機場内。無料見学ツアーが行われている（日本語のみ）。東京都心から最寄りの南桜井駅（そこから徒歩40分）まで1時間。
北緯35.997417度　東経139.811454度

即身仏
山形県湯殿山

密教の古い形態である修験道を信奉する日本北部の僧侶は、肉体的にも精神的にもきわめて困難な儀式を通じて悟りを求めた。これまでに少なくとも24人の僧侶が究極の自己犠牲を達成した。拷問のような苦しみに耐え、みずからをゆっくりとミイラ化することで死を迎え、即身仏となったのである。

全行程にかかる時間は10年。そのあいだに3つの段階を経なければならない。第1段階の1000日間は、木の実と種だけを食べながら、体脂肪を落とすために過酷な運動をする（脂肪は水分含量が多く、保温性も高いので、腐敗を促進してしまうため）。

第2段階では、食事制限がさらに厳しくなる。樹皮と根だけを食べ、有毒なウルシの樹液（通常は漆工に用いられる）からつくった茶を飲むのだ。その結果、嘔吐、発汗、多尿の症状が出るので、脱水という目標を達成できる。また、死肉にたかろうとするうじ虫を毒で殺すこともできる。

最終段階では、地下3mにある石室に入

修験道の僧侶は有毒な樹液からつくった茶を飲んで即身仏となる。

定し、蓮華座を組んで瞑想と読経をして過ごす。外界とつながるのは、節を抜いた竹筒（空気管）と鐘がひとつだけ。その鐘を鳴らして、まだ生きていることを知らせる。鐘が鳴らなくなると、竹筒は取り外され、墓は閉ざされる。

即身仏になろうとした僧は何百人もいたが、成功する者はほとんどいなかった。最後に鐘が鳴ってから1000日後に墓を開けてみると、ほとんどの遺体は腐っていた。こういった僧は、再び墓に封じられる。その忍耐力に敬意は払われるが、崇拝はされな

いのだ。

最も奇異な逸話を持つのは鉄門海上人である。伝説によれば、何人もの侍を殺し、遊女と恋をしたのち、仏門に入ったという。以降は自己犠牲の人生に徹し、みずから去勢を行い、切りとった性器をていねいに包んで、かつての恋人に手渡したともいわれる。さらに、江戸における眼疾患の流行を終わらせたいと望み、左目をえぐりとった。人類に救済をもたらすには自分の体を世界に残さなければならないと覚悟を決め、鉄門海は1829年に入定した。そのミ

➤ その他のミイラ仏

ルアン・ポー・デーン

仏教僧ルアン・ポー・デーンは、1974年に79歳で座禅中に亡くなり、ワット・クラナムのガラスの棺に納められた。以来ずっと一般に公開されている。

時が流れても、その体は驚くほど損なわれていない。乾燥していることと、白い肌にだんだん褐色の斑点が浮いてきたことをのぞけば、目に見える変化は眼球がなくなったことだけである。この変化への対処として、寺の僧たちはミイラのぽっかり空いた眼窩をサングラスで隠した。

ダシ＝ドルジョ・イチゲロフ

1927年、ロシアの仏教指導者であった75歳のダシ＝ドルジョ・イチゲロフは、自分はそろそろ死ぬと宣言し、ラマ僧たちを集めて一緒に瞑想を行い、瞑想中に蓮華座を組んだまま入滅した。その後まもなく共産主義ロシアが成立し、仏教はロシアから一掃されたも同然の状態になった。2002年、イチゲロフの遺体は掘り出され、ロシアで最も重要な仏教寺院、イヴォルギンスキー・ダツァンに移された。イチゲロフのミイラはいまもそこにあり、1927年に亡くなったときのままの姿で蓮華座を組んでいる。主な仏教の祝日ごとに公開され、巡

礼者たちはイチゲロフの両手から伸びるシルクの布（ガラスケースの細長い隙間を通って外に出ている）に額を押し当てている。

ルアン・ポー・デーンのミイラはサングラスをかけているので、うつろな眼窩が参拝者を怖がらせることはない。

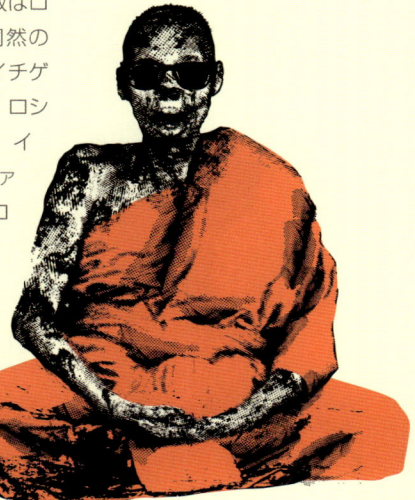

イラはいまなお蓮華座を組んだ姿のまま、湯殿山注連寺で公開されている。

東京から新幹線で新潟まで行き、特急いなほに乗り換え、鶴岡で下車（約4時間）。そこかから湯殿山行きバスに乗り、バス停大網で下車。注連寺と大日坊は徒歩圏内。
北緯38.531952度　東経139.985089度

耳塚
京都府、耳塚

　京都郊外の狭い住宅街、ひしめく家々のあいだに高さ9mの草むした塚がある。そこには何万もの朝鮮人の耳や鼻が葬られている。

　1592年、日本の武将、豊臣秀吉は朝鮮に出兵した。無差別殺戮の命を受け、約16万人の日本人が朝鮮になだれこんだ。

　兵士が受ける敬意と報酬は、どれだけの敵を殺したと証明できるかにかかっている。伝統的に侍は戦功の証として倒した相手の首をとっていた。しかし、数が増えるとかさばるため、しだいに死者の鼻あるい

見た目はのどかだが、耳塚は戦時の蛮行の証である。

は耳（こちらのほうが頻度が低い）だけを削ぐようになった。推定値には大きなばらつきがあるが、おそらく日本の兵士は15万人もの朝鮮人から体の一部を切りとったと考えられる。伝えられるところでは、体の一部を切りとられながら生き延びた者もいるらしい。

　耳塚は文字どおりに耳の塚だが、実際に葬られているのはほとんど鼻である。1597年に築造された当初は鼻塚として知られていたが、数十年後、その名前から想起されるイメージがあまりに残酷だという理由で改名された。どういうわけか、切りとられた鼻より、切りとられた耳のほうが受け入れやすかったらしい。

京都市東山区正面通。京阪本線の七条駅から北に歩いてすぐ。
北緯34.991389度　東経135.770278度

比叡山の回峰行者
滋賀県

　地球の外周は40075km。比叡山の回峰行者が7年をかけて徒歩で踏破すべき距離より3200kmほど短い。

　回峰行者は天台宗（9世紀初頭、比叡山延暦寺で開かれた宗派）に属する僧侶である。「生き仏」となるために、過酷な回峰行に耐える道を選ぶ。回峰行とは7年がかりの荒行で、その一環として、食事も睡眠もろくにとらず、毎日、長距離を歩かなければならない。

　回峰行の最初の課題は100日間連続で毎日40km歩く行だが、行者に許される訓練期間はわずか1週間である。この準備期間中、同宗派の他の僧侶たちは、コースとなる山道から尖った石や木の枝を取り除き、

行者が履くための草鞋を80足編む。1足はせいぜい数日しかもたないからだ。

次の3か月半、行者は厳格な日課に従う。真夜中に起き、少量の飯か麺の食事をとり、その後の1時間は真言を唱えて過ごす。それから、いよいよ歩く時間となる。白装束をまとい、草鞋を履き、大きな檜笠をかぶり、厳密にコースに従って、道中に300近くある礼拝場所をまわる。飲食も休憩も禁じられている。腰まわりには短刀（降魔の剣）と紐（死出紐）をつける。回峰行を達成できなかった場合は、名誉のために、これらの道具のいずれかを用いてみずから命を断たなければならない。

1日の行程を歩き終えると、入浴し、また少量の食事をとり、天台宗の勤行に参加したのち、午後9時に床に就く。そして真夜中に起床し、再び全行程をくり返す。

行者は何か月も連続して、毎日、草鞋で長距離を走破する。

回峰行の最初の3年間は同じパターンに従う。すなわち、1年で100日間、毎日40km歩くのだ。4年目と5年目は200日間になる。最大の試練は700日目に訪れる。7日間から9日間の「堂入り」だ。堂入り期間中は断食、断水、不眠、不臥で真言を唱えつづけなければならない。この臨死体験は、行者が自我を滅し、超越的境地に到り、他者を悟りに導く存在になるのを助けるという意味合いを持っている。当初、堂入りは10日間とされたが、生存率が0%だったため、期間短縮を余儀なくされた。

最後の2年、歩く距離はさらに長くなる——最初は60km、次は84kmだ。1885年以降、7年間の回峰行を満行した僧侶は約50名。最も最近の満行者である酒井雄哉師は、回峰行を2度満行した3人の行者のうちのひとりである（1度目は1973年から1980年まで、それから半年おいて、2度目は1980年から1987年まで）。

延暦寺（天台宗誕生の地）は参観可能。京都から京阪本線（鴨東線）に乗車、出町柳で叡山電車に乗り換え、八瀬比叡山口で下車。比叡山山頂までは叡山ケーブルで。北緯35.070556度、東経135.841111度

日本のその他の見どころ

キリストの墓
新郷村： 一部の熱心な信徒たちによれば、イエス・キリストはカルバリの丘の十字架上では死なず、日本北部で106歳の天寿をまっとうしたという。その亡骸は新郷村にある墓におさめられているとされている。

地獄谷野猿公苑
山ノ内町： 冬場の地獄谷温泉はニホンザルの湯治場となっている。

藤のトンネル
福岡県北九州市

　河内藤園の藤のトンネルは、1年の大半はねじれた蔓に覆われた格子のトンネルでしかない。しかし、毎春、数週間だけ、見事なばかりの花盛りを迎える。トンネル内の小道を歩く人は一面に垂れさがる藤の花と甘い香りに包まれる。

　この私営藤園では、約150本の紫、ピンク、白の藤が栽培されている。開園期間は4月下旬から5月中旬だが、具体的な期日は年ごとに変わる。

北九州市八幡東区河内2-2-48。
北緯33.831580度　東経130.792692度

人形の村（かかしの里）
徳島県三次市

　名頃村（現三次市）の小学校のある教室には物言わぬ生徒たちがいる。同じく無言の教師を見つめ、来る日も来る日も身じろぎもせず座っている。元気いっぱいに発言することもなければ、教科書をめくることもない。

　この教師と生徒は、実は等身大の人形だ。生徒数が減少し、学校が閉校となったのち、地元に住む綾野月美が制作した。綾野は名頃村に生まれ、日本で3番目に大きな都市、大阪で数十年を過ごしたのち故郷に戻ったが、そのとき村民数は35人（以前は約300人）にまで減少していた。

　綾野の人形制作は野菜畑を守るためのかかしから始まった。しかし、どんどん人形をつくっていくうちに——亡くなった友人や親類に似せてつくったものもあった——かつての知己である村民たちを偲んで、村

芳香漂うパステル色の花の通路を毎年数週間だけ楽しめる。

のあちこちに人形を置くようになった。雨具を身につけ、長靴をはき、小川のほとりで釣り竿を握っている人形もある。戸外のベンチに並んで座り、世の移り変わりをゆったり眺める老夫婦の人形もある。かつてはこうした光景が村のいたるところで見られた。

　綾野の概算では、これまでにつくった人形は350体にのぼるという。すなわち、現在村に住む人間の10倍ということだ。

名頃村を訪ねるには、JR阿波池田駅から四国交通バスに乗車、バス停久保で下車。市営バスに乗り換え、バス停名頃で下車。
北緯34.043671度　133.802503度

過疎地である名頃村の住人が亡くなると、地元の職人がその人物を偲ぶかかしをつくる。

軍艦島

長崎県端島

　長崎の沖にある端島はふたつの名前で知られている。ひとつは軍艦島。もうひとつは緑なき島。どちらも殺伐とした印象を与える名前だが、それは島の外観に由来している。もともと細長い岩塊であった軍艦島は、崩れゆくコンクリート造の村の残骸に覆われているのだ。

　1890年、三菱が海底資源（石炭）採掘施設をつくるために島を購入した。1916年には、この軍艦島に日本初の鉄筋コンクリート造の高層アパートメントが誕生する。9階建ての灰色の建物には窮屈な部屋がずらりと並び、同じ形のバルコニーからは閉所恐怖を引き起こしそうな中庭が見おろせた。1959年には5000人を超える炭坑作業員とその家族がこのアパートメントで暮らすようになり、当時の人口密度は1㎢キロあたり8万3600人。全長1kmにも満たない島は地上で最も過密な場所になった。

　軍艦島の島民は食料（1957年までは水も）は本土から運び入れていたが、学校、遊び場、映画館、商店、病院は島内にあった。こんな狭いコミュニティの中に娼館まであった。9階建ての建物内を移動する手段は、コンクリートの急な階段のみだった。

　1974年1月、端島炭鉱は正式に閉山した。それから2か月以内に全島民が本土に移り、以来ずっと軍艦島は無人島である。何十年にもわたり、雨、風、台風、海水にさらさ

軍艦島として知られる岩塊。かつて世界一の過密地域だった島は、いまや海上のゴーストタウンと化している。

れたせいで、現在、島の建物群は崩壊しかけている。バルコニーの壊れた手すりから木片が落ちてはぼろぼろに崩れたコンクリートにぶつかり、壁からはゆがんだ鋼鉄の梁や錆びた鉄骨が突きだしている。家庭生活の痕跡もわずかに残っている。ティーカップ。三輪車。1960年代に製造されたテレビ。かつて世界一の過密地域だった島に響くのは、吹きすさぶ風と砕ける波の音だけである。

2009年、軍艦島は再び観光客に開放された。ただし、安全性への懸念から公式ツアーで立ち入りが許される場所はきわめてかぎられている。島の建物群を探検したいなら、早朝の漁船に飛び乗るしかない。公式ツアーのクルーズ船は長崎港および常盤ターミナルから出発する。
北緯32.627833度　東経129.738588度

北朝鮮

機井洞（平和の村）
キ ジョンドン
非武装地帯（DMZ）

　北朝鮮と韓国を隔てる長さ250km、幅4kmの非武装地帯にはふたつの村がある。それぞれの側にひとつずつだ。朝鮮戦争停戦後、1950年代につくられた北側の村、機井洞には設備が整った高層ビルが立ち並び、200世帯が暮らしている。少なくとも北朝鮮政府の公式発表ではそういうことになっている。しかし実際のところ、機井洞は、北朝鮮の経済的成功を国境の向こうの韓国人にアピールするためにつくられた、宣伝用の無人の村なのだ。
プロパガンダ

　遠くから見れば、機井洞（北朝鮮では"平和の村"と呼ばれる）は、色が少しくすんでいるにせよ、なんの変哲もない村だ。

ところが、近づいて目をこらすとトリックが見えてくる。住居用の建物の窓にはガラスが入っておらず、電灯（その地域の人々にとっては贅沢品）は、自動タイマーで操作されている。たまに人影が見えたかと思えば、ときどき派遣される維持管理要員で、生活している人がいるという印象を与えるべく、通りを掃いたりしている。
メンテナンス

　機井洞から1.5kmほど、国境の南側にある村は臺城洞（自由の村）だ。ここにいる数百人の住民は天国と地獄のあいだに住んでいるようなものらしい。DMZに居住していることから、納税と徴兵を免除されるが、それと引き替えに自由を犠牲にしなければならない。午後11時の消灯が強制され、引っ越しは禁じられている。

　ふたつの村の対立は、北と南の（ときとしてばかげた）競争の典型と言えるだろう。1980年代、韓国政府は臺城洞に98mの掲揚塔を建て、国旗を掲げた。これに応じて北朝鮮は機井洞に160mの掲揚塔（当時としては世界一の高さ）を建て、もっと大きな国旗を掲げた。

　DMZ内は60の絶滅危惧種（アムールヒョウ、アジアクロクマ、タンチョウヅル等）の生息地だが、100万もの地雷が埋まっている。韓国観光公社はを"平和・生命地帯"を謳い文句としてDMZへのネイチャー・ツアーを催行している。

機井洞および臺城洞への立ち入りは許されていないが、どちらの村も共同警備区域（JSA）から見ることができる。ただし、国連軍司令部から権利放棄書（死亡時を含む）への署名を求められるだろう。
北緯37.941761度　東経126.653430度

一見したところ、大勢が暮らす設備の整った町のようだが、実態は異なる。

意外な自然保護区

人間が去れば、自然が栄える。未来主義者のブルース・スターリングの言葉を借りれば、"思いがけない自然公園"だ。そういった場所には、農業や開発が行われなければ栄えていたはずの種が住みつき、多様性に富む生態系を生みだす傾向がある。

ヨーロピアン・グリーン・ベルト

ヨーロッパ大陸は—物理的にも、政治的にも—40年以上も鉄のカーテンで分断されていた。この期間に人々は境界地域から逃げだし、ソ連を中心とする東側と西側諸国のあいだの細長い地域は野生生物のための場所となった。鉄のカーテンのおかげで発展がもたらされたのだ。ヨーロピアン・グリーン・ベルトという草の根環境保全イニシアチブは、フィンランドからギリシアやトルコまでの生態系ネットワークを守り、保存することをめざしている。

キプロスのグリーンライン

キプロス島のギリシア系住民の支配地域とトルコ系住民の支配地域を分ける停戦ライン。"グリーンライン"というニックネームは、1994年、平和維持軍の司令官がキプロスの地図上に緑のマーカーで線を引いたことに由来する。現在、この緩衝地帯は動植物の宝庫となり、タゲリ、一度は絶滅としたと思われたキプロストゲマウス、ムフロン（曲がった大角を持つ野生の羊）等が棲息している。

北朝鮮の首都にそびえる未完の柳京ホテル。

柳京ホテル
平壌（ピョンヤン）

　“平壌のピラミッド”は105階建ての三角形の摩天楼で、20年以上前にオープンする予定だったが、いまだ未完のままである。

　客室数3000、高さ330mの柳京ホテルの建設が始まったのは1987年。もともとは1989年6月にオープンする予定だったが、その日は過ぎてしまった。やがてソヴィエト連邦が崩壊し、北朝鮮はUSSRからの経済的支援を失い、輸入品価格に手心をくわえてもらうこともできなくなった。国はあっという間に経済危機に陥った。1992年、柳京ホテルのコンクリートの外装が完成したが、建設工事はそこで止まった。それも仕方がないだろう。資金はなく、電力もない。国全体が飢餓に苦しんでいた。

　それから16年間、巨大な灰色の骸骨は静かにそびえたち、てっぺんに置かれたままのクレーンが、この建物は未完であることを主張していた。ところが2008年、どういうわけか、エジプトのテレコミュニケーション会社の支援を得て、建設作業が再開された。今度のオープン予定は2012年4月。永遠の主席、金日成の生誕100年の記念日だ。しかし、その日も過ぎてしまった。2012年11月、ドイツの高級ホテル運営会社ケンピンスキーが柳京ホテルを運営することを発表し、オープン日を2013年8月とした――が、結局、2013年4月にプロジェクトから手を引いた。

　コンクリートの外装はいまや草に覆われているが、いつホテルがオープンするのかは――もしオープンするならの話だが――まったくわからない。長年放置されたせいで構造的欠陥が生じたといううわさもある。

　平壌、地下鉄革新線建設駅すぐそば。柳京ホテルの中に入ることはできないが、平壌市内のどこからでも見える。平壌訪問はガイド付きツアーでのみ可能（北京発・高麗航空[北朝鮮の国営航空会社]利用）。北朝鮮国内にいるあいだは、柳京ホテルや北朝鮮政府への批判と解釈される恐れがあることを言わないよう注意すること。
北緯39.036328度　東経125.730595度

国際親善展覧館
平壌北部妙香山

　国の指導者たる者の常として、北朝鮮の元支配者、金正日主席と金日成主席も、その統治期間中に世界各国の政治家からさまざまな贈り物を受け取った。珍しいことに、これらの贈り物すべてが博物館に展示されている。120の展示室を持つ博物館は、世界がいまは亡き独裁者たちに抱く不滅の愛を示すものとされている。

　約10万個にもおよぶ贈り物の多くは、外交上の礼儀として贈られたささやかな記念品にすぎない（花瓶、灰皿、本、ペン等）が、北朝鮮の機嫌をとりたい独裁的指導者、テロリスト、コミュニストから受け

金正日が世界の指導者から受け取った贈り物の数々を見るときは、白い手袋をはめなければならない。

とった高価な品々もある。独裁者から独裁者への贈り物として喜ばれたのは狩猟の記念品である。フィデル・カストロはワニ革製のブリーフケースを、ルーマニアの独裁者、ニコラエ・チャウシェスクは赤いサテンのクッションに載ったクマの頭を贈った。

ソ連の元支配者ヨシフ・スターリンと中国の毛沢東主席は、どちらも"大きいことはいいことだ"という考え方で、防弾リムジン、装甲した列車の車両を贈った（金正日と金日成が飛行機恐怖症だったことを考えると、これらの贈り物は単にぜいたくなだけではなく、ある程度の配慮と思いやりもこめられていたことがうかがえる）。

2000年、アメリカ国務長官マデレーン・オルブライトはこの孤立した国への外交訪問の終わりに、マイケル・ジョーダンのサイン入りのバスケットボールを金正日に贈った。このボールも、ソニーのウォークマン、カシオのキーボード、アップルのコンピュータ、ペレのサイン入りサッカーボールと並んで展示されている。

数ある独創的な贈り物の中で最も困惑させられるのは、ニカラグアのサンディニスタ革命政権からの贈り物——酒器を載せた盆を持つ立ったワニの剥製だろう。

妙香山は平壌から車で2時間。ガイド付きツアーでのみ訪問可能。ツアー参加時には靴にかけるカバーを持っていくこと。そうすれば床を土で汚さずにすむ。写真撮影は禁止。
北緯**40.008831**度　　**126.226469**度

祖国解放戦争勝利記念館
平壌

朝鮮戦争——北朝鮮では、「祖国解放戦争」——に捧げられたこの博物館のツアーは、ロビーにある幅26mの壁画から始まる。永遠の主席、金日成がにこやかに手を振りながら、大隊と市民たちを率いる姿が描かれた壁画だ。主席の左側では薔薇色の頬をした少女が明るい色の風船を手にしている。この、まさにプロパガンダそのものの修正主義的作品が、ツアーの先行きを予感させる。

ガイドはおそらく軍服姿のきまじめそうな女性で、地図やら北朝鮮軍の死傷者の写真やらを指示棒で示し、アメリカの帝国主義者が戦争を始めたと非難するだろう。地下では、アメリカから奪った航空機、武器、トラックを見学する。そこには北朝鮮の魚雷艇も展示されていて、ガイドはこれを、1950年7月、日本海での戦闘中に重巡洋艦ボルチモアを撃沈したものだ、と説明するはずだ。本当ならば驚嘆すべき功績だが、これもまったくの大嘘。ボルチモアは1946年から1951年まで任務に就いておらず、イングランド、極東、ワシントン州で過ごしたのち、1971年に海軍から除籍され、オレ

祖国解放戦争勝利記念館にある壁画。愛国心あふれる市民たちを率いる金日成主席が描かれている。

ゴン州ポートランドで解体された。

ツアーの最後の見せ場は大田の戦いの様子を描いた没入型円形パノラマだ。1950年7月、3日間の戦闘ののち、数では勝るアメリカ軍が撤退し、北朝鮮が戦術的な勝利をおさめる結果となった。ここでは回転する円形プラットホームに座り、高さ15mの大画面を360度見ることができる。北朝鮮兵士は旗を掲げて英雄のように突進し、敵のアメリカ兵は地面に転がり、降伏したり、死んだりしている。

平壌、西川洞。
北緯39.043653度　東経125.736183度

韓国

第3南侵トンネル
京畿道板門店

北朝鮮と韓国を隔てる非武装地帯（DMZ）（長さ250km、幅4km）で、軍事境界線を越えようとすれば——あるいは、越えようとしたとみなされれば——射殺されることになる。200万人の兵士がこの緊張に満ちた緩衝地帯をパトロールし、おかげでここは世界で最も重警備の境界となっている。

こっそり地上侵攻するのは不可能だろう。だからこそ、1953年の停戦ののち、北朝鮮は密かに地下トンネルを掘りはじめたのだ。

韓国は1978年に第3南侵トンネルを発見した。この名前がつけられたのは、3番目に発見されたトンネルであり、ここを通って軍事侵攻しようという意図が明らかだったからである。第3南侵トンネルは、DMZの地下に少なくとも1ダースはあるとうわさされるトンネル（そのうちの4本が現在までに見つかっている）のひとつにあた

り、ソウル攻撃の際の侵攻ルートとして設計されながらも、総距離はわずか1.5kmほどで、ソウルから45km離れたところで終わっている。

当初、北朝鮮はこの2×1.8mのトンネルを掘ったことを否定した。しかし、やがて話が変わった。大急ぎで壁を黒く塗り、トンネルは北朝鮮の炭鉱だと主張したのだ。もちろん、韓国はその独創的な説明を信じず、トンネルを管理下におき、境界線をコンクリートで封鎖した。第3南侵トンネルは現在では一般に公開されている。中に入り、コンクリートを隔てて有刺鉄線とマシンガンから数mの場所に立つこともできる。

韓国の自称"トンネル・ハンター"たちは、DMZに隠された秘密の通路をいまも探しつづけている。すべての通路が発見されないうちは、北朝鮮に侵入される危険性があると考えているのだ。北側の隣人に対する強い不信感に突き動かされ、何十年ものあいだ、穴の開くほど地図を見つめ、手がかりを求めて地面を探査し、大枚をはたいて無駄な穴を掘りつづけている者もいる。**板門店近くに位置する第3南侵トンネルへのツアーはソウル、ロッテホテルから出発する。**
北緯37.956000度　東経126.677000度

珍島と芽島
全羅南道珍島

イスラエルの民を救うため、モーゼは紅海を割ったかもしれないが、韓国の伝説によれば、その偉業を達成したのは彼ひとりではない。

年に2回、珍島と芽島を隔てる海の水が引き、全長3km、幅35mの道が開ける。この"海割れ"現象には、こんな言い伝えがあ

る。かつて虎の群れが珍島を襲い、島民は逃げたが、たったひとり逃げ遅れた老女がいた。老女は海の神、竜王に祈りを捧げ、無事に芽島に渡れるよう海を割ってほしいと頼んだ。その願いは叶えられた。

　今日、珍島と芽島を訪れる者は、老女と同じように黄海を歩いて渡ることができる。1度は5月初め、1度は6月半ば。どちらの日にも、訪問者や観光客が防水性の靴をはいて各島から出発し、道の真ん中で出会って、互いを祝福する。そして、祝祭ははかなく終わりを告げる——海の道が現れるのは、ほんの1時間だけなのだ。

珍島、回洞里。ソウルから珍島はバスで6時間。珍島のバスターミナルから、ローカルバスで回洞里に向かう。
北緯34.407158度　東経126.361349度

韓国のその他の見どころ

トリックアイ・ミュージアム
ソウル：だまし絵の世界に入りこんで、錯視を楽しもう。

年2回の海割れ。珍島と芽島の島民は海の真ん中で会うことができる。

ブルネイ

カンポン・アイール

ブルネイ・ムアラ地区バンダルスリブガワン

　ブルネイの人口は40万強だが、そのほぼ10%にあたる人々がカンポン・アイールに住んでいる。カンポン・アイールは、ブルネイ川の水上にある42の村からなる集落で、家、店、モスク、レストラン、すべての建物が水上に突き出た支柱の上に建ち、それぞれが木製の歩道橋でつながれている。高速ボートを用いた水上タクシーは人気の公共輸送機関で、水上に浮かぶガソリンスタンドが運営している。

　この水上集落には9世紀から人が居住している。1521年、ポルトガル人探検家フェルディナンド・マゼランがここを訪ねて以降、東洋のヴェネツィアとして知られるようになった。建物の外観はぼろぼろで、いまにも倒れそうに見えるが、中は異なり、エアコン、衛星テレビ、インターネットといった現代文明の利器を備えている。

カンポン・アイールを訪ねたいなら、バンダルスリブガワンの水上タクシーが喜んで案内してくれるだろう。

北緯4.882695度　東経114.944261度

東洋のヴェネツィアと呼ばれるカンポン・アイールは世界最大の水上集落。

ブルネイのその他の見どころ

イスタナ・ヌルル・イマン

バンダルスリブガワン：国王［スルタン］の正式な居所であるイスタナ・ヌルル・イマンは1984年に完成した。1788の部屋、110台の車が入るガレージ、564のシャンデリアがある。

カンボジア

キリングフィールド慰霊塔

プノンペン

　チュンエクを襲った恐怖は想像しがたい。ここは、1975年から1979年にかけて、カンボジアの共産主義組織クメール・ルージュが1万7000人の男、女、子どもを処刑した場所である。

　クメール・ルージュの組織的大量虐殺——約200万人、すなわち人口の1/4が犠牲になった——は、カンボジアを、農業労働を中心とする無階級社会に変えようという試みの一環として行われた。全国民が農業に従事することを強制され、教育や信仰のある者、都市部の家を離れることに抵抗した者はすべて処刑された。

　現在、チュンエクは記念施設になっている。中央には仏塔が建てられ、犠牲者の遺骨が納められている。側面はガラスでできているので、5000もの頭蓋骨がきれいに棚に並んでいるのを見ることができる。頭蓋骨には外傷の痕跡が残るものが多い。クメール・ルージュは、弾丸の費用を節約するため、処刑に銃を使わず、つるはしを使ったのだ。仏塔のまわりには穴が並んでいる。かつての合同墓所で、大量の頭蓋骨はここから発掘された。人骨や服の切れ端が土から突きだしている光景もよく目にする。

　カンボジア政府は、この地を訪問し、ク

クメール・ルージュ・キリング・フィールドから集められた頭蓋骨は、大量虐殺の狂気を物語っている。

メール・ルージュ政権時代の残虐行為を記憶に留めるよう奨励している。

プノンペン中心部からチュンエクまではタクシーまたは三輪タクシー"トゥクトゥク"で30分。

北緯11.484394度　東経104.901992度

タ・プロムの恐竜
シェムリアップ州アンコール

　1100年代後期に建立されたタ・プロム寺院の壁に施された彫刻のひとつは、ステゴザウルスに似ている。どことなく似ているという程度ではない。かなりよく似ている。1997年、あるガイドブックがこの奇妙

12世紀の寺院の壁で、ステゴザウルスはいったい何をしている?

な彫刻に初めて注目して以来、創造論者たちはこの"タ・プロムの恐竜"を明白な"証拠"として掲げ、かつて人類と恐竜がカンボジアで共存していたと主張している。テキサス州グレンローズにある創造の証拠博物館にも、この彫刻のレプリカが展示されているほどである。

　彫刻された動物は確かに背板を持っているように見えるが、先史時代の年表を改訂させるほど説得力のある論拠にはなりがたい。この浮き彫りの動物はサイかカメレオンで、"板"は群葉の様式的表現だと言われれば、これもまた同じくらいすんなり納得してしまうだろう。

シェムリアップ、アンコール・トム。シェムリアップはプノンペンからバスで6時間。

北緯13.435000度　東経103.889167度

最後の竹列車
バタンバン

　この乗り物を「列車_{トレイン}」と呼ぶのは、まぎらわしくてよろしくない。「クイーンサイズの木製のベッドフレームが壊れそうな線路の上を猛スピードで走っている」と言っ

たほうが正確だろう。地元では「ノーリー」の名で知られる、バタンバンの竹列車（バンブー・トレイン）は、2本の車軸、溶接された車輪、その上に載せられた1.8×3mの竹製の荷台で構成されている。オートバイや耕作機械からとられたエンジンがやかましい音を立て、後部車軸を回すドライブベルトに動力を供給している。

ノーリーに"乗る"とは、ただ荷台に座ることであり、"エンジニア"はおそらくビーチサンダルをはいた子どもだ。線路は頼りなく、荷台には体をしっかり固定しておく手段もない。曲がりくねった線路上を時速48kmで突っ走っている最中にバランスを崩さないよう、ひたすら願うことになるだろう。

バンブー・トレインは即席でつくられた公共輸送機関なので、規制やルールがあるわけではない。初めて登場したのは、クメール・ルージュの支配のもとでカンボジアの線路網が大幅に縮小された数十年が終わったあとだった。1930年代にフランスが敷設した整備不良の線路を使い、地元民が手づくりのノーリー（予備の部品をかき集めてつくった）を走らせはじめたのだ。移動もできれば収穫物や動物の輸送もできるノーリーのネットワークは、またたく間に拡大した。

しかし、国有鉄道の復旧が進むなかで、ほとんどすべてのノーリーが運行をやめた。唯一残っているのは、バタンバン郊外から煉瓦工場のある小村へ向かう路線のみ。ここでは複数のバンブー・トレインが猛スピードを出し、単線を双方向に走っている。2台のノーリーが鉢合わせしたら、積み荷の少ないほうの乗客が飛びおりて、ノーリーを解体し、相手が行きすぎてから、再び組み立てる。組み立ては、ものの1分で完了する。ノーリーの数ある魅力のひとつは、パーツが単純に積み重なっているだけで、ナットやボルトで固定されていない点である。だが、走行中に脱線したのを感じたときも、きっとそのことを思いだざずにはいられないだろう。

バンブー・トレインの乗車料金は約8ドル。バタンバンホテルから予約可能。
北緯13.068816度　東経103.202205度

カンボジアのその他の見どころ

センザンコウのリハビリテーション・センター
プノンペン：この避難所［サンクチュアリ］は希少なセンザンコウを救うため、2012年に設立された。

インドネシア

タナ・トラジャの葬儀
南スラウェシ州タナ・トラジャ

南スラウェシ州に住む65万人のトラジャ族にとって死とは、生命が終わる一瞬のことではない。彼らにとって死とは、心臓が止まることで始まり――ときとして何年も先に――埋葬されることで終わる、多段階のプロセスなのだ。

タナ・トラジャの葬儀は、動物の生け

鉄道がなくなった地域のための即席の輸送手段。

贄、宴会、贈り物、音楽、墓地への行列行進等、何日にもわたる複雑な儀式の数々で構成されている。また死者を模した木製人形、タウタウがつくられ、墓のそばに置かれる。

　儀式を行うには莫大な費用が必要なので、家族は何週間、何か月、ときには何年もかけて資金を集めなければならない。この期間、遺体はホルマリン処理をされ、布に包まれた状態で、先祖代々の家にそのまま安置され、"死んでいる"のではなく、"病気"もしく"眠っている"ものとされる。

　生け贄に用いる水牛を群れで買えるだけの資金が準備できると、祭儀が始まる。初日は客人たちが列をなして死者の家族に贈り物（食べ物や飲み物、生け贄の牛や豚）をする。この贈り物は、基本的には以前にもらったものへの「お返し」なので、すべて記録され、人々の前で発表される。これによって村人たちは、借りをつくったのか、返したのかを把握できる。

　その週の後半、生け贄の儀式が行われる。水牛は輪の中心に連れていかれ、鼻輪につけたロープで土にさした棒につながれる。そして、大人、子ども、ペットが見守るなか、なたで首を切られる。ぱっくり開いた傷から噴き出す血は、水牛がのたうちまわるたびに勢いを増していく。やがて水牛は力を失い、地面に倒れ、血と泥の海の中で死んでいく。これと同じことが、水牛や豚

タナ・トラジャには、生者とともに死者の人形がある。

が尽きるまで、何十回もくり返される。

　トラジャ族の信じるところによれば、死者の霊がいつまでもこの世にとどまって悪運を運んでくるのを防ぐために、動物を生け贄にするという。死者の魂は水牛の背に乗って死後の世界に向かうのだ。かたや地上では、犠牲になった動物の生肉が客人たちに配られる。地位が高く、裕福な人が、最もよい部分をもらう。

　そして、生け贄の儀式の1週間後、全村民が行列で行進して棺を墓所に運ぶ。トラジャ族の最後の安息所はたいてい崖の側面に開いた穴である。埋葬用として人気のある崖には、タウタウに守られた棺がずらりと並んでいる。

南スラウェシ州の州都マカッサルからバスに乗車、8〜10時間でタナ・トラジャにつく。葬儀が最も多いのは、収穫を終えたあとの7〜10月。葬儀は公開されているが、見学者は死者の家族にコーヒーやタバコ等のささやかな贈り物を持っていくことが慣例となっている。
南緯3.075300度　東経19.742604度

インドネシアのその他の見どころ

タナロット
バリ：船の形をした岩島タナロットには聖なるヘビに守られた寺院がある。

シドアルジョの泥火山
東ジャワ州シドアルジョ

　2006年5月29日、シドアルジョ県の自然ガス田から、蒸気、水、ガス、熱い泥が噴きだした。それ以来、泥はとめどなく噴出しつづけている。いまや十数個の村がひび割れた泥の層――最も厚いところは20m

――の下敷きだ。予測によれば、この泥火山は少なくとも2037年まで噴出を続けるだろうとのことだ。

　最初の噴出で14人が亡くなり、周辺の村に住む3万人が避難を余儀なくされた。この少し前、採掘会社ラピンド・ブランタスが液状沈殿物の層に穴を穿ち、溜まっていた水、蒸気、ガスを周囲の石灰石の中に逃がすという作業を行っていた。

　しかし、災害発生後の聴聞会において、ラピンド・ブランタス社は責任を認めず、噴出が起こったのは2006年に260kmほど離れた場所で発生したマグニチュード6.3の地震が原因だと主張した。ただし、ある地質学者のグループが2008年にまとめた報告書では、爆発の原因はドリルによる穿孔にあると結論づけられている。

　ラピンド・ブランタス社は火山にコンクリートを詰めようとしたが、失敗に終わった。故郷を失った村人たちは泥の中に生け贄のヤギを放りこみ、噴出の勢いが弱まることを願った。けれど、この願いもかなわなかった。現在では2008年に築かれた堤防が泥流を封じこめているが、それでもときどき道路近くまで流れてくることがある。**シドアルジョに滞在し、バイクタクシーで泥の流出の南側15kmの場所まで連れていってもらおう。**
南緯7.527778度　東経112.711667度

ラオス

ブッダパーク
(ワット・シェンクアン)

ヴィエンチャン

　園内に置かれた神、人間、動物、悪魔の石像は、まるで100年ものあいだ風雨にさらされていたかのように見えるが、実はこの公園は、1958年にブンルア・スリーラットによってつくられたものである。スリーラットは風変わりな聖職者兼まじない師（シャーマン）で、ヒンドゥ教と仏教を合わせた、神秘主義的な宗教哲学を持っていた。

　スリーラットによると、彼がそうした信条を持つようになったのは、ほら穴に落ち、ヴェトナム人のヒンドゥ教徒でケオクという名の隠者と出会ったのがきっかけだという。ワット・シェンクアンには200

"霊の街"には何百ものヒンドゥ教と仏教の像がある。

ものコンクリート像があるが、すべてスリーラットと数人の弟子が製作したものである。全長およそ120mの涅槃仏。8本の手それぞれに武器を持ったシヴァ神。"地獄、現世、極楽"の三層構造で、どういうわけだか側面に悪魔の顔の貼りついたカボチャ。悪魔の口からカボチャの中に入り、上階にのぼることもできる。

　1975年の共産主義革命のあと、スリーラットはメコン川を渡ってタイのノーンカーイ県に逃れたが、ほどなくそこにもサラ・ケオクと呼ばれるブッダパークをつくった。スリーラット本人のミイラ化した遺体はいま、サラ・ケオクのパビリオンの3階に安置されている。

ヴィエンチャン、タ・デウア通り。ブッダパークはヴィエンチャンから東に約30分。朝市からバスに乗り、フレンドシップ・ブリッジで下車。ミニバスに乗り換え、でこぼこ道を進んでいくと、パークにたどりつける。
北緯17.912289度　東経102.765397度

ジャール平原

シエンクワーン県ポーンサワン郡

　ラオスの高地にあるシエンクワーン高原（1295㎢）には、鉄器時代（紀元前500〜後500年）につくられた、高さ1〜3mの石壺が大量に散らばっている。正確な目的はわかっていないが、1930年代にこの地域の考古学調査を行ったところ、黒焦げになった人間の骨が発見されたため、葬儀用の壺として使用されたのではないかと言われている。天井にふたつの人工の穴が開いた洞窟もあり、そこが火葬場として使われていたと考えられている。

　石壺の多くには、もっと最近の時代の痕

跡も残っている。ヴェトナム戦争中、戦火はラオスにも飛び火し、ジャール高原は戦略的に重要な位置にあるとみなされた。1964年から1973年まで、アメリカはラオスで"秘密戦争"を行い、この地域に何百万個もの爆弾を投下した。その証拠が、砕けた石壺、爆発の跡、不発弾（UXO）があることを警告する表示である。投下された爆弾の30％は不発だったので、UXO撤去スタッフのたゆまぬ努力にもかかわらず、その多くがいまだこの風景の中に隠されている。

平原の中心地、ポーンサワンは首都ヴィエンチャンからバスで11時間、もしくは飛行機で30分。遺跡を探検するときは、地雷問題アドバイザリーグループ（MAG）の表示によく注意しよう。
北緯19.430000度　東経103.18557度

シエンクワーン高原に残された謎の石壺はかつては骨壺だったのかもしれない。

マレーシア

バトゥ洞窟
クアラルンプール

バトゥ洞窟への道はムルガンの足元から始まる。ムルガンはヒンドゥ教の戦いと勝利の神だ。高さ43mの金色の神像に迎えられたあと、参拝者は272段の階段をのぼらなければならない。3つの巨大洞窟があるのはその先だ。しかも階段では、参拝者の邪魔をするかのように、尾の長いサルがたくさん走り回っている。

地元民には知られていたこの洞窟が広く世間に知られるようになったきっかけは、アメリカの動物学者、ウィリアム・ホーナディが1878年にここを"発見"したことだった。1890年にはタミル族の実業家K・タンブサミ・ピレイがこの洞窟を訪れ、入り口がヴェル（ムルガンの持つ槍）のような形をしているのに気づいた。それにひらめきを得たピレイは、洞窟の中にヒンドゥ教の寺院をつくり、神々の像を置いて、この地を聖地に変えた。

1892年以来、ヒンドゥ教徒たちはバトゥ洞窟でタイプーサムを祝っている。毎年1月下旬から2月初頭のあいだに開催されるタイプーサムは、力の女神パールヴァティがムルガンにヴェルを与えたのを祝う祭りだ。祭りの参加者たちは"カヴァディ"（重荷）を背負って洞窟に巡礼する。カヴァディにはごく単純なもの（ミルクが入った真鍮の壺を頭に載せて運ぶ）から、極端なもの（頬、胸、背中、舌に串を刺す）まで、さまざまなタイプがある。黄色、赤、オレンジの衣をまとった巡礼者たちは、行列をつくり、14kmの距離を8時間かけて踏破する。そして、最後にクライマックスとして階段をのぼり、ムルガンに捧げものを

魯山大仏
中国、河南省魯山

建立：2008年
像高：128m
全高※：153m

銅製の魯山大仏は、20mの蓮華座の上に立っており、蓮華座自体も25mの台座の上に置かれている。見学者は大仏の足先の抱きついてもかまわないが、仏の足の指はどれも大人の身長より長い。

※台座の高さも含む

レイチュンセッチャー大仏
ミャンマー、カタカン・タアウグ

建立：2008年
像高：116m
全高：130m

金の衣をまとったレイチュンセッチャー大仏は12年の歳月をかけてつくられた。13.5mの台座の上に立ち、その手前には涅槃像がある（そちらもやはり金色で同じくらい大きい）。2体の仏像はアウン・サッチャー・パゴダの金色の仏塔を見つめている。

牛久大仏
日本、茨城県牛久

建立：1993年
像高：120m
全高：120m

台座の上の蓮華座に立つ牛久大仏はブロンズ製で、内部は4階建ての博物館になっている。展望階までのぼる途中では、薄暗い照明のなかでニューエイジ・ミュージックを聴きながら、心落ち着く香のかおりを体験できる。展望窓は大仏の胸のところにある。

➡ アジアの大仏像

　仏教は南アジアと東南アジアで大きな影響力を持っているが、仏像のサイズを見れば、それがよくわかる。国中のいたるところで、何百mもの高さを誇る巨大な仏陀の像が、穏やかな微笑みをたたえて堂々とそびえている。座っているものもあれば立っているものもあるが、どれも必ず灯台のように遠くからよく見え、参拝者たちを寺院と聖地に導いている。

　なかでも特に大きな5体を、自由の女神（こうして見るとなんとも小さい）とともに並べてみた。

タイの大仏
タイ、アーントーン県

建立：2008年
全高：92m

タイ国内で一番大きな金色の大仏座像は、完成までに18年かかった。大仏の下は博物館になっている。材質はコンクリートで、表面に金箔が貼られている。大仏前の地獄園に立ち寄り、彫刻でできた罪人がふたつに割かれたり、肉挽き器にかけられたりするさまを見てみよう。

楽山大仏
中国、四川省

建立：803年
像高：68m
全高：71m

長江の支流の岸部の崖に彫られた摩崖仏。起源は唐代（7-10世紀）にさかのぼり、近代以前につくられたものとしては世界一の高さを誇る。

自由の女神
アメリカ、ニューヨーク

建立：1886年
像高：46m
全高：93m

ヒンドゥの祭り、タイプーサムのときには、体に串を刺した巡礼者たちがバトゥ洞窟に押し寄せる。痛みが大きいほど、魂が得るものも大きいのだ。

する。

クアラルンプールからバトゥ洞窟までKTMコミューターで25分。タイプーサムはタミル暦のタイの月（1月中旬から2月中旬）の満月の日に行われる。

北緯3.237400度　東経101.683906度

同期するホタル

セランゴール州クアラセランゴール

求愛の儀式には不思議なものが多いが、これはとくに神秘的だ。夜になると、セランゴール川の岸にあるマングローブの木立に何千匹ものオスのホタルが集まり、同じタイミングで発光してメスを誘うのである（この同期現象の生物学的理由を科学者たちはいまだに解明できずにいるが、求愛行動の一種であるのはまちがいないだろう）。その様子をボートから眺めると、まるできらめく光の帯のように見える。

カンプンホタルはかつてはもっと生息数が多かったが、川の汚染や開発により、この10年あまりで激減してしまった。それでもなお、闇と静寂のなかでボートを停めれば、わずかに生き残った生物発光虫が見せる圧倒的な光景に、畏怖の念を抱かずにはいられないだろう。

カンプン・クアンタン・ホタル公園はクアラルンプールから車で45分。ボートの運航時間は午後8時－11時。

北緯3.360616度　東経101.30109度

ミャンマー

キナバル山の袋葉植物

ボルネオ島サバ州

キナバル公園の森の奥深くで、世界最大の袋葉植物、ネペンテス・ラジャがそっと待ち伏せしている。この驚異の食虫植物は、虫を引き寄せ、消化液入りの袋の中に捕らえてしまう。

ネペンテス・ラジャの好物はアリだが、それよりもはるかに大きな生き物も捕らえることで知られている。ネズミ、カエル、トカゲ、鳥。どれもみな、ネペンテス・ラジャの袋の中から発見されたことがある。

ネズミを食べる植物とはかっこうのネタになりそうだが、ネペンテス・ラジャがこれほど大きくなったのは——記録に残っている中で最も大きなものには1ガロンもの水が入ったという——どうやら齧歯目を捕らえるためではないようだ。2011年、モナシュ大学の食虫植物のエキスパート、チャールズ・クラーク博士率いる研究チームが、ツパイとラットとネペンテス・ラジャの関係についての調査結果を発表した。一番大きな発見は、ツパイやラットが、この植物のふちにつかまって蓋から蜜を吸い、袋の中にフンをするということだった。つまり、ネペンテス・ラジャは小型哺乳動物にとって、食料とトイレを兼ねているわけだ。これはネペンテス・ラジャにとっても都合がいい。ラットやツパイのフンは、チッ素の貴重な供給源となるのである。

このため、最近では、ネペンテス・ラジャはツパイの摂食行動と排泄行動に合わせて現在の姿に進化したのではないかと考えられている。袋の前端から蓋の蜜までの距離をツパイの体長に合わせ、食事と排泄

ネペンテス・ラジャは小さな鳥、トカゲ、カエルを飲みこんでしまう。

を同時に、快適にできるようにしたのだ。植物と動物が調和して生きる、心温まる一例だ。

サバ州、キナバル公園。州都コタキナバルのパダン・ムルデカ・バスターミナルからバスに乗車。約2時間で公園の入り口につく。北緯6.005837度　東経116.542310度

チャイティーヨー・パゴダ

モン州チャイティーヨー山

　高さ7m、あたりで一番大きな仏塔（パゴダ）ではないかもしれないが、ひときわ目を引くことはまちがいない。チャイティーヨー・パゴダは、崖のふちの巨岩の上に載っているのだ。仏教徒の手で金色に塗られた岩は、自然岩を台座としているが、いまにもチャイティーヨー山から転がり落ちていきそうだ。

　伝説によれば、仏教を信仰していた隠者が仏陀から一筋の髪を賜り、それをそのまま王に奉じた。返礼として王は、彼の頭に似た形の岩を与えようと言い、魔法の力で海の中から岩を引きあげた。さらにその岩に小さなパゴダを載せて、仏陀の聖髪を永久に祀ったという。

　この地には、何世紀にもわたって大勢の巡礼者が訪れている。坂をのぼるのに約30分。気が進まないなら、4人の担ぎ手に竹製の輿で運んでもらうこともできる。

ヤンガンからキンプン行きのバスに乗車。その後はオープントラックで山をのぼり、ベースキャンプへ。トラックではゆったり座れる

重力に逆らうかのような、不安定な岩。この岩が、多くの巡礼者たちを惹きつけてきた。

などと思わないこと。ぎっしり満員にならないと出発しない。

北緯**17.483583**度　東経**97.098428**度

世界一大きな本（クドードォパゴダ）
マンダレー

　世界最大の本は1868年に完成した。ただし、それは紙を綴じたものではない。729枚の大理石の石版のコレクションである。高さ1.5mの石版には、それぞれ160行から200行ずつ、上座部仏教の聖典ティピタカ（三蔵）の一節が刻まれている。石版は728のドームつきの白い仏塔に納められ、中央の黄金のパゴダ（高さ55m）を整然と囲んでいる。この建物全体を合わせて「クドードォパゴダ」と呼ぶ。

　1857年にマンダレーを創始したミンド

ン・ミン王は、1860年にこの計画に着手した。仏陀入滅後の5000年先まで残る本をつくろうと考えてのことだった。もしクドードォパゴダがあと2500年このままの状態を保てば、ミンダン王の願いは叶えられる。

マンダレー 62ストリート。マンダレーの丘の東南階段ののぼり口からパゴダが見える。

北緯**22.004181**度　東経**96.113050**度

マスタッシュ・ブラザーズ
マンダレー

　かつて、ミャンマーの軍事暫定政権下では、人前でお笑い芸をやれば、7年間の重労働を課される恐れがあった。コメディ・トリオ、マスタッシュ・ブラザーズのうちのふたり、ウー・パー・パー・レイとそのいとこ、ルー・ゾーは1996年、実際にその憂き目に遭っている。

世界最大の本を構成する何百という石版が、黄金のパゴダを取り囲む。

リーダー（ウー・パー・パー・レイ、写真中央）亡きあとも風刺コメディは続く。

　ふたりの政治コメディアンは、政治家を風刺するジョークと歌を披露したことにより、ヤンゴンの自宅で逮捕された。そして、それから6年間、互いの足首を鎖でつながれ、肉体労働を強制された。アムネスティ・インターナショナル主導で行われた世界キャンペーンを受けて2001年に釈放されたものの、自宅監禁の状態に置かれ、ミャンマーの人々の前で芸をすることは禁じられた。

　マスタッシュ・ブラザーズはこの厳しい条件を遵守した。ウー・パー・パー・レイとルー・ゾー、そしてウー・パー・パー・レイの兄弟、ウー・ルー・モウは毎夜、ガレージで外国人観光客相手にお笑い芸を披露したのだ。2013年、ウー・パー・パー・レイが亡くなっても、残されたふたりはコンビとして活動を続けている。マスタッシュ・ブラザーズのパフォーマンスは、伝統的な踊りとスラップスティック・コメディ、政治的ジョークを組み合わせたものである。

マンダレー 39ストリート。観客が3人以上いれば、マスタッシュ・ブラザーズはパフォーマンスを行う。人数が足りなかった場合は、歌とダンスではなく、楽しい会話でもてなしてくれるだろう。
北緯21.963129度　東経96.083214度
ミャンマーのその他の見どころ

ラムリー島
恐るべき大量虐殺の現場。襲ってきたのは数千匹のワニだった。"世界最悪のワニ災害"として、いまもギネス記録に残っている。

フィリピン

チョコレートの丘
ボホール島カーメン

　緑に覆われた1268の丘の連なりを見て、チョコレートがぱっと頭に浮かぶことは多分ないだろう。しかし、この名前がついているのにはきちんとした理由がある。毎年夏になると、草が茶色くなるのだ。目を細めて、少しばかり想像力を働かせてみよう。巨大なキスチョコが並んだ平原が見えてくる。

　それぞれ30mから120m程度の高さの丘は、かつては珊瑚礁だった石灰石でできている。**ダグビラランのダオ・ターミナルからカーメン行きのバスに乗車。チョコレートの丘（カーメン停留所の約4km手前）で降ろしてくれるよう運転手に頼もう。**
北緯9.916667度　東経124.166667度

ハーシーのキスチョコ型の丘は地質学者を悩ませている。

サガダでは死者が天に昇りやすいように棺を崖に掲げる。

フィリピンのその他の見どころ

燻製ミイラ
カバヤン： カバヤン山中の洞窟で見つかった数百年前のミイラは、くりぬいた木の中に押しこまれ、いぶされて保存されていた。

滝つぼレストラン
サン・パブロ： 滝のそばの浅瀬で裸足になって踊ろう。

断崖の棺
マウンテン州サガダ

　2000年の長きにわたり、イゴロト・サガダ族の人々は死者を木製のコンパクトな棺に詰めこみ、崖の側面にとりつけた腕木の上に置いていた。この慣習のおかげで死者は洪水や動物から守られ、サガダ族の人々の信じるところによれば、天国にも行きや

すくなるという。

　サガダのエチョの谷の絶壁にずらりと並んだ松材の棺。なかには数百年前のものもある。イゴロト族は死を恐れず、積極的に受け入れる。高齢者は――身体的に可能であれば――自分で自分の棺をつくる。

夏はマニラからサガダまでバスまたは車で6時間。雨季のあいだは倍の時間がかかり、地滑りで道が封鎖されることもある。
北緯17.083333度　東経120.900000度

マニラ・ノース墓地
マニラ

　マニラで最大の墓地は、死者、そして生者でもあふれかえっている。54万㎡の墓所では毎日70から80の埋葬が行われるが、すでに葬られている死者の数は約100万人、

それに加えて、まちがいなく生きている住人も1万人いる。

　貧しさゆえに普通の家に住めなくなった人が一族の墓所に住みつき、墓石の上で寝起きするのは、ここではさして珍しいことではない。金を稼ぐため、大人は墓の掃除や修理をし、子どもは葬式で棺を運んだり、廃品を集めて売ったりする。人が住んでいない墓に店を出し、軽食やろうそく、プリペイド・テレフォンカードを売る起業家精神に富んだ住人もいる。地下室のひとつにはカラオケがあり、1曲5ペソでヒット曲を歌うこともできる。

　亡くなった身内の墓の賃料の支払いを5年間怠ると、その場所に別の遺体を埋葬できるように、遺体は掘り出されてしまう。その結果、引き取り主のない骨が墓と墓のあいだの狭い通路に山積みにされ、ときどき、墓地内で遊ぶ子どもたちのおもちゃに

なっている。

　墓と墓のあいだで生まれ、そのままずっと墓地で暮らしている者も多い。死者の中で生きるというのは奇妙に聞こえるかもしれないが、自由で、静かで——多くの者にとっては、マニラのスラム街で暮らすより安全だ。

ボニファシオ・アヴェニュー、マニラ。サンタクルス地区の中国人墓地の隣。
北緯**14.631476度**　東経**120.989104度**

シンガポール

泥棒市場
シンガポール

　スンガイ・ロードの泥棒市場でビニールシートに置かれるお宝は質素なものだ。ぼろぼろのおもちゃ、すえた匂いのする本、

何十年も昔の電子機器。しかし、そもそもの始まりについての話を聞くと、興味をそそられずにはいられないだろう。人があふれ、混沌とした、この中古市場が誕生したのは1930年代。その後まもなく盗品を扱っているという評判が立った。イギリス陸軍から盗まれた軍用品が、1960年代の撤退よりも前に、この市場で売りに出されたのだ。1970代にはそこかしこに阿片窟があった。

　現在、ここで商売をしている露店商人の多くは、"カルング・グニ（「じゅうたんと骨の男」の意）"、すなわち骨董品の売買で生計を立てている。"泥棒"というレッテルはおおむね不当だが、レシートだの、代金返却方針だのを期待してはいけない。今日品物を売ってくれた相手は、明日にはそこにいないかもしれない。

ジャラン・ベサール、スンガイ・ロード近く。ケラタン・ロードとウェルド・ロードのあいだ。スンガイ・ロードはバスがたくさん走っている。

北緯1.304600度　東経103.856394度

マリーナ・ベイ・サンズ・プール

シンガポール

　地上57階、マリーナ・ベイ・サンズ・ホテルの屋上の端にあるプールは、とても危険で、非現実的に見える。長さは46m。エッジの存在を感じさせないデザインのせいで、まっすぐ泳いでいけば、そのまま建物の端を超え、街に転がり落ちるのではないかという気になるが、もちろんそれは錯覚だ。プールの端の向こうには排水溝があり、流れ落ちた水を受けとめるとともに、人が転落しないようになっている。

シンガポール、ベイフロント・アヴェニュー

シンガポールのスカイラインを見ながら泳ぐのは、見た目ほど危険ではない。

10。地下鉄マリーナベイ駅から徒歩4分。プールは宿泊客のみに開放されているが、ホテルの屋上庭園、スカイパークに行けば、誰でも見ることができる。

北緯1.282275度　東経103.858322度

タイ

水牛の頭寺
（ワット・フア・クラブ）

バンコク

　プラ・クル・ヴィブーンパッタナキはふたつのことに情熱を傾けている。水牛とヴィンテージのメルセデス・ベンツだ。仏教寺院ワット・フア・クラブを訪れれば、すぐにそれがわかる。寺院のまわりには100台もの古ぼけた車があり、何千という水牛の頭蓋骨がきれいに積み重ねてあるからだ。

　かつては農業に必要不可欠だった水牛も、いまではおおむね機械に取って代わられた。これほどよく働いてきた水牛に、タイの人々はじゅうぶんな敬意を示していない——そう考えたヴィブーンパッタナキは、水牛の頭蓋骨でパゴダをつくり、記念碑にしようと計画している。そのために、10年以上をかけて、農家や食肉処理場から

水牛の頭蓋骨をもらって集めてきた。現在頭蓋骨はきれいに並べて天日干しされていて、訪ねてきた子どもたちをぎょっとさせている。

バンコク、バーンクンティアン区。寺院は第9高速道路のすぐ南、ティアン・タレー・カナルのそば。

南緯13.618400度　東経100.449940度

バンセン地獄寺（ワット・セン・スク）

チョンブリー

　ワット・セン・スクは血にまみれている。刺された人々の口から、まっぷたつに切られた男性の胴体から、赤ん坊を無理やり引きずりだされた女性の腹から、血がほとばしっている。

　このおぞましい光景をつくりだしているのは、仏教の"地獄の園"を飾るためにつくられた彫刻群だ。いずれも、悪行のせいで地獄に落ちた人がどうなるかを示している。仏教では地獄は16あり、熱い地獄8つと冷たい地獄8つが積み重なっているとされている。ひとつの地獄はひとつの罪に対応し、それぞれの罪に応じた罰が与えられる。

　公園の中心となるのは、やせおとろえた男女の人形である。高さはどちらも9m、肋骨が浮きでて、眼窩から目が飛びだし、だらりと垂れた舌は腰まで伸びている。そんなふたりのまわりには、さまざまな暴力を受け、苦しんでいる人々がいる。犬に頭を食われている者もいれば、なすすべもなく体の皮をはがれ、赤い皮下組織をむきだしにしている者もいる。

　家族の日帰り旅行に人気のスポットだ。

サイ2、ソイ19、セン・スク、チョンブリー。バンコクから南西に2時間のところにある。

北緯13.297022度　東経100.910107度

仏教の地獄に落ちた不運な人々の苦しみを表している。

その他の"地獄"

ハウパーヴィラ

シンガポール： 1937年、胡文虎と胡文豹の兄弟が設立。1000の像と150のジオラマで地獄の様子を伝えている。ここで最も記憶に残るアトラクションは"地獄の10の裁判"だろう。多層構造の地下世界で邪悪な魂が受ける罰を鮮明に描いている。首をはねられるところも、はらわたを抜かれるところも、"汚れた血の池"で溺れるところもすべて見ることができる。

スイティエン公園

ヴィエンチャン： テーマパークに"ユニコーンの宮殿"というアトラクションがあれば、きっと魅力的なファンタジーの世界を想像することだろう。しかし、ここでは違う。スイティエン公園のウォータースライダーとジェットコースターのあいだにある"ユニコーンの宮殿"で描き出されているのは、仏教の地獄。そこでは、ドラッグ依存者、ギャンブラー、不倫した者が、拷問を受け、痛めつけられている。生肉を買って池にいるワニに投げてやることもできる。

シリラート医学博物館

バンコク

シリラート病院にある6つの博物館を見学すると、人間の怪我、奇形、死に方に、どれだけ多様な形があるのかをまざまざと思い知らされる。

病理学博物館では、先天性異常を持つ胎児や赤ん坊の標本コレクションを見ることができる。たとえば単眼症の赤ん坊。先天性欠損症の一例だが、顔の真ん中に奇形の目がひとつだけあり、鼻もなく、口もない。次の部屋には寄生虫学のコレクションがあり、象皮症でバスケットボールサイズまで腫脹した陰嚢がいくつも展示されている。

最もおぞましい標本は法医学博物館にある。交通事故の現場から回収された切断された手脚がガラス容器の中に浮いているのだ。列車に轢かれた犠牲者の写真もある。キャビネットをのぞけば、殺人に使用された凶器と、それに貫かれた体のパーツが並べて置いてある。部屋の中央には電話ボックスのようなガラスケースがあり、その中にシーウィーが立っている。1950年代、子どもを殺害して食べたことで有罪判決を受け、死刑になった連続殺人犯だ。しなびた黒い体はケースの片側に壁にもたれかかっ

結合双生児。シリラート・コレクションの中でも特に驚かされるもののひとつ。

ている。

バンコク、プランノック通り、2、シリラート病院。 この博物館はシリラート病院の一部にあたる。バンコク中央桟橋からチャオプラヤ・エクスプレスに乗船し、トンブリー・レイルウェイで下船。病理学博物館は簡単に見つけられるだろうが、美しいコンドン解剖学博物館をたどるコースがお勧め。写真撮影は禁止されている。

北緯13.757925度　東経100.485847度

タイのその他の見どころ

チャオ・メー・タプティム
バンコク：豊穣の女神タプティムに捧げられた祀堂。男性器をかたどった像が並んだ一角がホテルの駐車場の中に突然あらわれる。

ワット・サンプラン
バンコク：17階建ての円形寺院の外壁に巨大なドラゴンがからみついている。

模造品博物館
バンコク

　偽物のロレックスの時計、偽物のヴィトンのハンドバッグ、偽物のiPod。バンコクの市場にはこうしたコピー商品が大量に出回っている。この状況を世に知らしめようと、ティルキー＆ギビンズ法律事務所が設立したのが模造品博物館である。

　証拠として押収したコピー商品を大量に抱える羽目になったこの事務所は、1989年から、400点のコピー商品を博物館で展示するようになった。知的所有権の侵害について周知するのが目的だ。

　博物館が所蔵する違法商品はいまや4000を超えた。Ｔシャツ、香水、宝飾品、携帯電話のバッテリー、処方薬がそれぞれ本物

と並べられているが、違いがほとんどわからないものも珍しくない。館内のガイドによると、コピー商品を購入すると、児童労働、人身売買、そしてなによりドラッグ取引を後押しすることになってしまうという。偽物の薬や、車の部品、基準に満たないベビーフードのせいで、消費者の健康と安全も危機にさらされている。

　驚いたことに、展示品の中には日用品も含まれている。デザイナーのマークのついた高級品だけでなく、ボールペン、歯磨き粉、文具にさえも、偽物市場が存在するようだ。**ラマ3世ロード、スパライ・グランド・タワー26階。** 地下鉄クロントゥーイ駅の外からバスが出ている。前日までに予約が必要。

北緯13.683684度　東経100.548534度

ビール瓶でできた寺
シーサケート県クン・ハン

　ワット・パー・マハー・チェディー・ゲーオ仏教寺院の僧たちは、毎朝、空のビール瓶に囲まれて目を覚ます。もちろん飲酒は戒律で禁じられているが、ハイネケンやらチャーンやらの空き瓶がそこらじゅうにある。なんと、この僧坊の壁はビール瓶でできているのだ。

　1984年、リサイクルの促進とゴミのぽい捨てをなくすことを目標に、シーサケート県の僧たちは空瓶を集めはじめた。瓶が大量に集まると、今度はそれを建築ブロックとして使い、寺院を、やがては施設全体をビール瓶で建てたのである。

　中心となる寺院は約1500万本の緑のハイネケンと茶色のチャーンの瓶でできている。内側には小石と瓶の蓋を使ったモザイク画もある。寺院が完成すると、僧たちは

魂のうるおいを求めているなら、ぜひ100万本のビールの寺へ。

さらなる課題に挑んだ。火葬場、祈禱所、水塔、来客用のトイレ、僧坊——すべてをビール瓶でつくりあげたのだ。

建設はいまも続いている。空き瓶が集まれば集まるだけ、僧はつくりつづけるのだ。

シーサケート県クン・ハン。クン・ハンはシーサケート県南部の小さな村。

北緯14.618447度　東経104.418411度

ヴェトナム

ホーチミン廟

ハノイ

ホーチミン（ヴェトナム戦争中の1969年に死去、享年79）の防腐処置された遺体に会いたいなら、必ず長い列に並ばなければならない。しかし、いったん廟——モスクワにあるスターリンの最後の安息所をモデルにしてつくられた——の中に入ると、すべてはあっという間だ。白い服の警備員に沈黙を強要され、薄暗い照明の中をすり足で進み、ガラスの棺の前でほんの一瞬だけ立ちどまることを許される。

この静寂は、国民の"ホーおじさん"へ畏敬の念を反映している。1945年、ホーチミンはまさにあの場所に立ち、ヴェトナム民主共和国の独立を宣言した。そして共産主義革命をたたえる必要性は彼本人の願いを圧倒するほど強かった。ホーチミン本人は遺言の中で火葬を望んでいたのである。

ディエンビエン省、ハノイ。10を超えるバスラインが周辺の道路を走っている。10月と11月は訪問を避けたほうがいい。ホーチミンの遺体は年に1度の補修のためロシアにいっている。

北緯21.036667度　東経105.834722度

動物学博物館、ヴェトナム国家大学

ハノイ、ホアン・キエム

普段は階段の上にしまいこまれているが、予約があったときだけ扉が開く。ヴェトナム国家大学、動物学博物館は、フランス植民地時代の剥製術と保存された動物たちを、みすぼらしくも魅力的に見せてくれる。

この博物館は3つの部屋に分かれている。哺乳類の部屋、爬虫類と魚類の部屋、鳥類の部屋である。哺乳類の部屋では、さまざまな動物たちが揃ってドアをめざしている。大型の猫科哺乳類、シカ、クマ、サル、ゾウの子ども——どうやら脱走しようとしているようだが、どれもみな歩みの途中でぴたりと動きをとめている。爬虫類と魚類の部屋には、コモドオオトカゲ、ふくらんだフグ、それにヘビがいっぱい入った壺が置かれている。ただし、古びた魅力という点において、鳥の部屋に勝るものはない。埃だらけの目のないカモメ、フクロウ、ペリカンが、20世紀初頭以来ずっと触れられたことがないまま、ずらりと並んでいる。

ハノイ、レタイントン通り、19。階段をのぼりきったところでゾウの骸骨を探そう。そこが世間にほとんど知られていない博物館の入り口だ。

北緯21.020579度　東経105.858346度

ホーチミン廟。

クチの地下道
ホーチミン市

　ホーチミン市の郊外、クチ県の地下には
トンネル・ネットワークが広がっている。
ヴェトナム戦争中、家、防空壕、武器庫、
ヴェトコンの供給ルートとして使われたト
ンネルだ。何年ものあいだ、数千人が地下
で生活し、暗くなってから必需品を取りに
いく以外、地上に出ることはなかった。そ
れは過酷な生活だった。空気はよどみ、水
も食料も乏しく、虫や害獣だらけの狭苦し
い空間には、あっという間にマラリアが蔓
延した。

　このトンネルの建設は1940年代——ヴェ

トナムが独立を求めてフランスと戦った時期
——に始まり、1960年代には160kmを超え
て広がった。出入口はジャングルの木の葉
の下に隠され、しかもとても狭いので、体
をかがめて無理やり入らなければならなかっ
た。敵の侵入を防ぐため、行き止まりの通
路、回転する床パネル（敵が踏みこめば、
尖った竹が並んだ落とし穴に落ちる）等のト
ラップも仕掛けられていた。敵がそれも突破
して地下に侵入した場合に備え、ヴェトコン
はサソリとヘビまで用意していた。

　その後、トンネルの大部分は壊れたり、
壊されたりしていまはもう存在しないが、
保存されている部分は、大勢の観光客を受
け入れられるよう拡大されて、一般に公開

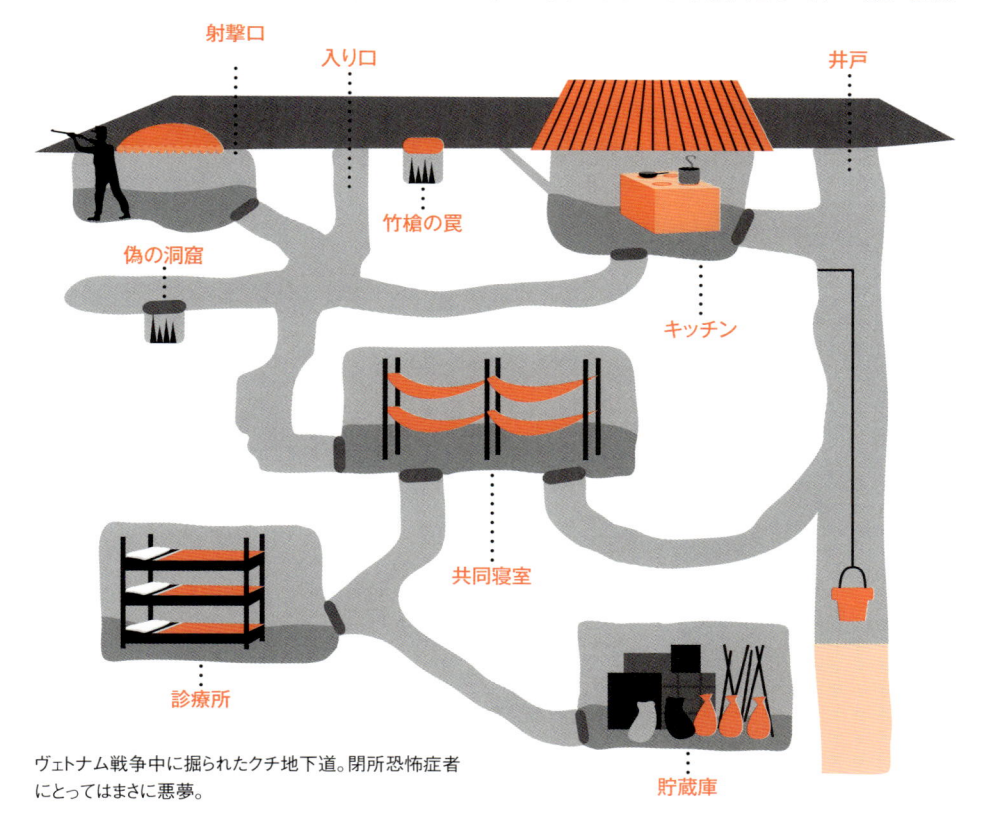

ヴェトナム戦争中に掘られたクチ地下道。閉所恐怖症者
にとってはまさに悪夢。

射撃口 / 入り口 / 井戸 / 竹槍の罠 / 偽の洞窟 / キッチン / 共同寝室 / 診療所 / 貯蔵庫

されている。見学の終わりには──不適切
ながら──射撃練習場でAK-47やM-16を撃
つ機会を得られる。

**ホーチミンからツアーバスもしくは公共バス
で90分。**

北緯**11.061000度**　東経**106.526000度**

ヴェトナムのその他の見どころ

ドラゴン橋

ダナン：2013年に開通した6車線の橋を渡ってみ
よう。頭上では鋼鉄製の巨大な黄色いドラゴンが
火の玉をはいている。

カオダイ教寺院総本山

タイニン：カオダイ教の豪華な寺院は鮮やかな色
とドラゴンの装飾が美しい。

Africa

North Africa

EGYPT / MAURITANIA / MOROCCO / SUDAN / TUNISIA

West Africa

**BENIN / BURKINA FASO / CAMEROON / GABON / GHANA / MALI
NIGER / NIGERIA / SENEGAL / SIERRA LEONE / TOGO**

Central Africa

**CENTRAL AFRICAN REPUBLIC / CHAD / DEMOCRATIC REPUBLIC OF THE CONGO /
REPUBLIC OF THE CONGO**

East Africa

ETHIOPIA / KENYA / SOUTH SUDAN / TANZANIA

Southern Africa

**ANGOLA / MALAWI / NAMIBIA / SOUTH AFRICA SWAZILAND / ZAMBIA
ZIMBABWEISLANDS OF THE INDIAN AND SOUTH ATLANTIC OCEANSMADAGASCAR
SEYCHELLES / SAINT HELENA, ASCENSION, AND TRISTAN DA CUNHA**

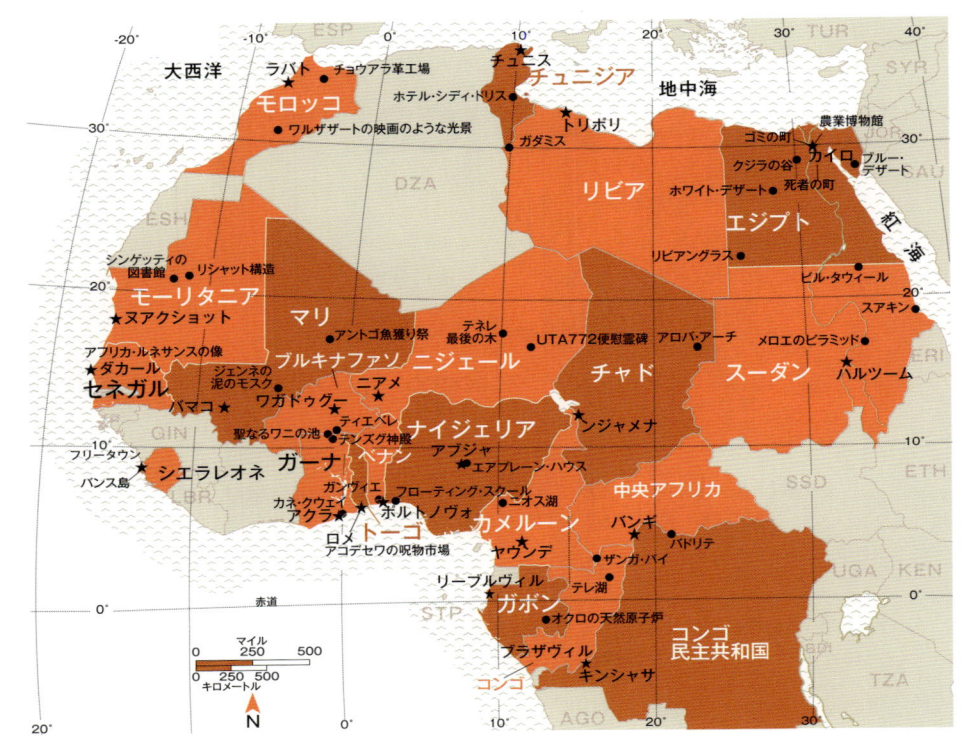

エジプト

農業博物館

カイロ

1930年代、昔、王女の宮殿だった建物の中に開館。以来ほとんど変わることなく、展示品は埃にまみれて色あせている。コレクションは奇妙な寄せ集めとはいえ、リアルで不気味な皮膚疾患のモデルもあれば、シシカバブのろう製のレプリカが置いてある"エジプトの食物"セクションもある。

エジプトの製パンに関連したホールには、古代および現代のオーヴン、麦を洗う機械、パン屋の模型、伝統的なピタ・パンや、エジプトのパイ状のペストリー、フェティールが展示されている。

自然史セクションには、鳥、昆虫、蝶の標本がピン留めされてずらりと並び、その先には馬、牛、ヒョウ、ライオンの剥製が待っている（ライオンが床に横たわっていても、ここでは当たり前だ——脚があまりしっかりしていないのだ）。訪問の締めくくりには、ジオラマを見てまわろう。エジプトの結婚式、市場、果樹園、ジャガイモ・豆の乾燥施設が紹介されている。

無秩序に広がる老朽化した博物館の大半は、公式には閉鎖されている（おそらく"改修のため"だろう）。ただし、スタッフにチップを渡せば、禁じられたドアのいくつかを開けてもらえるかもしれない。

ドキー・ギザ・シティ、シャリア・ウィザラート・アルジラー外れ。

北緯30.049173度　東経31.211028度

死者の町

カイロ

"死者の町"の狭い未舗装道路は、密集した建物のあいだを曲がりくねって進む。風雨にさらされて古びた砂色の建物。その正体は墓、家族の霊廟、そして、モカッタムの丘のふもとに広がるイスラムの共同墓地（ネクロポリス）（全長およそ6.4km）の埋葬用の複合施設だ。

"死者の町"に住んでいるのは死者だけではない。約50万人の生きた人間が、何世紀も前から存在する墓所の中で食べ、眠り、洗濯物を干している。多くはそこに眠る死者の家族だが、"死者の町"は、カイロの都心（人口が多く物価も高い）を去らざるをえなかった人々の避難所でもある。住人の数は墓地の南側より北側（壮麗なカーイトバーイ・モスクがある）のほうが多い。

カイロの南東、モカッタムの丘の下にある。
北緯30.021667度　東経30.303333度

死者と生者が共存する墓地。

ザバリーンとして知られる数万人のゴミ収集人がカイロのゴミを集める。

ゴミの町

カイロ

　カイロのマンシーヤ・ナーセル地区の南端は"ゴミの町"という名で知られている。ここはザバリーン（アラビア語で"ゴミの人々"）がカイロの家庭ゴミを集めてくる場所だ。狭い道、ずんぐりしたアパートメント、窮屈な中庭——いたるところに巨大なゴミ袋が山積みにされ、分別されるのを待っている。

　グレーター・カイロの人口は1700万人を超えるが、市によるゴミ収集は行われていない。その代わり、数万人のフリーランスのザバリーンがいる。ザバリーンは、何十年ものあいだ、ゴミ収集で生活を維持してきた。トラックやロバに引かせた荷車で家庭ゴミをマンシーヤ・ナーセルに運び、そ

こでリサイクルや再利用（リユース）を行い、不要品（リヒューズ）は売り払う。プラスチックや金属は色や組成ごとに入念に分別し、廃品として売る。有機性のゴミはブタの餌にする。

　2003年、状況が劇的に変化した。エジプト政府が廃棄物処理のために企業を雇い、ザバリーンを格下げしようとしたのだ。しかし、実験は成功しなかった。ザバリーンは手数料をもらって各戸から直接ゴミを収集するが、新しいシステムでは各人が通りの回収所まで持っていく必要があった。しかもザバリーンと比べ企業のゴミ収集はリサイクル率がいちじるしく低かった（ザバリーンの80％に対し、20％ほどだった）。しかし、2009年には再びザバリーンの生活が脅かされる。豚インフルエンザへの懸念から、政府がゴミの町のブタ数万頭を殺処分したのである。

ザバリーンの大半はコプト教徒（キリスト教徒）だ。国民の90％がイスラム教徒である国において、コプト教は迫害と暴力に苦しんできた。社会から疎外され、ゴミの町で暮らすザバリーンは、安全な空間を"彫って"つくりだした。それが、モカッタムの石灰岩の崖に彫りこまれた7つの教会である。

"ゴミの町"はマンシーヤ・ナーセル地区（カイロの南東の地区）のモカッタムの丘のふもとにある。
北緯30.03623度　東経31.278252度

エジプトのその他の見どころ

アブ・シンベル神殿
アブ・シンベル： 紀元前13世紀年に完成した神殿。当時のファラオ、ラムセス2世の4体の巨大像が見物。

ムザワカ墓群
ダクラ・オアシス： 岩に穿たれた墓。ローマ時代のエジプトのミイラを見よう。

デザート・ブレス
フルガダ近辺： 1997年に完成した巨大なランド・アート。砂上に描かれた点線の渦巻きは、少しずつ砂漠に侵食されている。

ブルー・デザート
シナイ砂漠

1979年、エジプトとイスラエルが平和条約を締結した際、この重大な出来事を祝いたいと考えたベルギー人アーティスト、ジャン・ヴェラムは、エジプトのシナイ砂漠（リゾート地ダハブの近く）に赴き、たくさんの巨石を明るい青色に塗って、「ライン・オブ・ピース（平和のライン）」を製作した。それから数十年、容赦のない陽光にさらされた結果、当初の鮮やかさは失われたものの、並んだ青い岩々はいまなおベージュとグレーの砂漠と漫画的なコントラストをなしている。

砂漠に色を塗るため、ヴェラムは正式な手続きを踏んだ。当時のエジプト大統領アンワル・サダトの許可をとり、国連からは10トンの青い塗料の寄付を受けた。作品が完成したのは1981年。同じ年、サダト大統領は暗殺された。暗殺犯は平和条約調印に激怒したイスラム原理主義者だった。

ハラウィ・プラトー。ダハブとセント・キャサリンのあいだ。
北緯28.639722度　東経34.560833度

ホワイト・デザート（白砂漠）
西部砂漠（リビア砂漠）ファラフラ

ホワイト・デザートにある石灰岩の岩石層は、巨大キノコ、キノコ雲、ときにはニワトリのように見える。かつて波によって激しく浸食された結果だ。白亜紀、この地域は海面下にあり、海底には海生無脊椎動物の残骸から沈殿した白亜（チョーク）が堆積していた。その後1億年のあいだに海が徐々に干上がり、海底の浸食が進み……奇妙な形の岩だらけのホワイト・デザートが生まれたのである。

ホワイト・デザートの風景を堪能する一番の方法は、1晩キャンプすることだろう。日の出や日の入りのときには岩石層に当たる光が変化し、影も形を変える。静寂のなか、もしかしたら、フェネックの足音が聞こえるかもしれない。大きな耳が愛らしい夜行性のキツネ、フェネックは、サハラ砂漠に生息している。

元海底が浸食されて、雲、キノコ、ニワトリのような岩ができあがった。

ホワイト・デザートはファラフラの北40kmの
ところにある。ファラフラ・オアシスでは温
泉も堪能できる。
北緯27.098254度　　東経27.985839度

リビアングラス

　ツタンカーメン王の墓の埋蔵品の中に、
宝石がついた襟型のネックレスがあった。
ひときわ目を引くのは淡い黄色のガラスを
彫ってつくられたスカラベだ。このガラス
の起源については、いまだに科学者のあい
だで論争が続いている。
　リビアン・デザート・グラスあるいはグ
レート・サンド・シー・グラスと呼ばれるこ
の物質は、組成の98％がシリカでできてい
て、エジプト南西部の砂丘地帯に点在して
いる。ガラスなので当然、高熱下で形成
されたはずだが、正確な形成過程はわかっ
ていない。現在主流とされているのは、約
2900万年前、隕石が衝突して砂を熱し、そ
れが冷えたときにガラスが形成されたという
説だ。隕石が空中で爆発し、ガラスをつく
りだすだけの熱を放射したという説もある。

リビアングラスはリビアとエジプトの国境沿いに散らばっている。砂の中を探しまわるのは気が進まないなら、カイロのエジプト考古学博物館でツタンカーメンのネックレスを見よう。

北緯30.047778度　東経31.233333度

ビル・タウィール

　ビル・タウィールはエジプトとスーダンの国境にある。どちらの国も領有したがらないおよそ2070㎢の土地――それがビル・タウィールだ。

　両国が土地を押しつけ合うというのは国境紛争としてきわめて異例だが、ビル・タウィールがそこまで不人気なのには、それ相応の理由がある。エジプトとスーダンには2種類の国境がある。ひとつは政治上の境界（1899年制定のまっすぐなライン）、もうひとつは行政上の境界（1902年制定のよろよろしたライン）である。ここで問題となるのが海岸沿いの重要な地域、ハラーイブ・トライアングルだ。1899年の国境線に従えばエジプト領となり、1902年の国境線に従えばスーダン領となる。どちらの国も、ビル・タウィールの領有権を主張すれば、それと引き替えに、はるかに価値の高いハラーイブ・トライアングルを失ってしまう。その結果、現在の膠着状態が生じた。

　ビル・タウィールは、現在この地球上で無主地（どの国にも領有されていない土地）とみなされる数少ない土地のひとつである。ただし、ここに独立国を打ちたてようとする試みもあった。2014年、ジェレマイア・ヒートンというアメリカ人がエジプトを訪れ、ビル・タウィールの砂の中に旗を立てるため、14時間かけて砂漠を旅した。ヒートンの目的はこの地域の領有権を主張すること。そうすれば、7歳の娘の"プリンセスになりたい"という夢を実現できる。

　しかし、この行為は白人によるアフリカ植民地の再現だとイギリスおよびアメリカのメディアから批判され、いまのところ、ヒートンの"北スーダン王国"は国際的に承認されていない。

ビル・タウィールはアスワンから南に240kmの地点にある。アスワンはナイル川沿いの都市で、古代エジプト時代、辺境の町スウェネトとして建設された。

北緯21.881890度　東経33.705139度

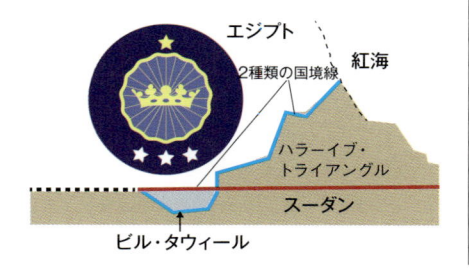

クジラの谷

アル・ファイユーム県ワディ・アル・ヒタン

　かつてクジラが地上を歩いていた時代があった。そして始新世期（5600万年前から3390万年前）、地球には原クジラとして知られるクジラ亜目がいた。原クジラ亜目には5つの科があるが、そのすべてが現代のクジラとは異なるひとつの特徴を持っていた。指のある脚である。

　始新世期のクジラは水中で暮らしていて、歩くために足を使うことはなかったが、この足のあるクジラこそ、現代のクジ

➡➡ テラ・ヌリウスと発見の法理

"テラ・ヌリウス"は含みのある言葉である。ラテン語で"主のない土地"という意味だが、ヨーロッパの入植者のあいだで一般的だった考え——未墾の土地が見つかれば、たとえ先住民がいようとも、王の名において領有権を主張してかまわないという考え——にも結びついている。

18世紀、イギリスの入植者は先住民のアボリジニがいたにもかかわらず、オーストラリアに流刑地をつくった。その根拠になった考え方——イギリス人がやってきたとき、オーストラリアはテラ・ヌリウスだった——は長く引き継がれ、オーストラリア連邦最高裁判所が初めてこれを公式に否定したのは1992年だった。この決定を受け、アボリジニ系オーストラリア人は、

伝統的に自分たちのものだった土地の領有権を主張できるようになった。

テラ・ヌリウスの概念と密接に結びついているのが発見の法理である。これはヨーロッパがアメリカを植民化する際に指針となった原則であり、合衆国が西に拡大していく際にも用いられた。その起源は15世紀のローマ教皇の大勅書にある。たとえば、アレクサンデル6世の1493

年の大勅書では、アメリカでキリスト教徒が住んでいない土地は"発見"してかまわないとされている。そうした土地に関してはキリスト教国が領有権を主張してよい、探検者は非キリスト教徒にカトリック信仰を教え、"野蛮"なやり方を捨てさせなければならない、とアレクサンデル6世は説いている。

ラと陸生の祖先をつなぐ失われた環^{ミッシング・リンク}なのである。

1902年、カイロの南西、西部砂漠で、原クジラの骨格の化石が初めて発見された。その後、数十年のフィールド調査を経て、1000の個体の骨が見つかっている。現在、砂の中に残る数百の部分骨格が一般に公開され、砂漠の長旅をいとわない者なら誰でも見ることができる。人里離れた場所にあるワディ・アル・ヒタンは、1989年以降は保護区域として厳しく管理されている。にもかかわらず、完全に人の立ち入りを禁止

するのはむずかしいようだ。2007年、エジプト当局は、表示を無視してクジラの骨格の上に2台の四輪駆動車で乗り込んだとして、ベルギーの外交官のグループを糾弾した。現在、車は進入禁止となっている。**カイロから南西に150km。舗装道路は通っていないので、四輪駆動車がお勧め。ただし、4000万歳のクジラを轢かないよう車は入り口に置いていくこと。**
北緯29.270833度　東経30.043889度

エジプトの砂漠には足のある巨大クジラの骨格の化石が点在している。

リビア

ガダミス
トリポリタニア、ガダミス

　古代ローマのオアシス都市ガダミスの旧市街——現在は人が住んでいない——は、まるで迷路のようだ。泥とわらでできた多層構造の家々が、身を寄せ合って砂漠に対抗しているかのように密集し、複雑につながっている。建物と建物のあいだの歩道も屋根で覆われているため、　その昔、サハラ砂漠の熱を避けながら雑談に花を咲かせることができた。家と家の屋上をつなぐ通路は女性が使い、地上の歩道は主として男性が使った。壁に開いた小さな通気口は、路地に風を通す役割を果たしていた。

　白い壁の一部はトゥアレグ族（サハラ砂漠に住むベルベル系遊牧民）の伝統的な

“砂漠の真珠”として知られるガダミス。

デザインで装飾され、窓やドアのまわり、アーチの上部、階段には、赤い三角形、ひし形、月、太陽の模様が描かれている。

　新市街は旧市街とは異なり、電気や水道が完備され、いまも約1万1000人の人々が住んでいて、宿泊客を温かく迎え入れている。**リビアの都市トリポリからガダミスまで飛行機の便がある。リビア、アルジェリア、チュニジアと国境を接する点のすぐ近く。**
北緯30.131764度　東経9.495050度

モーリタニア

リシャット構造
アドラール

　次にモーリタニアの上空を飛ぶとき——あるいは国際宇宙ステーションでアフリカの上を通るとき——には、窓の外に目を向けて、リシャット構造を探してみよう。きっとすぐに見つかるはずだ。なにしろ、この環状構造の幅は50kmもある。

　“サハラの目”とも呼ばれるリシャット構造の起源は、いまだによくわかっていない。1960年半ば、初めて宇宙から確認されたときには、隕石が衝突してできたクレーターだと考えられた。しかし現在の地質学者たちは、堆積岩、火成岩、変成岩の層の寄せ集めが激しく浸食された結果ではないかと考えている。まずドーム構造が形成され、その後、各層が異なる速度で浸食されて、あの印象的な同心円状のパターンを生みだしたというのだ。

一番いいのは上からだが、地上からでも見ることができる。モーリタニアの都市、アタールから四輪駆動車で出かけよう。
北緯21.211111度　東経11.672220度

不可思議な地質学構造、"サハラの目"は宇宙からも見える。

シンゲッティの図書館

アドラール地方シンゲッティ

　泥煉瓦の村シンゲッティは、12世紀頃に誕生してまもなく、交易、文化、学問の中心地になった。隊商がサハラを横切るルート上に位置していたので、砂漠の遊牧民の要求に応じ、両手を広げて——そして本を広げて——訪問者を受け入れた。

　シンゲッティの図書館は村の住民の所有物であり、管理も住民が行ってきた。この図書館には、中世アラブの手稿（科学、数学、法学、イスラム教）が大量に収蔵されている。かつては学者、巡礼者、聖者が村を訪れ、これらの革とじの手稿を熟読し、意見を交換したという。

　現在、砂漠化の進行により、シンゲッティはサハラに浸食されつつある。村には数千人が住んでいるが、砂は路地にまで入りこみ、激しく壁を打つ。図書館も残ってはいるが、乾燥と渦巻く砂が、何世紀も前に書かれた手稿にとって大きな脅威となっている。そうした危険があるにもかかわらず、住民は手稿を手元に置きつづけることを望み、いまも見学者が訪れるたびに、手袋をはめて書物を引っ張り出すのである。**シンゲッティ行きの車は近くの町アタールから出る。シンゲッティ自体に施設はほとんどないが、観光客を自宅に泊めて食事を出したり、周辺の砂丘にラクダで連れていってくれたりする地元民もいる。**
北緯20.243244度　東経8.836276度

シンゲッティの聖なる手稿は、中世以来、ずっと埃をかぶっていた。

モロッコ

ワルザザートの映画のような光景

ワルザザート

ワルザザートのカメラ映えする"カスバ"と、写真向き（フォトジェニック）の砂漠は、長きにわたり、映画製作者を引きつけてきた。町のすぐ外にある10万㎡のアトラス・スタジオは、世界最大の映画スタジオである。

ワルザザートを映画の舞台として最初に使った監督はデイヴィッド・リーン。1962年、リーンはここで『アラビアのロレンス』を撮影した。アトラス・スタジオがオープンしたのは1983年。以降、このスタジオでは、『ザ・マミー』、『グラディエーター』、『キングダム・オブ・ヘブン』、『バベル』、『ゲーム・オブ・スローンズ』の撮影が行われた。

砂漠の真ん中のスタジオには、かつて撮影された映画のセットの一部が散らばっている。たとえば、1985年の『ナイルの宝石』に登場した巨大なプロペラ機。『グラディエーター』のコロッセオもある。

ワルザザートの約30km西には、ユネスコの世界遺産で何世紀も昔からあるアイット＝ベン＝ハドゥの集落がある。丘の上に密集して建つこの土製のカスバは、映画のなかでときどきエルサレムの代役を務めている。住民の大半は現代的な町に引っ越してしまったが、いまも8世帯の家族が住んでいる。

ワルザザートはマラケシュからバスで5時間。北緯30.41240度　東経6.967030度

チョウアラ革工場

フェズ、フェズ・マーケット

フェズ旧市街（オールド・メディナ）の古い建物と曲がりくねった路地のあいだに、カラフルな液体の入った石の容器が格子状に詰めこまれている。ここがチョウアラ。11世紀から変わらず営業を続ける製革所だ。

ここに持ちこまれた動物の生皮は、保存加工され、染色され、ハンドバッグやジャケット、財布となって、周囲の市場（スーク）で販売される。

製革の工程は、牛の尿、クジャクのフン、生石灰、塩、水の混合物に生皮をつけることから始まる。これで毛が抜け、皮が柔らかくなるのだ。数日後、液体から皮を引き揚げて、バルコニーで乾かす。次は染色。染料の容器に皮を放りこみ、また数日放置して、色をしっかり定着させる。

作業現場では見学者が歓迎され、着いたとたんに贈り物までもらえる。匂いに耐えられなくなったとき、鼻の下に当てるミントの小枝だ。

フェス・エル・バリ、フェズ。チョウアラ革工場はエル・メディナの壁に囲まれた古い一角にある。同じくフェズにあるカラウィーイーン大学は859年創立。現存する大学として世

モロッコの革工場のカラフルな染料容器。起源は11世紀にさかのぼる。

界最古のものである。
北緯34.066361度　　東経4.970973度

スーダン

スアキン
紅海沿岸スアキン

　かつては中東への玄関口として栄えた港町、スアキン。現在は打ち捨てられ、古い珊瑚からできた石灰岩の建物は崩れかけている。

　紅海を挟んでサウジアラビアのジッダに面するスアキンは、革、象牙、香辛料、香水、絹を売る商人たちにとって理想的な場所だった。そのため、20世紀の初頭までは、オスマントルコ様式の建物のあいだで盛んに商いが行われていた。

　しかし、1905年にポート・スーダンができるとスアキンはあまり重要でなくなる。大きすぎてスアキンの浅瀬を通れない船は新しい港に入り、取引もそちらで行うようになる。1930年代になると、もはやスアキンに人の姿はなかった。

　もろい珊瑚の建物の一部は修復されたが、資金不足のため、多くは崩れかけたままである。モスク、市場（スーク）、広場、門はがれきに囲まれ、廃墟となりながらも、ありし日の堂々たるスアキンの面影をわずかに伝えている。

ポート・スーダンから南に車で1時間。ミニバスが運行している。サウジアラビアのジッダからフェリーに乗ることもできる（所要時間13時間）が、サウジアラビアのビザを取得するのはきわめて難しく、もしかしたら不可能かもしれないと心に留めておこう（女性、ユ

かつては交易の中心地としてにぎわった町。珊瑚の建物は崩壊し、廃墟と化している。

ダヤ人、イスラエルに渡航歴のある者は特にむずかしい)。観光ビザは発給されない。
北緯**19.104039度**　東経**37.333333度**

メロエのピラミッド
ナイル川河畔メロエ

　スーダンの砂漠の北側にあるピラミッドの数は、エジプト全土のピラミッドを合わせた数より多い。エジプト第25王朝時代（紀元前760 〜 656年）、現在のスーダンのメロエは、クシュ王国（エジプトを征服したヌビアの王が支配する国）の首都だった。ナイルに寄り添うこの町には、王族を葬るための埋葬地（ネクロポリス）があった。

　エジプト同様、ヌビアの王や王妃も金、宝石、陶器、ときにはペットとともに埋葬された。ミイラにされた王族もいたが、火葬された者やそのまま葬られた者もいる。メロエの砂岩のピラミッドは、エジプトのピラミッドより急傾斜で幅が狭く、それぞれ墓の上に建てられた。

　メロエにあるピラミッドの総数は約220。1830年代まではかなり原型を保っていた。それが損なわれたのは、イタリアのトレジャーハンター、ジュゼッペ・フェルリーニが40のピラミッドの頂上を破壊し、金や宝石を探したためである。
メロエはハルツームから北に車で3時間。ラクダに乗ってピラミッドを見にいこう。水は必ず持っていくこと。
北緯**16.938333度**　東経**33.749167度**

隣国エジプトほど有名ではないが、メロエにはエジプト全土よりたくさんのピラミッドがある。

チュニジア

ホテル・シディ・ドリス

ガベス県マトマタ

　ベルベル人の小さな村、マトマタには、"穴居人の家"——岩を彫ってつくった伝統的な洞窟の家——が点在している。どれも何世紀も前につくられたものだが、その中のひとつ、シディ・ドリスには、現代的な自慢がある。映画『スター・ウォーズ』（『新たなる希望』『クローンの攻撃』）で、ルーク・スカイウォーカーの子ども時代の家として使われたのだ。

　現在、この洞窟はスター・ウォーズ・ファンのためのホテルとなっている。1晩約20ドルの料金でジェダイの騎士気分を味わえる。部屋に窓はなく、ベッドは簡易ベッド、ときおり風に乗って不快な匂いが流れてくる。ぜいたくではないが、ユニークなのはまちがいない。

ガベスから40km。バスと相乗りタクシーが出ている。
北緯33.545687度　東経9.968319度

チュニジアのその他の見どころ

ガフサ湖
ガフサ：2014年に現れた謎の湖は、奇跡の存在と呼ばれる一方、発がん性があるともいわれている。

ドゥッガ
保存状態のよい古代ローマの町。見どころは、20の神殿、円形劇場、戦車競走のコースなど。

ベナン

ガンヴィエ

ガンヴィエ

　17世紀と18世紀、現在のベナンはダホメ王国として知られていた。西アフリカのフォン人が建国したダホメは、ポルトガル人がやってきたあと、大西洋奴隷貿易の主軸となった。

　フォン人のハンターはポルトガルの奴隷商人に協力し、売るための人間を狩ってまわった。現在のベナン中心部に住んでいたトフィヌ人もその標的となった。

　トフィヌ人は家を捨てて逃げ、水上の町、ガンヴィエをつくった。フォン人は宗教的信条からけっして水に入らないと知っていたからだ。ガンヴィエでは、ノコウエ湖から突き出た脚柱の上に竹製の小屋が建てられている。奴隷貿易の時代にフォン人からトフィヌ人を守ったガンヴィエの町は、21世紀の要求にも対応した。いまではモー

スカイウォーカー家の一員になったつもりで眠ろう。

湖の真ん中につくられた村。約3万の人々が住んでいる。

ターボートが3000の建物（学校、郵便局、教会、銀行、モスクを含む）のあいだを縦横無尽に走りまわっている。村で暮らす約3万人の住民は、小屋と小屋のあいだをカヌーで行き来し、漁業で生計を立てている。**ガンヴィエはノコウエ湖の北端、港湾都市コトヌーの北にある。ポルト・ノボから約4時間。**北緯6.466667度　東経2.416667度

ブルキナファソ

ティエベレ
ナウリ県ティエベレ

　ガーナとの国境に近いこの村では、泥煉瓦づくりの家の壁が、文化的表現をするためのカンバスでもある。15世紀からこの地域に住むカッセーナ族の女性は、力を合わせて、幾何学模様、人間や動物の絵で家々

を飾る。泥、チョーク、タールを用いて描き、最後に保護液（イナゴマメの莢をゆでてつくる）を重ねれば完成だ。**ティエベレはポーの東30kmのところにある。運転手を雇って、村まで乗せていってもらおう。**北緯11.095982度　西経0.965493度

カメルーン

ニオス湖
北西州マンシャム

　ニオス湖はたった一夜にして1700人の命を奪った。ただし、犠牲者たちは溺れたわけではない。そもそも湖に入ってさえいない。多くは湖岸から20km以上も離れた自宅のベッドで亡くなった。

　この奇妙な大惨事は、湖に溜まった二酸

ティエベレの女性はあらゆる壁を幾何学模様の壁画に変える。

静かな湖が二酸化炭素の泡を噴き、1700人が亡くなった。

化炭素から始まった。ニオス湖は火山のクレーターの中にある。地下のマグマだまりからガスが発生し、湖に溶けこんで、二酸化炭素で飽和した高圧層がゆっくりできあがった。

1986年8月21日の午後9時すぎ、ニオス湖は爆発した。二酸化炭素の巨大な雲が湖底から噴出し、地元の村々をすっぽり覆って、その中にいた人間や動物を窒息させた。生き残った人々も酸欠で何時間も意識を失った。目覚めたときには死体に囲まれ、何が起きたのかまったくわからなかった。

この悲劇以降、フランスの科学者たちはニオス湖に脱ガスプログラムを導入した。2001年に湖底につながるパイプを設置し、定期的かつ安全にガスが抜けるようにした。2011年にはさらに2本を追加。太陽動力の警報システムが二酸化炭素レベルをモニターしているため、万一また爆発が起きた場合には、少なくとも警報は発せられるだろう。

ニオス湖はオク火山帯の中にある。ヤウンデの北西、約320km。

北緯6.438087度　東経10.297916度

ガボン

オクロの天然原子炉
オートオゴウェ州ムナナ

1942年12月2日、シカゴ大学競技場には興奮した物理学者たちが群れ集まり、原子炉CP-1（シカゴ・パイル1号）が臨界に達するのを見守っていた。これが世界初の自続式核分裂連鎖反応——彼らはそう信じていた。しかし、実際にはCP-1は世界で2番目のウラニウム核分裂原子炉だった。世界初の原子炉が臨界に達したのは約17億年前。場所はガボンのオクロ地区の地下。この核分裂は、完全に自然発生的なものだった。

オクロにはウラン鉱石が豊富で、フランスが1950年代から何十年にもわたり採掘を行っていた。1972年、オクロ鉱山から採取したサンプルをルーチン分析すると、ウラン235（天然のウラン鉱床に存在する3つの同位体のひとつ）の含有率が極端に低いことがわかった。通常なら約0.72%のところ、オクロのサンプルでは0.717%。大きな差ではないように思えるかもしれないが、科学者たちを警戒させるにはじゅうぶんだった。何か異常なことが起こったに違いない——やがて科学者たちは、それが天然の核連鎖反応だという事実に気づく。

その連鎖反応は先カンブリア時代に始まった。この時期、地下水が鉱石の割れ目を流れ、ウラン235と接触した。通常、原子炉内では、ウラン235は迷走中性子を吸収し、核分裂を起こす。その際、エネルギー、放射線、自由中性子を放出する。これらの中性子がまたウラン235に吸収され、核分裂を起こし、さらに中性子を放出させる。水は中性子減速材として働く。核分裂で放出された自由中性子を減速させ、さらなる核分裂の可能性を高めるのだ。

オクロのウラン鉱床の周囲では、現在までに15の原子炉ゾーンが見つかっている。ある原子炉ゾーンでは、廃棄物が採掘ピットの斜面に残っていたが、いまは、すべり落ちるのを防ぐためにコンクリートで固められている。

このウラン鉱山（現在は閉鎖されている）は、人口1万2000人の都市ムナナの国道N3号線沿いにある。

南緯1.394444度　　東経13.160833度

ガーナ

聖なるワニの池

アッパー・イースト州パガ

パガの池を歩きまわるのは世界で一番おとなしいワニたちだ。地元の伝承によれば、この穏やかなワニたちはそれぞれパガの村人の魂を宿しているという。だから、傷つけたり、軽んじたりすることは禁じられている。ただし、背中に乗って写真を撮るのはかまわない。

ワニを間近で見るには、ガイドに料金を払わなければならない。ガイドは生きたニワトリを1羽とってきて、口笛でワニを呼ぶ。指定したワニがニワトリの肉で腹を満たし、食後の嗜眠状態に入ったら、しっぽをなでたり、体にまたがったりできる。ワニが攻撃してくることはまずないが（たぶ

ん、ニワトリをたっぷり食べているからだろう）、鼻先は避けることをお勧めする——念のために。

パガの池はブルキナファソとの国境上にある。ボルガタンガから北西に40km。

北緯10.98147度　　西経1.115642度

カネ・クウェイ・カーペントリー・ワークショップ

グレーター・アクラ州アクラ

あるガーナ人教師はボールペンに入って埋葬された。マイクの中で眠る歌手もいれば、ハンマーが終の住処となった労働者もいる。これらの"ファンタジー・コフィン"——死者の職業、大好きなもの、憧れや野心を象徴する形をした棺——の数々は、カネ・クウェイ・カーペントリー・ワークショップの職人の手でつくられた。

このスタジオができたのは1950年代。設立者のセス・カネ・クウェイはガーナ海岸地方に住むガ族出身だった。ガ族が信じるところでは、死んだ人間は別の世界に生まれ変わり、生きている子孫に影響を及ぼしつづけるという。それゆえ遺族は死者を尊び、墓から善意を送ってもらえるよう、凝った葬儀を演出する（数百人の客を招いて、行進をする等）。一番の目玉となる棺は、死者が喜ぶようなものを特注する。

1992年、セス・カネ・クウェイ自身が亡くなったが、スタジオはその後も存続し、熱心な職人たちはロブスター、サンダル、ハイトップ・スニーカー、バナナ、ゴミ収集車の形の棺を嬉々としてつくりあげた。

ファンタジー・コフィンに興味があれば、世界じゅうのどこからでも注文できる。葬儀に使わなくてもかまわない。現

カネ・クウェイの棺があれば、死んでも退屈しないかも。

在、ファンタジー・コフィンは、本来の使い方にくわえ、アート作品としても世界的な評価を受けている。ニューヨークのブルックリン美術館にはナイキのスニーカー型の棺が展示されているし、大英博物館ではワシ型の棺が注目の的となっている。これはどちらもセス・カネ・クウェイの弟子、パー・ジョーの作品である。

アクラ、テシ・ファースト・ジャンクション。未舗装道路沿い、床屋と衣料品店のあいだにある。
北緯5.579425度　西経0.108690度

テンズグ神殿
アッパー・イースト州ボルガタンガ

テンズグ神殿を訪ねるには、まずはシャツを脱いで敬意を示さなければならない。そうすれば聖所——生け贄として捧げられたばかりの動物の血で汚れている——へ続く小道を歩くことができる。

ここは、ガーナ北部に暮らすタレンシ族の礼拝所である。動物の生け贄はタレンシ族の生活様式の中で重要な位置を占める。

テンズグ村を歩いていくと、泥造りの家に隣接する祠が、ニワトリの血や羽根、死骸のかけらだらけであることに気づくだろう。

トンゴの丘の上の本殿は、積み重なった巨石の上にある洞穴で、参拝者は——男であれ、女であれ——必ずトップレスにならなければならない。神殿内部には羽根、使用する道具、かわいがられ、やがて生け贄になった動物の残骸が山と積まれている。その光景と匂いに耐えられなくなったら、丘のほうを向こう。すばらしい景色が広がっているはずだ。

ボルガタンガから南東に16km。
北緯10.718635度　西経0.799999度

マリ

アントゴ魚獲り祭
ガオ州バンバ

アントゴ湖で魚を獲ることは法で禁じられている。ただし、1年のうち、毎年乾季に1日だけの例外がある。その日には何千という男が小さな湖を取り巻き（女性は参加を禁じられている）、開始の合図を待つ。

ピストルが鳴り響くと、いっせいに湖にな
だれこみ、ナマズを素手でつかまえる。水
と泥をはねちらし、悪戦苦闘すること15
分、男たちは泥まみれの姿で意気揚々と
戻ってくる。葦製のかごは魚でいっぱい。
湖は空も同然となり、儀式はまた来年とい
うことになる。

　この魚獲り祭は、モプティ州中央部に住
むドゴン族の伝統のひとつである。砂漠化
の進行により、湖は現在のような小さなサ
イズになったが、かつては年じゅう魚を
獲っていた。

　しかし、魚がほとんどいなくなったい
ま、ドゴン族が一堂に会し、アントゴ湖
（ときに気温が摂氏48度を超える砂漠に位
置する）から食べ物を得る機会は、年に1
度の儀式のときしかない。

　穫れた魚は近くのバンバ村の長老に捧げ
られ、長老はそれを集まった人々に公平に
分配する。魚を獲るところから分かち合う
ところまで、この儀式が、まるで共通点の
ないドゴンの村々の結束力を高めている。
**トンブクトゥからおよそ190km。魚獲り祭の
日付は村の長老たちが決めるため毎年異なる
が、たいていは5月中に行われる。**
北緯17.033644度　西経1.399999度

ジェンネの泥のモスク
モプティ州ジェンネ

　2014年、ユネスコの世界遺産、ジェンネ
の大モスクの壁が損傷を受け、修理が必要
になった。けれども心配には値しない。毎
年恒例の話だからだ。

　ジェンネにある他の数百の建物同様、大
モスクもまた泥でできている。建てられた
のは1907年だが、固めた泥を使う建築様式

年に1度、世界でもっと熱狂的な魚獲りがアントゴ湖で行われる。

ジェンネの建物群のなかには、世界最大の泥煉瓦の建物もある。

の歴史は古く、起源は少なくとも14世紀にまでさかのぼれる。建物を築くため、職人は泥とわらを混ぜて煉瓦をつくり、日干しする。そして、それを積み重ね、壁をつくる。仕上げに泥しっくいを塗ると、表面がなめらかになり、安定性も増す。

こうしてできた建物は頑丈で、なかにはかなり巨大なものもある（大モスクは3000人の礼拝者を収容できる）が、自然の力にはかなわない。雨、湿度、気温の変化が原因で、壁がひび割れ、浸食される。ジェンネの泥煉瓦職人は定期的に団結し、モスクの修理を行い、建物が崩壊するのを防いでいる。

ジェンネはバマコから車で8時間（ただし、バニ川はフェリーで渡る）。
北緯13.905278度　西経4.555556度

ニジェール

テネレ最後の木
テネレ

何十年ものあいだ、テネレの広大な砂漠の真ん中に1本のアカシアの木がぽつんと立っていた。そこから半径400km圏内でたった1本だけの木は、ニジェール北東部を横切る旅人の目印だった。

1939年、フランス軍司令官のミシェル・レソードがこの地を訪れ、木のかたわらに井戸を掘った。そのときに判明したアカシアの根の深さは35m。なんと地下水面まで伸びていた。「実際に見なければ、こんな木があるなんてとても信じられないだろう」とレソードは書き記し、テネレの木を"生ける灯台"と呼んだ。

この木が失われたのは1973年。それは過酷な砂漠のせいでも、無慈悲な気候のせい

でもなく、ひとりの人間のせいだった。伝えられるところでは、酔っ払ったリビアの男性が運転するトラックが衝突し、幹が折れてしまったのだという。それ以降、テネレの不毛の大地には、本物の木の代わりに、古いパイプ、燃料容器、自動車部品でつくられた木の彫刻が立っている。折れたアカシアのほうも、いまも生きている。ニアメにある国立博物館に運ばれ、乱暴な運転手の被害に遭わないよう、フェンスで囲まれた区画に立っている。

アガデスから東に約240km。
北緯16.984709度　東経8.053214度

UTA772便慰霊碑
テネレ

1989年9月19日、UTA772便パリ行きが離陸して45分後、リビアのテロリストが機内に置いたスーツケースが爆発した。機体は大破し、乗員・乗客170名は全員死亡。砕け散った残骸はサハラ砂漠——ニジェールのテネレ——に落下した。それは一番近い町からさえ数百キロも離れた場所だった。

18年後、犠牲者たちの親族がテネレに赴き、慰霊碑を建てようとした。墜落現場に到着してみると、事故調査員に回収されなかった機体のパーツが、いまだ砂の中に散らばったままだった。

最も近い町、アガデスの地元民140人の協力を得て、遺族グループは6週間を砂漠で過ごし、墜落機のための慰霊碑を築いた。70km離れた場所からトラックで運んだ黒い石を用いて直径約60mの円をつくり、その中にDC-10の等身大のシルエットを砂で描く。円の縁には170個の割れた鏡——犠牲者の1人ひとりを象徴している

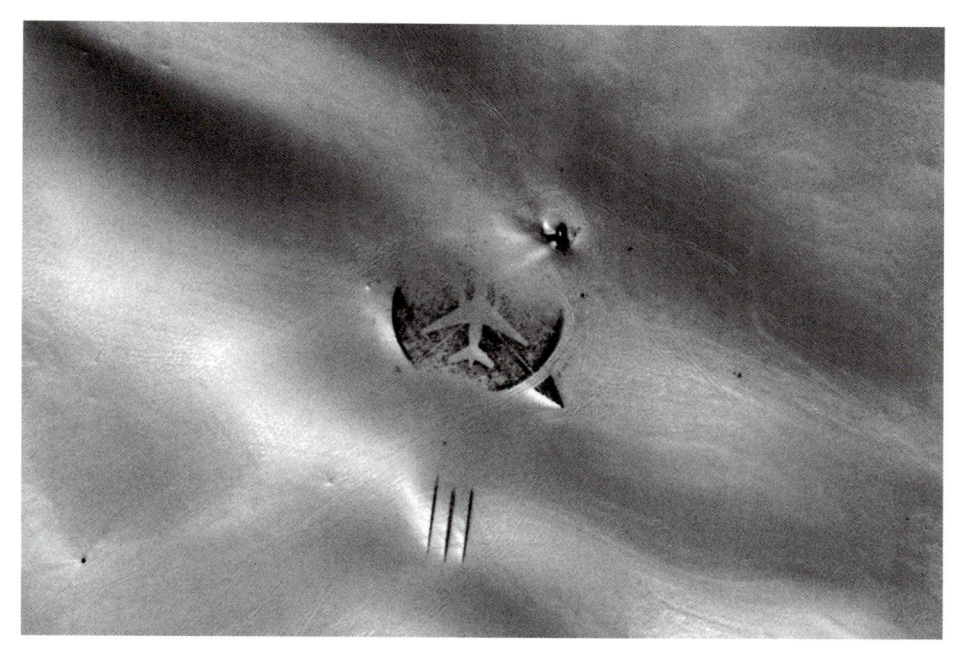

この事故慰霊碑を目にできる者は少ない。しかし、目にした者はけっして忘れない。

——をぐるりと並べた。さらに、15kmほど離れた落下地点から右舷の翼を運び、円の北側にまっすぐ立てた。翼には170名の犠牲者の名前が書きこまれている。

　車で慰霊碑を訪れるには、一番近くの町からでも数日がかりのつらい旅をしなければならないが、上空を飛ぶ飛行機からは見ることができる。現在は、砂が岩と鏡を徐々に埋めつつある。

テネレはサハラ砂漠中南部の一帯。アガデスから東に約420km。

北緯**16.864930**度　東経**11.953712**度

ナイジェリア

マココのフローティング・スクール

ラゴス

　18世紀、マココは浅瀬の漁村として成立した。現在は推定人口50万人とも言われる水上のスラムである。電気もない。ゴミ処理サービスもない。清潔な飲料水さえ簡単には手に入らない。

　2012年、アルファベットのAの形をした木製フレームの建物が海水湖（ラグーン）に浮かんだ。浮力をもたらしているのは底面を形成するプラスチック容器。まわりにはカヌーが集まっている。この建物こそがフローティング・スクール——マココの子どもたちが通うことを念頭においてつくられた、水上の学校だ。ナイジェリアの建築家クンレ・ア

樽とリサイクル木材の上に浮かぶ小学校。生徒たちはカヌーで通学する。

デイェミはマココの住民たちに意見を聞き、それを踏まえてこの3階建ての建物を設計した。完成した学校は教室と遊び場と工作室を備え、満潮になっても沈まず、100人以上の生徒を収容できた。

フローティング・スクールは、インフラのない水上コミュニティのための建築物の試作品であり、使われた資材はどれも、もともとコミュニティにあったものばかりだ（竹、リサイクル容器、地元の製材所から出た廃材等）。

フローティング・スクールは、人口過密により試練のときを迎えたマココを救うために登場した。スクールが完成した2012年、ナイジェリア政府は、景観を損ない安全性にも欠けると主張し、マココの家、数十軒を取り壊していたのである。

マココ。フローティング・スクールは、クリニック・ロードのサード・ミンランド・ブリッジのすぐ西、ラゴス・ラグーンに浮かぶ。北緯6.494258度　東経3.394869度

エアプレーン・ハウス
連邦首都地区アブジャ

ナイジェリアの首都の高級地区であるアソコロ地区に、頭に飛行機を載せたかのような2階建てのコンクリートの建物がある。

現在、機体の下に妻リザとともに暮らすサイイド・ジャマルが"アブジャ・エアプレーン・ハウス"の建築に取りかかったのは、2002年のこと。それは何十年も前にリザと交わした約束を果たすためだった。妻が大の海外旅行好きだと知っていたサイイドは、飛行機の形をした家を建てようと考えていたのだ。最初に誓いを立てたのは、ふたりが結婚した1980年。けれども、それ

から7人の子育てに追われ、計画はやむなく延期された。

　夢の家を建てるための時間をようやく見つけると、サイイドはゆっくりじっくり作業を進め、機体の正確なレプリカをめざした。飛行機の全長は約30m、各翼にはエンジンもついている。コックピットにある居心地のいい部屋からは街の眺めを楽しめる。**エアプレーン・ハウスは、ムルタラ・ムハンマド・エクスプレス・ウェイの外れ、ナイジェリアの大統領官邸アソ・ヴィラの右にある。**
北緯9.049612度　東経7.516576度

セネガル

アフリカ・ルネサンスの像
ダカール

　マメールの双子の丘の片方の頂上に巨大な――そして大いに困惑させられる――モニュメントがそびえている。ブロンズでつくられた"アフリカ・ルネサンスの像"は16階建ての建物に相当する高さを誇る。なんと自由の女神の1.5倍である。ソヴィエト社会主義リアリズム様式に乗っとり、筋

高さは自由の女神の1.5倍。嘲りの対象となっている彫像をデザインしたのは、北朝鮮のプロパガンダ美術製作所である。

骨隆々とした裸の男性が子どもを高々と掲げ、もう一方の手で裸同然の女性を導いている。

2006年、当時の大統領アブドゥライ・ワッドが、丘の上に巨大なモニュメント——数世紀にわたる奴隷制度と植民地制度から抜けだしたことを象徴するもの——をつくる計画に着手し、なるべく金をかけずに実現するため、万寿台海外開発会社（北朝鮮政府が運営するプロパガンダ美術製作所）を頼った。この会社は、財政難の国家のために、ソヴィエト社会主義リアリズム様式の巨大像をつくることを専門にしていた。

2010年、セネガル独立50周年を記念して、アフリカ・ルネサンスの像の落成式が行われた。しかし、2700万ドルの代金を支払えなかったワッドは、セネガルの国有地を北朝鮮に渡す形で支払いをした。

モニュメントがお披露目されたとき、12年におよぶワッドの大統領人生は終わりに近づいていた。原因は収賄、不正選挙、利己的な憲法改正にあるとされている。アフリカ・ルネサンスの像に関しても、ワッドは知的財産法を盾に、自分にはこの像からあがる観光収入の35％を受けとる権利があると主張したが、当然ながら、この主張はうんざりしきったセネガル国民の怒りを買った。

さまざまな物議をかもしながらも、このモニュメントはいまもそびえたっている。まわりを取り巻くのは、建設途中の家々とゴミの山である。

ダカール、アヴェニュー・チーク・アンタ・ディアップ。
北緯14.722094度　西経17.49481度

セネガルのその他の見どころ

貝殻島ファディユ
この島にある壁はすべて貝殻でできている。墓所も同様。

レトバ湖（ラック・ローズ）
ピンクの水に白い砂。この塩水湖の色の組み合わせは絶妙である。

シエラレオネ

バンス島
南部州

18世紀、シエラレオネ川に浮かぶ島、バンス島に建つ城は交易の中心として栄えていた。ヨーロッパやアフリカの商人がこの島を訪れ、銃、金、象牙、蜜蝋を買いだめした。ただし、こうした製品はどれもさして重要ではない。島の主要な産業は人間の売買だった。

大西洋奴隷貿易時代、西アフリカには約40の奴隷交易所があり、バンス島もそのひとつにかぞえられた。1668年から1807年まで、バンス島の城は倉庫として使われ、アメリカや西インド諸島への移送を待つ数万の西アフリカ人が収容された。

サウスカロライナ州やジョージア州の米農園のオーナーは、バンス島から奴隷を買

いたがった。なぜならバンス島は西アフリカの"ライス・コースト"（現在のセネガルからリベリアにかけて広がっていた）に位置していたからだ。奴隷商人は西アフリカの米農園を探しまわって熟練の農業従事者を誘拐し、バンス島からアメリカ南部行きの奴隷船に乗せた。

1807年、イギリス議会が奴隷貿易禁止法を制定すると、バンス島での人身売買は終わりを告げた。その後、ほんのいっとき製材所になったが、1840年に交易所は完全に閉鎖。現在では草の生い茂る荒れ地となっているが、暗い過去のぞっとするような痕跡はまだ残っている。壊れた城壁、ジョージ3世の紋章入りの大砲、この地で亡くなったヨーロッパ人の墓が、"人間用倉庫"としての歴史を詳述している。

フリータウン（シエラレオネの首都）から約30km上流。キッシー・フェリー・ターミナルでボートをチャーターしよう。
北緯8.569914度　西経13.040219度

トーゴ

アコデセワの呪物市場
ロメ

病気、人間関係、資金難で悩んだとき、西アフリカの国トーゴのヴードゥー教信者は、アコデセワの呪物市場に行く。この市場は首都ロメにあり、ずらりと並んだテーブルの上に犬の頭、ゾウの足、チンパンジーの手、ゴリラの頭蓋骨、乾燥したコブラが山積みになっている。これらはすべて呪物やお守り、すなわち、神の力が吹きこまれ、癒しと守りをもたらす品である。

トーゴと隣国ベナンはヴードゥー教（現地ではヴォドゥンと呼ばれる）発祥の地であり、現在でもトーゴの国民の約半分はこのアニミズムを信仰している。腐りかけの肉の匂いが蔓延する呪物市場は、戸外の薬屋のようなものであり、儀式に必要な材料を買いだめするのにもってこいの場所だ。

観光客が商品をじっくり調べても嫌がられないし、テーブルの向こうの小屋にいる伝統的な祈禱治療師を訪ねても歓迎される。相談を持ちかけられたヴードゥー教の神官は、どんな病状なのかを問いただし、神に相談して処方を決定する。動物の一部にハーブをまぶし、火にかざすと、黒い粉ができあがる。伝統的には、患者の胸か背中に3本傷をつけ、そこに粉をすりこむことになっているが、潔癖症の観光客であれば、木製の人形を買うとか、傷のない皮膚に粉をつけるだけにするという選択肢もある。

こうした治療に定価はない。治療師がコヤスガイの貝殻を投げ、いくら払うべきか神に問うのだ。法外な代金を請求された場合、正直にそう言ってかまわない。互いが納得する金額に落ち着くまで、治療師が神に相談を続けるだろう。

呪物市場はアコデセワの郊外、ロメ空港のすぐ東にある。
北緯6.137778度　東経1.212500度

目の肥えた客がチンパンジーの手、乾燥したコブラ、犬の頭を買う。

中央アフリカ

ザンガ・バイ

サンガ・ムバエレ州バヤンガ

マルミミゾウの群れを見つけるのはかなり難しい。アフリカゾウより体が小さく、密猟と森林破壊が原因で現在の生息数は10万頭を切っている。そんなマルミミゾウはコンゴ盆地の森の中を小さな群れで移動する。

しかし、世界にたったひとつ、100頭のマルミミゾウを一度に見られる場所がある。ザンガ＝ンドキ国立公園の密林に囲まれた空き地、ザンガ・バイである。アカスイギュウ、アンテロープ、イノシシとともに、マルミミゾウも毎日この保護地区にやってくる。観光客は見晴らしのきく高台から野生動物のパレードを見ることができる。

なんとも穏やかな光景だ。しかし、そう遠くない昔、ザンガ・バイはひどい暴力にさらされた。2013年5月、密猟者が急襲し、象牙ほしさに26頭のゾウを殺したのだ。密猟との闘いはいまも続き、状況は複雑さをはらんでいる（マルミミゾウの牙はアフリカゾウの牙より高密度で、それだけ価値が高い）。

2013年の密猟事件ののち、2014年7月、ザンガ・バイは再び観光客を受け入れるようになった。エレファント・リスニング・プロジェクト（ゾウのコミュニケーションに低周波音がどのように用いられるかを研究するプロジェクト）も実施されていて、現地の研究者たちは1990年以来、ザンガ・バイのゾウたちの声に耳を傾けている。

ザンガ・バイはバヤンガ村の北西にある。たどりつくには密林の中のゾウの踏み分け道を40分歩かなければならない。
北緯2.950584度　東経16.367569度

中国とアメリカ南西部以外で唯一の60mを超える天然アーチ。

チャド

アロバ・アーチ
エンネディ

チャド北東部のエンネディ山地に、中国とアメリカ南西部以外ではめったに見られない光景がある。まるでモニュメントのような天然のアーチだ。

天然のアーチとは、浸食か溶岩流によって穴が開き、額縁形になった岩のことをいう。アロバ・アーチの全長は約75m。それだけでも感動的だが、さらに驚かされるのはアーチのある場所の高度である。なんと、地上120m——32階建てのビルのてっぺんに相当する高さなのだ。

全長60mを超える天然のアーチはめずらしい。アメリカの天然橋協会（ナチュラル・アーチ・アンド・ブリッジ・ソサイエティ）の分類によれば、それに相当する天然のアーチは世界に19あり、そのうち9つは中国、9つはアメリカ南西部のコロラド高原にある。そして、残りのひとつがアロバ・アーチだ。エンネディ山地には他にも多くの天然の石のアーチが存在するが、その大半は30m以下の規模である。

チャドの首都ンジャメナから車で1週間。砂地を進むので必ず四輪駆動車にすること。
北緯**16.742404度**　東経**22.239354度**

コンゴ民主共和国

バドリテ
北ウバンギ州バドリテ

1960年代初頭、バドリテは泥造りの小屋が並ぶ小さな村だった。そこにモブツがあらわれた。1965年、モブツ・セセ・セコはコンゴ民主共和国の支配権を握り、以後32年にわたってその座に君臨する。モブツは独裁を敷き、みずからは贅を尽くした生活をした。

国（1971年にザイールと改名）を支配した30余年、モブツは労働組合を停止し、反体制派を拷問し、公開処刑を行い、数十億ドルを着服した。着服した金の使い道のひとつが贅沢な住居で、バドリテのすぐ外に建てられた邸宅は"ジャングルのヴェルサイユ宮殿"として知られるようになった。

1989年に建設された水力発電ダムから電力を得て、この新たな高級地区には、設備が整った住宅、学校、病院、5つ星ホテル、コカ・コーラ工場、3つの巨大邸宅（そのうちのひとつは中国様式）がつくられた。バドリテ空港にはVIP用ターミナルがあり、超音速旅客機コンコルドが発着可能な滑走路がついていた。外国の要人はここに着陸し、メルセデスベンツでモブツの私邸に向かう。それから、ふたつのプールのどちらかにつかり、ロココ様式の調度品の上でくつろぎ、フランスから空輸したグルメ素材を目玉にした豪華料理を楽しんだ。

1997年、モブツは失脚し、わずか数か月後、前立腺がんでこの世を去った。これを機にバドリテの絶頂期の輝きは薄れはじめた。モブツに仕えていた数百人のスタッフ（運転手、シェフ、使用人等）は宮殿を去

モブツ・セセ・セコの死後、"ジャングルのヴェルサイユ宮殿"の栄華は色あせた。

り、大理石、ステンドグラス、黄金のあいまからは雑草が顔をのぞかせるようになった。

モブツ宮殿の門はまだ無傷で残っているが、屋根の大半はなくなり、天井の鋼鉄製の梁は不気味な骸骨のように見える。現在は、宮殿のひとつが仮の学校として利用されている。

モブツを描いた壁画の一部――トレードマークのヒョウ柄の帽子をかぶった姿で描かれている――も崩壊をまぬがれた。モブツの笑顔はいまもバドリテで生きつづけている。

バドリテは中央アフリカ共和国との国境から約13km。モブツ邸の元スタッフ、あるいは、その子どもが廃墟を案内してくれる。

北緯4.283333度　東経21.016667度

コンゴ

テレ湖

リクアラ地方ボワ

コンゴ版ネッシーともいうべき「モケーレ・ムベンベ」がこの湖にいると言われている。熱帯の湿地に囲まれた円形の湖であるテレ湖は、簡単に行ける場所ではない。そのことも、湖底にひそむアパトサウルス似の生物のうわさをあおるばかりである。

謎の未確認生物は、多くの人を証拠探しの旅に誘いだし、1980年代にはアメリカ、イギリス、ドイツ、日本、コンゴの冒険家がどっと湖に押し寄せた。1981年、アメリカのエンジニア、ハーマン・レガスターズは、2週間の遠征中にモケーレ・ムベンベを見たと主張したが、同行していた地元民による目撃証言はない。

これまでのところ、こうした怪物探しの旅によって得られたのは、小さなくぐもった音の録音や、遠くて識別不能な物体のピンぼけ写真くらいのものだ。しかし、未確認動物学者たちはこの状況にさらに想像力を刺激され、モケーレ・ムベンベがそこでなにをしているのか、現実味の乏しい憶測をめぐらしてる。

テレ湖は深いジャングルの中にあり、周囲の沼沢林にはゴリラ、ゾウ、ハチがうようよしている。まずは飛行機でインプフォンドに入り（ここで省事務所から湖の訪問許可証をもらう）、そこから車でマトコに向かう。次はボートでムボヤまで。最後は未開地を45kmほど歩かなければならない。

北緯1.346967度　東経17.154360度

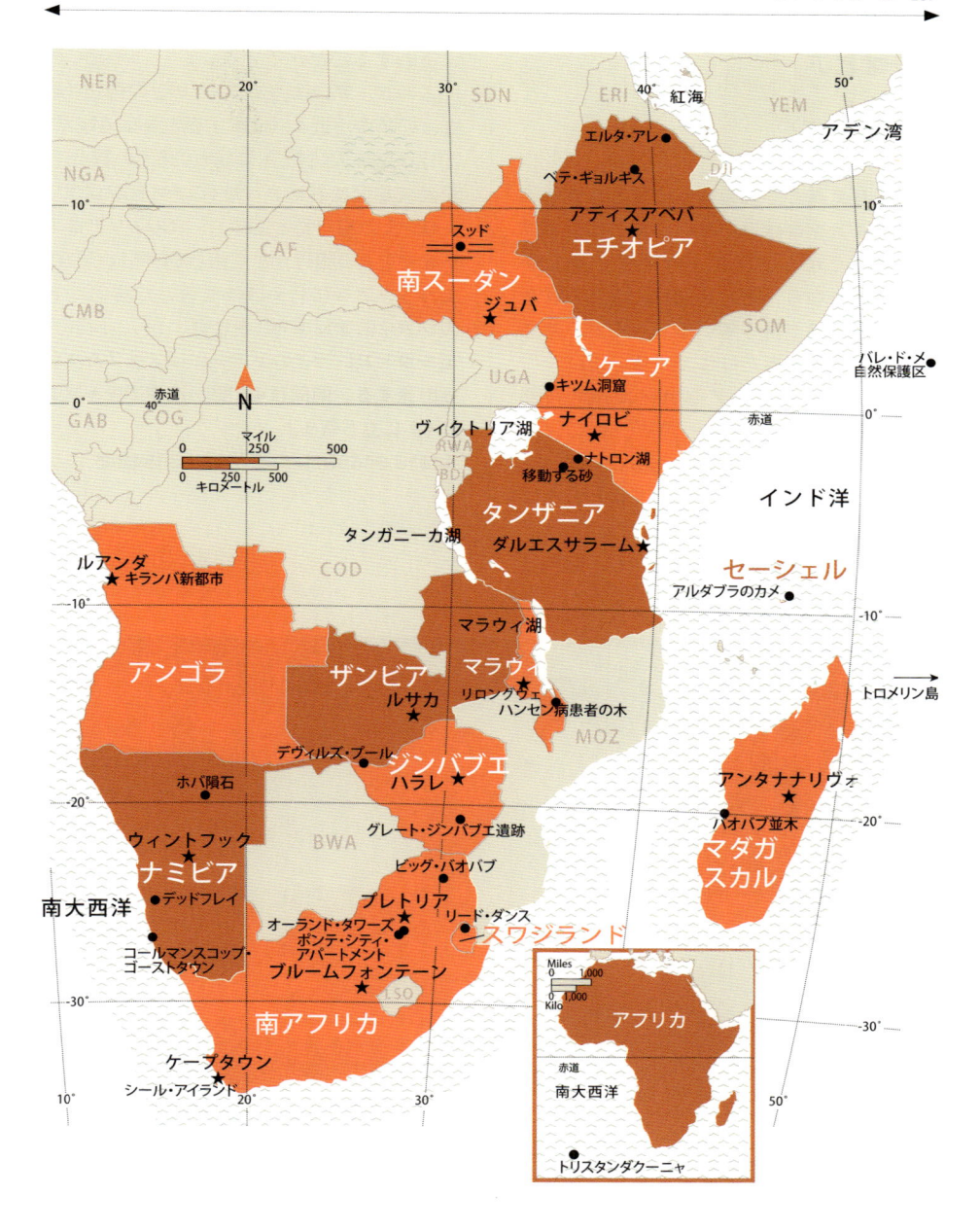

NER TCD 20° SDN ERI 40° 紅海 YEM アデン湾

NGA

エルタ・アレ ●

ペテ・ギョルギス ● DJI

CAF アディスアベバ ★

CMB 10° スッド ● エチオピア

南スーダン

ジュバ ★ ケニア SOM

GAB COG 0° 赤道 40° N ● キツム洞窟 バレ・ド・メ
自然保護区 ●

UGA

ヴィクトリア湖 ナイロビ 赤道 0°

ナトロン湖 ★

移動する砂 ● インド洋

タンザニア

ルアンダ ● COD タンガニーカ湖 ダルエスサラーム ★ セーシェル

キランバ新都市 ★ アルダブラのカメ ●

-10° マラウィ湖

アンゴラ ザンビア マラウィ トロメリン島

ルサカ リロングウェ ● MOZ

ハンセン病患者の木 ●

ホバ隕石 ● デヴィルズ・プール ● ジンバブエ アンタナナリヴォ ★

ハラレ ★ バオバブ並木 ● -20°

グレート・ジンバブエ遺跡 ● マダガ
スカル

ウィントフック ★ BWA ビッグ・バオバブ ●

ナミビア プレトリア ★

デッドフレイ ● オーランド・タワーズ ● リード・ダンス ● スワジランド

コールマンスコップ・ ● ポンテ・シティ ●
ゴーストタウン アパートメント

ブルームフォンテーン ★ LSO

-30° 南アフリカ

ケープタウン ★

10° シール・アイランド ● 20° 30°

マイル
0 250 500
0 250 500
キロメートル

Miles
0 1,000
Kilo 1,000

アフリカ

赤道

南大西洋

トリスタンダクーニャ ●

エチオピア

エルタ・アレ
アファール三角地帯アファール

恐ろしく暑く、武装集団に襲われる危険もあるダナキル砂漠。おいそれとは近づけない場所だが、この"地上の地獄"に勇気をもって挑むなら、その見返りに信じられないような体験が待っている。ぶくぶく泡立つ溶岩湖をまのあたりにできるのだ。

エルタ・アレ──アファール州北東部の言葉で"煙の山"──は、標高613mの火山で、カルデラの中に溶岩湖がある。メックエルから数日がかりの車の旅をいとわなければ、夜間に火山の頂上にのぼり、渦巻き噴きだす溶岩を数時間眺めてから、夜明けに下山することができる。

エルタ・アレは、エリトリアとの国境（現在、紛争中）近くに位置する危険な地域だ。2012年には火山観光に訪れた5人の観光客が武装集団に殺害された（エチオピアはエリトリア人の犯行だと主張し、エリトリアはエチオピア人の犯行だと主張している）。現在、エルタ・アレに行くには武装した護衛つきのツアーに参加するしかない。

エルタ・アレ行きのツアーにはメックエルから出発する。期間は4日間。途中でキャンプサイトに立ち寄る。
北緯13.645987度　東経40.680542度

エルタ・アレ火山の溶岩湖はひとつではなく、ふたつ。

ベテ・ギョルギス
（聖ゲオルギウス教会）

アムハラ州ラリベラ

エチオピア北部の高地にラリベラという聖都がある。12世紀以前はロハという名で知られていた。そこにのちに王となる男の子が生まれた。伝説によれば、この子が生まれたとき、頭のまわりにハチが群がり、未来の王であることを示したという。男の子はラリベラと名付けられた。"ハチに選ばれし者"という意味である。

ラリベラは1181年に王となり、野心的な計画に着手した。エルサレム巡礼に行けないキリスト教徒のため、エチオピアに新しいエルサレムをつくろうとしたのだ。ラリベラは、火山岩を掘って、10あまりの教会をつくることにした。

建築工程の詳細は時の経過とともに失われたが、12世紀から13世紀のあいだに13の教会が建てられた。その構造はけっして単純なものではない。アーチ型の窓、宗教的シンボルがついた刳形（モールディング）があり、内壁には壁画が描かれた。これらの岩窟教会は堀（新

火山岩を彫ってつくられた教会。

しい聖都であることをかんがみて、ヨルダン川と名付けられた）に面して建てられ、それぞれが地下道でつながっていた。

それから数世紀、地震断層、浸食、水によって、この教会群の多くは深刻な損傷を受けた。しかし、最後に建てられたベテ・ギョルギス（聖ゲオルギウス教会）はいまも偉容を保っている。12mの深さまで岩を刳り抜いた十字形の教会はキリスト教の巡礼者と好奇心旺盛な観光客を引きつけてやまない。

ラリベラまではエチオピアの首都アディス・アベバから飛行機で1時間。
北緯12.031616度　　東経39.040695度

エチオピアのその他の見どころ

アクスムのオベリスク
アクスム：かつて交易拠点として栄えたアクスムには石柱［オベリスク］が数多く残っている。そのひとつであるこのオベリスクは、1937年、イタリアのファシストによってローマに持ち去られたが、2005年、エチオピアに返還された。

ケニア

キツム洞窟

西部州エルゴン山国立公園

キツム洞窟はおよそ200mにわたって延び、火山につながっている。塩を含んだ内壁は傷、溝、穴で埋め尽くされ、まるで鉱山労働者が金かダイヤモンドを探したあとのように見える。しかし、これらの痕跡は人の手によるものではない。キツム洞窟の壁を削ったのはゾウである。

ゾウが常食とする森の植物は、ナトリウム含有量が低い。だから足りない塩分を補給するためにこの洞窟にやってきて、壁に牙をすりつけ、崩れ落ちた岩塊を砕いてな

めるのだ。

キツム洞窟に出入りする動物はゾウだけでない。バッファロー、アンテロープ、ヒョウ、ハイエナも洞窟の奥をうろついている。こうした動物たちももちろん危険だが、特に注意を要するのは入り口付近に群れているエジプトルーセットオオコウモリだ。このコウモリはマールブルグ病（エボラ出血熱のようなウイルス性感染症）を媒介するといわれ、1980年代にはこの病気に感染した2人の旅行者（15歳の少年と56歳の男性）が、発症から数日で亡くなっている。ワクチンはまだない。

キタレからエルゴン山国立公園までミニバスが運行している。

北緯1.133333度　東経34.583333度

ケニアのその他の見どころ

マサイ・オーストリッチ・ファーム

カジアド：世界最大の鳥に乗ってみよう。食べるのは、そのあとで。

ゲディの廃墟（エンゲディ遺跡）

マリンディ：謎めいた都市の廃墟はインド洋をのぞむ熱帯林の中にある。

マラファ・デプレッション

マリンディ：複雑に起伏する砂岩の渓谷は、白、ピンク、オレンジ、赤と複雑な色合いを見せる。

南スーダン

スッド

ジョングレイ州

南スーダン、白ナイル流域には、世界最大の湿原が形成されている。アラビア語で“障害物”を意味するスッドは、パピルス、

塩をなめるゾウのおかげで洞窟内部は常にリノベーションされる。

ウォーターグラス、ヒヤシンス、その他の植物がびっしり生えた広大な湿地である。密集した植物が、人間が通り抜ける際の障害物となっているのだ。

面積は雨季と乾季で変わるが、最大のときは13万km²。これはルイジアナ州全体とほぼ同じサイズである。村は植物の浮島（大きなものは直径30kmにおよぶこともある）の上につくられている。浅めの水域にはカバやワニが生息し、渡りの季節には400種を超える鳥がやってくる。

スッドは全体で巨大なスポンジのように働き、雨水や隣国ウガンダのヴィクトリア湖から流れこむ水を吸収する。のこぎりを持って蘆や草のあいだを通り抜ける船にとっては、ありがたくない情報だろう。通行を楽にするため、スッドを横断する水路をつくろうという案もあるが、それをすれば生態系が乱れ、やがては人間が立ち退く

はめになるだろう。

スッドはユニティ州からジョングレイ州にかけて広がっている。
北緯**8.380439度**　東経**31.712002度**

タンザニア

移動する砂
大地溝帯オルドバイ渓谷

セレンゲッティ高原の東に位置するオルドバイ渓谷は、初期人類の化石が多く見つかることから、"人類の揺りかご"とみなされている。その渓谷のすぐ近くにあるのが、この、堂々たる灰の山だ。

この灰——もともとはオルドイニョ・レンガイ火山から出たもの——は、全長約100mの三日月形の砂丘を形成している。この砂は鉄分が豊富で磁気を帯びているた

白ナイル流域に広がる世界最大の湿原。

め、風が吹きつけても散り散りになることはない。その結果、この砂丘は毎年15mずつ、じりじりと砂漠を移動している。

ンゴロンゴロ保護区。灰の磁性を理解するため、一握りつかみとって、空中に投げてみよう。

南緯2.920776度　東経35.390521度

ナトロン湖

アルーシャ州モンドゥリ県

　鳥の繁殖期にナトロン湖を訪ねてみよう。フラミンゴの群れと綿菓子のようなヒナたちが、背景の山々との美しいコントラストを見せてくれるはずだ。ただし、ここは天国ではない。湖水のpHは10.5(ちなみにアンモニアはpH11.6)。うっかり触れれば、肌が焼けてしまう。

　この浅い湖が強アルカリ性なのは、山からナトリウム化合物（主として炭酸ナトリウム）が流れこむためである。水温は摂氏60度まであがり、有色シアノバクテリアがいるせいで湖面が赤錆色に染まることもある。

　このような過酷な条件のため、たいていの動物はこの湖を敬遠するが、わずかながら残った生き物がすばらしい光景を見せてくれる。総数200万強のフラミンゴの群れが毎年ここを訪れ、藻類を食べながら繁殖活動をするのだ。過酷な環境が巣を壊そうとする捕食者を退けるのにはうってつけなので、ナトロン湖の南側は、東アフリカのコフラミンゴの唯一決まった繁殖地となっている。つまり、湖の環境が脅威にさらされれば、この種が深刻な影響を受けることになる。

　湖岸に発電所や炭酸ナトリウム処理施設をつくるという案は、いまのところ具体化していない。保護活動家は、いつまでも現

強アルカリ性の熱い湖に対応できる数少ない動物、フラミンゴ。

状を維持したいと考えている。

**湖岸にキャンプして夜明けにフラミンゴを見
よう。**

南緯2.416667度　東経36.045844度

アンゴラ

キランバ新都市

ルアンダ州ルアンダ

　アンゴラの首都をめぐる環状道路の南
に、8階建てのアパートメント、商業地区、
学校を備えた区画が整然と並んだ都市、キ
ランバ新都市がある。2010年、中国から融
資を受け（石油収入による返済を保証）、
この住宅開発は突然始まった。最大50万人
が住める新都市をつくることで、27年続い
た内戦（2002年に終結）によって生じた住
宅不足を解消しようとしたのだ。

　しかし、オープンから2年経っても、キ
ランバはゴーストタウンも同然だった。な
ぜなら、アパートメントはぴかぴかの新品
でも、周囲のインフラがまったく追いつい
ていないからだ。ここに暮らすわずかな
人々は、さまざまな困難に見舞われた。度
重なる停電。公共交通機関の不足。医療も
かぎられ、建物その他のメンテナンスも
なっていない。それにくわえてコストの問
題もあった。この新都市の住宅は、アンゴ
ラの中流階級に手の届く価格ではなかった
のである。

　色とりどりの屋根をしたゴーストタウン
を前にして、政府は低価格の長期住宅ロー
ンを導入し、都市の一角を低所得者向け住

中国の資金提供でできあがった明るい新都市。野心が過ぎて住民集めに苦労している。

宅とした。

　おかげで前より人が増えたとはいえ、キランバはいまもアパートメントの空室を埋めるのに悪戦苦闘している。

ルアンダ、キランバ。エクスプレッソ通りの南。
南緯8.997063度　東経13.266667度

マラウイ

ハンセン病患者の木

マチンガ県リウォンデ

　野生動物の宝庫であるリウォンデ国立公園にひっそりと立つ1本のバオバブの木。静かで穏やかな景色に思えるが、木につけられた小さな手書きの表示には、穏やかさとは正反対の言葉が記されている――"過去にハンセン病で苦しんだ人々の墓"。

　世界の多くの地域と同様に、マラウイでも、ハンセン病の患者は社会から排斥されることが多かった。病因となる細菌は確かに伝染することがあるが、世界の人口の大半は生まれつき免疫を持っている。それでもやはり、マラウイの伝統的な宗教信条に従えば、ハンセン病で亡くなった者を他の者と同じように埋葬するわけにはいかなかった。土が汚染されると信じられていたからだ。

　リウォンデのバオバブの木は、幹の一部が切り開かれていて、中をのぞくと、そうした信念の結果である遺物が目に飛びこんでくる。木のうろの底にばらばらにかたまる人骨――まとめて縛られ、バオバブに押しこまれたハンセン病患者たちだ。その際、患者たちが生きていたのか、死んでいたのかは定かではない。

リウォンデ国立公園。公園南エリアの最もわかりやすい目印は、未舗装道路にぐるりと取り囲まれたチングニ・ヒルだろう。バオバブの木はこの丘のふもと近くにある。
南緯15.030231度　東経35.247495度

ナミビア

コールマンスコップ・ゴーストタウン

リューデリッツ

　コールマンスコップは砂漠の町だ。1920年代にはドイツ出身のダイヤモンド鉱山労働者が数百人住んでおり、病院、劇場、カジノ、ボウリング場、体育館があった。しかし、いまはゴーストタウンと化し、陽光によって色あせ、砂にのみこまれている。

　町がつくられたのは1908年。この地域でダイヤモンドが見つかったときのことだ。当時、この地はドイツ領南西アフリカ（1884年から1915年まで存続した植民地）の一部だった。ダイヤモンドの採掘はすさまじい勢いで行われた。しかし、第一次世界大戦が原因で売り上げが減少。1926年、もっと豊かなダイヤモンド鉱脈がコールマンスコップの南で見つかった。町はその後も数十年間もがきつづけたが、1954年には完全に放棄された。

　コールマンスコップの家は、まだ外形を保ってはいるものの、床はすっかり砂に埋もれている。砂漠が再び所有権を主張しはじめたのだ。廊下にはミニ砂丘ができ、そこかしこに波状の線がついている。ときおり通るヘビが這った跡だ。

約15分離れたところにある港町リューデリッツのインセル・ストリート・ボート・ヤードから、コールマンスコップへのツアーが出ている。
南緯26.705325度　東経15.229747度

かつてのダイヤモンド鉱山労働者の村が、砂の中に。

ホバ隕石

オチョソンデュパ州グルートフォンテイン

　グルートフォンテイン近くの農場に、地上最大と言われる隕石がある。この隕石は、約8万年前に落下したままの場所で保存されている。博物館の展示ガラスの向こうではなく、いまもそこにあるのはなぜなのか。理由のひとつは重さだ。なんと60トンを超えている。つまり、アメリカ軍の戦車と同じくらい重いのだ。

　1920年に発見されたホバ隕石は、長さも幅も約2.7m、高さは1.3mほどある。落下当時はかなり大きなクレーターができたはずが、8万年にわたる浸食が砂地のくぼみを消してしまった。

　鉄とニッケルからなる表面には心なき破壊の跡がついている。宇宙の石をひとかけ削って持ち帰ろうとする観光客たちによる

ものだ。1980年代、周囲に円形段を築き、公共物破壊に対抗する手段も講じたので、かけらをとろうとする者はもういない。さわることは禁じられていないので、心ゆくまでさわってかまわない。

グルートフォンテインから西に約25km。D2859号線沿い。

南緯19.588257度　東経17.933578度

世界最大の隕石。8万年前に地球に衝突した。

デッドフレイ
ナミブ＝ナウクルフト国立公園

赤い砂丘のなか、ひび割れた白い粘土層から立ちあがるデッドフレイの木々は、ねじれた枝を雲のない空に向かって伸ばしている。とうの昔に葉を失い、すっかり枯れてはいるが、まだ朽ちてはいない。あまりに乾燥しているため、朽ちることがないのだ。だからこうして干からびた泥の中にとどまり、昔の自分の骸骨をさらしている。

いまとなっては想像しにくいが、かつてはここに川が流れ、木に花が咲き、生い茂る葉が木陰をつくっていた。やがて干ばつが訪れた。1100年頃のことである。肥沃な水は奪われ、流れる砂が川をせきとめた。デッドフレイは丸裸になった。

けれども、この荒涼たる地でたくましく生き延びた植物もある。サルソラ、多肉多汁のソルトブッシュ、棘のあるナラメロン。カメラを携えた観光客をのぞけば、これら数種の植物だけが、映画のような不毛の地における唯一の生の兆しである。

デッドフレイがあるソーサスフレイ行きのツアーは、ウィントフックから出発する。現地まで車で6時間。一泊することも可能。
南緯24.760666度　東経15.293373度

ナミビアのその他の見どころ

フェアリー・サークル（妖精の輪）
荒れ地に点在する謎のサークル。直径2～15m。長きにわたり人々を困惑させている。

700歳の枯れ木は世界で最も高い砂丘群に囲まれている。

南アフリカ

ビッグ・バオバブ

リンポポ州モディアディスクルーフ

　サンランドのマンゴー農園に生えた1本の木の内部には、バーがある。15人は余裕で入れて、ドラフトビールを飲みながら、ダーツを楽しめる。

　この木はとりわけ大きなアフリカ・バオバブ（学名Adansonia digitata）。サブサハラアフリカ（サハラ砂漠以南のアフリカの地域）に見られるバオバブである。高さは22m、外周は47m。サンランドのバオバブは、周囲を一周するのにてくてくと歩かなければならないほど巨大なのだ。彫りこまれた"ワインセラー"は中のボトルを常に摂氏22度に保ってくれる。

　腹の中にバーなどつくられ、バオバブは苦しんでいるに違いない――と思うかもしれないが、バオバブの幹には自然に空洞ができる。だから切ったり削ったりする必要はあまりなかった。このバオバブはいまも毎年葉を茂らせ、きちんと実をつける。

サンランドはヨハネスブルグから4時間。モディアディスクルーフの近く。そこで夜を過ごしたければ、農園が宿泊場所を提供してくれる。"ジャンガロー"の目玉はオープンエアのバスルーム。

南緯23.621100度　東経30.197700度

ポンテ・シティ・アパートメント

ハウテン州ヨハネスブルグ

　ヨハネスブルグのスカイラインを特徴づける54階建てのブルータリズムのコンクリート・チューブは、1975年につくられた。当時、アパルトヘイトにより、この建物があるヒルブロウには白人しか住めなかった。ポンテ・シティ・アパートメントは高所得者向けの住宅をめざしていた。街全体が見わたせて、一階には店が並び、2973㎡の中央アトリウムには屋内スキー場までできるはずだった。

　1994年、アパルトヘイトが正式に廃止されると、ヒルブロウとポンテ・シティはいずれもドラッグとギャングと犯罪に悩まされた。中央の穴にはゴミが3階の高さまで積みあげられた。吹き抜けの深淵に身を投げる自殺者の話が広まると、"自殺セントラル"というレッテルも貼られた。状況はまさに最悪で、1998年にはこの摩天楼を刑務所に改造しようという案まで浮上した。

　ヒルブロウはいまもヨハネスブルグの犯罪の中心地だが、一方のポンテ・シティは犯罪行為を一掃した。オーナーが2回（2001年と2007年）代わったことをきっかけに、大規模改装、厳重なセキュリティ対策の導入、中央の穴に詰まったゴミの撤去が行われた。現在、ポンテ・シティは1990年代よりはるかに安全になり、観光客の見学さえ歓迎している。

ヨハネスブルグ、ヒルブロウ、リリー・アヴェニュー1。タワーの下にあるコミュニティ・センター、ドララ・ンジェを訪ねよう。ヨハネスブルグ郊外の"無法地帯"に関する悪い噂を払拭するために、地域を案内してくれる。

南緯26.190556度　東経28.057083度

南アフリカのその他の見どころ

ミュージアム・オブ・マン・アンド・サイエンス
ヨハネスブルグ：伝統的な治療薬店。治療師が動物の皮、骨、角、ハーブを求めて棚をあさる。

ワイルドビースト・クイル・ロックアート・センター
バークレー・ウェスト：数百の岩絵はどれも1000年前から2000年前に描かれたと推定される。

カバのヒューバータ
キングウィリアムズタウン：アマトール博物館が誇るのは、カバの剥製。数年にわたって南アフリカを旅したヒューバータは、行く先々で人々に囲まれた。

オーランド・タワーズ
ハウテン州ヨハネスブルグ

　"垂直のアドベンチャー施設"を自称するオーランド・タワーズは、ニッチな要求に応じ、閉鎖された発電所の2棟の冷却塔（地上33階に相当する高さ）のあいだにぶらさがる。

　この2つの塔は、1951年から1998年まで、オーランド発電所で余分な熱を冷ます役割を果たしていた。発電所が閉鎖されると、ボブ・ウッズというロープアクセスのスペシャリストがそれをエクストリーム・スポーツの開催地に変えた。一方の塔の片側では懸垂下降ができ、反対側ではロッククライミングができる。巨大ネットめがけて自由落下するのもよし、橋からバンジージャンプをするのもいい。経験豊かなBASEジャンパーなら、安全器具をつけずに飛びおりることも可能だ。ただし、自前のパラシュートを持ってきていることと、包括的な権利放棄書に署名することが条件である。

　2002年、以前はくすんだ茶色だった塔が一面色に覆われた。一方の塔には南アフリカを象徴する壁画が描かれ、もう一方は広

明るく塗られた元冷却塔からのバンジージャンプ。誰かやってみる人は?

告スペースとなった。オーランド・タワーズはいまやソウェト（アパルトヘイト時代の黒人居住区。ヨハネスブルグの黒人住民用のゲットーとして悪名高かった）のランドマークである。

スウェト、オーランド。オールド・ポッチ・ロード、ダイナモ・ストリート。
南緯26.253394度　東経27.927189度

シール・アイランド
（オットセイの島）
ケープタウン

　フォールス・ベイ（フォールスは「偽物」の意。17世紀、隣接するテーブル・ベイとこの湾をまちがえ、文句たらたらだった船乗り

が命名した）には、オットセイであふれかえる岩場がある。大声で鳴き、ごろんと転がり、よたよた進む総数約6万頭のミナミアフリカオットセイたちは、長さ800m、幅50mのシール・アイランドの上で居場所を求めて押し合いへし合いしている。

　ツアーボートから見れば、このぶつかり合いも心をそそる情景だが、なにより印象深いのは耐えがたい匂い——腐った魚と排泄物からなる独特の匂い——であろう。ただし、それも、"リング・オブ・デス（死の輪）"を見るまでのこと。"リング・オブ・デス"とは、オットセイが水に入るのを待ち構えて島をぐるりと取り巻くホオジロザメの輪のことである。ひとたびオットセイが水に入れば、サメは執拗に追いかけまわす。

　ホオジロザメが不意に水中から飛びあがり、その顎の中でオットセイがもがいているのを見るのも珍しいことではない。サメはすばやく、容赦なく、くわえたオットセイを1分足らずで死にいたらしめる。あまりに暴力的な光景に、思わずオットセイを応援したくなるだろう。ときには、スリリングな闘いのあと、なんとか逃げのびるオットセイもいる。

シール・アイランド・クルーズへはハウト・ベイから出発。所要時間45分。
南緯34.137241度　東経18.582491度

スワジランド

リード・ダンス（葦の踊り）

ホホ、ルドジドジニ

　毎年8月下旬か9月上旬の1週間、何万人もの少女と若い女性が、スワジランドの王家の村、ルドジドジニに押し寄せる。足は裸足、胸はあらわ、明るい色のスカートとビーズのネックス、房飾りで身を飾って、王とその家族の前を行進し、ナイフを手にして、歌い、踊る。

　この年に1度の儀式は、ウムランガ（別名リード・ダンス）として知られ、少女と若い女性の純潔を称えるために行われる。参加するには処女であることが必須条件とされるが、これはスワジランドの伝統的な価値観と、現代のHIV感染（国民の4人にひとりが感染している）に対する懸念を反映している。

　儀式は娘たちが年齢別のグループに分けられるところから始まる。その後、各グループは湿地に行き、自分のナイフで葦（リード）を刈って束ねる。次の数日は湿地と王母の宮

島を取り巻くサメにとっては、臭くてうるさいオットセイの群れがおいしいビュッフェ。

殿を行ったり来たりし、宮殿を囲むフェンスの穴をふさぐために葦の束を持ち帰る。

その後、休息と準備に1日を費やしたあと、娘たちは色鮮やかな飾り帯（サッシュ）、スカート、宝石を身につけて宮殿に戻る。波のように次々とやってきて、歌い、踊る娘たちを、王とその家族は座って見つめる。この2日間の祭典には一般人も参加してよいが、写真撮影は禁じられている。

処女性と労働協力に対する社会の伝統的価値観を後押しすることにくわえ、この儀式には実利的な目的もある。スワジランド国王ムスワティ3世が妻を選ぶのにちょくちょくこのパレードを利用するのだ。13番目の妻インクホシカティ・ランカンブレと14番目の妻シンディスワ・ドラミニは、どちらもリード・ダンスで見初められた。

王家の村は首都ムババネとマンジニのあいだにある。リード・ダンスの日付は占星術で決まり、毎年異なる。
南緯26.460652度　東経31.205313度

ザンビア

悪魔のプール
南部州リヴィングストン

ヴィクトリアの滝の上に、ぞっとするような眺めを持つ小さなプールがある。平均的な水泳経験しかない人は、とてつもない不安を覚えるだろう。"悪魔のプール"は滝（ザンビア側）の上にある小島、リヴィングストン島のすぐそばに位置している。悪魔の招きに応じ、世界最大の瀑布のてっぺんに腰かけてみよう。自然にできた岩のバリアがプール内の水流を弱めて、落差108mの滝に

スワジ王のために踊る前の若い娘たち。新しい妻になる者がいるかもしれない。

世界で最も高い場所にあるインフィニティ・プールは岩が
自然につくったもの。勇気を出して入ってみよう。

巻きこまれるのを防いでくれる。

**水位が低い時期（通常は8月から1月）は、ツ
アーガイドの指示に従い、リヴィングストン
島から悪魔のプールに泳いでいける。**

南緯17.924353度　東経25.856810度

ジンバブエ

グレート・ジンバブエ遺跡

マシンゴ州マシンゴ

　そびえたつ石壁がかつてのグレート・ジ
ンバブエをぐるりと取り巻くさまからは、
失われた都市の昔日の威風がうかがえる。
11世紀から15世紀にかけてバントゥー族に
よってつくられたグレート・ジンバブエ
は、3つの部分で構成されている。11mの
石壁からなる楕円形のグレートエンクロー
ジャー（大囲壁）、丘の上の砦、谷間に点
在する石造りの家である。

　15世紀、人口過剰になって放棄せざるを
えなくなるまで、グレート・ジンバブエは
中世の交易の中心地として繁栄していた。
20世紀初頭に始まった考古学的発掘では、
中国やペルシャのガラスや磁器、キルワ島
（タンザニアの島）の金やコインが出土し
ている。

　出土品の中には“ジンバブエ・バード”と
して知られる石鹸石製の鳥像8体も含まれ
ていた。これらは現在、国のシンボルとな
り、国旗、紋章、紙幣のデザインに使われ

サハラ南部最大の古代建造物。1万8000人が住んでいたとも言われる都市の一部。

ている。

グレート・ジンバブエはマシンゴの約27km南にある。ジンバブエの首都ハラレからマシンゴまでは車で4時間。
南緯20.266667度　東経30.933333度

マダガスカル

バオバブ並木
メナベ地域圏モロンダバ

　モロンダバからベロ＝ツィリビヒナに向かう土の道に沿い、バオバブの木が立ち並んでいる。そのがっしりした幹は、太陽が頭上を過ぎるにつれ、輝き、色あせていく。これがバオバブ並木。ここに行けば、アダンソニア・グランディディエリ（7種あるバオバブの一種で、マダガスカルの固有種）の印象的な姿を愛でられるだろう。

　樹齢数百年、30mの高さを誇るバオバブの木は、根を引き抜いて逆さに植え直したかのように見える。枝は幹のてっぺんのみから伸び、平たい形に集まった葉が夕陽の光をとらえる。夜明けか夕暮れに訪ねることをお勧めする。

モロンダバから北に45分。四輪駆動車がお勧め。
南緯20.250763度　東経44.418343度

トロメリン島

　マダガスカルの東、約450kmに位置する、面積わずか1.7km×0.7kmの島、トロメリン島は、その信じがたい歴史がなければ、ただのちっぽけな砂地にすぎなかっただろう。

　1761年、フランスの貨物船ユティル号がマダガスカルからモーリシャス（当時はイル・ド・フランスとして知られていた）に向かった。船には約160人の奴隷——乗組員がマダガスカルで買い、モーリシャスで売るつもりでいた——が乗っていた。しかし、航海途中、船は暗礁にぶつかり、船尾が砕けて、船、20人の乗組員、約70人の奴隷が海の墓場に送られた。溺れた奴隷の多くは甲板下に閉じこめられていた。ハッチは閉じられ、さらに釘付けされていた場所さえあった。

　生き延びた者はやっとのことでトロメリン島にたどりついた。けれども、そこは木の1本も生えていない、吹きさらしの砂地にすぎず、カメと海鳥がいて、珊瑚があるだけだった。船員たちはどうにかこうにか井戸を掘ったが、食べ物はない、身を隠す場所もない、とても耐えられる状態ではなかった。船の残骸を回収することで、海に出られる筏をつくることはできた。紳士と船員が全員乗れる大きさもあった——しかし、奴隷が乗る場所はなかった。

　白人の生存者は筏に乗りこみ、奴隷たちにはあとで迎えにくると約束して、モーリシャスに向けて船出した。救助隊は来なかった。人の形をした"貨物"にすぎないものを救うために白人の命を危険にさらすことに、モーリシャスの総督が二の足を踏んだからだった。

　ユティル号遭難から15年が経ったあと、フランスの軍艦の艦長ベルナール・トロメリンは、現在自分の名前がついている島を訪れ、ユティル号の奴隷7人（全員女性）と島で生まれた男の子を発見した。15年のあいだ、カメと貝で生き延び、珊瑚でつくった家で雨露をしのいでいたらしい。この生存者たちの最終的な運命についてはほ

夕暮れ時には、暗いバオバブとパステル調に移り変わる空が見事なコントラストをなす。

とんど知られていないが、どうやらモーリシャスで自由民として生きる権利を与えられたようである。

2006年、フランスの考古学者のチームがトロメリン島の発掘を行い、ユティル号から回収した銅でつくった調理道具を発見した。珊瑚の家の残骸や、共用のかまどの痕跡も見つかったという。現在、トロメリン島には測候所が置かれ、風をモニターし、インド洋で発生するサイクロンを検知している。**島への民間飛行便は存在しない。ただし、自分で飛行機を見つければ、島の未舗装滑走路に着陸可能。もうひとつの方法は船だが、島に港がないため、沖合に停泊しなければならない。宿泊施設もなし。**南緯15.8922222度　東経54.52472度

セーシェル

バレ・ド・メ自然保護区
プララン島

プララン島はセーシェルの115の島の中で2番目に大きく、まさに天国（パラダイス）である。人けのないビーチ。青々と茂る植物。澄んだ穏やかな海。島の中央にはバレ・ド・メ自然保護区があり、珍種のヤシの木、ココ・デ・メールが生えている。ココ・デ・メールはセーシェルだけに見られる固有種で、世界最大の種子をつくる。重いものは30キロ近くにもなり、その独特な形でも異彩を放っている。端的に言えば、曲線美の女性の尻にそっくりなのである。

1881年、敬虔なキリスト教徒であるイギリス軍将軍チャールズ・ゴードンがプララン島を訪れ、このスキャンダラスな種子を目にとめた。そして、その官能的な形に衝撃を受け、ココ・デ・メールこそ知恵の木であり、種子は禁断の果実だと結論づけた。となるともちろん、バレ・ド・メがエデンの園だということになる。

地理的には少々無理があるかもしれないが、創世記の記述に従えば、ココ・デ・メールの種子の形はいかにも"禁断の果実"にふさわしい。ココ・デ・メールは催淫性を持つという通念もあり、その種子は豊穣のシンボルとみなされる。だからこそ、みやげ物として人気なのだ。2012年、セーシェル政府は、違法採取と違法取引への対応として、ココ・デ・メールの種子の国外持ち出しを禁じた。そのため種子を家に持ち帰るには、正規のディーラーから購入し、国外持ち出し許可を得なければならない。かなりの額を払うことを覚悟しよう。

種子を見るだけで満足なら、バレ・ド・メ自然保護区を歩いてみよう。いくらでも見られるはずだ。もしかしたら、プララン島にしかいない絶滅危惧種、黒いインコも見つかるかもしれない。**開園時間は午前8時から午後5時30分。**南緯4.330000度　東経55.738391度

重さ30キロ近くの実は"ラブ・ナット（愛の実）"として知られる。

アルダブラのカメ

アウター諸島アルダブラ環礁

ゾウガメといってまず連想するのはガラパゴス諸島かもしれないが、このカメたちが歩きまわる群島が実はもうひとつある。タンザニアから東に700kmのところに位置する4島からなる群島、アルダブラ環礁だ。

アルダブラ環礁は地球上で2番目に広い珊瑚環礁で、10万頭を超えるゾウガメが暮らしている。これは世界最大の個体群である。250kgにまで成長するアルダブラゾウガメは、この人里離れた我が家をアオウミガメ、ヤシガニ、シュモクザメ、マンタ、フラミンゴと分かち合っている。小さな研究所に数人の科学者が住んでいるが、人間はその程度しかいない。**アルダブラ環礁へのアクセスはセーシェル諸島財団が監視している。立ち入りが許される**のは**ネイチャー・ツーリズムか教育に関わる者のみ。一部の地域は立ち入り禁止。アルダブラ環礁にいたるには、アサンプション島行きのチャーター機を確保し、さらにチャーター船かプライベートクルーザーを使わなければならない。**

南緯**9.416681**度　東経**46.416650**度

セントヘレナ・アセンションおよびトリスタンダクーニャ

トリスタンダクーニャ

イギリスの領土である幅13kmのトリスタンダクーニャは、人間が暮らす島のなかで、"世界で最も遠い島"である。一番近い本土の都市は2805km東にある南アフリカのケープタウン。そこから船で7日かかる。

アルダブラゾウガメの散歩。

飛行機という選択肢はありえない。島に飛行場がないからだ。

トリスタンダクーニャの全住民——最後にかぞえたときは269名——が、島の唯一の居住地、エディンバラ・オブ・ザ・セブン・シーズに住んでいる。19世紀初頭に成立したこの村は、北の海岸に位置し、70世帯（全戸が農業に従事）が暮らしている。電気はディーゼル発電機で供給される。村のただ1本の道は、細く曲がりくねって走り、道沿いにはバンガロー式の小屋やジャガイモ畑、のんびり歩く雌牛の姿が見られる。おぼろに見える火山の崖と低く垂れこめた霧が、俗世とはまったく別の雰囲気を醸しだしている。

不安などほとんどない、平和な島だが、火山が噴火したときだけは話が別だ。1961年には北側の噴火口で噴火が起こり、地震、地滑りが発生し、全島民がケープタウン経由でイギリスに逃げた（ただし、イギリスの交通量の多さと過酷な冬にうんざりして、地質学者から危険は去ったというお墨付きをもらうと、大半の人が2年後に帰島した）。

火山が沈静化したいま、トリスタンダクーニャの生活は忍耐と計画（プランニング）で成り立っている。食料雑貨店が1軒あるが、何か月も前に注文し、指定の漁船で届けてもらうしかない。病院にはX線機器、分娩室、手術室、緊急治療室、歯科治療施設があり、たいていの健康問題には対応できるが、専門的な治療を必要とする患者は南アフリカかイギリスに移送するしかない。

ケープタウンから船が出る。ただし、訪問に際しては事前に島の管理者から許可を得ておく必要がある。
南緯37.105249度　西経12.277684度

謝辞

　ワークマン・パブリッシングとの関係は、古代ボリビアの風習に従い（ラパスの「魔女の市場」参照）、ミイラ化したラマの胎児の贈り物から始まった。豊穣の女神パチャママへのいけにえとして、新しい建物の基礎の下に埋められるお守りだ。この不気味な死骸を持っていっても、スージー・ボロティンは気持ち悪がるどころか、額に入れて壁に飾ってくれた。このとき、「本書にぴったりの出版社を見つけた」と確信した。

　実際、創意に富み、高い理想をもち、忍耐強いワークマンのチームほどのパートナーは望めなかったと思う。スージー、メイジー・ティヴナン、そしてジャネット・ヴィカリオ、本書に賭けてくれて、そして、楽しいときも苦しいときも、この普通でない本の制作に付き合ってくれてありがとう。支えてくれたすばらしいスタッフに感謝したい。ダニー・クーパー、ジャスティン・クラズナー。プロダクション・エディターのアマンダ・ホン。組版を担当してくれたバーバラ・ペラジーンとジャクリン・アトキンソン。モニカ・マクレディ、ダグ・ウルフ、キャロル・ホワイト。フォト・リサーチャーのボビー・ウォルシュとメリッサ・ルシエ。そしてもちろん、最高の出版・営業チームのセリーナ・ミーア、ジェシカ・ウィーナー、レベッカ・カーライル、テア・ジェームスにも感謝している。

　また、さまざまなステージでこの本を導いてくれた、エリス・チェイニー、アレックス・ジェーコブスにもお礼を言いたい。プロジェクト・マネージャーのマーク・ヘリンガーは、脱線しかけるたびに、いつも正しい軌道に戻してくれた。そして、本書の完成に全力を注いでくれたAO HQのみんな。デーヴィッド、デーヴィッド、ダン、タイラー、ミーガン、マイク、レイハン、エリック、レックス、ルーク、レイチェル、サラ、キャラ、ブレーク、ハナ、アニーカ、エリック、ローズ、マット、エリン、ミシェル、レベッカ、ライアン、タオ・タオ、ウルヴィージャ、ありがとう。このプロジェクトを最初から支えてくれたみなさん、本書はあなたたちのものでもある。アネッタ、セス、アリソン、ニック、アダム、アーロン、レイチェル、ありがとう。

ジョシュ……
　すばらしい方々といっしょにこのプロジェクトに取り組めて、心から楽しかった。エラ、きみには本当に驚かされた。きみの勤勉さとユーモアのセンス、そして優しさを尊敬している。マーク、きみの魔法のような構成力がなかったら、どうやって本書を完成させられただろう。想像するだけで脳が壊れそうだ。ディラン、いつも最高のパートナー、友人、そしてすばらしい人間でいてくれてありがとう。ダルヴァザの「地獄の門」は、いつまで待っていてくれるだろうか。

ディラン……
　エラ、マーク、この本の存在は、世界の七不思議に加えるべき8つめの不思議だ。5年間にわたり、力を尽くし、創造性を発揮しつづけてくれたことに感謝している。メイジー。スージー。ジャネット。ダン。ミーガン。アリソン。ニック。アネッタ。セス。レイチェル。エリック。みんな、プロジェクトの実現に協力してくれた。どうもありがとう。父さん、母さん、いまの僕があるのはふたりのおかげだ。もう僕の人生の半分近くそばにいてくれているミシェル・エネマークにも感謝を。そしてフィニアス、生まれてきてくれてありがとう。ジョシュ、僕を信じてくれたこと、導いてくれたこと、何もかもに感謝している。きみは僕の友人で、インスピレーションの源だ。ダルヴァザは待ってはくれないだろう。チケットを予約したよ。

エラ……
　ディラン、ジョシュ、あなたたちの探検と発見についての考え方に触れて、わたしの世界の見方も大きく変わりました。わたしを信じて宝物を共有してくれて、ありがとう。マーク・フランソワ・ヘリンガー、あなたの全面的な支援、交渉術、すばらしいシャルキュトリ・プレートに感謝しています。オーパスとジェズ、わたしが床やソファに転がり、「ぜったい終わらない」と泣き言を言っているあいだ、心地よい雑音を立ててくれてありがとう。エリック、朝のわたしに付き合ってくれたことに感謝します。そして、ふわふわと落ちつきのないわたしをどうにか地面につなぎとめてくれた母とエクレア、ありがとう。

EUROPE

age fotostock: BEW Authors p.167; BL/Robana p.55; DEA/A DAGLI ORTI p.47; DOMELOUNKSEN p.45; Danilo Donadoni p.74; Patrick Forget p.51; Paula Mozdrzewska p.119; Christine Noh p.152; Werner Otto p.65; Marco Scataglini p.94; Tass/UIG p.133. **Alamy Stock Photo:** Chronicle p 28; REDA & CO srl p.80; Cultura Creative (RF) p.28; David Noton Photography p.46; deadlyphoto.com p.151; EmmePi Travel p.137; Mark Eveleigh p.96; Everett Collection Historical p.20; Everett Collection Inc p.59; Peter Forsberg p.111; Kevin Foy p.98; Germany Images David Crossland p.66; GL Archive p.55; Hemis p.89; Peter Horree p.88; imageBROKER pp.48, 57; ITAR-TASS Photo Agency pp.126, 129; Albert Knapp p.151; Ten Koene p.92; Douglas Lander p.155; Leslie Garland Picture Library p.142; Paul Mayall Germany p.61; Jeff Morgan pp.17, 70; Eric Nathan p.141; Clifford Norton p.106; Alan Payton p.17; Prisma Bildagentur AG p.101; Profimedia.CZ a.s. p.42; QEDimages p.12; Reciprocity Images Editorial p.68; Sputnik p.127; Robert Harding Picture Library Ltd p.143; Mauro Rodrigues p.95; Denny Rowland p.14; ShauHuaYi p.114; Dobromir Stoychev p.105; Matjaz Tancic p.134; Gerner Thomsen p.133; Guido Vermeulen-Perdaen p.83; VPC Travel Photo p.85; Jasmine Wang p.13; Sebastian Wasek p.100; Liam White p.24; WoodyStock p.64. **Art Resource:** Scala/Art Resource, NY p.82. **fotolia:** agneskantaruk p.121; chichaimk p.117; demerzel21 p.131; Jules_Kitano p.147; mino21 p.135; skvoor p.111; Oliver Sved p.139; Tom p.116; YuliaB p.114. **Getty Images:** William A. Allard/National Geographic p.86; DEA/PUBBLI AER FOTO/DeAgostini p.124; DEA PICTURE LIBRARY/De Agostini p.97; Hulton Archive p.21; ARIS MESSINIS/AFP p.71; Daniel Mihailescu/AFP p.124; Science & Society Picture Library/SSPL p.77; Dimitris Sotiropoulos 2011 p.72. **Jan Kempenaers/Courtesy of Little Breeze London:** p.108-109. **Paul Léger/parisiandays.com:** p.50. **Christian Payne/© Documentally:** p.18. **Reuters:** Ricardo Ordonez p.99. **REX/Shutterstock:** ITV p.32; **Jann Lipka:** p.155. **Science Source:** p.154. **Templi dell'Umanità Association:** p.77. **Water Rights Images:** Guido Alberto Rossi p.75.

Courtesy Photos: Stephen Birch p.8; Jennifer Boyer p.148; Zeynep Erdem p.36; Kjartan Hauglid. © Emanuel Vigeland Museum/Bono p.148; Paul Hyland p.27; Kemi Tourism Ltd. p.144; Miikka Lundan p.145; Dawn Mueller p.62; Collections Mundaneum p.43; © Palace Administration of Hellbrunn p.39; © Collection Palais Ideal-Emmanuel George p.56; © Nick Padalino, 1999 p.91; World Esperanto Association/Wikimedia Commons/Publish Domain p.35.

Atlas Obscura **Contributors:** Michael Bukowski & Jeanne D'Angelo p.122; Christine Colby p.22; Ryan Crutchfield p.23; Peter Dispensa p.58; Michelle Enemark pp.102, 123; Ophelia Holt p.36; Daniel Kovalsky p.25, p.29; Michael Magdalena p.71; Roger Noguera i Arnau p.113; Jaszmina Szendrey, pp.30, 107.

ASIA

age fotostock: Stefan Auth/imageBROKER p.239; David Beatty p.186; Angelo Cavalli p.244; Deddeda p.247; Jose Fuste Rage p.249; Tony Hassler p.183; JTB Photo p.209; Ivonne Peupelmann p.236; Topic Photo Agency IN p.232. **Alamy Stock Photo:** Aflo Co. Ltd p.225; age fotostock pp.191, 234 ; Asia Images Group Pte Ltd p.197; roger askew p.180; Oliver Benn p.250; ColsTravel p.211; Paul Doyle p.169; epa european pressphoto agency b.v. p.196; NPC Collection p.222; Eddie Gerald p.165; ; Simon Grosset p.213; Gavin Hellier p.230; Marc F. Henning p.209; Henry Westheim Photography p.203; imageBROKER pp.172, 235; Ellen Isaacs p.189; John Warburton-Lee Photography p.171; LatitudeStock p.194; LOOK Die Bildagentur der Fotografen GmbH p.206; MJ Photography p.184; Nokuro p.246; Novarc Images p.189; NurPhoto.com p.248; Stefano Paterna p.244; PhotoStock-Israel p.167; Travel Asia p.178; Purestock p.245; Nemanja Radovanovic p.199; Robert Preston Photography p.185; Paul Rushton p.208; Keren Su/China Span p.205; Sueddeutsche Zeitung Photo p.228; Jack Sullivan p.168; SuperStock p.191; Jeremy Sutton-Hibbert p.163; TravelStockCollection - Homer Sykes p.162; Tim Whitby p.201; John Zada p.169. **AP Photo:** David Guttenfelder p.165; Shizuo Kambayashi/STF p.223; Ahmad Nazar p.176. **Chris Backe/oneweirdglobe.com** p.251. **Christian Caron:** p.187. **Corbis Images:** © Abedin Taherkenareh/epa p.160. **fotolia:** evegenesis p.209; forcdan p.170; Marina Ignatova p.200; javarman p.172; R.M. Nunes p.235; SoulAD p.224. **Getty Images:** Patric AVENTURIER/Gamma-Rapho p.253; Amos Chapple/Lonely Planet Images p.188; ChinaFotoPress p.208; Aref Karimi/AFP p.175; Richard l'Anson/Lonely Planet Images p.195; Tomohiro Ohsumi/Bloomberg p.218; Brian J. Skerry/National Geographic p.219; Andrew Taylor/robertharding p.241; YOSHIKAZU TSUNO/AFP p.217; Fei Yang/Moment Open p.210. **Reuters:** Andrew Biraj p.178; Thomas Peter p.224. **Audrey Scott/uncorneredmarket.com:** p.190.

Courtesy Photos: © Ehsan Abbasi p.161; Ken Jeremiah p.220; Tiger Tops Jungle Lodge p.193.

Atlas Obscura **Contributors:** Chris Backe p.251; Paul E. Bloch p.182; Rachel James p.215; Robert Laposta, p.192; Nienna Mees p.163; Sam Poucher p.254; Jordan Samaniego p.246; Anna Siri pp.238, 242; Dorothy Thompson p.233.

AFRICA

agefotostock: MOIRENC Camille p.266 (btm). **Alamy Stock Photo:** age fotostock p.272; Art Directors & TRIP p.269; Black Star p.271; blickwinkel p.305; brianafrica p.301; Peter Chambers p.299; rungtip chatadee p.260; Ulrich Doering p.292; Paul Doyle p.265 ; Eddie Gerald p.304; Godong p.205; Mike Goldwater p.291; Grant Rooney Premium p.268; Blaine Harrington III p.298; Kim Haughton p.270; Hemis 269; John Warburton-Lee Photography p.306; Seth Lazar p.273; Neil McAllister p.303; Robert Estall photo agency p.275, 300; Michael Runkel Egypt p.262; Neil Setchfield p.295; Mike P.Shepherd p.262; Kumar Sriskandan p.301; Travel Pictures p.259; Karel Tupy p.288; Nick Turner p.290; Universal Images Group/DeAgostini p.284; Universal Images Group Limited p.267; Tim E. White p.281. **Matteo Bertolino/matteobertolino.com:** p.276. **fotolia:** demerzel21 p.295; dpreezg p.296; luisapuccini p.289; piccaya p.277. **Getty Images:** DigitalGlobe/ScapeWare3d p.279. **naturepl.com:** Ian Redmond p.290. **William Clowes:** p.285.

Courtesy Photos: NLÉ p.280. **Creative Commons:** The following images from Wikimedia Commons are used under a Creative Commons Attribution-ShareAlike 3.0 Unported license (http://creativecommons.org/licenses/by-sa/3.0/) and belong to the following Wikimedia Commons user: Santa Martha p.293.

索引

【わ】

【編著】
ジョシュア・フォア　（Joshua Foer）
Atlas Obscuraプロジェクト代表。著書に33か国で翻訳出版されたベストセラー
"Moonwalking with Einstein"など。

ディラン・スラス (Dylan Thuras)
Atlas Obscuraプロジェクトの共同代表兼ディレクター。

エラ・モートン (Ella Morton)
ニュージーランド生まれの作家。アメリカのCNETに所属後、さまざまなイヴェントなど
を企画。AtlasObscuraプロジェクトの執筆・編集担当。

【翻訳】
吉富節子 (よしとみ・せつこ)
関西学院大学文学部英文科卒。訳書に『数学は歴史をどう変えてきたか：ピラミッド
建設から無限の探求へ』(東京書籍)、『アメイジング スパイダーマン2』、『スター・ウォー
ズ フォースの覚醒』(いずれも共訳、講談社) などがある。

颯田あきら (さった・あきら)
東京大学大学院薬学系研究科修士課程修了。訳書に『しゃべっちゃうゾ!:こどもは人生
の天才だ』(徳間書店)、『家路を探す鳩のように』、『ハイランダーにとらわれて』(扶桑
社) などがある。

高野由美 (たかの・ゆみ)
早稲田大学文学部西洋文化専修卒業。訳書に『消えた錬金術師:レンヌ・ル・シャトー
の秘密』、『モーツァルトの陰謀』(以上エンジン・ルーム)『空飛ぶモンティ・パイソン
第1シリーズ』(イースト・プレス)、翻訳・解説に『聖地サンティアゴ巡礼の旅』(エンジ
ン・ルーム) などがある。

ATLAS OBSCURA
by Joshua Foer, Dylan Thuras, Ella Morton

Copyright © 2016 by Atlas Obscura, Inc.

Maps by Scott MacNiel
Illustrations by Sophie Nicolay
Art direction and design by Janet Vicario
Photo reserch by Bobby Walsh and Melissa Lucier
Additional illustrations by Jen Keenan

世界「奇景」探索百科
ヨーロッパ・アジア・アフリカ編

2018 年 1 月 19 日　第 1 刷

著者…………ジョシュア・フォア／ディラン・スラス／エラ・モートン

訳者…………吉富節子／颯田あきら／高野由美

装幀…………岡孝治

発行者………成瀬雅人
発行所………株式会社原書房

〒 160-0022 東京都新宿区新宿 1-25-13
電話・代表 03（3354）0685
http://www.harashobo.co.jp
振替・00150-6-151594

印刷・製本…………シナノ印刷株式会社